ミュージカルの新たな歴史が
いま、はじまる

CREATING BACK TO THE FUTURE THE MUSICAL

『ミュージカル　バック・トゥ・ザ・フューチャー』
創作の秘密

著
マイケル・クラストリン

まえがき：ロジャー・バート
序文：ボブ・ゲイル
あとがき：ロバート・ゼメキス

訳：富永晶子

Written by MICHAEL KLASTORIN
Foreword by ROGER BART
Introduction by BOB GALE
Afterword by ROBERT ZEMECKIS

Translation by AKIKO TOMINAGA

TAKESHOBO Co.,LTD

公式リハーサルと制作過程の写真
ショーン・エブスワース・バーンズ

マンチェスター公演の写真
フィル・トラーゲン

CONTENTS
目次

7	まえがき　ロジャー・バート
9	序文　ボブ・ゲイル
14	プロローグ──14年前
18	第1幕──よし、いけるぞ！
32	第2幕──未来へ一直線！
119	幕間──新型コロナウイルスの大流行
122	第3幕──見事な復活公演
143	ミュージカル・ナンバー
230	コーダ
237	あとがき　ロバート・ゼメキス
238	謝辞
239	2021年、アデルフィ劇場公演のクレジット

CREATING BACK TO THE FUTURE THE MUSICAL
by
Michael Klastorin

Copyright © 2023 by Michael Klastorin
Japanese translation published by arrangement with Michael Klastorin

FOREWORD
まえがき
ロジャー・バート

グレート・スコ──

　いや、この台詞は言わないでおこう。ありきたりすぎるし、映画史においてとりわけ多くの人々から愛されているキャラクターを舞台で演じる幸運に恵まれた男が、いかにも言いそうなことだから。そう、ドク・ブラウンはこの有名なキャッチフレーズをはるかに凌ぐ存在だ。そして、ミュージカル《バック・トゥ・ザ・フューチャー》は、役者が映画の登場人物を真似、同じ台詞をおうむ返しに口にするだけの作品ではない。このミュージカルは、ボブ・ゲイル、ロバート・ゼメキス、アラン・シルヴェストリ、グレン・バラード、ジョン・ランドをはじめ数々の俳優や裏方全員が、ひとつの作品として楽しめるよう力の限りを尽くした努力の結晶なのだ。

　とはいえ、ドク・ブラウン役に興味はないかと電話をもらったとき、飛びあがって、思わず「グレート・スコ──」（いや、悪いが、意地でも言わないぞ）と叫んでしまったことは認めよう。なぜかと言えば、それまでの役者人生で、これほどまでに演じたいと思った役はなかったからだ。

　ファンにとって、ドク・ブラウンは間違いなく魔法のような魅力を持つキャラだ。クリストファー・ロイドは、ドクに感化されて科学の道に進んだとファンに感謝されたことを、折に触れて語っている。私はこのミュージカルを、若者たちが劇場に足を運び、科学に興味を抱く絶好のチャンスであり、無限大の想像力と可能性、そして師であり友人でもあるドクとマーティのユニークな人間関係に触れるきっかけだと考えている。世の若者たちに、原作となった映画のメッセージをもう一度伝えるのが、自分の使命だと思っている。もちろん、ミュージカルの魅力を多くの人々に知ってもらい、ファンを増やしたいことは言うまでもない！

　『バック・トゥ・ザ・フューチャー』は、完璧な映画だと称賛されてきた。まさにそのとおり。そのミュージカル版である本作品は、その評価に引けをとらないばかりか、ゲイルとゼメキスが数十年前に書いた物語を、当時のふたりが掲げた目標を達成したのとまったく同じ手法で語っている。ミュージカルであることは少しも妨げにはならず、むしろミュージカル特有のエネルギーが多くの意味でこの目標の達成にひと役買っていると言えるだろう。このミュージカルには、ライヴ・パフォーマンスであるがゆえの魅力が新たに加わっている。大きな会場の端の小さな舞台でそのすべてを表現できたのは、なんとも驚くべきことだ。舞台で使われている装置やテクノロジーも驚異的だが、何よりも素晴らしいのは、すべての要素を鮮やかにまとめた演出家ジョン・ランドの手腕である。彼の最も偉大な才能のひとつは、感情的な表現を恐れないことだ。このミュージカルには心を大きく揺さぶる場面がある。高度なテクノロジーを駆使する作品は、えてして人間味に欠けるものになりがちだが、ジョンの強みのひとつは、感情、情緒、魅力を詰めこんだ昔ながらのミュージカル様式を踏襲しつつ、様々な舞台装置やテクノロジーを駆使できる点だ。このミュージカルには、演劇史上類を見ない、とりわけ高度な演出法がいくつも使われている。

　本書のために初めてインタビューを受けたとき、新型コロナウイルスの感染拡大に伴う突然の公演中止でマンチェスター公演は観そこなったものの、その後、ビデオストリーミングで観て大いに楽しんだと著者のマイケル（・クラストリン）が言うのを聞いて、嬉しいフィードバックではあったが、私はこう告げた。「モニターからは劇場の熱気はとうてい伝わらない」と。われわれの声、音楽、効果音をその場で聞き、見事な仕掛けを自分の

目で見て、感じること、そしてこれが最も大切なことだが、作品の〝心〟にじかに触れることは、ビデオ映像で観るのとはまったく別次元の体験なのだ。魂のこもったパフォーマンスが劇場内で観客の熱気と溶け合う感覚は、映像では伝わらない。われわれと何週間も過ごし、客席で舞台を体験したあと、マイケルはこの意見に心の底から同意した。

読者の皆さんが、本書に綴られたミュージカル実現までの道のりを楽しんでくれること、そしてミュージカル《バック・トゥ・ザ・フューチャー》を本来意図されたとおりに、ライヴ・パフォーマンスとして体験したいと思ってくれることを願っている。

このミュージカルは『バック・トゥ・ザ・フューチャー』シリーズのファンはもちろん、映画を一度も観たことがない人でも大いに楽しめる。ミュージカル・ファンであれば、夢のような時間を過ごせるだろう。どちらにしても、劇場でみなさんが体験する興奮を言い表す言葉は、これしかない……。

こいつは驚いた!(グレート・スコット)

(結局、言ってしまった!)

ロジャー・バート
2022年9月、ロンドンにて

上:ドク(ロジャー・バート)の相棒マーティを演じる、共演のオリー・ドブソン(左)と。

INTRODUCTION
序文
ボブ・ゲイル

2020年3月の初め、ミュージカル《バック・トゥ・ザ・フューチャー》がマンチェスター・プレビュー公演の2週目に入ったばかりの頃、終演後にひとりの若者が、私に気づいて声をかけてきた。

「ゲイルさん、あなたに謝りたいことがあるんです」その若者に会うのは初めてだったから、なんのことだかさっぱりわからず、私はこう尋ねた。「ん？ なんでかな？」

すると、彼はこう言った。

「実は『バック・トゥ・ザ・フューチャー』の大ファンで……子ども時代、宝物のように大切に思っていました。いまでも毎年必ず、3作全部、観ています。そして、4作目も前日譚もリメイクも絶対に作らないというあなたとゼメキス監督の決断に、ずっと敬意を払ってきました。だから、1作目をもとにしたミュージカルを作るとあなたが発表したとき、ぎょっとしたんです。とんでもなくばかげたアイデアだと思ったし、裏切られたような気がして、ネット上で悪口を書きまくりました。正直言って、今日このミュージカルを観に来たのは、実際に観て、心の底から嫌いになって、SNSの投稿サイトで、けちょんけちょんにけなすためだったんです。でも実際に観てみたら、すごく気に入っちゃって。映画にとても忠実で、素晴らしいミュージカルでした。あなたを疑ってすみませんでした。これからネット上で自分の発言を撤回し、自分がいかに間違っていたかを堂々と認め、みんなに観に行くよう勧めます」

私は感謝し、彼と笑顔で握手した。

その後、同じ趣旨の発言を、マンチェスターやロンドンで何度となく聞くことになった。実際、いまだに〝まさか、こんな難しいことを実際にやってのけるとは思わなかった。期待を上回る出来だ〟、と耳にする。実を言うと、完成したこのミュージカルは、私自身の期待さえ上回っていた。そして、友人のマイケル・クラストリンがミュージカル完成までの長い道のりを事細かに記録した本書もまた、（嬉しいことに）私の期待をはるかに上回る出来となった。

当然ながら、本書にも誕生秘話が存在する。この序文はそれを語る唯一のチャンスだが、そのためにはまず著者のバックグラウンドについて簡単に説明する必要があるだろう。マイケル・クラストリンと『バック・トゥ・ザ・フューチャー』シリーズとの関係は、はるか昔にさかのぼる。最初は一ファンだったマイケルは、1988年からはシリーズのユニット広報担当となり、さらに1990年には80頁におよぶ3部作解説本のリライト作業をこなし、その後作られたアニメ・シリーズのうち2話分の台本も書いている。2015年、マイケルは自著『バック・トゥ・ザ・フューチャー完全大図鑑』（本シリーズの決定版とも言うべき解説書）［スペースシャワーネットワーク刊］の刊行とともに、〝バック・トゥ・ザ・フューチャー（BTTF）の公式な研究者〟の称号を手にした。また、彼はこれまで様々なBTTFイベントにも関わっている。その長い年月のあいだに私の大切な友人となったマイケルは、2010年に私がミュージカルのアイデアを口にすると、すぐさま興味を示した。それが、2017年の楽曲ショーケースに彼を招待した理由である。こうして彼は、このミュージカルを関係者以外で初めて〝味見〟した人物となった（このショーケースに関しては、本書の前半で詳述されている／28頁）。マイケルはわれわれにとって、誠実かつ建設的なフィードバックを期待できるBTTFファミリーのひとりなのである。

2019年8月、ロンドンで行われた三度目の公式ワークショップを終えてカリフォルニ

アに戻った私は、マイケルから現状報告を求められ、素晴らしい出来になるはずだと告げた。映画の公開35周年まで1年をきるなか、2015年刊行の自書にその後の進展を網羅した新章を付け加える改定版の執筆依頼を受けていたマイケルは、とりわけ心を躍らせた。まもなく、その新章には、2020年の初めにマンチェスターで初演予定のミュージカルの紹介が含まれることが決まり、私もミュージカルにとって絶好の宣伝となるであろうその決定を大いに喜んだ。

2020年1月にロンドンに戻った私は、マイケルがその新章のなかでミュージカルに関するインタビューを掲載したいと考えていることを、主要な関係者に知らせた。重要な参考資料である『完全大図鑑』をすでに所有していた彼らは、喜んでインタビューを受けると言ってくれた。私は写真を撮りはじめ、アランの奥さんであるサンドラ・シルヴェストリにも、写真を撮って記録する仕事を託した。

その8ページにわたる新たな章を作ったことが、本書の始まりである。マイケルが行ったインタビューが、8ページにはとうてい収まらないことは明らかだった。マンチェスター公演は大成功をおさめ（その後、新型コロナウイルスにより中止になったが）、われわれはみな《バック・トゥ・ザ・フューチャー》にはロンドンで前途有望な〝未来（フューチャー）〟が待ち受けていると確信した。2005年にアイデアが生まれたときからウエストエンド公演まで含めると、このミュージカルには、ゆうに1冊の本が書けるほどの逸話がある。マイケルも同じ意見だったから、私に本を作りたいと持ちかけてきた。彼はその後、出版社を見つけ、ミュージカル関係者全員の協力を得て、編集者のエリック・クロップファーとともに、われわれが願ったよりもはるかに素晴らしい仕事を成し遂げた。

本書は、これまでミュージカルについて書かれた本のなかでもとりわけ包括的な記録書だというのが、私の率直な感想だ（ついでに言うと、同種の本は数えきれないほど読んでいる）。マイケルは、台本の初期の草稿を読み、初期の楽曲も聴き、様々な写真、メモ、走り書き、レポート、コンセプト画、ワークショップのビデオを見ただけでなく、直接ロンドンを訪れ、〝現場〟に足を運んだ。リハーサルやプレビュー公演、オープニング・ナイトも観たことは言うまでもない。その過程でマイケルはわれわれBTTFミュージカル・ファミリーの一員となったのだ。バックステージでさらなるインタビューを行い、大量の写真を撮り、キャストだけでなく技術スタッフや制作陣、ミュージシャンとも多くの時間を過ごした。完璧主義のマイケルは、必要な情報や写真、画像を手に入れるために労を惜しまず、ロンドンには合計三度、足を運んだ。このミュージカルに関わった人々やこれを観た人たちだけでなく、これから観る人たちのためにも、正しい情報を得ることが何より

《映画（フューチャー）が誕生したきっかけ》

1980年8月、セントルイスの両親の家を訪れたボブ・ゲイルは、ひょんなことから父親の高校時代の卒業アルバムを見つけた。ページをめくっているうちに、真剣な顔をした青年時代の父がかつて学級委員長だったことを知り、驚いたという。もしも自分が1940年代に同級生だったら、このクソ真面目な生徒と友だちになっただろうか？ ボブ・ゲイルはそう考えた。それを確かめるためのタイムマシンはなかったが、ボブ・ゲイルにはもっとすごいものがあった――想像力である。

1940年6月卒

役員
マーク・ゲイル　学級委員長

も重要だったからである。この本にはすべての事実が含まれているか？ そうとは言えない。われわれの演出法の一部に関しては、秘密を明かさないよう頼んだからである。結局のところ、舞台演劇には魔法とロマンが欠かせない。それに、腕のいいマジシャンは決して、種明かしをしないものだ！

　繰り返すようだが、本書は私の期待をはるかに凌ぐ出来となった。みなさんの期待をも凌ぐことを願っている。

ボブ・ゲイル
2022年9月、カリフォルニア州ロサンゼルスにて

上：ふたりのドク――クリストファー・ロイド（左）とロジャー・バート（右）――という〝パラドックス〟に挟まれたボブ・ゲイル（中央）。

「『バック・トゥ・ザ・フューチャー』をミュージカルに
するなんて、クレイジーとしか言いようがなかった。
当然、イエスと答えたよ！」

—— アラン・シルヴェストリ

第1幕、第1場

屋外：ニューヨークのセント・ジェームズ劇場—— 2005 年半ば、夜。

西44丁目を行き交うニューヨーカーや旅行者が、劇場の前を通り過ぎていく。入り口前には、ブロードウェイの大ヒット作となったメル・ブルックスのミュージカル《プロデューサーズ》に出演中の、笑顔を浮かべたネイサン・レインとマシュー・ブロデリックのポスターがある。劇場内から、盛大な拍手が聞こえてくる。

場面転換：

屋内：劇場

観客がスタンディング・オベーションで称えるなか、幕が下りる。1階席から通路に出てきたひと組のカップル——受賞歴を持つドキュメンタリー作家で女優のレスリー・ゼメキスと、夫のオスカー受賞脚本家で映画監督のロバート・ゼメキスが、素晴らしいミュージカルにすっかり興奮し、笑顔で出口に向かう。

レスリー（ロバートに向かって）
　あなた、『バック・トゥ・ザ・フューチャー』のミュージカルを作ればいいのに……。

その続きは……言わずもがなだ！
　20年近くあと、レスリーはその夜の自分の提案をはっきり覚えていると語る。「ものすごい名案というよりも、私にとっては、考えるまでもないことだったわ。ロバートには『はは、そうだね』と笑われたけど」とはいえ、ロバート・ゼメキスは完全にその案を却下したわけではなかった。1990年に映画のスクリーンで〝ジ・エンド〟の文字が閃き、『バック・トゥ・ザ・フューチャー PART 3』と3部作に幕が下りて以来、ゼメキスと、共同クリエーターであり脚本家／プロデューサーのボブ・ゲイルは、続編、リブート、リメイク、3-D化など、シリーズを継続させるための無数の提案を持ちかけられてきた。ふたりともそうした提案にはまったく興味を抱かなかったのだが、ゼメキスはレスリーの提案を考えているうちに、少しずつ興味が湧いてくるのを感じた。
「『プロデューサーズ』は、まず映画ができて、その数十年後にブロードウェイの大ヒット・ミュージカルになった」ゼメキスはそう説明する。「レスリーが注目したのはそこじゃないかな。レスリーは『ミュージカルなら、映画である必要はない』と言ったんだよ、それが決め手になった。リメイクでもなければ、シリーズの続編でもない、というところがね」
　ボブ・ゲイルは、ゼメキスからその案を聞いたとき、「私には一度も思い浮かばなかった」と認めている。「でも、最悪のアイデアだとは思わなかった。ほかのBTTFの売り込みは金儲けしか考えてないことがあからさまだったから、嫌気がさしていたんだ。でも、この案は、心からミュージカルを愛する人（レスリー）のアイデアだった。ブロードウェ

15

上：レスリー＆ロバートのゼメキス夫妻。ミュージカル『バック・トゥ・ザ・フューチャー』、マンチェスター公演のプレス・ナイトにて。

イで《プロデューサーズ》を観たことはなかったが、映画（2005年のクリスマスに公開された）を観て、妻のティナがこの案に大乗り気だったこともあって、掘り下げる価値があるという結論に至った」

ふたりの決断を後押ししたのは、『バック・トゥ・ザ・フューチャー』シリーズの衰えを知らない人気と、マーティとドクの冒険に興味を失うどころか、いまなお着々と広がり続けるファン層だった。ボブ・ゲイルは、当時、自分たちがどう考えたのかをこう語る。「ファンのみんなが、さらなる『バック・トゥ・ザ・フューチャー』を求めていることは承知していた。われわれはそれまでずっと、続編もリブート作品も作らないと明言してきたわけだが、ミュージカルなら、『バック・トゥ・ザ・フューチャー』でありながら、これまで確立した正史を損なわずに、興味深い、願わくば観客が楽しめる作品を作りだせるんじゃないかと思った。もちろん、ミュージカルを作るなら、映画を一度も観たことがない人たちが気軽に足を運び、楽しめる作品にしたいとも思っていた」

最も重要なのは、このミュージカルが、『バック・トゥ・ザ・フューチャー』という名を冠したプロジェクトに相応しい基準に達しなければならないと、ふたりの意見が一致したことだった。「満足できなければ、企画はそこで打ち切る、と決めた。真に優れたものでなければ、作る価値がない！」

新たなファブフォー（4人組）

ふたりの〝ボブ〟（ロバート・〝ボブ〟・ゼメキスとボブ・ゲイル）にとっては、アカデミー賞にノミネートされ、エミー賞とグラミー賞を授賞した作曲家アラン・シルヴェストリなしでは、どんな『バック・トゥ・ザ・フューチャー』ミュージカルも存在しえない。シルヴェストリは、BTTF 3部作すべての伝説的なスコアを作曲しただけでなく、1984年の映画『ロマンシング・ストーン　秘宝の谷』で初めてゼメキスとタッグを組んで以来、彼が監督するすべての映画のスコアを作曲してきた。それに加え、ゼメキスにはもうひとつ提案があった。2004年のファンタジー・アドベンチャー映画『ポーラー・エクスプレス』で、グラミー賞を複数受賞しているソングライターであり音楽プロデューサーのグレン・バラードをシルヴェストリと組ませたのだ。それまで一度も顔を合わせたことがなかったにもかかわらず、ふたりはすぐに意気投合した。そしてこの共同作業により、ふたりはジョッシュ・グローバンが歌った〈Believe〉でアカデミー賞歌曲賞にノミネートされ、グラミー賞受賞を果たした。その経験が記憶に新しいゼメキスは、バラードをこのミュージカルの制作陣に加えるよう推薦した。シルヴェストリはこう回想している。「グレン（・バラード）と初めて会ったとき、ボブ（・ゲイル）はすぐに、こう言った。『彼は私たちの仲間だ。家族だよ』と」

2007年2月5日、ミュージカルの経験が皆無の4人組は、カリフォルニア州カーピンテリアにあるゼメキスのオフィスに集まり、エメット・ラスロップ・ブラウン博士（ドク）の不朽の名言、「何事もなせば成る」に背中を押され、ミュージカルの制作を決定した。「映画をなぞるだけの独創性のない作品にだけはすまい」という原則は、ボブ・ゲイルによれば、その最初のミーティングで決まった。

　創造的なアイデアが次々に提案され、それぞれの利点が吟味された。ゼメキスは、ドクがデロリアン・タイムマシンの仕組みをマーティに説明するツイン・パインズ・モールの場面に関して、こんな案を思いついた。「ドクの頭のなかにある様々なアイデアを荒唐無稽なアニメーションとして観客に見せたら面白いんじゃないかと思った。そうやって、限界を押し広げていったんだ。可能性は無限にある。映画をもとにしているわけだが、それと同時に、映画を称えた作品であることを忘れてはならない。それに、舞台で一度も試みられていないことにもチャレンジしたかった」

　アラン・シルヴェストリは、映画をもとにした当時のブロードウェイ・ヒット作からヒントを得てはどうかと提案した。「当時、《ウィキッド》が大成功をおさめていた。素晴らしいアイデアだったよ──有名な物語（『オズの魔法使い』）をもとにしつつも、ユニークとしか言いようのない視点から描かれた作品だ。ゼメキスとゲイルは、最初のミーティングのときから、とにかく新しいアイデアを試したくて、うずうずしていた」

　グレン・バラードは次のように付け加える。「私はまず、〝何よりも害をなすなかれ〟というヒポクラテスの誓いを立てた。映画の魂を捉えながらも、その世界を広げ、登場人物たちに映画とは違う方法で自己表現させる、それが肝心な点だった。最初はおそるおそる試す感じだったが、その後は、ええい、と思いきってやる必要があった」

　シルヴェストリによれば、「最初のミーティングのあと、グレンと私に与えられた任務は、『よし、とにかく曲を書いてくれ』だった」

　ふたりは、さっそく取りかかった。

上段：映画『バック・トゥ・ザ・フューチャー』のセットにて。ロバート・ゼメキス（左）とボブ・ゲイル（右）。
中段：（左から右）ロバート・ゼメキス、ボブ・ゲイル、作曲家アラン・シルヴェストリ。2019年のリハーサル風景。
下段：4人組、誕生！　ゲイル、シルヴェストリ、ゼメキスに音楽プロデューサー／ソングライターのグレン・バラード（右から2人目）が加わり、主要制作陣が揃った。

「『バック・トゥ・ザ・フューチャー』のような映画をミュージカルにするときは、ヒポクラテスの『何よりも害をなすなかれ』という誓いを立てる必要がある」
—— グレン・バラード

バート・ゼメキスが 2004 年に『ポーラー・エクスプレス』の制作に取りかかったとき、そのオリジナル・サウンドトラック・スコアを担当したのは、もちろん、アラン・シルヴェストリだった。

シルヴェストリのエージェントは、同じくクライアントのひとりであるグレン・バラードを迎えればプロジェクトにとって有益になるだろうと、ゼメキスの提案したコラボレーションを推奨した。シルヴェストリは、当時こう思った。「私は映画音楽の作曲家としてある程度の成功をおさめていたし、グレンは音楽業界でソングライター／プロデューサーとして第一線で活躍していた。その事実に基づいて、コラボレーションが提案されたのだろう」

ふたりの初セッションは、その後ほぼ20年かけて深まるコラボレーションの始まりとなった。「基本的には、それまで誰とも共同作業をしたことがなかったから、どうなるのかまったく予想できなかったが、初めてのセッションで、グレンが率直で、並外れた作詞センスを持つ優れたアーティストであることがわかった。私が初日にギターを弾きはじめると、グレンは黄色のリーガル・パッドを手に取った。30分後、今度はグレンがギターを持ち、私が歌詞を書き留めた。それから、ふたり一緒に歌詞を書き、最後にはふたりでギターを抱えていた。それ以来ずっと、そんな感じで作業をしている」

ふたりの共同作業について、グレン・バラードはこう付け加える。「初めて一緒に楽曲作りをしたときから、ぴたりと息が合った。僕は音楽的な面でとうてい彼にはおよばないし、この作品について言えば、アランが〝バック・トゥ・ザ・フューチャーの顔〟なのはまぎれもない事実だ。でも、音楽面で僕の案が採用されることもある。それに、アランは作詞のセンスが抜群にいい。だから、どの部分をどちらが書いたのかをはっきり区別するのは難しいし、ふたりともそんなことはどうでもいいんだ」シルヴェストリも同意する。「われわれの共同作業は、どちらかが曲を担当し、どちらかが歌詞を担当する、というものではない。ふたりで目の前のパズルを解いていくと言えばいいかな。一緒に頭をひねりながら、楽曲作りを進めていくんだ」

〝フラックス・キャパシター（次元転移装置）〟と韻を踏む言葉は？

ミュージカルの楽曲作りは通常、完成した台本をもとにして行われる。しかし、アラン・シルヴェストリとグレン・バラードは、台本ができあがるのを待たずに作業をはじめることにした。

ふたりはまず何度も映画を観たあと、ボブ・ゲイルとともに映画の脚本を読み進めながら、どの〝路線〟で進むべきかを決めたという。「各シーンごとに、歌を挿入するのに最適な箇所はどこかを吟味し、どんな歌にしたらいいかを話し合った」と、ゲイルは語る。

シルヴェストリは、こう説明する。「新しい『バック・トゥ・ザ・フューチャー』を作りだすには、まず使える要素をすべて挙げる必要があった。ドクとマーティをはじめ、数々の愛すべきキャラクターがいる。デロリアンが登場する。ほかに何があるのか？　すべての要素を、必要に応じて何度も検討した」

とりわけ貴重な助けとなったのは、シルヴェストリが作曲した、一瞬で『バック・トゥ・ザ・フューチャー』だとわかる魅力的な音楽スコアだった。

ミュージカルのオープニングを飾るのは、言うまでもなくシルヴェストリのテーマ曲が相応しいが、バラードには、誰も聞いたことのないバージョンにする必要があることがわかっていた。すなわち、このテーマ曲に歌詞をつけるのだ。映画のテーマ曲をオープニング・ナンバーにもってくれば、ファンは一瞬でこれが『バック・トゥ・ザ・フューチャー』の世界だと認識できる。シルヴェストリは、「その方向性でいくのが自然だったから、グレンの案を採用した」と語っている。

〈It's Only a Matter of Time〉（時間の問題）という、まさにうってつけの題名がつけられたこのテーマソングには、1985年ごろのカリフォルニア州ヒルバレーの町とその住民が登場する。ミュージカルのヒルバレーの町も映画同様さびれているが、住民はより良い時代が訪れるという希望を失っていない。

ヒルバレーの時計台広場、1985年10月

ヒルバレーの時計台がセットを占領している。時計台は、いまは町の社会福祉局として使われているかつての裁判所の上にある。時計の針は10時4分を指したまま止まっている。ヒルバレーの住民が広場を埋めつくし、オープニング・ナンバー〈It's Only a Matter of Time ／ I've Got No Future〉（時間の問題／僕に未来はない）が始まる。

町の住民（歌って）
要するに、時間の問題だ
今日はあっという間に過去になる
時は取り戻せない
やり直しもきかない
そういうものなんだ

要するに、時間の問題だ
成功するか、取り残されるか
流れに乗り遅れたら
偉大な人物になるチャンスは失われる
要するに、時間の問題だ

運命ってなんだ
ただのツキか？　最初から決まっているのか？
遅かれ早かれ
その中身はきみが変えるんだ

歴史ってなんだ
この奇妙な人間の世界では
たんなる時間と場所にすぎない
でも、〝定められたもの〟なんてない

要するに、時間の問題なんだ
時は刻々と過ぎていく

時は物差しのように使われ
大切にされているけれど
決して目には見えない

要するに、時間の問題さ
ばかげてると同時に、驚きでもある
ほら、速く進めば進むほど
時間の進み方が遅くなる
常識とはかけ離れた、時の物理学

ゴールディ・ウィルソンと彼の選挙運動委員会の面々が、最初の歌のために急いで演台を設置する。頭上にある彼の写真がでかでかと載ったポスターには、〝ゴールディ・ウィルソンを市長に〟と書かれている。

ゴールディ・ウィルソン（歌って）
私を見てくれ
まえもって保証する
チャンスをくれたまえ
きみたちのために力を尽くすから

私は信じている
未来は明るいと
白人にとってだけじゃない
……だから、私に投票してくれ

要するに、時間の問題なんだ
市長として、犯罪を撲滅する
調査し、見つけだし、
犯罪者をびっくりさせてやる
きみたちが安心して眠れる町にしてみせる

演台がたたまれ、ゴールディが踊りだす。

要するに、時間の問題さ
私の生い立ちを見てくれ
いまこそ、黒人が
町に活を入れるとき
そうさ、時間の問題だ

〝時計台を救いましょう〟と書かれたプラカードを持つふたりの女性に挟まれ、時計台のおばさんが登場する。彼女たちは、自らの目標を歌で説明する。

雷が落ちて
時計が止まってしまった
時計の針が動かなくなった
もうチクタク言わない

お願いだから、協力して
時計台を保存したいの
10時4分ぴったりに
止まったまま

　この曲の歌詞の合間にマーティ・マクフライが登場し、〈I've Got No Future〉を歌うため舞台中央に進みでる。ミュージカルの1曲目となるこの歌の最初のバージョンでは、マーティがオーディションに落ちたあとの心中を吐露していた。

マーティ（歌って）
この町にはうんざりだ
すべてが僕の足を引っ張る
よくある話さ
1日中スケボーしていたい気分

がんばっても、成功なんてできない
ほかのマクフライと同じさ
どうあがこうと
その事実からは逃れられない…

僕に未来なんてない
この町を出られっこない
誰がなんと言おうと関係ない
今日は昨日と同じなんだ

未来はない、
僕は負け犬にすぎない。
何も達成できない
瞬（まばた）きをする間に、未来が
通り過ぎていくんだ…

いつもの判断ミス
窮地にはまりこんだまま抜けだせない
先行きもよくない
そうさ…

僕に未来はない、
お先真っ暗、未来なんてない。
1985年で身動きがとれない
なんの中身もない、いなか生活

僕に未来なんてない、
この先もずっと負け犬さ
それもどうでもいい
未来なんて、昨日と同じなんだから…

　〈I've Got No Future〉のこのバージョンはその後の草稿で変更され、過去の出来事を思い返すいくつかの場面でリプライズ（訳注：特定の曲をストーリーの異なる場面で再び使うこと。

たいていは歌詞や曲調が異なる）として登場することになった。最初の数曲を書いたあと、シルヴェストリとバラードはゼメキスとゲイルに会い、サンプルを聴かせた。「あのミーティングは一生忘れないだろうな」とシルヴェストリは笑う。「この歌を聴きながら、ふたりはずっと笑っていた。『これならうまくいく。よし、いけるぞ』という、ポジティブな笑いだ。この反応を見て、創作意欲に火がついた。その炎が、12年にわたってじりじり燃え続けたんだ！」

歴史が変わる！

　1985年、映画『バック・トゥ・ザ・フューチャー』が超特大ヒットを記録すると、ユニバーサル・ピクチャーズはすぐさま、ロバート・ゼメキスとボブ・ゲイルに続編を依頼した。ところが、ふたりがようやく首を縦に振ったときには、ゼメキスはすでに『ロジャー・ラビット』[1988]のプリプロダクションに入っていたため、マーティとドクの次なる冒険の共同執筆に専念する時間はなかった。

　そこで、ゼメキスとゲイルが一緒にストーリーを考え、その後ゲイルが脚本を書いた（この脚本には、最終的にのちの『バック・トゥ・ザ・フューチャー PART 3』のストーリーも含まれることになる）。それからおよそ20年経（た）っていたが、ゼメキスのスケジュールはぎっしり埋まっていたため、ミュージカルの台本もゲイルが書くことになった。ゼメキスはこう説明する。「脚本家および映画の共同クリエーターとしてだけでなく、本シリーズの炎を絶やさない守護者としての務めを真摯に果たしてきたという点でも、ボブ（・ゲイル）には常に全幅の信頼をおいてきた」

　とはいえ、ゼメキスがこのミュージカルの主要な貢献者のひとりであることはまぎれもない事実である。「2、3か月ごとに、ボブ（・ゲイル）とアル（・シルヴェストリ）とグレン（・バラード）と会って進捗状況を話し合い、ストーリーや楽曲に関する案だけでなく、観客がどういう作品を望んでいるか、何が不可能かなど、ミュージカルのあらゆる面について議論した。スタイルと規模に関して、また観客があっと驚くような仕掛けやイリュージョンを使わなければならない点についても、繰り返し話し合った」ゼメキスは笑顔でそう語っている。一方で、ゲイルはこの新たな冒険に全力で取り組んだ。まず、『The Secret Life of The American Musical: How Broadway Shows are Built（アメリカのミュージカルの裏側：ブロードウェイ・ミュージカルはどのようにして作られるのか）』[2016・未邦訳]や『Broadway Anecdotes（ブロードウェイの逸話）』[1989・未邦訳]、『Show and Tell：The New book of Broadway Anecdotes（暴露：ブロードウェイの逸話の新書）』[2016・未邦訳]をはじめとする様々な書籍を読み、徹底的なリサーチを行った。また、何度も（ときにはゼメキスとともに）ニューヨークを訪れ、ブロードウェイの世界にどっぷりと浸り、舞台演劇特有の落とし穴や可能性、陥りやすい危険をじかに観ただけでなく、自分たちのミュージカルに望む成功を目（ま）の当たりにしたのである。

左：ボブ・ゲイルとロバート・ゼメキスは、ニューヨークの有名なシアター・ディストリクトに足繁く通い、たくさんのミュージカルを観た。

その後、何十回とリライトされるとはいえ、この初稿でゲイルとゼメキスは自分たちが定めた目標を達成した。「すべての答えを出そうとしたわけじゃない」ゲイルは説明する。「あの初稿は、このプロジェクトに相応しいプロデューサーを引き入れるためのツールだった」

ビジネスを成功させるために絶対してはいけないこと……

アラン・シルヴェストリとグレン・バラードが楽曲づくりに勤しんでいる頃、ボブ・ゲイルとロバート・ゼメキスはこのプロジェクトを合法的に進められるよう必要な準備を行った。ゲイルはこう説明する。「理論的には、ユニバーサル（・ピクチャーズ）抜きで作ることもできた。原作の脚本に関する脚本家組合との契約では、脚本家にはいわゆる付属権利が与えられているんだ。つまり、演劇を含む別の媒体を使った将来のプロジェクトに対しても完全な支配権および所有権があるんだよ。でも、この企画にユニバーサルを引き入れるのは最初から理にかなっていると思えた。一部の要素の所有権が誰のものなのかが曖昧だったし、ロゴや音楽などの所有権はユニバーサルに属していたからね。それに、ユニバーサルには演劇部門もあったから、彼らが加わってくれれば鬼に金棒、このプロジェクトに落がつくと思った」

実際、ユニバーサル・ピクチャーズの重役ふたりが、ゲイルたちの計画に助力した。「われわれはみな、右も左もわからない状態だった。だからまず、この企画の成功を信じてくれる経験豊富なブロードウェイ・プロデューサーを見つけ

ミュージカル《ビリー・エリオット〜リトル・ダンサー〜》を観たゲイルは、役者のパフォーマンスは文句なしに素晴らしかったが、原作映画のストーリーを忠実に再現しすぎていると感じた。これは、彼とゼメキスが絶対に避けたいと考えている手法だった。一方、《マチルダ》はそれとは逆に、追加された要素によってストーリーの核心からはずれたように感じたという。「私が観たなかでは、《ブック・オブ・モルモン》がいちばんよかった。とくに何も期待せずに観たからか、何から何まで驚きだった。昔ながらのミュージカルに現代的な感性を取り入れた作品で、このアプローチならうまくいくと確信を持ったんだ」

2006年、ゲイルは、のちにゼメキス、シルヴェストリ、バラードとの話し合いに使われる、基本的なあらすじの執筆作業に取りかかった。

その後、全体の初稿を書きはじめた彼は、ミュージカルの制作が進むうちにボツあるいは修正されることがほぼ確実であることは承知の上で、映画のシークエンスをいくつか台本に含めた。この初稿は、強いて言えば《バック・トゥ・ザ・フューチャー：ごちゃ混ぜバージョン》である。

シルヴェストリとバラードが書いた初期の歌を数曲含む2010年10月22日付のこの初稿は、ゲイルが映画の脚本をミュージカルの台本へと変貌させていくさいの起点となった。

右：2007年2月14日付のグレン・バラードのメモの抜粋。中核となる制作陣の初ミーティングの直後に書かれた。

TOWN SQUARE 1985
Opening number: "(Good to be alive in) 1985." Cultural references.
Reagan is president, home computers are new, small camcorders are new.
Enter Marty (on a skateboard) to complain that "I got no Future."
His failed audition.
His family: dysfunctional. (Biff's song—"Anybody Home?")
(Lorraine's song: "Enchantment.")

THE MALL
"Connections." A look inside Doc's brain.
"Time Machine"—Doc Brown sings about his experiment and how the time machine works. He should, in answer to Marty's question about how did he build it, say "if you put your mind to it, you can accomplish anything."
Should Doc sing about "The Future"—envisioning 20 years ahead, the world of 2005 with lots of ridiculous predictions?
Perhaps Doc could Doc rattle off lyrics like Robert Preston in The Music Man ("Trouble in River City")?
Note: since we can't see the Time Displays, the DeLorean could have talking time circuits.

1985年の時計台広場
オープニング・ナンバー：〈(Good to be alive in) 1985〉。当時の時代背景がわかる説明。
　レーガンが大統領で、家庭用コンピューターと小さなカムコーダーが発売されたばかり。
　マーティが（スケボーで）登場し、「僕には未来がない」〈I got no future〉と愚痴をこぼす。
　マーティがオーディションに落ちる。
　マーティの家族は、仲がよくない。(ビフの歌──〈Anybody Home？〉)
　(ロレインの歌：〈Enchantment〉)

ショッピング・モール
〈Connections〉。ドクの脳内の描写。
〈Time Machine〉──ドク・ブラウンが自分の実験とタイムマシンの仕組みについて歌う。どうやって造ったのかというマーティの質問に答え、ドクは「何事もなせば成る（全力で取り組めば、なんだってできる）」と言うべきだ。
ドクは、数々のばかげた予想を含む20年後の2005年の未来を空想した〈The Future〉を歌うべきか？
『ミュージック・マン』で〈ヤ・ガット・トラブル（イン・リバーシティ）〉を歌うロバート・プレストン風に、ドクらしい、まくしたてるような口調で歌わせる？
注：車内の日時ディスプレーは観客には見えないから、デロリアンに喋るタイムサーキット機能をつけてもいいかもしれない。

ようと思ったんだ」そこで、前述の重役たちは、『バック・トゥ・ザ・フューチャー』チームと、初めて制作したミュージカルがブロードウェイで大ヒットしたプロデューサーとのミーティングをお膳立てした（ネタバレ注意：この試みは空振りに終わった）。

「ミーティングまで3週間待たされた」ゲイルはそう続ける。「しかも、そのプロデューサーは遅刻してきたばかりか、無礼で傲慢で、まったく予習もしていなかった──公開以来、映画を観てもいなかったんだ。それから、『この作品をミュージカルにするのはとても無理だ。そもそも、きみたちには舞台を作った経験がまったくない。それなのに、なぜできると思うんだ？』と言われた。われわれはさっさとミーティングを切り上げたよ」

多くの紹介やミーティングを経て、2010年前半、ブロードウェイで活躍するニューヨークのベテラン・プロデューサーふたりがミュージカル《バック・トゥ・ザ・フューチャー》の魅力を認め、ゼメキスとゲイルと話し合うためにロサンゼルスにやってきた。いかに乗り気であるかを示すため、ふたりのプロデューサーは夕食を兼ねたミーティングに、当時ブロードウェイでヒットしていた自分たちの作品を演出した人物を連れてきた。その演出家が話した構想のなかには、映画の1985年ではなく、2011年から物語をスタートさせる案も含まれていた。ゲイルはこう語っている。「ロバート（・ゼメキス）と私は、横目で互いを見やった。そして、『2012年にまだミュージカルが上演されていたらどうなるんだ？ 毎晩、ミュージカルのオープニングを、実際の日付と一致させるのかい？』と尋ねると、彼は答えに詰まった」そのトニー賞を受賞した演出家はさらに『バック・トゥ・ザ・フューチャーPART 2』に登場した有名なホバーボードを使いたいと言いだし、ゲイルたちは「彼はこのミュージカルをまったく理解していない」という明らかな結論に達した。

その演出家には失望したが、ゲイルとゼメキスは、ふたりのプロデューサーとタッグを組むことにはまだ乗り気だった。「ミュージカルの趣旨をきちんと把握しているような発言をしていたし、何か月も私たちにアピールを続けていたからね」と、ゲイルは言う。「だが、私の台本の草稿には、なんの反応も示さなかった」その理由はすぐに明らかになった。驚くべきことに、ニューヨークで開かれた次のミーティングで、彼らは別の劇作家と作曲家を連れてきたのだ。どちらも、彼らが制作したこれまでのミュージカルで使ってきたベテランだった。「『とにかく映画の内容を使わせてくれ。試しにどんなものができるかやってみたい。きみたちには一銭も負担をかけない』と熱心に売りこま

れた」ゲイルとゼメキスが、その提案を考慮する前にまずシルヴェストリとバラードに会ってほしい、と頼むと、プロデューサーたちはなんと、あっさりその要求を突っぱねた。アカデミー賞にノミネートされた作曲家（シルヴェストリ）も、グラミー賞を何度も受賞したソングライター（バラード）も、ミュージカルにおける経験がまったくない──つまり、〝しろうと〟とは組めない、というのがその理由だった。

ミーティングのあと、ゲイルとゼメキスは、そのふたりのプロデューサーに、「われわれは相性が合わない。別の人材を探す」と手紙で知らせた。ゲイルはこう語っている。「要するに、礼儀正しく『くたばれ』と言ったのさ。われわれのチームをぶち壊そうなんて、百年早い」

グレン・バラード、《ゴースト》を観る……

ミュージカルの構想を練りあげながらも、チーム・メンバーはそれぞれ、必要に応じて〝本来の仕事〟に戻った。ロバート・ゼメキスは映画を何作か撮り、アラン・シルヴェストリはその映画音楽やほかのヒット作品も書いた。ボブ・ゲイルは『バック・トゥ・ザ・フューチャー』関連の様々な企画に追われることになった。グレン・バラードも2009年に、〝本企画とは別の〟仕事を引き受けた。その経験がミュージカル《バック・トゥ・ザ・フューチャー》に、非常に有益かつ大きな影響を与えることになる。

バラードは、長年の友人であり同僚で、何年も音楽スタジオをシェアしてきたソングライター／音楽プロデューサー／パフォーマー（ユーリズミックスのメンバー）のデイヴ・スチュワートから連絡を受けた。アカデミー賞を獲得した大ヒット映画『ゴースト ニューヨークの幻』[1990]の舞台ミュージカル版の作曲を請け負ったスチュワートが、バラー

右：デイヴ・スチュワート（左）は、舞台ミュージカル《ゴースト》の楽曲コラボレーターにグレン・バラードを迎えた。

ドとのコラボレーションを希望したのだ。《ゴースト》の台本を書くのは、映画版の脚本を執筆したブルース・ジョエル・ルービンである。スチュワートとルービンと顔合わせを行ったバラードは契約を交わし、BTTFの中核メンバーで初めて、ミュージカルの制作過程に携わることになった。

「演劇については、天才的な舞台演出家マシュー・ウォーチャス（ミュージカル《恋はデジャ・ブ》、《ロード・オブ・ザ・リング》、《マチルダ》）から手ほどきを受けた」と、バラードは語る。「マシューは、ミュージカルについて一から教えてくれたんだ。《ゴースト》には、映画ファンによく知られた作品をミュージカルにする難しさをはじめとして、《バック・トゥ・ザ・フューチャー》と共通する部分が多かった」

同僚たちは知らなかったが、実はバラードにはそれ以前にミュージカルを制作した経験があった。「高校時代に《ワンス・アポン・ア・マットレス》というミュージカルを演出したんだ。そこからひとっ飛びに《ゴースト》だよ！　ずっと使っていなかった筋肉を呼び起こすみたいな感じだった。ミュージカルというのは、詰まるところ、2時間ぶっ続けのライヴ・ショットなわけで、とにかく難しい。音楽にダンス、台詞、照明のキュー、振付──そのすべてが、寸分の狂いなく行われなければならない。マシューがわれわれに教えてくれたいちばん重要なコンセプトは、映画では何千という画像があり、ストーリーの語り方も文字どおり何千とあるが、ミュージカルや演劇では目の前にある10か15の〝画像〟しかない、ということだった。つまり舞台では、あらゆる要素を凝縮して物語の本質に迫らなくてはならない。それから、楽曲を使ってキャラクターの内面を描写し、補足する。ちょうど映画のクローズアップのようにね」

脚本家ブルース・ジョエル・ルービンとの共同作業について、バラードはこう語る。「アカデミー賞受賞作家との共同作業だったうえに、僕らはいわば彼の聖域にいたわけだ。でも、まもなくブルースは、デイヴと僕が、彼の脚本の本質的な部分を尊重するつもりだとわかってくれた。そして、舞台で再現するために僕らが下さねばならない決断に対して、絶対的な信頼をおいてくれたんだ。ボブ・ゲイルとの作業も同じだった。《ゴースト》ではデイヴと僕、《バック・トゥ・ザ・フューチャー》ではアランと僕。どちらの場合も、舞台上でどう演出されるかが決まる前に、各キャラクター用の楽曲を作りはじめた。信頼してもらえた証拠だ。まだ台本はなかったから、大ヒットを飛ばした映画のどのシーンを削れるか検討しながら、ミュージカルとして成り立つ作品を練りあげていった」

ミュージカル《ゴースト》は、2011年3月28日、英国マンチェスターで初演され、5月14日まで上演されたのち、同年6月24日にロンドンのウエストエンド公演が始まった。英国での上演中、演出家のマシュー・ウォーチャスは2012年4月23日よりニューヨークのブロードウェイで別キャストによる公演を実現させ、その後、世界数十か国でそれぞれの国の劇団による公演が行われた。

…やっと見つけたプロデューサー！

ミュージカル《ゴースト》の制作中もグレン・バラードはBTTF制作陣と頻繁に連絡を取り続け、多忙なスケジュールをやりくりしながら、アラン・シルヴェストリとともにヒルバレーの楽曲作りを続行した。《ゴースト》の制作中、バラードはプロデューサーのコリン・イングラムに大きな感銘を受けた。イングラムは、イギリスのミュージカル・プロデューサーであるキャメロン・マッキントッシュのもとで働いたあと、ディズニー・シアトリカル・プロダクションズで働いたのち、《ビリー・エリオット》、ビリー・ジョエルのヒット曲を使用した《ムーヴィン・アウト》や、《ティファニーで朝食を》をはじめとするミュージカルを制作していた。バラードはこう語る。「コリンがどうやってミュージカルを作りあげていくのか、制作初期からじっくり観察させてもらった。英国の演劇界は層が厚く、どの部門にも才能ある人材があふれている。コリンは英国演劇界のあらゆる面に精通していた」彼らが制作中の《ゴースト》と《バック・トゥ・ザ・フューチャー》には、感性の面で多くの共通点があることを踏まえ、バラードは2010年8月、コリン・イングラムの仕事ぶりについての感想をシルヴェストリに伝え、後者がEメールでそれをボブ・ゲイルとロバート・ゼメキスに知らせた。

> やあ、みんな。
> サム・シュワルツ（グレンとアルのマネージャー）が少し前、ロンドンで、デイヴ・スチュワートと一緒に《ゴースト》の稽古をしているグレンに会ったそうだ。サムがBTTFをブロードウェイで上演したい意向を（こっそり、と本人は言っている）話すと、コリンは控えめに言っても〝大興奮〟し、企画を進めるさいには自分をプロデューサーとして考慮してほしいと頼んできたらしい。グレンはかれこれ1年以上コリンと一緒に働いているんだが、とにかく彼を褒めちぎってる。
> アラン

しかし、《ゴースト》の英国公演を1年後に控え、その後ブロードウェイ公演も決まっているとあって、イングラムはスケジュール上、《バック・トゥ・ザ・フューチャー》の仕事を引き受けることができなかった。また当時は、ゼメキスとゲイルが前述のブロードウェイ・プロデューサーたちと、

上：イギリスで活躍するプロデューサーのコリン・イングラムが、《バック・トゥ・ザ・フューチャー》の制作陣に加わった。

のちに白紙に戻される話し合いの最中でもあった。

2年後、バラードはニューヨークで上演されている《ゴースト》にボブ・ゲイルと妻のティナを招待し、ふたりをコリンに引き合わせた。ちょうど次のプロジェクトを検討していたイングラムは、《バック・トゥ・ザ・フューチャー》に狙いを定めていた。《ゴースト》でグレン・バラードとの共同作業を心から楽しんだこと、そのコラボ関係を続けたいと願っていたこともあるが、ミュージカル《バック・トゥ・ザ・フューチャー》に携わりたい大きな理由は、若い頃の思い出に端を発していると、イングラムは打ち明ける。「とにかく、あの映画が大好きだった。イギリスで公開された当時、僕は15歳で、クリスマス・イヴに映画館で観たのをいまでも覚えている。その何か月かあと、もう一度友だちと観に行った。当時は、映画館で観るのはたいてい一度きりで、同じ映画を2回観に行くことはほとんどなかった。『バック・トゥ・ザ・フューチャー』は僕が映画館で2回観た数少ない映画のひとつだよ。以来ずっと心に残っている作品でもある」

名作『バック・トゥ・ザ・フューチャー』の大ファンであることに加え、《ゴースト》の経験から、イングラムには自分が《バック・トゥ・ザ・フューチャー》の制作者に適任だという自信があった。パラノーマル・スリラーである《ゴースト》のミュージカルでは、「テクノロジーがたくさん使われた」とイングラムは言う。「LEDやビデオも多用したし、舞台機構やあっと驚く仕掛けもたっぷりあった。そういう、目を見張るような大胆な仕掛けが使われた見せ場が好きなんだ。《バック・トゥ・ザ・フューチャー》にも同じ要素をめいっぱい詰めこめると感じたし、誰を雇えばいいか、どの程度の準備が必要なのかもわかっていたから、自分ならできるという確信があった」

2013年、バラードの熱烈な推薦を得てアメリカに招かれ、ゼメキス、ゲイル、シルヴェストリ、バラードと会ったイングラムは、自分がプロデューサーを務めるべきだという前述の理由をすべて述べた。「われわれ全員が、コリンを気に入った」と、ボブ・ゲイルはミーティングに参加した全員を代弁する。「彼の熱意と、非常に前向きな姿勢に好印象を持った。『必ず、舞台で成功させる方法を突き止める。なんとしてもBTTFのミュージカルを実現する』という姿勢は、それまでわれわれが会った人々の、『絶対無理だ。別の方法を考えるべきだ』という姿勢とはまるで違っていた。コリンの熱意の源は、10代に映画を観て大ファンになったことだった。われわれが会ったほかのプロデューサーの多くは、いま考えてみると、このプロジェクトを担うには年をとりすぎていたと思う」ゼメキスはこう付け加える。「この男なら任せられる、とわれわれが確信を抱いたのは、コリンだけだった」

こうして、チームは5人になった……。

コリン・イングラムは一時(ひととき)も無駄にせずに、さっそく仕事

にとりかかった。最初に着手した作業のひとつは、上演場所の変更である。何十年もアメリカとイギリスの両国でミュージカルを制作してきた経験から、《バック・トゥ・ザ・フューチャー》も、《ゴースト》と同じ順序で上演すべきだと強く感じたのだ。つまり、まずマンチェスターで初演し、その後ロンドンのウエストエンドに場所を移すのである。変更理由の一部は下記のとおりだ。

1　イギリス在住のコリンが毎日アメリカに通うのは難しい（それに、コストもかかる）。
2　ブロードウェイで一から舞台を制作するには、莫大な費用がかかる。
3　法的費用だけでも、かなりの金額になる――「アメリカではすべて弁護士を通さなければならないが、イギリスではもう少しくだけたやり方で進められる」
4　リソースも増える――「イギリスのほうがデザイナーの質が高く、景色造りや、エンジニアリングおよびオートメーションを扱う会社の技術も優れていると思う。ラスベガスにある演出工房に（特殊効果を）頼めば、その費用は天井知らずになる」
5　イギリスには、昔から映画『バック・トゥ・ザ・フューチャー』のファンが非常に多い。「みんなあの映画が大好きだから、ミュージカルも熱狂的に迎えられるにちがいない」
6　イギリスのほうが〝安全〟だ――「ブロードウェイでミュージカルを制作する場合、たいへんな注目が集まるうえ、その費用を考えると、初日から大ヒットを飛ばさねば割に合わない。週に100万ドル――ものすごい金額だ――の売上がなければ、ブロードウェイ公演は打ち切られる。ミュージカルを制作・上演するのに、イギリスのほうが〝安全〟だという理由を、みな理解してくれたと思う」

「まずイギリスで上演するのは、グレン（・バラード）の《ゴースト》での経験を考えると、非常に理にかなっていた」ゲイルは語る。「われわれには、まったくためらいはなかったよ。グレンも指摘しているように、ブロードウェイに進出する前に、2か所（マンチェスターとロンドン）で公演を行うチャンスを得られるわけだからね。それに、ウィリアム・シェイクスピアを生んだ国でわれわれのミュージカルを初演するなんて、素晴らしいことじゃないか」

新たな上演場所が決まると、イングラムはこの企画に相応しい演出家を探しはじめた。また、舞台を立ちあげるさいの初期費用――脚本家や演出家への賃金、法的費用、キャスティングやワークショップにかかる費用、交通費など――をカバーする〝前金〟の捻出という重要な点でも、貢献したいと考えた。

そこで、過去に関わったことのある様々なプロデューサーや出資者と連絡を取り、ミュージカル《バック・トゥ・ザ・フューチャー》に対する関心度を尋ねた。ニューヨークでは、《ゴースト》と《ティファニーで朝食を》でイングラム

と組んだドノヴァン・マナトがまず参画を誓い、韓国のメディア複合企業であるCJ ENM（韓国版の上演にも興味を示した）、リカルド・マルケス（《ゴースト》のブラジル版プロデューサー）、商品販売企業のAraca（こちらも《ゴースト》の関連グッズ担当）ばかりか、プロデューサーのハンター・アーノルドや、アメリカの独立プロデューサーネットワーク（IPN）のメンバーが、次々に出資を申しでた。

この最初の資金集めにより、なんと75万ドル以上もの活動資金ができた。「彼らは、思いきって賭けにでてくれたんだ」と、イングラムは驚きに満ちた声で語る。「題材はもちろん、名作『バック・トゥ・ザ・フューチャー』がミュージカルになること、ゼメキスとゲイル、シルヴェストリという原作映画のクリエーターとグレン・バラードが制作陣に名を連ねている事実のみに基づいて出資してくれた。映画で使われた曲（〈The Power of Love〉、〈Johnny B. Goode〉、〈Earth Angel〉、〈Back in Time〉）がミュージカルで使われることを知ってはいたが、台本も読まず、キャスト候補さえ知らず、オリジナル楽曲をひとつも聞かずに、このプロジェクトに資金を投入してくれた」

実に幸先の良いスタートだった。

いや、〝ロイド〟違いだ……

ほどなくして、コリン・イングラムはチームの中核である〝4人組〟に、有望な演出家候補を提案した。「ジェイミー・ロイドは当時、新進気鋭の演出家のひとりで、ロンドン演劇界の最前線で活躍していた」とイングラムは語る。ロイドが映画に対する熱意とミュージカルの構想を熱く語るのを聞いて、「彼なら、このプロジェクトに新たな息吹をもたらしてくれると感じた」イングラムは、4人組と引き合わせるためにロイドをアメリカにともなった。

演出家探しで何度か失望を味わってきたゲイルは、ジェイミー・ロイドとのミーティングに至った経緯を次のように説明する。「この頃には、演劇界で定評のある演出家にミュージカルを依頼することが非常に難しいことがわかっていた。それぞれが専門分野を持っていることもわかった。いわゆる芝居の演出にかけては大家だが、ミュージカル・コメディやミュージカルがいっさいできないという演出家もいる。演出家が決まると資金を確保しやすいこともあって、彼らは常に引っ張りだこだ。何しろ、企画中の芝居は非常に多いからね。グレン・バラードはすでに《ゴースト》で有能な演出家との共同作業がいかにプラスに働くかを学んでいたし、映画業界出身であるわれわれも、当然ながら、作品づくりに演出家がどれほど重要かを熟知していた。それに、『バック・トゥ・ザ・フューチャー』の30周年記念にあたる2015年に初演を間に合わせたいという気持ちもあった」

イングラムにジェイミー・ロイドを推薦されたボブ・ゲイルたちは、彼に関してリサーチし、彼が演出を手がけた作品のレビューを読んだ。「すでに人気が確立された作品を引き受けるリスクを厭わない、気概のある演出家であることは

Great Scott! BACK TO THE FUTURE Musical to Land in West End Next Year; Workshops Set for Summer 2014 in LA, London

by Jessica Showers Jan. 30, 2014

BACK TO THE FUTURE will be tuning its DeLorean time machine's "flux capacitor" to a different frequency when it travels to the West End in musical form next year.

According to the Daily Mail, BACK TO THE FUTURE will be adapted for the theatre just in time for the 30th anniversary of the film's release. Bob Gale, who penned the 1985 original, as well as its two sequels, is collaborating with the film's director Robert Zemeckis, theatre director Jamie Lloyd and producer Colin Ingram on the musical version.

"We met Brits, and we met Americans, but we decided on the Brits -- Jamie and Colin -- because they're seeing our material through slightly different cultural eyes," Gale told the Mail. Plus, BACK TO THE FUTURE is automatically suited to become a musical because, "you've got a main character who wants to be a rock musician," Gale added. "The script stands on its own. It's a different version of the same story."

グレート・スコット！　ミュージカル《バック・トゥ・ザ・フューチャー》が来年、ウエストエンドにやってくる。2014年にロサンゼルスとロンドンでワークショップが行われる予定。
ジェシカ・シャワーズ　2014年1月30日

『バック・トゥ・ザ・フューチャー』がデロリアン・タイムマシンの〝次元転移装置〟を別の周波数に合わせ、来年、ウエストエンドのミュージカルとして登場する。

デイリー・メイル紙によると、『バック・トゥ・ザ・フューチャー』の30周年記念を祝して、ミュージカル版の制作が決まった。このミュージカルでは、1985年の映画および続編2作を執筆した脚本家ボブ・ゲイルが、監督のロバート・ゼメキス、舞台演出家のジェイミー・ロイド、プロデューサーのコリン・イングラムと組む。

「イギリス人とアメリカ人の両方を考慮したが、文化的にわずかに異なる視点から素材を見ることのできるイギリス人コンビ──ジェイミーとコリン──に決めた」ゲイルはデイリー・メイル紙にそう語った。『バック・トゥ・ザ・フューチャー』がミュージカルに相応しい理由は、「主人公がロック・ミュージシャンになりたがっているからだ」と付け加え、「台本はオリジナル。同じストーリーの別バージョンとなる」という。

明らかだった。そこで、『よし、彼に会おう』ということになった」

　ミーティングの最中、ロイドは、イングラムに見せたのと同じ情熱を示した。「彼はすでに台本の最新の草稿を読んでいた」とゲイルは続ける。「そして、『間違った方向に進んでいると思います。僕はまったく別のやり方を思い描いています』と言うんだ。彼は『別のやり方』をその場で明確に描写することはできなかったが、われわれは興味をそそられ、『どういう構想を思い描いているのかを突き止めようじゃないか。その案を取り入れればこのミュージカルが素晴らしいものになるかもしれない』と考えた」

　制作の指揮を引き継いだロイドは、自らの創作チームから数人引き入れ、数週間かけてボブ・ゲイルの台本をリライトした。

　「2014年の8月、彼はアラン（・シルヴェストリ）とグレン（・バラード）とみっちり打ち合わせを行い、私とも台本に関してさらに話し合うためにロサンゼルスにやってきた」と、ゲイルは言う。「私は彼の選択の多くに疑問を抱いた。それに対する彼の答えにも納得がいかなかった。アルとグレンとの打ち合わせもうまくいかなかったばかりか、彼は別のソングライターを雇いたいと言う。われわれはみなこの成り行きが気に入らず、共同作業は行き詰まった。そこで私はコリンに電話をかけて、すべてを説明した。コリンは全面的にわれわれの意見を支持してくれたよ」

創作面での相違

英語の名詞
創作面での相違 複数形（複数形でのみ用いられる）

1　（婉曲的に）コラボレーションをする音楽家や作家といったアーティスト間で生じる意見の不一致。共同作業の解消という結果を招く場合に使われることが多い。

AUGUST 28, 2014

Director Jamie Lloyd Leaves BACK TO THE FUTURE Musical; Show's West End Debut Delayed

by BWW News Desk Aug. 28, 2014

The Daily Mail writes that director Jamie Lloyd has "amicably" left the team of the new BACK TO THE FUTURE musical adaptation, just before the show was set to begin workshops in Los Angeles and London. Lloyd and Bob Gale -- screenwriter for the three BACK TO THE FUTURE films -- "disagreed over the production's direction."

For Lloyd, the decision was "just a case of wanting to stand by my vision," he told the Mail. "You absolutely have to believe in it or there's not much point"

Gale will now rewrite the musical and send out a new draft to directors late next year, with hopes for a 2016 bow in the West End. The show had originally been aiming for an opening to coincide with the 1985 film's 30th anniversary in 2015.

舞台演出家のジェイミー・ロイド、ミュージカル《バック・トゥ・ザ・フューチャー》を降板。ウエストエンド公演は延期に。
BWW News Desk　2014年8月28日

デイリー・メイル紙は、ロサンゼルスとロンドンでワークショップが始まる直前に、ミュージカル《バック・トゥ・ザ・フューチャー》から演出家のジェイミー・ロイドが〝友好的に〟降板したと報じた。ロイドと、『バック・トゥ・ザ・フューチャー』映画3部作の脚本家ボブ・ゲイルは、「制作の方向性で意見が食い違った」と語っている。

ロイドは、この決断を「自分の構想を曲げたくなかった」とデイリー・メイル紙に説明した。「自分が100％納得のいく作品でなければ、やる意味がないからね」

ゲイルは今後ミュージカルをリライトし、2016年のウエストエンド初演を目指して、来年後半に新たな草稿を複数の演出家候補に送る意向である。このミュージカルは当初、1985年に公開された映画の30周年記念である2015年に合わせて初演される予定だった。

左：グレン・バラードとステファニー・ウィッティア。

われわれに未来はない……

演出家を失い、BTTFミュージカルの〝未来（フューチャー）〟には突如、暗雲が立ちこめた。2015年の初演実現はもはや不可能となり、関係者の誰もが、この企画が〝歴史から消える〟ことを危惧していた。（出資者を募るための）ショーケース／プレゼンテーションの見通しがつかない状況となったいま、契約上、ミュージカルの制作権はコリン・イングラムからロバート・ゼメキスとボブ・ゲイルとユニバーサルに戻り、イングラムは一時的に身を引いて、ニューヨークのマディソン・スクエア・ガーデンでの仕事を引き受けた。

「われわれはまたしても、果たしてこのミュージカルを実現できるのだろうかと不安になった」ゲイルはそう回想する。「だが、いま思い返してみると、ジェイミー・ロイドの一件で重要なことを学んだ。このプロジェクトに必要な答えを部外者に提供してもらえると考えたのが、そもそもの間違いだった。『バック・トゥ・ザ・フューチャー』のことを誰よりもよく知り、それをどういうミュージカルにすべきかわかっているのは、われわれ4人以外にいないんだから。4人とも心の底からわくわくするような作品でないかぎり、BTTFのミュージカルを作る意味はない」ロバート・ゼメキスが自ら演出することを考えはじめたのは、この時期である。

ゲイルとゼメキスは、アメリカのコメディ・アニメ「サウスパーク」の共同クリエーターであるトレイ・パーカーが共同演出を務め、著名な振付師ケイシー・ニコロウを振付と共同演出に起用した《ブック・オブ・モルモン》がとても気に入っていた。《ブック・オブ・モルモン》以前、パーカーには演劇の経験がまったくなかったのだから、ゼメキスは同じように才能ある振付師を起用できれば、自らの輝かしい経歴に舞台演出家の称号を加えられるのではないかと考えたのである。とはいえ、ゼメキスにはすでに映画の仕事が何年も先まで入っているため、この案はすぐに却下になった。その後、ほぼ2年近くどっちつかずの状態が続いたあと、グレン・バラードが《ゴースト》の経験をもとに、こんな提案をした……。

とにかく、ショー（ケース）をやってみよう！！

2016年、グレン・バラードは音楽プロダクション〝オーギュリ〟のパートナーであるステファニー・ウィッティアと話をしていたとき、ふと、自分とアラン・シルヴェストリが作った楽曲をほぼ誰にも聴かせていないことに気づいた。「どれもミュージカルでうまくいくことはわかっていたから、ほかの人たちにも聴かせてみようと思ったんだ」とバラードは語る。《ゴースト》でも、ショーケースと呼ばれる楽曲のお披露目会が、才能ある人材や資金集めに貢献した。「台本はまだなかったが、映画を参考にして書いた、それぞれ異なる魅力を持つ楽曲が10曲から12曲ほどあった」ショーケースを開催するアイデアをボブ・ゲイルに告げると、ゲイルは一も二もなく賛成し、ユニバーサルにその話を持ちかけた。ユニバーサルも良い考えだと同意し、このイベントに3万ドル出資すると約束した。

2017年6月7日水曜日、午後7時

ハリウッド北部、ウッドシェッド・スタジオ
スタジオは高速道路170号線を下りてすぐ、シャーマン・ウェイの南、ローレル・キャニオン大通りの東にあります。会場の東側の路地には、駐車スペースはほとんどありません。通りに駐車することは可能です。
路地からお入りください。

ソフトドリンク、ビール、ワインが提供されます。

このショーケースはあくまで制作途中のお披露目会であり、一般には非公開で、入場できるのは厳選された招待客のみです。ご芳名はリストに掲載されています。許可なしに追加のゲストを連れてこないようお願いします。イベント前に、口外しないでください。
<u>ショーケースの録音や録画はすべて禁止です。</u>

注：パフォーマンス用の会場ではないため、一部、座席はあるものの、大部分のゲストには、高いカクテル・テーブルのそばに立っていただくことになります。

ショーケースは1時間以内に終わる予定です。

未来（フューチャー）は素晴らしいものになるはずです！

曲目：
1 〈Power of Love〉 マーティ・マクフライとピンヘッド
2 〈Only a Matter of Time / I've Got No Future〉 マーティとアンサンブル
3 〈Wherever We're Going〉 マーティとジェニファー
4 〈Hello, Is Anybody Home ?〉 マクフライ家
5 〈It Works〉 ドク・ブラウンとコーラス・ガールズ
6 〈It's What I Do〉 ビフ・タネン
7 〈You Gotta Start Somewhere〉 ゴールディ・ウィルソン
8 〈Future Boy〉 マーティとドク
9 〈Something About That Boy〉 ロレインと女の子たち
10 〈Earth Angel / Johnny B. Goode〉 アンサンブル
11 〈Power of Love / Only a Matter of Time〉 アンサンブル

右・上：招待された友人や家族、映画会社の重役、出資者たちを前に、才能ある俳優とシンガーたちがミュージカルから厳選された楽曲を初めて披露した。

右・下：後列（左から右）：フレッチャー・シェリダン、ビヴァリー・ストーントン、サンディー・ホール、リック・ローガン、ランディ・クレンショウ（かがんでいる）、ペイソン・ルイス（かがんでいる）、ダニー・ウィリック、スコット・ヘイナー、マイケル・ブラスキー、ランディ・カーバー、ジョナサン・シム。／前列（左から右）：モニーク・ドネリー、ロドリゴ・モレノ、マリア・シヴェツ、ステファニー・ウィティア、ボブ・ゲイル、グレン・バラード、アラン・シルヴェストリ。

　バラードとウィッティアはさっそく、ショーケース開催に向けて動きだした。「ロサンゼルスのサン・フェルナンド・バレー、ヴァン・ナイズにある大きなレコーディング・スタジオのなかに、ちょうどいい会場が見つかった」バラードは当時の状況を思い出す。「ロスに住む腕のいいミュージシャンを何人か知っていたから、そのツテでバンドを結成し、同じくロスを拠点に活動する有名コマーシャルの常連シンガーを6人雇った。背景にはスクリーンを設置し、歌に合わせて、映画から念入りに選んだ映像を投影することになった。そうやって、僕らの〝ミュージカル〟をやることにしたんだ」

「毎日リハーサルをこなすにつれて、しだいに自信がついていった」とゲイルは語る。「素晴らしいシンガーが揃っていたよ。それぞれが才能、ユーモア、個性を注ぎこみ、役になりきってくれた。グレンは経験豊富なアレンジャー（編曲家）も連れてきた。そのアレンジャーが、古くて粗い白黒画像と高解像度のフルカラー映像ほどの違いをもたらしてくれた」

「あれはなんとも楽しいプロセスだったね」ロバート・ゼメキスはこのショーケース・イベントについて語る。「作っている楽曲がどんな感じなのかを披露するわけだが、詰まるところ、『BTTFミュージカルを作りあげるための売り込み』だった」

　バラード、シルヴェストリ、ゲイル、ゼメキスは、この限定的なパフォーマンスのために、厳選したプロデューサーや友人、映画会社の重役、『バック・トゥ・ザ・フューチャー』コミュニティのメンバーを招待した。同じく招待されたコリン・イングラムも、喜んでイギリスから足を運んだ。

　40分におよぶこのショーケースが終わったあと、バラードたちが求めていた確固たる答えが得られた。「すべてがあのショーケースにかかっていた」ゼメキスは続ける。「不発に終われば、誰もが、『うーん……この企画は……ちょっとどうかな』と二の足を踏んだにちがいないが、ショーケースは大成功に終わった！　あのイベントが、われわれを次の段階に推し進めてくれたんだ」

　バラードはこう付け加える。「あれこそまさに、ライヴ・パフォーマンスの持つ力。紙面で評価を下し、曲のデモを聴くのと、生き生きした音楽が目の前で演奏され、それに合わせて全力で歌う実際のシンガーを見るのはまったく別物なんだよ。それまでは、何がだめなのか、どうやったらうまくいくのか――とにかく話し合いばかりだった。必要なのは、歌を生で聴いてもらうことだったんだ。サン・フェルナンドのショーケースのあとは、関係者の誰もが、『これなら、いける！』と口を揃えて断言した。あのイベントで演奏された楽曲がいかに素晴らしかったかは、ところどころ変更されたとはいえ、完成されたミュージカルでほとんど採用されたことが証明している」

　シルヴェストリはこう語る。「われわれは、観客の前で楽曲を披露した。どういう歌を聴くことになるのか、まったく知らない人々の前で、だ。彼らからは、まさにわれわれが望んでいた反応が得られた。『いいぞ、その調子で進め』というメッセージを、しかと受けとったよ」その夜のエネルギーと前向きな反応は、ユニバーサルの重役にも伝わった。「彼らはみな深く感銘を受けていた！」ボブ・ゲイルは説明する。「クリス・ハーツバーガーは、こう言っていた。

右：トニー賞受賞経験を持つ、演出家のジョン・ランド。

〝この種のイベントにはしょっちゅう足を運んでいるが、たいていは数人のパフォーマーがピアノ伴奏をバックに歌うだけだ。ところが今回は、バンドやそれらしい衣装、シーンの雰囲気を伝えるための映像スクリーンまであった。この段階で、ここまで形になっているショーを観たのは初めてだ、とね」参加者から絶え間なく称賛されて大胆になったゲイルは、ユニバーサルの重役連に、「このプロジェクト全体に資金を提供してくれないかと訊いてみた」が、「答えはノーだった」と笑う。「だが、まるで気にならなかった」

ショーケースでの反応に元気づけられた4人は、創作スランプを抜けだし、10年ほど前に初めて思い立ったBTTFのミュージカルを必ず実現させようと、さらなる決意を固めた。最初のステップは、プロデューサーのコリン・イングラムを再び制作チームに引き入れることだった。イングラムは、ふたつ返事でこの依頼を引き受けた。

ジョン・ランド、登場……

再びプロデューサーとなったコリン・イングラムは、意欲的に仕事に取り組んだ。彼のもとには、様々な舞台演出家から、自分こそBTTFミュージカルに適任だとアピールする電話が殺到した。そのほとんどは考慮するにも至らないほど経験が浅かった、とイングラムは語る。2018年1月、ロスに戻ったイングラムは、そこでボブ・ゲイル、グレン・バラードとともに歌を伴う台本の読み合わせを指揮し、その様子を録画した。そして、その映像と前年の夏に行われた楽曲ショーケースの編集済みの映像を使って、演出家候補とのミーティングを行うことにした。

まず演出家候補のリストを作り、何度かミーティングを行った。そのリストのなかには、突出している名前がひとつあった。イングラムは、「ミュージカルの演出経験が豊富な、少し年配のアメリカ人にしようと決めていた」という。

その条件のみならず、ほかにも素晴らしい資質を備えていたのが、ジョン・ランドである。2002年、ミュージカル《ユーリンタウン》でトニー賞を受賞したランドは、映画をもとにしたミュージカル（あるいは、映画化されたミュージカルのリバイバル作品）を数多く演出していた。代表作は、《ア・クリスマス・ストーリー》、《ウェディング・シンガー》、《A Thousand Clowns》（原作映画は『裏街・太陽の天使』のタイトルで日本ではテレビ放映のみ）、トニー賞にノミネートされた《オン・ザ・タウン》である。イングラムの直感が正しかったことは、ランドとの初のミーティングで証明された。「彼なら、ほかの4人とうまくやっていけると確信した」という。「いちばん若いとはいえ、4人と年も近いし、気取ったところがなくて話しやすい。何より重要だったのは、コメディを理解していることだ。私が会った候補者のなかで、たった一度のミーティングで確信をもってみんなに推薦したのは、彼だけだった」

ジョン・ランドも、同じミーティングでイングラムに感銘を受けたと語る。「会うのは初めてだったが、コリンは私が手がけた作品を知っていて、このプロジェクトに興味があるかと尋ねてきた。そのときに台本の第一稿と、歌付きの読み合わせ（楽曲ショーケース）のビデオを渡されたんだ。ミュージカルの演出家である私は常に、作品が作られる過程と、どこまでうまく演出できるかに興味がある。《バック・トゥ・ザ・フューチャー》のような特大ヒット作となれば、なおさらだ」ロバート・ゼメキスたちにもすでに説明したように、イングラムは、まずマンチェスターで上演し、ロンドンのウエストエンドに舞台を移すことをランドに伝えた。「それを聞いて、やろうと決めた」ランドはそう語る。「マンチェスターならそれほど注目されずにすむから、内容が漏れる心配をせずに作品をじっくり作りあげられる。『バック・トゥ・ザ・フューチャー』を公開当時から知っている私は、素晴らしいストーリーであることはわかっていたし、すでに音楽が物語のなかに織りこまれているからミュージカルにもお誂え向きだとわかっていた……1950年代というのは、ミュージカルの舞台としては理想的なんだ。自分なら、これまで培ってきたブロードウェイのノウハウをもとに、あの頃の時代背景を反映したミュージカルを作れるという確信があった」

最初のミーティングからまもない2018年2月、ボブ・ゲイルとグレン・バラード（ゼメキスとアラン・シルヴェストリは出席できなかった）と顔合わせを行うため、コリン・イングラムはロンドンから、ジョン・ランドはニューヨークから、ロサンゼルスに飛んだ。「私は既存の素材をどうやって

ミュージカルに変えていくかに関する現実的かつ具体的なメモを携えていった」と、ランドは語る。イングラムはこう回想している。「ジョンは30分ぶっ続けで、この作品に対する熱い思いを生き生きと語ってくれた」

ランドによれば、「その初ミーティングの最後に、ボブ（・ゲイル）の両肩をつかんで、『私はすべての登場人物が大好きなんです』と言ったんだ。何よりも重要なのは、『バック・トゥ・ザ・フューチャー』の映画が好きかどうかではなくて、マクフライ一家や、ドク、ビフといった登場人物を愛しているかどうか、だ。私はボブに、彼の〝家族〟を必ず大切に扱うと伝えた。それこそ脚本家が演出家に何よりも望むことだと心から信じているからね」

ゲイルとバラードは、BTTFミュージカルに関するランドのアイデアと情熱に大いに感銘を受けた。ゲイルはミーティングのあとまもなく、Eメールではっきりそう述べている。

差出人：ボブ・ゲイル
送信日時：2018年2月13日19:56
件名：とても光栄だったよ、ジョン！

ジョン、はるばる会いに来てくれてありがとう。それだけでも、きみの熱意がじゅうぶん伝わってきた。きみの貴重な考えやアイデア、考察を聞いて、創造力がかきたてられた。（きみも同様だと思うが、創造力ではなく〝吐き気〟をかきたてられる連中と会うことのほうが断然多いんだ。）だから、とてもわくわくしているし、楽観的な気持ちだ。心の奥底、直感的な部分で、われわれならうまくやれると感じている。そこで、きみに少し宿題を出したい。BTTFの登場人物や関連するものは、私にとってわが子同然だ。責任感のある親ならみなそうだと思うが、私も、それらを安心して任せられる人物に託したい。きみがこれまで関わったプロジェクトで私に見せたいと思うものがあったら、せひともシェアしてほしい。

制作過程の準備段階における辛抱強い対応を感謝する。
さあ、未来へ進もう！

敬意をこめて、
ボブ

ランドはすぐに返事を書き、自分が手がけた作品の一覧と、その一部のビデオリンクを送った。ランドとの顔合わせについて、ゲイルは「しっかり準備を整えてきたのは明らかだったし、彼なら任せられると思えるような発言ばかりだった」と語っている。「ストーリーやアプローチにかぎらず、舞台では何がうまくいき、何がうまくいかないかという私の質問に、非常に明瞭かつ簡潔で、賢明な答えが返ってきた。同じくらい重要だったのは、彼も《バック・トゥ・ザ・

フューチャー》を観客受けする大規模なミュージカルにしたいと考えていたことだ。彼にはそういうミュージカルを作った経験があり、どうすればそれを達成できるかがわかっている。それに、舞台ミュージカルの〝黄金時代〟に関する知識も豊富で、それに対する尊敬の念も持ち合わせていた。何よりも、ミーティングの最後で、このミュージカルと登場人物に大きな敬意を表したいと力強く請け合ってくれたことに、私は心を動かされた。

そして、ジョンの作品のサンプルを観たいと思った。映画の世界ではとても簡単だ。たとえば、映画監督や撮影技師などの作風や仕事ぶりを見たければ、映画を観ればいいだけだからね。だが、演劇はそうはいかない。ライヴ・パフォーマンスの録画映像があったとしても、その裏にどれほど素晴らしいクリエイティヴな才能が隠れているのかを完全に把握することは不可能だ。とはいっても、送ってもらった映像を観たかぎりでは、手応え抜群だった」ランドがゲイルたちに見せた参考映像はすべて、彼の才能を雄弁に物語っており、ユニバーサルもランドに熱狂的なゴーサインを出した。

グレン・バラードも同様に、ジョン・ランドが加わることに胸を躍らせた。

2018年2月20日（火）22:37、グレン・バラードの発言：

ボブ

ジョンは非常に有望だと思う。協調性がありそうだし、手腕も申し分ないうえに、ユーモアのセンスもある！
ハングリー精神旺盛だが、がむしゃらに成功を求めているわけではない――モチベーションとしては完璧だ……。
僕らの曲の多くがミュージカルに使われるのは嬉しいことだ――彼の演出で、ミュージカルナンバーに仕上がるはずだ。
僕のスケジュールに関して言えば、8月にワークショップを入れることはできる。まず、どうなるか様子を見てみよう。
とても興奮している！

敬意をこめて、
グレン

ゼメキスもシルヴェストリもこのミーティングに出席することはできなかったが、どちらもゲイルとバラードが最終決定を下すことにまったく異存はなかった。

ドク・ブラウンなら、デロリアンに日付を入力しながら、こう言うにちがいない。「『バック・トゥ・ザ・フューチャー』の歴史上、記念すべき日：2018年2月20日。ジョン・ランドが演出家になった日だ！」

ACT TWO
第2幕
未来へ一直線！

「誰しも一度は、両親がどんなティーンエージャーだったかを想像したことがあるにちがいない。これはあらゆる世代と文化に共通するテーマだ」
―― ボブ・ゲイル
『バック・トゥ・ザ・フューチャー』の物語が時代を超えて愛されている理由を語る

ジョン・ランドが公式に演出家に決まると、ミュージカル《バック・トゥ・ザ・フューチャー》を舞台に乗せる旅が本格的に始まった……のだが、少しだけ遅れが生じた。
　経験豊富な舞台演出家は引っ張りだことあって、通常、いくつものプロジェクトを同時進行で進めている。ランドはこのミュージカルに専念する前に、まず三つの仕事を終わらせなくてはならなかった。「コリン（・イングラム）には、2、3か月は手いっぱいだとはっきり伝えてあった。忙しすぎて、BTTFのプロジェクトについて考えることすらできなかった」ランドはそう説明する。「といっても、心のなかでは、早く取りかかりたくてうずうずしていたけどね」
　ランドが作業に加わる前に、ボブ・ゲイルは物語をわかりやすくするために原作の映画から数シーンをカットし、舞台でうまくいきそうなひねりのきいたシーンをいくつか付け加えていた。

「ピーナッツ・ブリットル！」

　2011年のボブ・ゲイルのメモには、「マーティの家の外でぽこぽこになった車が映るシーンをカットし、代わりに、映画から削除されたビフの甥ビリーによるピーナッツ・ブリットルのギャグの新バージョンを入れる」とある。
「理由：マーティが車を必要とし、トラックを手に入れるというサブプロットは映画では絶妙な効果を上げているが、舞台ではトラックが手に入るシーンを効果的に演出することができない。車のシーンをカットすれば、ひとつのセットをまるまる省略できる。ピーナッツ・ブリットルのギャグはまったく新しいシーンとなるだけでなく、映画の削除シーンがもとになっていることにファンは喜ぶにちがいない」
　この〝ピーナッツ・ブリットル〟のギャグとは、マーティの父ジョージが同僚の息子からピーナッツのお菓子をひと箱買えと強要されるシーンで、映画からは削除されたものの、様々なホームビデオ版に特典映像として収録されている。ミュージカル用に変更されたこのシーンでは、同僚の息子に代わってビフがジョージから金を巻きあげ、その売上からたっぷり〝コミッション〟をせしめる。

右：ビフ・タネン（エイダン・カトラー、右）が、値段を釣りあげたピーナッツ・ブリットルをジョージ（ヒュー・コールズ）に売りつける。

「犬もカット！」

昔から、舞台では子どもや動物が登場するシーンは非常に難しいとされてきた。ミュージカル《ティファニーで朝食を》で猫を登場させたコリン・イングラムも、そのとおりだと断言している。2016年版の台本に施した変更により、脚本家のボブ・ゲイルはその定説が正しいことを証明したばかりか、思いがけないおまけも得た。ドクの毛むくじゃらの相棒アインシュタインをカットしたおかげで、科学者であるドクに相応しい、会場を沸かせる初登場シーンが生まれたのである。

「ボブ（・ゼメキス）と私は、マジックの大ファンでね」と、ゲイルは語る。「ぱっと車を出現させるとか、またその逆に、車をぱっと消し去ることが可能だとわかっていた――ランス・バートンはラスベガスで毎晩それをやっているよ。われわれは、この大仕掛けにどういう特殊効果を使えばいいかもわかっていた。だから、ほぼ何もない舞台で、マーティが三度のソニックブームに迎えられ、デロリアンがどこからともなく出現し、ドクが世界初のタイムトラベラーとなったことを宣言すれば、素晴らしい初登場シーンになると思った。実質的に映画のシーンの近道をしつつ、舞台でのみ可能なあっと驚く演出を使うんだ。目を見張るようなマジック・トリックであり、役者にとっては最高の初登場シーンとなるばかりか、歌の導入部としてもうってつけだ」

「外交免責」

2013年にコリン・イングラムが加わると、彼とボブ・ゲイルは、映画でドクを撃つ悪名高いリビアのテロリストについて話し合った。「コリンは、ミュージカルのなかでは絶対に銃声を使いたくないと言って譲らなかった。もちろん、この主張はじゅうぶん理解できる。コリン（とわれわれ）は常に、これが家族向けのミュージカルだと考えていたから、なるべく暴力的な描写を避け、強烈な罵り言葉は使うまいと決めていた。それに、銃声に関しては暴力的だという問題に留まらない。リビア人を登場させた場合、その筋を物語のなかでどう結ぶかという大きな問題が生じる。リビア人の脅威が残ったままにしておくのはまずいが、ショッピング・モールのセットに戻るのも論外だ。何よりも、暴力的な対決や追跡シーンは、舞台では映画と比べると陳腐で退屈になる可能性が高い」では、どうすればいいのか？ 2017年、ゲイルは名案を思いついた。

「自分にこう問いかけたんだ。どうやって盛りあげたらいいのか、とね。ドクが死にかけている。それが肝心な点だ。だからこそマーティはデロリアンに乗って、猛スピードで助けを呼びに行かなければならないわけだからね。すると問題は、それ以外の要素はそのままで、撃たれる代わりにどう

上：ドクター・エメット・L・ブラウンに扮したロジャー・バートの、度肝を抜く登場シーン。
次頁・上：ツイン・パインズ・モールでドクが現れるのを待つ、マーティ（オリー・ドブソン）。
次頁・下：プルトニウムの放射能を浴びたドクを描いたコンセプト・スケッチと、実際の場面。

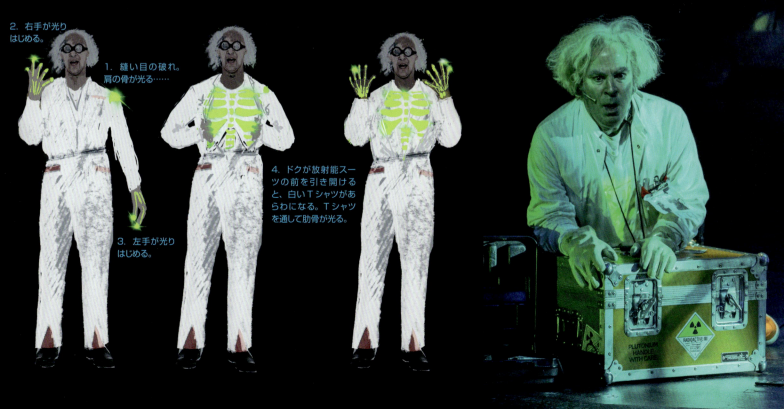

2. 右手が光りはじめる。

1. 縫い目の破れ。肩の骨が光る……

4. ドクが放射能スーツの前を引き開けると、白いTシャツがあらわになる。Tシャツを通して肋骨が光る。

3. 左手が光りはじめる。

やってドクが死にかけている状況を作りだせるのか、だ」その答えは、まるで稲妻のように頭に閃（ひらめ）いた。「ドクが被ばくすればいい。そう、ドクは歴史的な大発見に興奮するあまり、不注意にもマンハッタン・プロジェクト時代に使っていた古い放射能スーツを使ってしまうんだ。このスーツを使えば、ドクのバックグラウンドを説明できるという利点もある。誰もが、素晴らしいアイデアだと思った」

ゲイルは、この新たな設定から生じるであろう疑問のすべての面を考慮した。なぜマーティは、ドクをデロリアンに乗せて病院に運ばなかったのか？　彼はこう説明する。「被ばくしたドクは、マーティに近づいて彼が被ばくする危険をおかすことはできない。かといって、ドクは運転できる状態ではない。だから、いちばん近い病院に助けを呼びに行くために、マーティがひとりで車を飛ばす必要があるんだ」

ミュージカルの観客がこの大幅な変更を受け入れるとイングラムが確信を持った理由は、台本の初稿を執筆中、彼とロバート・ゼメキスがコロンビア・ピクチャーズの重役と顔を合わせたときのやりとりに端を発している。「ゼメキスが、社長のフランク・プライスに、観客はマーティがタイムトラベルをすると信じるだろうかと尋ねた。そのときのフランクの答えが、ずっと頭に焼きついている。彼は、『もちろんだ。信じたいという気持ちがあるからな。信じたいからこそ、チケットを買うわけだから』と言ったんだ。だったら、観客はドクが被ばくして死にかけていると信じるだろうか？　もちろん、信じるとも。なぜなら、彼らにはそう信じたい気持ちがあるし、われわれが信じるに足る明確な理由を与えるんだから」

2018年の半ば、スケジュールにようやく空きがでたジョン・ランドは、すぐさまヒルバレーの世界を作りあげる仕事にかかった。すでにイングラム、ゲイル、グレン・バラード、アラン・シルヴェストリに強調していたとおり、彼の最優先事項は、〝良質な〟ストーリーと楽曲を作ることだった。「デザインは二の次だ」とランドは言う。「技術的な面もね。私はとにかく質の高いミュージカルを作りたいと思っていた。それが基盤にあれば、ほかはそのあと、どうとでもできる。われわれは、8月にロンドンでワークショップを行うことをひとつ目の指標とする、よくできたスケジュールを立てた」ランドは楽曲とスコアに関するグレン・バラードとアラン・シルヴェストリとの共同作業と、ボブ・ゲイルとの台本執筆というふたつの作業に自分の時間を割り振った。

舞台ミュージカルについてできるかぎり学びたいというボブ・ゲイルの熱意と、映画の脚本執筆と舞台用の台本の違いに関する原則を守ろうとする彼の姿勢に、ランドはすでに称賛を送っていた。まだ自分が加わらないうちにゲイ

In the Mall parking lot, Doc explains how the time machine works.

DOC
The time vehicle is completely voice activated, and responds to my voice, and my voice only. (pulls a wired microphone from the car) "Start the car."

DELOREAN
"Now starting the car."

The car starts and revs up.

DOC
Time circuits on.

DELOREAN
"Time circuits on."

DOC
Now I use my voice to state the destination time and date. Say we want to see the signing of the Declaration of Independence. "July 4, 1776."

DELOREAN
"July 4, 1776."

ショッピング・モールの駐車場で、ドクはタイムマシンの仕組みを説明する。

ドク
このタイムマシンは音声で起動し、私の声にだけ応答する。（車から有線マイクを引っ張る）。〝エンジンをかけろ〟。

デロリアン
〝エンジンをかけます〟。

車のエンジンがかかり、うなりをあげる。

ドク
タイムサーキット（時計盤）、起動

デロリアン
〝タイムサーキット、起動〟。

ドク
今度は、目標の日付を告げる。独立宣言に署名するところが見たいとしよう。〝1776年、7月4日〟。

デロリアン
〝1776年、7月4日〟。

ルが行った大きな変更は、とりわけランドを喜ばせた。その変更とは、デロリアンに声を与えることである。文字どおり、デロリアンが喋（しゃべ）るようになったのだ。ボブ・ゲイルは次のように説明する。「台本の最初のバージョンに、私はこう書いた。〝映像スクリーンに時計の表示が表れる〟とね。ところが途中で、映像技術に頼りすぎるのはよくないと思ったんだ。私は劇場の後部座席にいる観客に舞台で起こっていることがすべて見えるかどうかが、ずっと気にかかっていた。デロリアンを喋らせれば、その問題をうまく解決できると同時に、わかりやすくもなる」

ランドはその点について、こう付け加えている。「ボブ（ゲイル）の指示を最初に読んだときは興奮したね。『まさに舞台用の演出だ！　おもしろくなるぞ』と思った。ボブには、観客がダッシュボードの日付を読めないとわかっていたんだ。だったら、デロリアンを喋らせればいい。そうすれば、映画を知らなくても、ミュージカルを楽しめるはずだ」

「韻を踏むか、理屈をとるか？」

このミュージカルの台本（ブック）を改定するさい、脚本家ボブ・ゲイルは斬新なアプローチ（トゥック）をとった。

ゲイルはタイムトラベルについて説明するドクに、韻（ライム）を踏ませようと決めた。

懸命に努力し、しばらく時間はかかったが、「ミュージカルなんだから、カッコ（スタイル）よくやろう」と考えた。

ランドはゲイルに、韻は属（ビロング）していないと告げ、「韻を踏むのは歌（ソング）だけでいい」と言った。

ゲイルはマーティの台詞もドクの台詞も、このように韻を踏む形式にした。まず、ドクが1985年、ツイン・パインズ・モールでタイムマシンをお披露目するシーン、それからマーティが1955年のドクを見つけるシーンである。一方、ランドは、ゲイルとゼメキスが80年代に作りだした有名な台詞のほとんどをそのまま使うべきだ、観客はそれを望むはずだ、とやんわり主張した。

　しかし、1か所だけ、ランドが大いに賛成したシーンがある。ゲイルは映画の有名な台詞を少しいじって、こうしたのだ。

ドク
日付（デイト）を定めたら、時速８８（エイティーエイト）マイル（140キロ）で車を走らせる。

その魔法のスピードに達した瞬間（ヒット）……科学的な思考が一新される（シフト）！

キャスティング！

　楽曲と台本が順調に進行しはじめると、ジョン・ランドはキャラクターに命を吹きこむ役者探しに着手した。ひとり前の演出家（ジョン・ロイド）がプロジェクトに関わっていた2014年に、制作陣はイギリスで評価の高いキャスティング・ディレクターのデイヴィッド・グリンドロッドを制作チームに引き入れていた。グリンドロッドは長年コリン・イングラムとタッグを組んできたキャスティング・ディレクターで、直近では《ゴースト》でも、彼と仕事をしていた。

　キャスティング作業の最初の一歩は、各々のキャストに必要とされる特徴やスキルを含むリストの作成だ。グリンドロッドはこう説明する。「つまり、プロデューサー、演出家、音楽スーパーバイザーによる各キャラクターに関する意見や、どんな動きが必要とされるかをまとめた文書だ」この文書が、イギリス中の何百というエージェントやマネージャーに配布された。

　その文書には特定されていなかったものの、キャスティング・ディレクターのメモには、全キャストに必要とされる最も重要な条件が書かれていた。それはスタミナである！「映画やテレビで活躍する有名俳優で、役にうってつけだと思われる者は大勢いるかもしれないが、ミュージカルは映画と違って中断もなければリテイクもなく、休める時間があるとしてもごく短いことを考慮しなければならない。ミュージカルの主演俳優たちは、一度に2時間、ほぼノンストップで観客を前に演技し続ける公演を週に8回こなすという、とてつもない責任を負うんだ」

ドク・ブラウン（男性）

・ドクター・エメット・ラスロップ・ブラウン（ドク）は、デロリアン・タイムマシンの発明者である。ドクは、時空の継続性を正そうとするマーティに別の時代で手を貸し、タイムトラベルによって生じた変化をもとに戻す手助けをする。エキセントリックで個性豊かなキャラクター。コメディが得意でなければならない。ポップソングをスタイリッシュに歌える歌唱力と個性的な声の持ち主で、舞台ミュージカルの経験が豊富な役者であること。［テノールかハイ・バリトン。ベルトA（訳注：ベルトとはベルティング発声を指す。喉はリラックスしたまま高音を地声の響きで出すテクニック。この場合、ベルティング発声で高音A（ラ）までの音域をカバーできること）］
・35歳から50歳の役を演じられること。
・身長：およそ183センチ
・外見：問わない

　デイヴィッド・グリンドロッドは、映画史に残る名キャラクター、ドクター・エメット・L・ブラウン役に相応しい才能ある俳優をまずイギリスで探しはじめた。しかし、なかなかこれという人材が見つからなかったため、コリン・イングラムをはじめとするプロデューサーたちは、権威あるニューヨークのキャスティング・ディレクターであるジム・カーナハンの手を借りて、〝大西洋の反対側〟のアメリカに捜索範囲を広げることにした。イングラムは次のように説明している。「ドク・ブラウンに関しては、歌えるコメディ俳優がいいのか、それとも演技のできる優れたシンガーがいいのか、決めかねていた」カーナハンは、その両方が組み合わさったトニー賞受賞俳優のロジャー・バート（ミュージカル《きみはいい人、チャーリー・ブラウン》）のオーディション・テープを見せた。偶然にも、『バック・トゥ・ザ・フューチャー』の監督であり共同クリエーターのロバート・ゼメキスは、2005年に妻とブロードウェイで《プロデューサーズ》を観劇したときに、ロジャー・バートの演技を見ていた。バートは、このミュージカルのオリジナル公演で演出家ロジャー・デ・ブリのパーソナル・アシスタント、カルメン・ギア役を演じたあと、マシュー・ブロデリックから準主役のレオ・ブルーム役を引き継いだ。

「（オーディションでは、）自分の演技をビデオに録るよう言われた」とバートは回想する。「重要かつ長いシーンを三つ演じられるように準備してくれ、とも言われたよ。そこで、長めのシーンの内容や台詞を覚え、

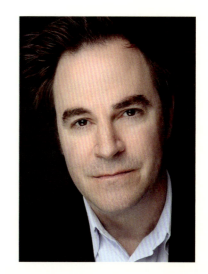

ロジャー・バート

バスローブを羽織って、思考を読むヘルメット代わりに電気スタンドの傘をかぶった。それからカメラを取り付けた梯子のてっぺんに台詞を書いた紙を貼って、ぶっとんだビデオを撮った」

さらに、歌を1曲、録音するようにとも言われたという。「トーキング・ヘッズの〈ワンス・イン・ア・ライフタイム〉のカラオケ・バージョンを見つけたんだ。喋るように歌う曲だったから、ぴったりだと思った。歌詞はこんな感じだった。

自分に問いかけるだろう、
「どうやればいいのか？」と
それからまた、自分にこう問いかける。
「その大きな車はどこだ？」
それから、こうも問いかける。
「どうやって動かせばいい？」と

ドクがタイムトラベルを説明するのに完璧な曲だと思った。とんでもなく滑稽でイカれたオーディション・テープだったよ」

コリン・イングラムはこう語る。「バートはドクそのものだった。チャーミングで、愉快で、人間味にあふれ──役者に望むすべてを持っている」オーディション・テープを送ってから1週間後、バートはプロデューサーから依頼の電話を受けた。しかし残念なことに、時空の継続性の問題により、その後、予定されていた制作が〝消滅〟した。バートは言う。「企画が消えてなくなったんだ。がっかりしたよ」

その4年ばかりあと、ジョン・ランドが時系列の継続性を復活させると、イングラムは彼に、バートのオーディション・テープに興味があるかと尋ねた。だが、ランドにはそれを観る必要はなかった。すでに何年か前、あるミュージカルのワークショップを行ったときにバートの演技を見たことがあったのだ。そのミュージカルは実現に至らなかったものの、ランドとバートは、互いの仕事ぶりに大きな尊敬の念を抱いた。ランドは言う。「ロジャーが興味を持っていること、ボブ（・ゲイル）とグレン（・バラード）が彼を気に入っていることをコリンから聞いて、私は『なんとしても彼を雇うぞ！』と言ったんだ。ロジャーが加わってくれたら、鬼に金棒だ。彼の経験と才能があれば、どの歌が適切かを試しながら決められるだけでなく、どうすればもっとよくなるかを役者の視点から探ることができる」

バートもまた、同じくらい胸を躍らせていた。「とても嬉しかった！　ジョン・ランドとは一緒に働きたいとずっと思っていたから、ふたつ返事で引き受け、飛行機に飛び乗ったよ」

マーティ・マクフライ（男性）

・マーティ・マクフライは、ジョージ・マクフライとロレイン・ベインズ・マクフライの息子である。マーティは過去にタイムトラベルし、自分の両親に出会う。

10代後半から20代半ば。少々オタクっぽいが、カリスマがあり魅力的。難しい曲を歌いこなせる美しい声の持ち主でなければならない。
・[ロック・テノール、ベルトC（ド）]
・スケートボードに乗れて、ギターを弾ければなおよい。
・20歳から25歳の役を演じられること。
・身長：165〜75センチ
・外見：問わない

2014年の最初のオーディションでは、マーティ・マクフライという誰もが知る有名キャラを演じられる俳優を見つけるために多大な時間と労力が費やされた。「マーティ役には、何百人という俳優をオーディションしたんじゃないかな」デイヴィッド・グリンドロッドは当時を振り返る。このプロセスはとりわけ入念に行われ、俳優の持つ才能だけでなく、身に着けた技術も重視された。「必要とされたのは演技力だけじゃない。ミュージカルだから、踊りと歌もこなせなくてはならない。最初はマーティがスケボーの技を披露する可能性についても話し合っていたから、その能力も考慮に入れた」

また、〝マーティ〟役には、特定の風貌と態度も備わっていなければならなかった。「主役を演じる才能と週に8回の公演をこなすプレッシャーに耐えられる経験の持ち主であるだけでなく、独特のフレッシュなオーラを備えていることが大切だった。そこで、学校を卒業したての人材を探した」

そうした候補のひとりに挙がったのが、ロンドン・アーツ・エデュケイショナル・スクールを卒業したばかりのオリー・ドブソンだった（このカレッジの施設のひとつで副校長を務めていたグリンドロッドがドブソンと初めて会ったとき、彼はまだ在学中だった）。「マーティ役について初めて耳にしたのは2014年のことで、僕はまだ学生だった」とドブソンは語る。「そして、これが卒業後に受けた初めてのオーディションになった。なるようになれ、と思っていたよ。それから、あれよあれよという間に現実的になっていった」

俳優になりたてほやほやの彼は、最初のオーディションで非常に有望であることを示し、その後6回も読み合わせに呼び戻された。「ほかの俳優との相性や、プレッシャーだらけの環境に耐えられるかどうかを見きわめる必要があるからね。当時、僕はいまほどギターが弾けなかったから、それも何回も呼ばれた原因のひとつだったかもしれない」ドブソンの才能は明白であったにもかかわらず、その後、

オリー・ドブソン

マーティ役はニューヨーク出身の役者の手に渡り、グリンドロッドは代わりにドブソンをミュージカル《地獄のロック・ライダー》と《マチルダ》に起用した。

それから4年を経た2018年、キャスティング作業が再開すると、ドブソンはマーティ・マクフライ役を獲得しようと意欲を燃やした。制作陣がマーティの〝代役（アンダースタディとも呼ばれる）〟にきみを考慮しているから顔合わせに行くように、とエージェントから連絡をもらったドブソンは、これを突っぱねた。「代役はできないと言ったんだ」ドブソンは、もう一度オーディションに足を運ぶならば、主演でなければと心に決めていたのである。「とにかく、マーティ役がほしかった」彼は笑顔でそう語る。「何年か前に〝予選〟を経験したから、緊張はしていなかった。うまくいったのはそのおかげだと思う」

グリンドロッドはオーディションの様子を録画し、ドブソンを含めた3人の有望な候補者のビデオをランド、ゲイル、バラードに送った。コリン・イングラムを加えた4人は、ドブソン一択で賛成した。「ほかのふたりのことは覚えていないんだ。オリー（・ドブソン）で決まりだったから。〝もしも〟も〝しかし〟も、なし。確定だった」そう語るボブ・ゲイルに、ジョン・ランドは次のように付け加えた。「オリーはなんといっても多才だからね。まず、歌がうまい。有名スターに歌を提供してきたグレン・バラードのお眼鏡にかなうには、相当な歌唱力が必要なんだよ。次に、外見もどんぴしゃりだった。体形もそうだし、髪型や雰囲気も申し分ない。それに、マイケル・J・フォックスを尊敬しているだけではなく、役を自分のものにできる演技力もあった」

チームに加わったとはいえ、ドブソンはまだ完全に役を獲得できたとは考えていなかった。イギリスの演劇制作は、実習やワークショップと呼ばれる多くの段階を経る。俳優たちは2週間から3週間にわたるこうした集中稽古で、大まかな台本に沿って演出家の指導を受けながら役作りに励み、最後にプレゼンテーション／リーディング公演と呼ばれる発表の場が設けられる。そこで順調に役作りが進んでいると判断されれば、次のワークショップに声がかかる。この段階を何度か経て、ようやく正式に配役されるのである。「まず、2週間のワークショップの契約を得た」とドブソンは説明する。「そしてひとつ終わるたびに、次回のワークショップに戻ってくるよう言われた。そうやって3か月ほどかけて、自分がどういう姿勢で取り組んでいるか、自分がどういう人間であり、どういう役者なのかを知ってもらった。もちろん、いつほかの役者に入れ替えられてもおかしくないことは、常に頭に置いていた。そして最終的に、僕がマーティ役に選ばれた。その電話を受けたときは、飛びあがるほど嬉しかったよ！」

ロレイン・ベインズ・マクフライ（女性）

・ロレイン・ベインズ・マクフライは、ジョージ・マクフライの妻でマーティの母親。1985年のロレインは、不満を抱えた中年女性として描かれる。マーティが1955年にタイムトラベルしたあと、ロレインがジョージではなくマーティに熱をあげてしまい、歴史の流れを変えそうになる。マーティにとっては驚いたことに、1955年のロレインは1985年の彼女なら「自ら揉め事を引き寄せているようなものよ」と小言を言いそうな行動を繰り返す。たとえば、駐車した車のなかで男友だちとふたりきりになったり、お酒を飲んだり、煙草を吸ったりなど。年をとったバージョン（47歳）とティーンエージャー（17歳）の両方を演じられるよう、20代半ばの役者でなければならない。抜群のコメディセンスが必要。ミュージカルの経験が豊富で、広い音域も必須。［ソプラノ、ベルトEb（ミのフラット）］

・身長：問わない（ただし、マーティ・マクフライより背が低いこと）
・外見：問わない

ロザンナ・ハイランドは、イギリスで製作されたミュージカル《ユーリンタウン》に出演後まもない2014年に、ロレイン・ベインズ・マクフライ役をオファーされた。「実は、オーディションを辞退しようとしたの。ひどい呼吸器感染症にかかって声が出なかったし——体力を消耗していたから。でも、とにかくオーディションに来て読み合わせだけしてくれと言われて、行ってみたら、その場で役をもらえた。たった一度のオーディションで、あっさり役をゲットしたのよ。それから、企画自体がストップしたときは、こう思った。ほかの演出家で再開される頃には、私はこの役には年をとりすぎているか、新しい役者がいいと言われるにちがいない、とね。だから、心のなかでこのプロジェクトはなかったことにしたわ」

デイヴィッド・グリンドロッドは、彼女をあきらめるほど愚かではなかった。その何年も前に、シンガポールのラサール・カレッジ・オブ・アーツで学んでいた彼女の演技を見たことがあった彼は、卒業後ロンドンに移ったハイランドをミュージカル《スクール・オブ・ロック》、《シュレック》、《回転木馬》、《天使にラブソングを～シスター・アクト～》に起用した。グリンドロッドは、ハイランドをこう評する。「一風変わったユーモアのセンスの持ち主だ。人によっては理解できないかもしれないが、僕にとっては面白いし、内側から輝くよ

ロザンナ・ハイランド

うな独特の魅力を持っていると思う。いったんロージー（ロザンナ・ハイランド）を知ってしまったら、ほかの役者に目を向けるのは難しい。彼女以外には考えられなかった」
《ユーリンタウン》でハイランドを観たコリン・イングラムは、たちまち彼女のファンになったという。「リー・トンプソン（映画のロレイン役）そっくりで、素晴らしい演技だった。だから、ジェイミー（・ロイド）がプロジェクトを去る前に行われたワークショップに、彼女を呼んだんだ。その後、演出家になったジョン（・ランド）に、こう言ったのをはっきりと覚えているよ。ロレインにぴったりの女優をもう見つけてある、とね。そしてデイヴィッド（・グリンドロッド）に彼女をオーディションに呼んでもらった」

ロザンナ・ハイランドは続ける。「最初のオーディションから何年か経って、《バック・トゥ・ザ・フューチャー》のオーディションが再開されたという話を耳にはさんだの。エージェントに私を推薦してもらおうという考えは、まったく思い浮かばなかったわ」だが、その必要はなかった。自分で撮影した映像（ロジャー・バートが作ったようなビデオ）を送ってほしいと言われたハイランドは、びっくりしながらも嬉しかったという。さらに、その結果にはもっと驚いた。ランド、ゲイル、バラードが、彼女こそロレイン役にうってつけだと同意したのだ。「また、この役をゲットしたの！」彼女は笑いながら、そう語った。「まるで役が私を選んだみたいに」このハイランドの発言に、ゲイルはこう付け加える。「まるで……そうなる運命だったかのようにね」

ジョージ・マクフライ（男性）

・ジョージはビフ・タネンにいじめられているが、彼に立ち向かえない、ひ弱な男だ。1955年のジョージには、頼れる友人がいない。彼はビフとその取り巻きだけでなく、ほかの生徒にもいじめられている。10代の彼は超オタクで、ＳＦ作品が大好き。自分でもＳＦ小説を書いているものの、ばかにされるのが怖くて誰にも見せたことがない。中年の彼は社会的地位が低く、現状に甘んじている。年をとったバージョン（47歳）と若いバージョン（17歳）を演じられる、20代前半の役者であること。個性的な歌唱力を持つシンガー。コメディの才能も必須［バリトン］。
・20代から30代の役を演じられること。
・身長：問わない
・外見：問わない

キャスティング・ディレクターのデイヴィッド・グリンドロッドがジョージ・マクフライ役を見つけたのは、イギリスで非常に人気のあるコメディ・テレビシリーズ「Only Fools and Horses」〔1981～2003・日本未放映〕をもとにしたミュージカル・コメディのオーディションだった。「オーディションでは、ヒュー・コールズに大いに笑わせてもらった。それに、彼はテレビの経験がかなり豊富だった。《Only Fools and Horses》には向かなかったが、ミュージカルもウエストエンドも未経験とはいえ《バック・トゥ・ザ・フューチャー》にはぴったりだと思った」

ヒュー・コールズ

ヒュー・コールズはこう語る。「ウエストエンドのミュージカルの役に落ちたとわかった日、エージェントから、『もうひとつ、オーディションがある』と電話が来た。やった、と思ったよ。てっきりテレビかコマーシャルの仕事だと思ったら、『ミュージカル《バック・トゥ・ザ・フューチャー》だ！』と言われた」

オーディションに向けて準備を整えるうえで、彼にはもうひとつ〝初めて〟の要素があった。実は、それまで一度も映画『バック・トゥ・ザ・フューチャー』を観たことがなかったのである。「ジョージ・マクフライ役候補になっているのは知っていたが、映画を観たことはなかったんだ！ 有名な作品だから、もちろん聞いたことはあったし、どういう内容かもおおまかに知ってはいたけどね」

映画を観て初めて、自分が候補となっている役柄がどれほどストーリーに影響を与えるか、映画で演じた俳優の演技がいかに優れていたかを知ったという。「クリスピン・グローヴァーの演技を見て、正直言って、少しおじけづいた」と、彼は認める。「〝この演技のあとに続けと言うのか？〟と思った」しかし、その責任の重さにひるむことなく、コールズは自分が候補となっているキャラクターのアドバイスどおり、「何事もなせば成る」と考えることにした。

「こう思ったんだ。とにかくトライしてみよう。台詞を全部覚えて、自分なりに演じよう、とね。僕は歌手でもなければダンサーでもないから、与えられた歌（〈My Myopia〉）を覚え、その歌詞を自分で描いた漫画に貼りつけて、シーン全体を再現した。（オーディションでは）僕の前の役者たちの素晴らしい歌声が聞こえた。ニック・フィンロウ（音楽スーパーバイザー）が彼らにこう訊く。『もうひとつ高い音が出せるか？ 一音でいい』と。その素晴らしい高音が部屋から聞こえてきて、〝ひえっ、どうしよう！ どうか、僕の作戦がうまくいきますように〟と必死に願ったよ。それから部屋に入って、スケッチしたコメディ・シーンを歌いながら演じた」

ネタバレ注意：それが功を奏し、ヒュー・コールズはジョージ・マクフライ役に抜擢された！

ビフ（男性）

- ヒルバレーの乱暴者一家に生まれたビフ・タネンは、ジョージに嫌がらせをするいじめっ子だ。最もタネン家の被害を被っているのがマクフライ家である。運動選手のような体形――背が高く、体格がよくて威圧的でなければならない。10代後半から20代前半。力強い声の持ち主。
- ［テノール／ハイ・バリトン、ベルトA（ラ）］
- 20歳から30歳の役を演じられること。
- 身長：188センチ以上
- 外見：問わない

　究極のいじめっ子、ビフ・タネン役探しに関しては、歴史が繰り返されたかのようだった。1985年の映画では、数百人の俳優がこの役のオーディションを受けたが、当時のキャスティング・ディレクターのお眼鏡にかなう者はひとりもいなかった。ところが、ある日、別作品のオーディションで彼がトム・ウィルソンを見つけ、ようやく映画の撮影が始まったのだ。

　30年後、ミュージカル版のキャスティング・ディレクターを務めるグリンドロッドは、まったく同じ立場に立たされた。「ビフ役探しにはとんでもなく時間がかかった」インターネット上で募集したため、〝常連〟以外の様々な俳優がこの役に興味を持ったことから、応募者は数百人に達し、読み合わせ参加者もかなりの人数にのぼった。グリンドロッドはほかの役同様、厳選したオーディション映像をジョン・ランド、ボブ・ゲイル、グレン・バラードに送った。「3人がそれぞれ違う役者を選んだ」彼はビフ・タネン役を探したときの苦労について語る。「そして、いますぐ決めなければ、というギリギリのタイミングになった」――ギリギリとは、最初の公式ワークショップの寸前である。「ガタイがよくて威圧的でありながら、コメディもできる役者を見つけるのは本当に大変だった」ボブ・ゲイルもこの発言に同意する。

「我々が雇ったマット・コーナーは優れた役者で、演技もとても面白かったが、ジョージ（ヒュー・コールズ）よりも5センチばかり背が低かった。ふてぶてしい態度はビフ役にうってつけだし、取り巻きを上手に利用して威圧感を出した。二度目のワークショップにも参加してもらったんだが、ゼメキスが、ビフはもっと大柄な男にすべきだと主張した」

　キャスト全員による次の読み合わせには、もっと大柄な俳優がビフ役として参加した。コーナーとの違いは一目瞭然だった。ゲイルは次のように続ける。「ジョン・ランドは、『へえ、えらい違いだ。体格が違うだけでこんなに変わるのか』と驚いていた。ただ残念ながら、その俳優の演技力はなかなかだったが、素晴らしいとまではいかなかったんだ」ワークショップや実習稽古の進行と並行して、グリンドロッドは、〝もっと相応しいビフ・タネン〟を探す作業を続けた。

　そして目に留まったのが、演劇学校を出てまだ数か月という新米俳優のエイダン・カトラーである。卒業前に出演した舞台のひとつの《シュレック》で、彼はシュレック役を演じた。《シュレック》はウエストエンドでグリンドロッドがキャスティング・ディレクターを務めたミュージカルである。グリンドロッドによれば、「彼が出演したのは、演劇学校で初めて制作された《シュレック》のひとつだ」このミュージカルの演技により、カトラーはロンドンのトップ・エージェンシーに属するエージェントの目に留まり、すぐに契約を交わして、様々なオーディションに送られた。2019年8月、卒業したてで引き受けた仕事のひとつが、伝説的な作曲家／作詞家ジェリー・ハーマンの作品を用いたミュージカル・レビュー（訳注：歌と踊りに時事風刺劇を組み合わせた舞台芸能）だった。エイダンは、その演技力と歌唱力を批評家に絶賛されたものの、期間限定のレビュー公演が終わったあと、短い〝閑散期〟を経験した。ところが、11月、ぱっと道が開けた！エージェントから、ビフ役の読み合わせに招かれたことを知らせる電話が入ったのだ。「すぐさまオーディション会場に向かい、1曲歌って、オリー・ドブソンとふたつのシーンの読み合わせをした。それで決まりだった」ゲイルは次のように説明している。「エイダンをひと目見て、仰天した。何しろすべてが備わっていたんだ。がっしりした体格、敏捷性、そして素晴らしい歌声の持ち主だった」エイダンはこう続ける。「1週間後には役をもらい、その2週間後には、第1幕のフィナーレ・シークエンスになる喧嘩のワークショップに参加していた。それが全部クリスマス直前のことで、1月には、マンチェスター公演に向けてリハーサルが始まったんだ！」

ゴールディ・ウィルソン／マーヴィン・ベリー（男性）

- 驚異的なゴスペルボイスを持つ男性俳優。即興ボーカルが得意であること。
- ［ゴスペル・テノール、ベルトC（ド）］
- 30歳から50歳の役を演じられること。
- 身長：問わない
- 外見：黒人――アフリカ系アメリカ人、カリビアン系、アフリカ系、ミックスルーツ、その他の地域。

　生まれ育ったアメリカからイギリスに拠点を移したとき、

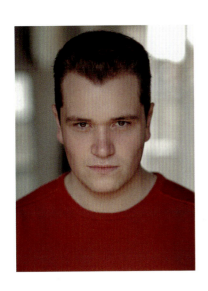

エイダン・カトラー

セドリック・ニール

セドリック・ニールはすでにテレビシリーズ「Friday Night Lights」〔2006～11・日本未放映〕に出演し、国内各地の数十のミュージカルに出演してキャリアを確立していたばかりか、トニー賞にノミネートされたミュージカル《After Midnight》と《ポーギーとベス》ではブロードウェイ出演も果たしていた。また、《モータウン》のベリー・ゴーディ役でロンドンのウエストエンド・デビューを果たし、話題をさらった。デイヴィッド・グリンドロッドは、ニールのしびれるようなパフォーマンスを生で経験した観客のひとりだった。その後、画期的なミュージカル《チェス》の30年ぶりのウエストエンド公演にニールを起用したグリンドロッドには、ゴールディ・ウィルソン役にはニールしかいないという確信があった。映画のゴールディ・ウィルソンは端役だったが、ドナルド・フュリラブの素晴らしい演技により、世界中の映画ファンの共感を得る人気キャラとなった。台本の執筆に取りかかったボブ・ゲイルは、ゴールディをもっと重要な役にし、グレン・バラードとアラン・シルヴェストリ作の華やかなミュージカル・ナンバーを歌ってもらうことに決めた。

「『バック・トゥ・ザ・フューチャー』の家族に迎えられ、そのレガシーの一端を担えることができて、とても興奮したし、誇らしく、光栄に思った」ニールはそう語る。「自分がこのミュージカルに出演しているなんて、いまでも信じられない」

ジョン・ランド、ゲイル、コリン・イングラム、バラードの提案により、彼はそのレガシーのさらに大きな一端を担うこととなった。「横に呼ばれて、『この（ゴールディ）役は、きみほど素晴らしい俳優には端役すぎる。マーヴィン・ベリー役も引き受けてもらえないか？』と言われたんだ」この決断に関して、イングラムは次のように説明する。「ちょい役では引き受けてもらえないだろうと思いこんでいた。《チェス》ではアービター役で主演を務めたばかりだったからね。だから、（ゴールディ役で）最初のワークショップに参加してくれたとはいえ、次のワークショップには絶対戻ってきてくれないだろうと思った。出資者や劇場主は実習やワークショップに参加した人々に固執し、それ以外の可能性を考慮しない傾向があるから、戻ってこない可能性は常に心配しているんだ」

ゴールディとマーヴィン・ベリーの二役を引き受けることで、セドリックは、〝魅惑の深海〟と名づけられた大掛かりな高校のダンスパーティ・ナンバーに参加し、ロレインとジョージが時空の継続性を変えるファーストキスをするときに、〈Earth Angel〉を甘い声で歌うことになった。また、ダンスパーティの幕開けとなる、バラード／シルヴェストリ作曲のオリジナル・ソングを歌うという魅力的な出番も増えた。ニールには考える時間など必要なかった。彼は「よし、やろう！」と即答した。

1日2公演に耐えうるアンサンブル……

舞台ミュージカルでは通常、大勢の経験豊富な歌手やダンサーがアンサンブルとして出演する。さらに、このアンサンブルの一部のメンバーは、物語に重要ではあるものの専念するほどではない小さな役を兼ねることになる。映画『バック・トゥ・ザ・フューチャー』の世界では、マーク・マクルーア、ウェンディ・ジョー・スパーバー、ジェームズ・トールカン、クローディア・ウェルズが、マクフライ家の兄妹デイヴィッド（デイヴ）とリンダ、ヒルバレー高校の厳格なストリックランド先生、マーティのガールフレンドのジェニファーを演じた。映画では出番に応じた撮影期間で済むが、舞台ではそれらの役を演じる俳優は公演のたびに劇場に来て演技をしなくてはならないとあって、上演時間のほとんどを、ただ待機させておくのは、優れた才能だけでなく制作費の無駄遣いでもある。

そのため、アンサンブルの一部は脇役も演じ、さらにメインキャラ（マーティ、ドク、ロレイン、ジョージ、ビフ、ゴールディなど）の〝代役〟も担う。たとえば、彼らのひとりがメインキャストの代役を務めなければならなくなった場合、もともと演じる予定だったアンサンブル役は、〝スウィング〟と呼ばれる別のグループによって補充される。いずれの場合も、メインの代役が本来の役を演じられない事態に備えて、すべてのキャラクターにさらなる代役が用意されている。

「まさに複雑きわまりないジグソーパズルだね」デイヴィッド・グリンドロッドはそう表現する。「メインキャストを獲得するのはもちろん素晴らしいことだが、それ以外の俳優の適性をいかに見極め、彼らを適所に配するかが面白いところなんだ」

制作が始まると、彼らは自分たちが演じる役に必要なすべてのミュージカル・ナンバーと台詞を学ぶだけではなく、直前で代わりを演じることになるかもしれない役のリハーサルも行う。それぞれが、代役予定のキャラの衣装やウィッグやそれ以外の従装具のフィッティングも行うのだ。グリンドロッドはこう説明する。「大きな出費だが、万一の備えは必要だからね」そうして数百人の候補者が40人ごとのグループに分けられ、ひとりひとりが振付師クリス・ベイリーのテストを受けて、18人（主演を務める4人を除く）にまで絞られた。

ジェニファー／アンサンブル（女性）

- ジェニファー・ジェーン・パーカーはマーティ・マクフライの恋人である。いかにもアメリカ人らしい美人。白人以外のティーンエージャー。心優しく、頭もいい。キャラクターは17歳なので、女優は10代後半から20代前半が望ましい。
- 才能ある〝ポップ〟シンガーであること。ベルティング発声ができるポップ調の声の持ち主で、低音域では温かみのある声を出せること。ビブラートなしのストレートな発声ができること。［メゾソプラノ、ベルトD（レ）］。コンテンポラリー・シアターダンス、80年代の様々なダンス、50年代のロックンロール・スタイルのダンスもこなせること。パートナーと踊るスキルも必要になるかもしれない。ブレイクダンスのスキルがあれば、なおよい。
- 20歳から25歳の役を演じられること。
- 身長：マーティ・マクフライより背が低いこと。
- 外見：黒人──アフリカ系アメリカ人、カリビアン系、アフリカ系、その他の地域。東アジア人、パキスタン人、アジア人、インド人、フィリピン／マレーシア／タイ系の有色人種、中国人、日本人、韓国人。

オリー・ドブソンが前述したように、キャストあるいはアンサンブル・メンバーのひとりひとりが、2週間から3週間の稽古期間をひと区切りとして雇われ、その成果をショーケースで披露したあと、その後のワークショップに呼ばれるか正式に雇用されるのを待つ。こうした稽古のおかげで、ジョン・ランドをはじめとする制作陣は、役柄との相性や俳優同士の相性を見極め、ボブ・ゲイル、アラン・シルヴェストリ、グレン・バラードによる新曲を試せるだけでなく、コーラスとしての声やダンサーとしての動きがほかの俳優をいい意味で補う人材を選ぶことができるのだ。様々な理由により、ときにはこうした〝ジグソーパズルのピース〟のひとつ、あるいは複数を、より適した人材に変更する必要が生じる。

最初のショーケースのあと、次のワークショップに招かれた女優コートニー・メイ・ブリッグスは、喜んでこの申し出を受けた。数日間、ほかの俳優たちと稽古を重ねたものの、残念なことに、それ以前に契約していた《ハミルトン》のロンドン公演と重なったため、最終日のお披露目会を含む最後の数日の稽古には参加できなかった。お披露目会では別の女優が演じることになったものの、デイヴィッド・グリンドロッドはこの役に最適なのはブリッグスだと確信していた。「ジェニファー役は端役とはいえ、間違いなく非常に重要だ。ジェニファーを演じたあとアンサンブルのひとりとして全ミュージカル・ナンバーに参加し、再びジェニファーを演じてから、またアンサンブルに戻れる役者でなければならなかった」

コートニー・メイ・ブリッグスにとって、ジェニファーとアンサンブルを交互にこなすのは、嬉しいおまけだったという。「アンサンブルの一員として歌って踊るのが大好きなの。踊るのが好きだし、主演を演じているときは舞台にいるほかの人たちと関わることが少ないから、貴重な機会よ。大掛かりなミュージカル・ナンバーに参加できるのは、こういう作品に出演する醍醐味だと思う」また、ジェニファーとして、オリー・ドブソンの恋人を自然に演じられた理由を次のように語っている。「オリーとは、ロンドンのチズィックにあるアーツ・エデュケイショナル・スクールで同じ学年だったし、仲が良かったの。ふたりとも、2014年に舞台ミュージカルの修士課程を優秀な成績で卒業したのよ」

その後のワークショップには参加しなかったが、制作陣は、ジェニファー・パーカー役の選考時、迷わずブリッグスに連絡を取り、公式に役をオファーした。「彼女がアンサンブルで果たせる役割と、メインキャラとして果たせる役割とのバランスが決め手だった」とグリンドロッドは決断した理由をそう語った。

ドクの代役（男性）

- 複数のキャラクターを演じるほか、主演のドク・ブラウンの代役第一候補でもある！

ストリックランド先生／カフェの店主ルウ

- 多様な表現形式をこなせる歌唱力を持つ、万能の個性派俳優であること。メインの役は、マーティが通う高校で教頭を務める、堅苦しくて厳格なストリックランド先生。1955年の時計台広場でホームレスが登場するシーンではレッド・トーマス市長役を演じ、カフェの店主ルウ役も兼ねる。
- コメディのセンスと質の良い声の持ち主であること。［テノールあるいはハイ・バリトン、ベルトA（ラ）］
- 35歳から50歳の役を演じられること。
- 身長：約183センチ
- 外見：問わない

キャストの大半が若手俳優だったが、数人の脇役には、人生（と舞台）経験が豊富なやや年配の紳士が必要だった。グリンドロッドは、マーク・オックストビーなら、ひとり

コートニー・メイ・ブリッグス

マーク・オックストビー

でそのすべての脇役を演じられることに気づいた。「マークのことは、ずいぶん前から知っている。20年以上前に、ミュージカル《ヨセフ・アンド・ザ・アメージング・テクニカラー・ドリームコート》で、それに《オペラ座の怪人》でも一緒に働いた。ある程度年齢がいっているから経験豊かだ。歌もダンスもこなせるばかりか、コミカルな演技もとてもうまい」

エージェントから電話を受けたオックストビーは、ストリックランド先生役を頭に置き、喜び勇んでジョン・ランドとコリン・イングラムとのミーティングに向かったが、まもなく、制作陣が複数の役を考慮していることを知った。「たくさんの楽曲が送られてきただけでなく、台詞もたっぷり覚えなければならなかった。そのオーディションが、ドク・ブラウンの代役も兼ねていることは明らかだった。オーディションの日は台本を読み、何曲か歌い、ジョン・ランドからの指導を受ける長い1日になった。翌日は、音楽スーパーバイザーのニック・フィンロウとの顔合わせがあった。これがオーディションの面白いところで、自分が採用されるのか不採用なのかわからないまま、歌い続けなくてはならないんだ！」オックストビーは、ストリックランド役とドクの代役に加え、カフェの店主ルウ・カルザースと1955年のヒルバレーの市長レッド・トーマス役も獲得した。

デイヴィッド／アンサンブル／マーティの代役（男性）

・マーティ・マクフライの兄デイヴィッド（デイヴ）。
・力強いハイ・テノールの声を持つ男性俳優。ミュージカルだけでなくポップな歌い方にも長けた多才かつ優秀なシンガー［ロック／ミュージカル・シアターのテノール、ベルトC（ド）］。ハモりの経験が豊富であること。
・コンテンポラリー・シアターダンス、80年代の様々なダンス、50年代のロックンロール・スタイルのダンスもこなせること。パートナーと踊る技術も必要となる。ブレイクダンスができれば、なおよい。
・20歳から25歳の役を演じられること。
・身長：183センチ以下
・外見：問わない

別のミュージカルのオーディションでヒュー・コールズを見つけたように、デイヴィッド・グリンドロッドはその同じオーディションでもうひとりのマクフライ候補に目をつけた。「《Only Fools and Horses》のオーディションを受けていたときだった」俳優のウィル・ハズウェルはこう語る。「オーディションの初期に、エージェントから《バック・トゥ・ザ・フューチャー》のミュージカルの話を聞き、オーディションの機会を得たが行きたいか、と尋ねられた。そこでオーディションに足を運んだが、返事はなかった。すると、《Only Fools and Horses》のオーディション最終日にエージェントから電話があって、《バック・トゥ・ザ・フューチャー》の最初の2週間のワークショップに参加するチャンスを得たと言われた」《Only Fools and Horses》のオーディションに呼び戻されなかったハズウェルは、すぐさまマーティの兄デイヴィッド役と、オリー・ドブソン演じるマーティ・マクフライの代役を得るチャンスに賭けた。その結果、ビフのふたり（3人から減らされた）の手下のひとり、〝スリック〟役も演じることになったばかりか、大掛かりなミュージカル・ナンバーすべてでアンサンブルの一員として歌とダンスをすることになった。ハズウェルはこう語る。「役者として、僕らにはそれぞれ達成したいことがある。2012年に学校を卒業したときから、僕はずっと、いつかオリジナルミュージカルに出演して一から作品を作りあげたいと思っていた。このミュージカルでそのチャンスを得られたことは、言葉にできないほど素晴らしいし、やりがいのある経験だ。ささやかながらも『バック・トゥ・ザ・フューチャー』ファミリーの一部になれて、とても光栄に思っている」

右：ウィル・ハズウェル　右・奥：エマ・ロイド

リアン・アレイン
（アンサンブル）

エイミー・バーカー
（スウィング）

オーウェン・チャポンダ
（スウィング）

ジャマル・クロウフォード
（アンサンブル）

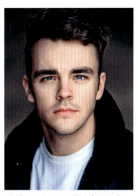
ナサニエル・ランドスクローナー
（スウィング）

ベサニー・ローズ・リスゴー
（スウィング）

キャメロン・マカリスター
（アンサンブル）

アレシア・マクダーモット
（アンサンブル）

ローラ・マロウニー
（アンサンブル）

オリヴァー・オームソン
（アンサンブル）

キャサリン・ピアソン
（アンサンブル）

ジェマ・レヴェル
（アンサンブル）

ジェイク・スモール
（アンサンブル）

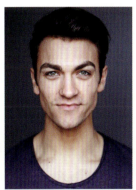
ジャスティン・トーマス
（アンサンブル）

ミッチェル・ザンガザ
（アンサンブル）

リンダ／アンサンブル（女性）

- リンダはマーティの姉。力強いベルティングボイスの持ち主でなければならない［ソプラノ、ベルトE（ミ）、高音を出せること］。コメディのセンスも必要。舞台ミュージカルとポップ・スタイルの両方をこなせる優れたシンガーでなければならない。ハモりの経験も必要。
- コンテンポラリー・シアターダンス、80年代の様々なダンス、50年代のロックンロール・スタイルのダンスもこなせること。パートナーと踊る技術も必要となる。ブレイクダンスができれば、なおよい。
- 20歳から25歳の役を演じられること。

2020年の3月、すでに三度の公式ワークショップが終わっていたが、エマ・ロイドは、マンチェスター公演前の最終ワークショップのオーディションに呼ばれた。アンサンブルに適した実力を持つシンガーでありダンサーと評価されていた彼女は、ロレイン役のロザンナ・ハイランドの代役としてオーディションに臨んだのだが、台本読みの最中、オーディションが中断され、「『何分かこの台詞を読んで、戻ってきてくれないか？』と言われた」という。彼女が渡されたページには、マーティの姉リンダ・マクフライ役の台詞が書かれていた。「いったん部屋を出て、台詞を練習してから戻ったの。そして、そのオーディションでほかのすべての登場人物を演じていたオリー・ドブソンと本読みをしたのよ。彼がロレイ

左・奥：1985年のリンダ・マクフライ役とデイヴィッド・マクフライ役を演じるエマ・ロイドとウィル・ハズウェル。
左：エマ・ロイドとウィル・ハズウェルは、1955年のサム・ベインズとステラ・ベインズ役も演じた。

ン役で、私がリンダ役だったから、変な感じだった」と、彼女は笑う。「でもその本読みのあと、最終ワークショップに参加してほしいと言われたの！」ボブ・ゲイルはこう付け足す。「BTTFにロイドという名の役者が加わるなんて、気が利いてるだろ！」

こうして、最初のキャスティング作業が終了し、《バック・トゥ・ザ・フューチャー》の制作陣は、ミュージカル業界では比較的珍しい偉業を達成した。5人の主演俳優（ロジャー・バート、オリー・ドブソン、ヒュー・コールズ、ロザンナ・ハイランド、セドリック・ニール）とキャスト／アンサンブル・メンバー（ウィル・ハズウェル）のひとりが、2018年に行われた最初のプレゼンテーション（ドミニオン・リーディング公演）以降すべてのワークショップを経て、マンチェスター以降の本公演に出演することになったのである。「主演俳優のほとんどが、最初の公式ワークショップに参加した俳優から成るミュージカルなんて、初めての経験だった」プロデューサーのコリン・イングラムは語る。「僕らはとんでもない幸運に恵まれたんだ！」

アンサンブル・キャスティングの最中、最初のワークショップの直前に、ジョン・ランドはある案を思いつき、ボブ・ゲイルに相談した。ゲイルはそのときの状況をこう説明する。「デイヴィッド・マクフライとリンダ・マクフライを演じる俳優に、1955年に登場するロレインの両親サム・ベインズとステラ・ベインズ役も演じさせたらどうかと、ジョンに言われたんだ。そうすれば、異なる世代の〝家族の類似点〟が完璧に表現できるとね。素晴らしいアイデアだと思ったから、さっそく採用した！」

いよいよ、ワークショップ開始！

キャストが決まったあと、ジョン・ランドは舞台に乗せるまでの最初の大きなハードルに向かって猛烈な勢いで作業を進めはじめた。ミュージカル全体、つまり台本と歌を組み合わせた初の読み合わせ／公式ワークショップである。このワークショップの最後には、ロンドンのアールデコ様式の名門劇場、ドミニオン・シアターにあるリハーサル・スタジオで、必要最低限のパフォーマンスを伴うリーディング公演が行われることになっていた。演出家に与えられたのは、メインキャストに加え、ミュージカルを〝肉付けする〟ためのアンサンブル8人と、伴奏する数人のミュージシャンである。「ミュージカルのミニコンサート版のようなものだ」と、ラ

右：ドミニオン・リーディング公演に向けた初期の稽古で、（左から右）ウィル・ハズウェル、アイシャー・クイグリー、オリー・ドブソン、ヒュー・コールズ、ロザンナ・ハイランドを指導するニック・フィンロウ（着席）。クイグリーは最初の2回のワークショップでリンダ・マクフライ役を演じた。

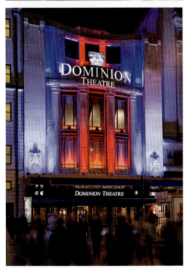

ンドは語る。「リーディング公演までは、ふつうは１２日間のリハーサルをするが、私には１１日しかなかった」

「観客は、キャストから２メートルあまり離れた椅子に座る」ランドは、そのリーディング公演のプロセスを詳しく説明してくれた。「俳優たちは１メートルずつ離れて、台本を手に椅子に座り、８つの譜面台が置かれる。それぞれが譜面台のところに行ってひとつのシーンを演じ、また椅子に戻るんだ」ほとんどの俳優がこのワークショップが始まる直前にキャスティングされたこと、また毎日のように台本と歌が変更されていたことから、台詞を暗記する必要はないとされた。「俳優たちは台詞と音楽の一部は覚えていたが、とにかく量が多かったから、そういう手順になった」振付師のクリス・ベイリーがまだ作業に入っていないため、ランドは基本的な演出を即興で行うか、自称〝ばかげたダンス〟をキャストとアンサンブル用に準備した。

このプロセスを《ゴースト》で経験済みだったグレン・バラードは、リーディング公演までの最初の１０日間の稽古の手順を大まかに把握していた。「すべての素材をひととおり試すんだ。そして、どこを調整もしくは改良すべきかを突きとめる。私がキーボードの前に座ってアレンジを変えるときもあれば、ボブ（・ゲイル）がコンピューターの前で台本を手直しすることもあった。俳優は新しい台詞を学び、私たちは音楽的な部分を彼らに教える。そうやって総当たり戦でやっていくわけだ」

バラードは続ける。「３０分もしないうちに、新しい台詞を俳優たちに渡すことができた。実に効率のよい方法だが、精神面での消耗は相当なものだ。この過程の作業がいちばん大変なんじゃないかな。まさに正念場さ。だが、ミュージカルが次第にまとまっていき、しっかりした手応えを感じられるのは、実に嬉しいものだよ。目の前で、すべてが形作られていくんだからね」

上／左上から時計回りに：アンサンブルの稽古を進めるニック・フィンロウ（着席）／ドクとマーティに扮して、リーディング公演に備えるロジャー・バートとオリー・ドブソン／ドミニオン・シアターで、ドク・ブラウンとして初お目見えを果たすロジャー・バート／ドミニオン・シアター。

（最初は）うまくいかなかった……

　グレン・バラードの課題のひとつは、ドクがタイムマシンの完成を祝う歌、〈It Works〉を手直しすることだった。ボブ・ゲイルによれば、「ロジャー（・バート）は、最初のバージョンに懸念を抱いていた。〈It Works〉は、このワークショップというプロセスがいかに重要かつ効果的で、即効性があるかを示す好例だね。グレンはロジャーとジョン（・ランド）と話し合ったあと、徹夜で新たなバージョンを仕上げた」

　バラードとアラン・シルヴェストリが最初に書いたバージョンは、「50年代の〝ロケッツ〟のラインダンス・ショーで流れていたような曲だった。書き直す必要があるという意見には僕も賛成だった」と、バラードは言う。「ドミニオンでの稽古は、〈It Works〉が歌われるときに舞台で実際に何が起こっているのかをイメージするのに非常に役立った」ランドはそれについて、こう語っている。「稽古が始まって2日目に、グレンが〈It Works〉を書き直してきた。グレンの頭にはすでにロジャーの声が刻まれていて、彼のためにその曲を書いたのは明らかだった！」手直ししたバージョンに関して、バラードはこう説明している。「オリジナルよりも少しファンキーな感じにして、80年代っぽい感じを強めた。実際、物語の舞台は80年代だからね。そうしたら、あれよあれよという間に、これだという曲ができあがった」ロジャー・バートは、「発表の30分前にダンサーを加えたんだ！」と打ち明ける。その後さらに変化するものの、ワークショップが意図された効果を発揮し、〈It Works〉はこの時点ですでに、のちにマンチェスター、その後ロンドンの舞台でバートが披露する洗練されたバージョンに驚くほど近づいていた。

　この初めての公式ワークショップ以来、ロジャー・バートは自らの経験を惜しまず分かち合う重要なコラボレーターとしての役割を果たしてきた。ジョン・ランドはその点を何よりも感謝しているという。「ロジャーに歌ってもらって何曲か試していくうちに、素晴らしいパートナーシップができあがった。ドク用の曲を試しながら、当たり曲、はずれ曲を見つけることができたのはロジャーのおかげだ。それぞれの曲が、実際に意図したとおりの効果をあげているかどうかを検討するときも、ロジャーは非常に大きな役割を果たしてくれた」

　バートもこれを認める。「たくさんのアイデアを出したのはたしかだ。キャラクターになりきるだけじゃなく、ミュージカル自体をまとめることにも貢献したいからね。このミュージカルを少しでもよいものにしたいんだ。息の長い作品になってほしい。そのためには、このミュージカルに関するあらゆる要素、あらゆるキャラの質が高くなければならない」バートは、ミュージカル制作について彼が出した意見やアイデアは、自分の役に関連する事柄だけに限らなかったと明言し、笑いながらこう付け加えた。「自分が足を引っ張っていると思ったら、すぐに立ち去る覚悟もあるよ！」

〈Back in Time〉には何か特別なものがある

　台本の初稿を書いているとき、ボブ・ゲイルは映画のスケートボードによる逃走シーンを削除する決断を下した。「実際的な面から、またキャストのけがを避けるためにも、ない

左・上：ロジャー・バート（右）とアレンジについて確認するグレン・バラード（左）。それを見守るボブ・ゲイル（中央）。
左・下：（左から右に）ジョン・ランド、グレン・バラード、ボブ・ゲイル。

ほうがいいと思った」その代わりに、ゲイルは学校の食堂でビフと手下たちがマーティを追いかけるシーンを提案した。いじめっ子たちを見事に翻弄して苛立たせ、ビフに恥をかかせるマーティを見て、ロレインがさらにのぼせあがるシーンを第1幕のフィナーレにもってくるのである。

ジョン・ランドは、この追跡シーンに使われる〈Something About That Boy〉（あの子には何か特別なものがあるの）という曲がとても気に入った。「ミュージカルらしいキャッチーな歌だ。若さにあふれて、生き生きとしている。最初はロレインがひとりで歌っていたんだが、最初のコーラスのあとに別バージョンのコーラスが入って歌がなんとなく終わる感じで物足りなかった。充分なストーリー性がないことも気になった。リハーサルホールのまわりで短い追跡を入れてみたが、ひどくばかげて見えた」

この曲は、たしかに第1幕の華々しい締めくくりになる可能性を秘めている。しかし、目前に迫ったリーディング公演までに完成させるのは無理だとランドにはわかっていた。「リーディング公演には、目の肥えた60人の招待客が来ることになっていた。実質的にわれわれの未来を握っている人々だよ。ゴーサインが出るか資金を得られずにポシャるか……どちらに転ぶかは、その出来にかかっていた」このときの観客には、出資候補者や劇場主の重役たち、受賞歴を持つベテランを引き入れたいと願ってランドが招待した、舞台技術やクリエイティヴ部門の専門家たちも含まれていた。「私自身の経験から、BTTFミュージカルにゴーサインを出す価値があることを彼らに納得させるのが難しいのはわかっていた。このリーディング公演は、いわばわれわれのオーディションだったんだ」さらに、それまでの経験から、要求の多い観客の心を勝ちとるために何が必要か、ランドにははっきりわかっていた。「第1幕を終えるまでに心をつかめなければ、第2幕が史上最高の出来でも意味がない。第1幕が大いに盛りあがれば、休憩時にはミュージカル制作に必要な資金が手に入る」しかし、〈Something About That Boy〉では、観客の興奮を満場一致で勝ちとれるかどうかわからない。とはいえ、リーディング公演の日は容赦なく迫り、時間がなくなりつつある。追い詰められたランドはふと、時間（Time）があることに気づいた。

そう、〈Back in Time〉である。

1985年のヒューイ・ルイスのシングル〈Back in Time〉は、1作目の映画のために書き下ろされ、エンド・クレジットで使われた曲だ。気分が高揚するこのヒット曲はまた、歌手のルイスがライヴコンサートで毎回アンコールとして歌うだけでなく、BTTFミュージカルでもフィナーレ・ナンバーの候補に挙がっていた。そこでランドは、観客の心をつかむために〈Back in Time〉を〝拝借〟し、ここぞという場面で使うことにした。「〈Something About That Boy〉で、マーティは〝寝た子を起こしてしまった〟。ビフはかんかんに怒り、仕返しをしたがっている。そこで、マーティがドクの研究室に駆け戻り、『ドク、僕をここから出してくれ』と懇願し、〈Back in Time〉を歌いはじめる、というシーンを急遽、挿入したんだ」ボブ・ゲイルがそれに合わせて急いで歌詞を変更

し、ランドとヒューイ・ルイスの承認を得た。

マーティが学校から飛びだし、無数のマーティとドクに囲まれて、宇宙風のデュエットをはじめる。

マーティ
助けてよ、ドクター、
この時代から連れだしてくれ
50年代から
1985年代に戻してくれ
僕は、ギターを弾いて
歌っていたいだけなんだ

だから僕を連れてってくれ、
頭を使ってくれ
でもこれだけは約束してほしい
僕がもといた時代に戻れるって
手遅れになる前に……

ドク
自分の未来を
運に任せてはいかん

ドク＆マーティ
覚えておくんだ
稲妻が、二度は落ちないことを

ドク
88マイル（140キロ）で飛ばすとき

マーティ
また遅れるのはごめんだ

ドク＆マーティ
必ず方法はある

マーティ
頭を使ってくれ
でもこれだけは約束してほしい
僕がもといた時代に戻れるって

ドク、マーティ＆アンサンブル
戻らないと
手遅れになる前に

幕が下りる──第1幕、終

こうして、2018年9月7日、リーディング公演を観に来た60人の招待客の前で、「われわれはこの曲で第1幕を終えた」とランドは言う。「キャストとアンサンブルのメンバー

　全員が立ちあがり、踊りながら合唱して第１幕が終了した。すると、会場は熱気に包まれた。招待客はひとり残らず満面の笑顔で、本当に楽しそうだった。われわれは彼らの心を勝ちとったんだ」
「ドミニオンのリーディング公演は大きなプレッシャーを感じるイベントだったが、制作過程における最も大きな飛躍でもあった」コリン・イングラムはそう思い起こす。「終わった直後に、〝うちの劇場を使ってほしい〟というオファーまでもらった。残念ながら、オファーされた劇場はこのミュージカル向きではなかったが」
　ドミニオンのリーディング公演が大成功をおさめたことにより、ジョン・ランドの願いが実現した──裏方に才能あふれる人々を引き入れることができたのだ。「終演後（舞台美術デザイナーの）ティム・ハトリーがこう言った。『あの曲（〈Back in Time〉）を第１幕の最後に持ってくるなんて反則だよ。何もかも最高だった。僕もぜひ加わりたい』とね」ランドは笑いながら語る。「（共同照明デザイナーとなる）ヒュー・ヴァンストーンも、同じようなことを言っていた。絶対に好きになるものか、このミュージカルに加わってなるものか、と思っていたらしく、あまりの素晴らしさに動揺していたよ。そのふたりをはじめ、このミュージカルには素晴らしいアーティストが名を連ねている。ティムとヒューが参加を決めたことで、すべての制作部門に素晴らしい人材が続々と加わった！」

　ドミニオンのリーディング公演に向けて作品を作りあげていく過程──とりわけ毎日キャストと顔を合わせ、お互いを知るようになり、初めて彼らが登場人物になりきって歌うのを聴いたこのワークショップ──は、演出家のランドにとって意義深い経験となった。「私は心の底から興奮していた。１時間、また１時間と稽古を重ねるごとに、特別なものを作っているという実感がこみあげてきた。もちろん、課題が残っていることはわかっていたが、ドミニオンでの経験は、この企画に関わっている者全員にとって、大きなインスピレーションの源となった」
　ボブ・ゲイルも大いに胸を躍らせた。「2017年にヴァン・ナイズで行われた楽曲ショーケースで、デモテープから進化したグレン（・バラード）の楽曲を聴いて、出来が良いことはわかっていた。ドミニオンの稽古とリーディング公演では、何よりもニック・フィンロウの力量に驚かされた。彼のボーカル・アレンジは、見事にそれぞれの役者の長所を引きだしていた。2017年のショーケースでは〝楽曲〟にすぎなかった素材が、ドミニオンでは〝ミュージカル・ナンバー〟になっていた。何回か稽古したあとは、本物のミュージカルのように聞こえたくらいだ。ニックはキャストとともに、とても辛抱強く歌をアレンジしてくれた。それぞれの俳優の技量を短期間で把握し、彼らの能力を最大限に引きだしたんだ。ヴァン・ナイズを２次元にたとえるなら、ドミニオンは臨場感のある３D（３次元）パフォーマンスだった」
　そして、リーディング公演直後のランドとのやり取りに、さらに喜びがこみあげたという。「ジョンと一緒にホテルに戻る途中、『まだ終わりじゃないぞ』と言われた。だから私は、『ゼメキスがいつも言っているように、映画はケーブルテレビで放映されるまで完成しない。このミュージカルもオープニング・ナイトまでは完成したとは言えないな』と答えた。ジョンが、わかってるじゃないか、という顔でにっこり笑ったのが印象的だった。きっと、何ひとつ変更したがらない脚本家と働いた経験があったのだろうね」ランドもその夜について、こう語る。「素晴らしい夜だった！　ボブ（・ゲイル）と私のあいだに特別な絆のようなものが生まれたのは、あのときだった」

無駄にする〝時間〟はない！

　ドミニオンのリーディング公演が大成功をおさめたあとで、誰もが、初めてのパフォーマンスに対する観客の生の反応に活気づいていた。しかし、ジョン・ランドがボブ・ゲイルに指摘したように、演出家であるランドの厳しい基準を満たす脚本とスコアができあがったと確信するまでには、まだ多くの課題が残っていた。「ジョンはすでに、リーディング公演前の11日間の稽古で、とても大きな貢献をしてくれた」コリン・イングラムはそう述べる。「2018年9月の初めから2019年1月末の二度目の公式ワークショップまでは、BTTFミュージカル制作にとって最も過酷であると同時に、実りの多い時期でもあった」

ランドはこう語る。「終わったばかりのワークショップよりも規模の大きなものをやる必要があるのはわかっていたから、2019年の1月末に次のプレゼンテーションを行うことでみんなの意見が一致し、それまでは曲や台本をさらに発展させつつ、ドミニオンで何かが足りないと感じた数曲に代わる新曲作りに集中することになった」ランドはまた、イングラムと相談し、2018年の11月に追加で1週間、新しい楽曲のみに割り当てた、プレゼンテーションなしの実習稽古を行うことにした。ランドとプロデューサーたちは、どのキャストを呼び戻すか、どの役柄を新しい候補者に演じさせるかを決めた。ロジャー・バート、ヒュー・コールズ、セドリック・ニールはその時期に別の仕事が入っていたため、臨時の代役が台詞を読み、歌うことになった。

ゲイルとグレン・バラードはリーディング公演の直後にロサンゼルスに戻っていたので、ニューヨーク在住のランドはふたりと数日間集中して作業するために再び西海岸に飛ぶ許可を求め、コリン・イングラムはこの申し出を快諾した。

さらなる変更！

ドミニオンのリーディング公演では、第2幕はドクとアンサンブルによる〈Time Travel Is a Dangerous Thing〉で幕を開けた。この歌でドクは時空を旅する危険や落とし穴について歌い、ベンジャミン・フランクリン、ウィリアム・シェイクスピア、ガリレオ・ガリレイ、ヘンリー・フォード、チャールズ・リンドバーグ、フランク・シナトラといった様々な歴史的人物に扮したアンサンブルがそれをサポートするのだ。しかし、この歌のタイトルおよびドクの説明は、タイムトラベル・ファンには周知の事実であり、ミュージカルに新しい要素を加えることもなければ、有益でもないと判断された。

ドク
タイムトラベルは危険なものだ
なぜなら、目的地に到達したら
戻ってこられないかもしれないからな
明日起こるはずのことが
タイムトラベルで
消えてしまうかもしれない
タイムトラベルは危険だ
昨日に戻って
何かを変えたら
明日が変わってしまう
タイムトラベルには
気をつけろ
……
フランクリンは凧を飛ばさないかも
シェイクスピアは物書きにならないかも
ヒトラーが第二次世界大戦に勝利してしまうかも
そして奴隷制がなくならないかもしれない

「気が利いている歌詞で、気に入ったんだが」ロジャー・バートは言う。「どうもしっくりこなかった。過去の出来事を変えたら未来が変わってしまうことは、ミュージカルのなかでドクがマーティにたっぷり時間をかけて警告している。だから、同じコンセプトにまる1曲費やす必要はないような気がした。それに、あの曲をカットすれば歌詞のなかに登場するキャラも必要なくなり、衣装代がだいぶ節約できる」

演出家のジョン・ランドとプロデューサーのコリン・イングラムも、バートと同じ考えだった。脚本家のボブ・ゲイルは、「グレン（・バラード）はそのシーンに入れる別の曲〈Connections〉（繋がり）を書いた」と語った。「そのなかで、ドクは科学における様々な事象がいかに相互に結びついているか、時空連続体がいかにあらゆるものと繋がっているかを歌っている」

ドク
正しいコネクション（繋がり）を作らねばならん
なぜなら、情報というものは、はるか昔から
長い年月を経て、今日へと伝えられているのだから
……
いくつかの啓示がわれわれを驚愕させる
偉大なピタゴラスの教えは
プラトンにより広められ
その後、ユークリッドが自分の意見を加えた

ドミニオンのリーディング公演のビデオを観たロバート・ゼメキスは、マーティが1955年のヒルバレーにやってくる場面は、映画で使用した〈Mr. Sandman〉の代わりに、このシーンのビジュアルを歌詞で説明するオリジナル・ナンバーを入れる絶好のチャンスではないかと提案した。ランドは即座にこのアイデアを取り入れ、さらに、バラードとアラン・シルヴェストリに、インストゥルメンタル曲〈Night Train〉の代わりとなるオリジナル楽曲も書いてほしいと依頼した。こうして、〈Mr. Sandman〉の代わりの〈Cake〉が生まれ、高校の〝魅惑の深海〟ダンスパーティの始まりには〈Night Train〉の代わりにセドリック・ニール扮するマーヴィン・ベリーが甘い声で〈Deep Diving〉を歌うことになった。

ハリウッドにあるバラードの音楽スタジオに到着したランドとゲイルは、新曲のひとつに意表を衝かれた。複数のグラミー賞を受賞しているバラードが、依頼を受けたわけでもないのにドク・ブラウン用の新曲、〈For the Dreamers〉を歌詞付きで作っていたのである。ランドは笑顔でこう語る。「いろいろ要望を出したが、第2幕のドクのソロ曲は頼まなかったし、それが必要だと言ったことも一度もなかった。グレンは私たちをピアノのそばに招き、その曲を歌うのを聴いて、ボブと私は言葉を失った。とても美しい、深みのある歌詞の感動的な曲だった。それをわれわれのミュージカルで使えるなんて信じられなかったよ」作曲者であるバラードはこの歌について次のように説明する。「第2幕で自分が申し分なく機能する驚異的な発明品を作ったことを知らされたドクは、マーティを1985年に戻すことができないのではと恐れ、責

任を感じているのではないかと考えたんだ。この歌は、彼が感じているプレッシャーを表現するひとつの方法だった。ドクの研究室には、彼が科学の分野で尊敬している偉人たちの肖像画が飾られている。ドクにとって、彼らはインスピレーションの源となった英雄なんだ。だが、ドクはまだ、自分をそうした偉人に肩を並べる存在だとみなしていないのではないかな。この曲で彼は、『私はおそらく夢を見る男にすぎない。人々の記憶に残ることはないだろう』と心情を吐露するんだ」

問題は、この曲をミュージカルのどのシーンに入れるか、である。ゲイルは試しに第2幕の様々な場所に入れてみた。第2幕のオープニング・ナンバーとして使ってもみたが、うまくいかなかった。2018年11月、ロンドンのアメリカン・インターナショナル教会で行われた1週間の実習稽古で、ランドはこの曲を、ドクが自分の死に繋がる一連の出来事をビデオで見るシーンの前に入れようとしたが、これもうまくかなかった。最終的にゲイルはこの歌を模型のシーン（96～97頁参照）に入れ、そのシーンとロレインが研究室を訪れるシーンをふたつに分けた。「あまりにもいい曲だったから、第2幕の構成を変えてシーンのハイライトにすることにした」

あいつには（別の）何かもあるぜ！

第1幕をめいっぱい盛りあげて終わらせるナンバーとして〈Something About That Boy〉の持つ可能性に気づいたジョン・ランドは、聴いているだけで心が弾むこの歌をもっと楽し く、大規模にするにはどうしたらいいだろうかと頭をひねった。最初に思い浮かんだのは、WWBD、である。

つまり、ビフならどうするか？（What Would Biff Do？）「追いかけるシーンに使うなら、もっと大規模な演出のナンバーが必要なのは明らかだった」と、ジョン・ランドは語る。「そこで、ふたりの対決をもう一歩踏みこんで描くことに決め、ビフの視点から1曲書いてほしいとグレン（・バラード）に頼んだ」

グレン・バラードは即座に、このコンセプトを理解した。「ロレインがうっとりした目で〝あの子には何かがあるの〟と歌う。ビフが、みんなの前で自分をこてんぱんにした見知らぬ若者の正体を突き止めたがっているのは明らかだ。そこで、ビフとロレインがそれぞれの〈Something About That Boy〉を歌うという案を思いついた」

ふたりのキャラクターが別々のグループを率いて、それぞれの視点から同じ曲を歌う手法は、《ウエスト・サイド・ストーリー》、《バイ・バイ・バーディー》、《ハウ・トゥ・サクシード～努力しないで出世する方法》、《グリース》などの有名ミュージカルで、これまで何度も使われている。グレン・バラードは、手下の歌詞も加えたビフのパートを急いで書き、アレンジ担当のニック・フィンロウに送った。

ランド同様、フィンロウも第1幕の締めくくりには、〈Something About That Boy〉が最適だと思っていた。そこで、彼は既存のアレンジにビフを加える作業にいそいそと取りかかった。「あの曲では、非常に喜ばしい〝事故〟があった。グレンがビフと手下のために書いた節を、ビフと手下とのやり取りにアレンジし、ビフのボーカルにも遊びを加えた。ビフが歌い終わったあと、ロレインと女の子の取り巻きたちが歌うんだが、クライマックスに向けて曲を盛りあげる必要があると気づいた。そのためには曲の最後にビフも舞台にいて

下：〈Something About That Boy〉で、ロレインと女の子たちの対旋律を歌うビフと手下たち。

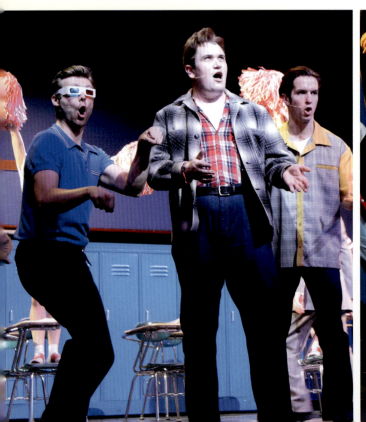

何か歌っていなければならない。ピアノを弾きながらあれこれ考えていると……突然、ビフの節のハーモニーを少しアレンジすれば、ふたつの歌がぴたりと重なることに気づいた。ほんの少しいじるだけで、ビフのメロディが、コーラス部分のロレインのメロディにはまるんだ。こうして突然、デュエットができあがった。ほとんど書き足す必要はなかった」

フィンロウは続ける。「曲はクライマックスに向かって次第に盛りあがり、転調してこのデュエットに入る。すると、ふたつのメロディが重なって聞こえる。ふたりがそれぞれのメロディを相手に向かって歌う演出なんだが、幸運にも、素晴らしいハーモニーができあがった。僕はピアノを前にして、よし、これならうまくいくぞ、と思った。アレンジが終わったときには、第1幕のフィナーレを飾る歌ができあがったと確信していたよ」

バラードとシルヴェストリがせっせと楽曲に磨きをかける一方で、ボブ・ゲイルはランドと密に連絡を取りながら、大規模なものから些細なものまで様々な変更を台本に加えていった。下記は当時の彼のメモの抜粋である。

第1幕

話し合ったとおり、新しいオープニング・シーンはドクの研究室にする　研究室とツイン・パインズ・モールを紹介する。ラジオ放送でプルトニウムが盗まれたことを伝える。ドクの助言が聞こえる。まずスピーカーを使ったギャグを入れ、観客の目を奪う。マーティがスケボーに乗って、劇場の中央の通路を疾走してくる。

時計台広場　ゴールディの「三度目の正直だ」という台詞で、これまで二度、市長選に出て落選したことがわかる。それにより、最後に彼が市長に選ばれたことが、観客の驚きを誘う。

改訂されたジェニファーとマーティのシーン（ふたりは〈It's Only a Matter of Time〉を歌う）。　コリン・イングラムの勧めにより、第2幕にマーティとジェニファーによる時を超えたデュエットが挿入されることになった。マーティはルウのカフェで歌っているが、1985年のヒルバレーに同じ店は存在しない。そこでゲイルは最初のふたりのシーンを1985年のセブンイレブンに設定し、ジェニファーがマーティに向けて歌う第2幕でこの店を再び登場させることにした。

新しい要素：ジェニファーが、レコード会社にコネを持つおじのヒューイが町を訪れていると告げる。彼女の手配で翌日マーティはオーディションを受けることになる。これにより、マーティが必死になって未来に戻ろうとする理由に説得力が生まれるばかりか、物語の面でも最後にうまくおさまる。

1955年のカフェ　マーティがゴールディに、（市長になればいい、ではなく）市長に立候補すればいい、と告げる。

学校の食堂シーン　マーティはジョージに、タイムトラベルを題材にした小説を書こうと思ったことはあるかと尋ねる。ロレインは、カルバン・クラインのすべてを突き止めようと心に誓う。

第2幕

ドクの研究室　マーティを過去から現在に戻す計画の説明には、ターンテーブルのギャグの代わりに、別の方法を用いる。ドクは映画同様、火のギャグとともに大きな模型を使ってこの計画を説明する。

マーティを現在に戻すドクの計画は映画とだいたい同じで、模型とおもちゃの車で説明される。ドクはこの模型の雑な作りを謝り、おもちゃの車が派手に燃えあがる。現時点では、セット作りはまだ始まっていないから、ドクの計画の描写と、観客にどう見えるようにするかは大まかにしか決まっていない。このシーンは、1週間にわたる実習終了後まもなく、台本の適所におさまるだろう。

〈Put Your Mind to It〉のあとに、ドクの研究室での新しいシーンを入れる　ドクは研究室で考えに沈み、〈For the Dreamers〉を歌う。グレン・バラードが書いたドク用の新しい独唱曲が、初めて台本に組みこまれた。

校内で繰り広げられる、ビフと手下たちの新しいシーン　2日経っても、ビフたちはカルバン・クラインを見つけることができない。恐れをなして、町を逃げだしたのか？
ビフが〈It's What I Do〉の短縮バージョンを歌う。カルバンが学校のダンスパーティに行くことをビフが突き止めたところで、シーンが終わる。ビフもダンスパーティに行くことにする。

マーティが手紙を書くシーンを、ドクの研究室ではなくカフェにする。このシーンにはゴールディとルウも登場する。ドクは高いところが大の苦手だ。それなのにどうやって、裁判所の屋根の上にある風向計から電線を通りに垂らし、電柱まで引っぱっていくつもりなのか？　ゴールディ・ウィルソンは、進学資金を必要としている。問題は解決。マーティが、これからしようとしていることに不安を抱いていると打ち明ける。マーティがカフェで手紙を書く。1955年のカフェと1985年のセブンイレブンというふたつに分かれたセットで、マーティがジェニファーとデュエットする。

駐車場　ロレインはジョージと立ち去る前に、倒れたビフを蹴とばす。ふたりは少しのあいだ〈Pretty Baby〉（リプライズ）を一緒に歌う。（舞台ミュージカルの鉄則：カップルのデュエットは、ふたりが心から愛し合っていることを示す。）

〈Johnny B. Goode〉　マーティは、映画同様、〝ロックギ

ター史、メドレー（ロバート・ゼメキスのメモより）を披露する。伝説のギタリストを真似たギターソロなしで〈Johnny B. Goode〉を歌うことも考慮されたが、ゼメキスはこれに異を唱え、マイケル・J・フォックスによるギター・パフォーマンス・シーンをカットしたら、それを楽しみにしていたBTTFファンは納得できないはずだと主張した。映画同様、ジョージとロレインの大団円の結末を追加（ゼメキスのメモより）。

時計台広場、1955年　マーティがポケットにこっそり入れた手紙をドクが見つける（ゼメキスのメモより）。

ヒルバレーの祝日　いまやケータリング業者となったロレインが、このイベントに仕出ししている。マーティがレコーディング・アーティストになっているという設定はやめて、ジェニファーのおじヒューイがマーティの演奏を見に来るという設定にする。

演出家からの指示

ジョン・ランドの指示により、2018年の10月29日から11月2日までのおよそ1週間の稽古で、キャストは時間と労力を惜しまず新曲および修正された楽曲を試していった。
ロサンゼルス組の誰ひとりロンドンに飛ぶことはなかったが、この稽古の録画映像が彼らのもとに送られ、その後ジョン・ランドによる下記の結果分析と評価も送られた。

「ロンドンで行われた1週間の稽古は全体的に、非常に有益だった。たくさんの新素材が生まれ、既存の楽曲にも磨きがかけられ、細かい変更が加えられた。キャストが集まって、実際に試しながら楽曲やシーンを練りあげられたことが、たいへん役に立った。
稽古が行われた各セクション／楽曲／シーンにおける私のアドバイスを、以下に記す」

オープニング：〈It's Only a Matter of Time〉　素晴らしい出来だ。曲と歌詞が新しくなったおかげで、導入部がずいぶんわかりやすくなった。舞台で演出するのが待ちきれない。

〈Wherever We're Going〉　シーンに追加された変更が実にうまくいっている。場所をセブンイレブンに変更したこと、ジョーというキャラクターを付け加えたことが、功を奏した（セブンイレブンのレジ係のジョーは、ゲイルが創りだしたキャラ）。

〈Cake〉　とても楽しい曲で、なかなかいい出来だが、まだ改善の余地がある。ビデオ版では、〈Mr. Sandman〉の「Bung Bung Bungs」ではじめてみた。グレンが最初に録音したような形も試したかったので、歌を少し歌ってから〈Cake〉に繋がるようにしてみたが、時間が足りなくなっ

た。ボーカル・アレンジは順調に進んでいる。アンサンブルに個性を加えるのは面白いアイデアだから、ふつうの通行人にはしないつもりだ。コメディについて俳優たちと掘りさげる時間はほとんどなかったが、笑いをとる要素を入れても面白いと思う。この曲に関しては、拍手を求める派手な終わり方ではなく、フェードアウトしてカフェのシーンに繋ぐようにすべきではないかと感じた。

〈Something About That Boy〉　ずいぶん進歩した。ビフが歌う部分を追加したことで、演技やストーリーテリング、演出／振付、コメディの観点から見て非常にプラスになっている。それに、ロレインの女ともだちのバブスとベティで始まる節に、〈リーダー・オブ・ザ・パック（訳注：発売当初の邦題は「黒いブーツでぶっとばせ！」）〉風の、仮の短いイントロの台詞も付け加えた。ここは、もう少し長くしてもいいような気がする。全員がぴたっと動きを止めているあいだ、バブスとベティは、ロレインの情熱が目覚めるのを見てとる／聴きとる、とか。ボブがいい方法を見つけてくれるのを期待している。ロレインと女の子たちがマーティに夢中になっているところと、ビフの煮えたぎる怒り／嫉妬に燃える部分を交互に挿入する演出がよさそうだ。ニックと私は、この曲のビフと彼の手下の出番を大幅に増やした。ビフの〈Something About That Boy〉セクションのすぐあとに、第2幕のリプライズから、同じくビフの〈Teach Him a Lesson〉を拝借した。ただ、全体的にもっと肉付けが必要だし、少しわかりにくくなっているのはたしかだ。ダンスのアレンジでその点は多少カバーできるかもしれない。とはいえ、よくできているし、今後手直しするのが待ちきれない。

〈This One's for the Dreamers〉　間違いなく、この週いちばんのお気に入りだ！　初めて聴いたときは、出演者全員がとても感動した。ドクがビデオを観ているときに歌の内容を表せれば、いっそう効果的ではないかな。録画映像を観ればわかると思うが、歌の途中でもっとシーンに動きをもたせようともしてみた。これに関しては決めかねている。シーンと歌の内容がちぐはぐな気がする。シーンの内容と歌を繋げるような——ドクがマーティに、自分の夢を台無しにしないでくれと懇願するような台詞が必要かもしれない。ひょっとすると、このシーンでは、未来を知りすぎるとどうなるか、という台詞を大幅に減らす必要があるのではないだろうか。マーティはドクに、1985年でも彼は変人で、発明品もポンコツばかりだという真実を告げたがっている可能性もある。よくわからないが、まだシーンと歌がしっくりこないことだけはたしかだ。

〈Deep Diving〉　これも今週の大ヒット曲だ！　わお！楽しくて、完璧で、ストーリーテリングの面で100点満点だ。セドリックが最高のパフォーマンスをしてくれるにちがいない。

〈Connections〉　この歌に関しては、われわれのなかでも

左：振付師のクリス・ベイリー（左）と、振付補佐のダレン・カーナル（右）。

た。その後、制作過程は次の大きな目標であるサドラーズ・ウェルズでのワークショップに向けて、さらに過酷な段階へと突入した。

踊ろう！

ここで、新進気鋭の振付師として頭角を現し、2014年に初めてコリン・イングラムの注意を引いたクリス・ベイリーが登場する。その4年後の2018年に制作陣に加わったジョン・ランドは、ミュージカル《Because of Winn-Dixie（きいてほしいの、あたしのこと―ウィン・ディキシーのいた夏）》と、《ウエディング・シンガー》のツアー・ミュージカルでベイリーと仕事をした経験があり、すでに彼をよく知っていた。そこで、自分が演出する《Gettin' the Band Back Together》で振付を担当しているベイリーを加えてはどうかと、イングラムとBTTFチームに相談した。全員が、ミュージカル《バック・トゥ・ザ・フューチャー》でベイリーとランドのコラボを継続させることに喜んで同意した。

ベイリーはまずロンドンに行き、アンサンブル・メンバーのオーディションを行った。そして選ばれたメンバーに満足すると、劇場で行う最初のワークショップに向けてキャスト

意見が分かれる。まず、好きな部分を挙げよう。第2幕のオープニング・ナンバーが、ドクの脳内だという設定はすごく面白い。それが50年代に想定された未来の研究室だというのも、素晴らしいアイデアだ。サンバ・セクションはダンスにはうってつけだが、曲調はまだしっくりこない。ニックは、第2幕のオープニング・ナンバーは、明るい長調にしたほうがいいと提案している！ 短調では、雰囲気が盛りさがるから、長調のうきうきうきした気分でスタートするのがいいと確信しているそうだ。コリンはこの曲の歌詞が気に食わないらしい。正直なところ、この歌に説得力がないのはロジャー・バートがいなかったせいだと思う。ロジャーが歌っていたら、われわれの反応はまるで違っていたかもしれない。そうは言っても、俳優の才能に頼らない歌でなくてはだめだ。とにかく、この歌に関しては、最初から考え直す必要がある。

〈Connections〉の評価は低かったが、ランドの肯定的なコメントの部分が、グレン・バラードとアラン・シルヴェストリが書き直すさいに大きな助けとなり、のちに全員の期待を凌ぐ最高のミュージカル・ナンバーができあがった。

これらの楽曲に費やされたアメリカン・インターナショナル教会での1週間の実習稽古はじゅうぶん報われ、いわゆる〝ピット・ストップ〟の役目を果たしたと、関係者全員の意見が一致し

右：アンサンブルのメンバーに、ダンスに関する自分の考えや期待を伝える演出家のジョン・ランド。

グだった。

未来へ、一歩前進

　サドラーズ・ウェルズのプレゼンテーションにはドミニオン・リーディング公演の3倍の招待客が訪れることを踏まえ、ジョン・ランドはより派手な演出や動きを取り入れたいと考えていた――そう、初めてダンスを披露するときがきたのだ。

　ニューヨークを拠点とするクリス・ベイリーはロンドンのリハーサルに立ち会うことはできなかったものの、このダンスの振付に貢献した。ニューヨークのスタジオにたくさんのダンサーを集め、ワークショップのミュージカル・ナンバーのために、基礎的だがスタイリッシュなルーティーンを作りだした（のちに彼は、この振付に肉付けをする）。

　満足のいくルーティーンができあがると、ベイリーはそのビデオをロンドンにいるダレン・カーナルに送り、カーナルがアンサンブルに振付を指導した。「こまごまとした振付や変化、付け加えたい動きに関してジョンが助けを必要とする場合は、その作業に立ち会ってほしいとクリスに頼まれたんだ」とカーナルは言う。彼は喜んで引き受けた。ジョン・ランドは多くの新しいアイデアを試しながら、積極的にカーナルの助言を求めた。「稽古が終わったあとも毎晩、次のナンバーはこうしよう、ああしよう、と考えていたよ」とランドは笑う。「結局、ビッグ・ナンバーのほとんどの部分に、動きや振付を加えることになった」

さらなる大成功！

　〈It Works〉の振付を頭に浮かべたロジャー・バートは、ジョン・ランドに「何人か女性アンサンブルのサポートが必要だな。私ひとりでは無理だ」と告げた。「まず、ボーカル・トラックのみでサポートメンバーを付け加えた」とバートは言う。すると、その声がどこから来るのかという疑問が生じた。「女性たちが舞台にいないとおかしい。でも、夜中の1時15分にツイン・パインズ・モールの外でたむろしているなんて、どういう連中だ？」バートはにやっと笑う。「清掃員とか？　でも、それだと色気に欠ける」そこで彼らは、自分たちに向かって問いかけるという舞台ミュージカルならではの表現法に頼ることにした。このマーティとドクのやり取りは、数多くのリハーサルを経て、観客の笑いを誘うシーンとなった。

マーティ
ねえ、ドク！　この娘たち、誰だい？

ドク
知らん。歌いはじめるといつも、出てくるんだ！

を指導するランドを（ロンドンに）残し、アメリカの自宅に戻って準備作業をはじめた。

　ベイリーは、イギリスに戻ってフルタイムでこのミュージカルにかかる前にまず、ニューヨークで自分と一緒に作業できるだけでなくロンドンの稽古にも参加できる振付師を探した。2004年、《ガイズ&ドールズ》のリバイバル・ミュージカルの振付補佐を務めたベイリーは、仕事中にウエストエンドで最高のダンサーと名高いダレン・カーナルと出会った。2008年のイングリッシュ・ナショナル・オペラによる《キャンディード》では、ベイリーはスウィングの一員として、カーナルとともにアンサンブルを務めた。2018年後半、ベイリーがカーナルに振付補佐として《バック・トゥ・ザ・フューチャー》に加わってほしいと申しでると、映画『バック・トゥ・ザ・フューチャー』の大ファンだったカーナルはイエスと即答した。こうして、ベイリーは、同時に二か所で効率よく作業を進める方法を見つけたのである。ランドがサドラーズ・ウェルズで行われる1月のワークショップで行おうとしていたことを考えると、これはまさに絶妙のタイミン

上：サドラーズ・ウェルズの稽古で、アンサンブルに超特急で新しいルーティーンを指導するカーナル。
次頁：サドラーズ・ウェルズの稽古風景より。〈It's Only a Matter of Time〉（上）、〈21st Century〉（下）。

左・上：アンサンブルのアイシャ・ジャワンドを指導するニック・フィンロウ。
左・下：アイシャ・ジャワンドがデロリアン・タイムマシンの声を担当した。

また、第2幕のオープニングを飾る新しいナンバー〈21st Century〉、ビフの新しいボーカルを加えた〈Something About That Boy〉の拡張バージョン、ドク・ブラウンの感動的な新バラード〈For the Dreamers〉を入れるためにランドとゲイルが協力して生みだした導入部も、サドラーズ・ウェルズで行われたワークショップのハイライトだった。

万事順調……

2019年2月1日、ミュージカル《バック・トゥ・ザ・フューチャー》の二度目の限定プレゼンテーションが、1683年以来6つの劇団の本拠地となってきたロンドンのサドラーズ・ウェルズ劇場で行われた。招待されたのは、厳選された180人のみである。サドラーズ・ウェルズはドミニオンのリハーサル・スペースとは違い、傾斜付きの座席とサウンド・システムがある本物の劇場で、このサウンド・システムを使って主要な効果音を付けることができた。

コリン・イングラムとボブ・ゲイルは招待客を慎重に吟味した。「まず、チケット取扱業者を招いた。彼らの意見に耳を傾け、味方につければ何かと有利だからね」イングラムはそう説明する。「次に、私が意見を聞きたいと思う演劇プロデューサーを20人ばかり招いた。私は常々、プロデューサー同士、横の繋がりを持つべきだと思っているんだ。もちろん、プレゼンのあと彼らに感想を尋ねたよ」

今回、目玉となる招待客は、長年『バック・トゥ・ザ・フューチャー』を応援してきたファンである。ボブ・ゲイルはそれについてこう語る。「彼らがいたからこそ、こうして映画公開35周年記念を迎えることができたわけだからね。ファンには、誰よりも先にこのミュージカルを観て、われわれがいかに映画に敬意を表し、映画を守り、祝福しているかを知る資格がある。それに、ファンの正直な意見を聞きたかった」BackToTheFuture.comの創設者であるスティーヴン・クラークの協力を得て、イギリスのファンを代表する人々が選ばれた。そのなかには、80年代半ばにマイケル・J・フォックス・ファンクラブの英国支部共同会長を務めた女性ふたりも含まれていた。

また、このプレゼンテーションには、スケジュールの都合がついたロバート・ゼメキスとアラン・シルヴェストリも初めて姿を見せた。「劇場主も大勢呼んだし、海外制作関連のライセンス業者も何人か招いた」コリン・イングラムは付け加える。「初めてのプレゼンテーション同様、このミュージカルが重要作品として注目を集めていることを示す、そうそうたる顔ぶれだった。あの夜の公演にミュージカルの命運がかかっていたと言えるだろうな」

イングラムは観客を歓迎し、出席した〝著名人(ゼメキス、シルヴェストリ、バラード)〟と、観客に混じっている『バック・トゥ・ザ・フューチャー』のファンクラブの面々

サドラーズ・ウェルズのプレゼンテーションでは、この台詞が大いに受けた。観客に向かってウインクするようなこのやり取りのおかげで、ランドとバートはのちのシーンにも、観客受けする演出を入れることができた。

どうせならカッコよくやろう……

サドラーズ・ウェルズで行われた稽古の初日には、ボブ・ゲイルが発明した喋るデロリアンを〝試す〟チャンスがあった。ジョン・ランドは女性アンサンブルのメンバーをデロリアンの声に抜擢した。「舞台に人を立たせただけで、突然、〝車〟に個性が備わった」と演出家のジョン・ランドは言う。ランドにその線でいいがもっと大胆にと言われたゲイルは、喜んで挑戦を受け、車の台詞に少々ユーモアとふてぶてしさを付け加えた。才能あふれるアイシャ・ジャワンド(のちに《ティナ》でティナ・ターナー役を演じる)はサドラーズ・ウェルズで、粋なシルバーのジャケットとサングラスという彼女らしい味付けを加え、両手を高々と上げて車の跳ね上げドアを真似、デロリアン役を演じた。

に感謝の意を表した。それから、プレゼンテーションのプロセスを知らない人々のために、プレゼンテーションの手順を説明した。「即興がたっぷりある。それに、警告しておくが、エアギターもたくさん使われている。でも、これだけは保証する。マンチェスターの初演までには本物のギターを用意するとも！」

ゲイルも観客に手短に挨拶し、ゼメキスとふたりで38年前の1981年に映画の脚本の初稿を書き終えたあと、ハリウッド中の映画会社およびプロデューサーに突っぱねられた経験を打ち明けた。「当時、現代からのタイムトラベラーがわれわれのオフィスにやってきて、2019年の2月1日、ここで皆さんと、素晴らしい出演者とともにミュージカルBTTFのプレゼンテーションに出席していると言われたら、『おいおい、どんな酒を飲んだんだ？　俺にもくれよ』と言っていたことでしょう」と集まった人々を笑わせた。それから、一部の（稲妻が落ちる）演出はナレーターによって描写されることを説明し、現時点におけるBTTFミュージカルを観るのはその日の観客が初めてであることを明かして、内容については決して口外しないよう要請した。「お願いだから、誰にも言わないでください。FacebookやTwitter（現X）、Instagramなどのソーシャルメディアや自分のウェブサイトにも書かないでください。母親にも言わないように、いいですね？」次にランドが簡潔に挨拶をし、この数週間、懸命に稽古を積んできたキャストに感謝の言葉を述べた。

上がる幕がないため、ミュージカルは唐突に始まった……。

〝時間〟をかけた甲斐あり

このプレゼンテーションは、全員の期待を超える出来だった。観ている者を引きこむパフォーマンスに観客は大いに盛りあがり、最後のカーテンコールでは全員が立ちあがって、力強い拍手を送り続けた。プロデューサーたちは、ドミニオンのリーディング公演後の数か月で、自分たちのミュージカルが大きな進歩を遂げたことに大満足だった。コリン・イングラムは自分が関わった企画のなかで、これほど短期間でここまで進歩を遂げた作品は初めてだ、と語っている。
「ポジティブな反応ばかりだったが、少し長すぎる、ドクの登場までに時間がかかりすぎる、という意見もあった」イングラムは最初のフィードバックについてそう語る。

このイベントに出席したファンのほとんどが、その夜観た〝バック・トゥ・ザ・フューチャー〟を心の底から受け入れた。ロレイン役のロザンナ・ハイランドは、ファンとの出会いについてこう語っている。「『バック・トゥ・ザ・フューチャー』のファンに会うのは初めてだったの。あの夜は、プロデューサーや出資者たちよりも、まずファンに気に入ってほしいという気持ちが強かったのを覚えているわ。プレゼンが終わったあと、劇場の外でファンたちと会って、その感激ぶりに圧倒された。このミュージカルと私たちが目指す方向性を気に入ってもらえて本当にほっとしたし、飛びあがりたいくらい嬉しかった」

マーティの父親ジョージ役のヒュー・コールズは、こう語っている。「ロバート・ゼメキスが初めて出席したイベントというだけでなく、客席の1列目がBTTFファンで占められていたことを考えると、あのプレゼンはかなりリスクのある賭けだった。終わったあと、ゼメキスもファンクラブのメンバーもすっかり興奮して、素晴らしい作品になりそうだと声を揃えていた。あのとき、僕らは正しい方向に進んでいると確信した」ジョン・ランドとプロデューサー陣にとって同じくらい重要だったのは、マイケル・J・フォックス・ファンクラブの共同会長だったふたりがこのミュージカルをどう思ったか、フォックスの大ファンであるふたりが、別の人物

右：英国マイケル・J・フォックス・ファンクラブのかつての共同会長、キャス・ボール＝ウッド（左）とローラ・コルヴァー（左から3人目）は、ロバート・ゼメキス（左から2人目）とアラン・シルヴェストリに歓迎された。

が演じているマーティ・マクフライを受け入れられるかどうかだった。

かつての共同会長のキャス・ボール＝ウッドとローラ・コルヴァーは、このイベントの招待状を受けとったとき、『バック・トゥ・ザ・フューチャー』と関係があるにちがいないとピンときたという。とはいえ、ふたりとも集合日時と場所以外の情報はまったく知らされず、そのわずかな情報さえ誰にも言わぬよう口止めされた。当日、ふたりが寒さのなかをサドラーズ・ウェルズ劇場に併設されたリリアン・ベイリー劇場に到着すると、BTTFのロゴと、ミュージカル『バック・トゥ・ザ・フューチャー』という張り紙が目に入った。そこでようやく謎が解けたのだ。

ふたりは劇場に入り、空いている席に座った。すると目の前にボブ・ゲイル、すぐ後ろにロバート・ゼメキスとアラン・シルヴェストリが座っていた。ふたりとも、素晴らしい顔ぶれにわくわくしたが、これから自分たちが観るものには大きな不安を感じていた。

「正直に言うと」と、ボール＝ウッドは説明する。「座席についたときは、『ひどい作品に決まってる、絶対に気に入りっこない』と思っていたの。だって、『バック・トゥ・ザ・フューチャー』は私が何よりも愛する、神聖な作品なんですもの」彼女の同志も同じことを考えていた。「ふたりとも、最初に口にした言葉は、『うまくいくわけがないわ。マーティを演じられるのはマイケル・J・フォックスだけよ』だった。絶対にうまくいくはずがない、楽しめるわけがない、そう思いこんでいたの」

5分後…

キャス・ボール＝ウッド：「『私、なんてばかだったのかしら』と思った。何が素晴らしいって、映画をそっくり真似た作品ではなかったところよ。オリジナリティがあるのに、『バック・トゥ・ザ・フューチャー』の真髄とも言える楽しさとユーモアをそのまま捉えていて、さすがだと思ったわ」

10分後…

ローラ・コルヴァー：「すっかり夢中になった。『マイケル・J……って誰だっけ？』というくらいに。目の前で繰り広げられるショーにもう釘付け。完成作ではなかったけれど、舞台から一時も目を離せなかった。まだ粗い段階ではあるけれど、これぞ『バック・トゥ・ザ・フューチャー』だと思えたの」

なんとも喜ばしいことに、オリー・ドブソンはマーティ・マクフライそのものだとふたりは声を揃えた。キャス・ボール＝ウッドはこう語った。「彼が舞台に出てきたとたん、え、これが『マーティ・マクフライよ』と思った。オリーはマーティの存在感とわくわくするような資質を完璧に捉えていた」ローラもこう続けた。「マイケル・J・フォックスに取って代わったとは言わない。でも、ユーモアや表情、反応という意味で、彼に匹敵するわ」最終的にふたりは、数十年前にマイケル・J・フォックスがマーティになりきったように、ドブソンもすっかりマーティ役を自分のものにしているから、ふたりを比較しても無意味だという結論に落ち着いた。

休憩時、ボブ・ゲイルはふたりがミュージカルを楽しんでいるかどうか、様子を見に行った。そのときのやりとりを、ここで再現すると……。

屋内。リリアン・ベイリー劇場──昼間

ボブ・ゲイルがローラとキャスに近づく。

ボブ（ふたりに）
どう思う？

ローラ
チケットはいつ発売されるの？ いまから買えるかしら？

数年後……

2021年11月25日の時点で、ローラ・コルヴァーとキャス・ボール＝ウッドはこのミュージカルを6回観た。ふたりの記録は、これからも更新される予定だ……。

最初は、ビフがうまくいかなかった

舞台ミュージカルにはこれまで数多くの悪党が登場し、

様々な企みによってステージを闇に陥れてきた。アラン・シルヴェストリとグレン・バラードは、その悪役にビフ・タネンを加えた。ビフはまったく悪びれず、自分がいじめている相手に〈It's What I Do〉（それが俺の仕事なんだ）と歌う、根っからのワルだ。

ボブ・ゲイルの大のお気に入りであるこのナンバーは、2017年の最初の楽曲ショーケースで演奏されて以来、何年も台本に留まっていた。ところが、演出家としてミュージカルの舵を取ったジョン・ランドは、シルヴェストリとバラードに、ビフのために別の楽曲を書いてほしいと依頼した。そこでふたりはさっそく、新たなビフ中心のナンバー、〈Good at Being Bad〉（ワルでいるのが得意）を書いた。ビフが自分の行いをまったく反省している様子がないのは同じだが、この歌の最初の部分には、なぜビフが町いちばんのいじめっ子になったのかを説明する導入部が付いていた。

ビフ
俺は、お人よしだった
みんなと遊ぶのが苦手だった
人一倍、感受性の強い子どもだった
鳥が死ねば泣くし
パステルカラーが好きな
繊細な子どもだった
誰もが俺をのけ者扱いした
俺は自分の感情を押し殺した
心の痛みをこらえ
現実から目をそむけた
ひとりぼっちで
ひどく傷ついた
いつか、みんなに避けられるようになるなんて
そのときはちっともわからなかった
父さんはいなかった
母さんには放っておかれた
人生は不公平
人生は不公平だ

でも、人生は続く……
時の流れとともに
人生ががらっと変わることもある
13歳になったとき
脂肪がなくなって
全部、筋肉になった
俺はすぐに気づいた
流れが変わった、と
俺は気づいたんだ
自分の状況を考えると
俺の心の傷をなくすには
代わりに人を傷つければいいんだって

だから、文句は言うな
おまえの痛みはわかる

俺がいじめっ子でいるのが
得意なのは、そのせいさ
人に当たり散らしたいという
衝動がこみあげてくる
かつて抱いていた否定的な感情を
ほかのやつらに味わわせてやる
そうすれば、その感情は消え失せる
そして、悲しみも消えるんだ

しかし、サドラーズ・ウェルズのプレゼンテーションのあと、観客のひとりがビフのバラードに関してボブ・ゲイルに否定的な意見を述べた。ゲイルによれば、「娘のサマンサが、あの歌詞のせいでビフがいいやつに思える、と言うんだ。『私はビフを好きになりたくなんてない。いじめっ子を正当化する言い訳があるわけないもの。あの歌は、ビフに言い訳を与えているわ。そんなの受け入れられない』とね。たしかにそのとおりだ」

ゲイルがランドとシルヴェストリとバラードにサマンサの懸念を相談すると、ビフに救済可能な特徴が少しでもあれば映画のキャラとずれてしまうという考えで、全員の意見が一致した。

こうして、台本の次の草稿では導入部がそっくり削除された。

サドラーズの……最高の1日！

ボブ・ゲイルが会場を出ていく観客を見送っていると、ひとりのファンが近づいてきた。「ミュージカルの出来の良さに茫然としていて言葉が出てこない感じだったが、素晴らしい舞台だった、それを生で観られて人生最高の日になった、ととつとつと伝えてくれた」その後、ゲイルと一緒の写真を撮ることができたため、その特大ファンにとってますます印象に残る日になったことは間違いない。

その場にいた誰にとっても、素晴らしい日になった……。

新しい〝未来〟に向けて

ドミニオンのリーディング公演が終わった直後、コリン・イングラムがウエストエンドの劇場からオファーを受けたものの、その劇場がこのミュージカル向きではなかったことは前述したが、そのオファーの主であるアンバサダー・シアター・グループはBTTFの〝市外〟公演にお誂え向きの劇場を所有していた。

演劇界では昔から、ロンドンのウエストエンド公演が決まっている演劇／ミュージカルは、まず別の街でしばらく上演し、演出や振付、衣装や景色、プロップ、オーケストラ、特殊効果を完璧に仕上げ、ウエストエンド公演に臨むのが常である。トライアウトや試演と呼ばれるそうした公演中、制作チームは演劇／ミュージカルの構成や演出、歌などを手直

左：適切な〝小道具〟とともに、BBCの本部でインタビューを受けるボブ・ゲイル（左）とコリン・イングラム（右）。

しして準備を万端に整え、最終目的地のウエストエンドに向かうのである。

イングラム（とグレン・バラード）は、ウエストエンドに移る前にミュージカル《ゴースト》を試演したアンバサダー・シアター・グループ所有のマンチェスター・オペラハウスをよく知っていた。イングラムには、この劇場が《バック・トゥ・ザ・フューチャー》を初めて舞台に乗せるのにうってつけだという確信があった。サドラーズ・ウェルズで行われたプレゼンテーション後まもなく、彼は2020年2月20日に試演を開始し、3月11日に〝メディア向けの〟先行上演（プレス・ナイト）を行うという契約書に署名した。BTTFミュージカルは、ウエストエンドで上演される前に、マンチェスターで12週間の公演が行われることになる。

発表

2019年5月17日、ついに全世界のマスコミに向けたプレスリリースが配信され、マンチェスター公演に関する詳細とともに、新情報を待ちわびているファンにとって最も重要なチケット発売情報が公表された。

ミュージカル『バック・トゥ・ザ・フューチャー』は、2020年2月20日の木曜日にマンチェスター・オペラハウスで初演され、その後12週間の公演が予定されている。

2019年5月24日（金曜日）午前10時より、チケットが発売される。

プロデューサーのコリン・イングラム（ミュージカル《ゴースト》）と、映画『バック・トゥ・ザ・フューチャー』のクリエーターであるロバート・ゼメキスとボブ・ゲイル

は、2020年2月20日、ミュージカル《バック・トゥ・ザ・フューチャー》はマンチェスター・オペラハウスで初演されることを発表した。上演期間は12週間。5月17日に終演後、ウエストエンドに舞台を移して上演される。チケットの販売は、2019年5月24日金曜日の午前10時に開始される。

ユニバーサル・ピクチャーズ／アンブリン・エンターテインメント製作の映画『バック・トゥ・ザ・フューチャー』をもとにしたこの新作ミュージカルでは、脚本をボブ・ゲイル、オリジナル曲をエミー賞およびグラミー賞を受賞しているアラン・シルヴェストリと6度のグラミー賞に輝くグレン・バラードが担当。ミュージカルには、映画で使われた〈The Power of Love〉と〈Johnny B. Goode〉も含まれる。

演出家は、トニー賞を受賞したジョン・ランド（《ユーリンタウン》、《オン・ザ・タウン》）、デザイン・チームには、ティム・ハトリー（セット・デザインと衣装デザイン）、ヒュー・ヴァンストーン（照明）、ギャレス・オーウェン（音響）、フィン・ロス（映像）などトニー賞やローレンス・オリヴィエ賞の受賞者が名を連ねている。振付はクリス・ベイリー、音楽スーパーバイザーとボーカル・アレンジはニック・フィンロウが担当する。オーケストレーションを手がけるのはイーサン・ポップ、ダンス・アレンジを担当するのはデイヴィッド・チェイスだ。

マーティ・マクフライ役を演じるのは、ウエストエンドでミュージカル《地獄のロック・ライダー》と《マチルダ》のオリジナル・キャストを務めたオリー・ドブソン。ほかのキャストは、順次発表される。

映画『バック・トゥ・ザ・フューチャー』は、マーティ・マクフライ役のマイケル・J・フォックス、ドクター・エメット・ブラウン役のクリストファー・ロイド主演で、1985年に公開された。映画の世界興行収入は3億6060万ドル（2億7900万ポンド）で、『バック・トゥ・ザ・フューチャー』シリーズ三作の興行収入は9億3660万ドル（今日の貨幣価値に換算して、およそ18億ドル以上）におよぶ。

映画のあらすじ：ロック音楽が好きな10代の青年、マーティ・マクフライが、友人ドクター・エメット・ブラウンが発明したタイムマシンのデロリアンで、ひょんなことから1955年にタイムスリップしてしまう。1985年に戻る前に、マーティは自分の存在が未来から消えないように、高校生である両親が恋に落ちる手助けをしなければならない。

映画のオリジナル・キャスト全員が、新作ミュージカルに胸を躍らせている。ドク・ブラウンを演じたクリストファー・ロイドは、こう語る。「ボブ・ゲイルに話を聞いてから、ずっと楽しみにしている。とくに、ドク・ブラウンが

歌うとどういう感じになるのか、興味津々でね。マンチェスターでの初演当日に、あの素晴らしい映画をミュージカルとして体験できるのが待ちきれない。本物のタイムマシンがあれば、明日にでも観られるのに！」

ロバート・ゼメキスとともに映画の脚本を手掛け、ミュージカルの台本も執筆しているボブ・ゲイルは、「ゼメキスと私は何年も前から、このプロジェクトを始動させようとしてきた。素晴らしい作品を作りだすには時間がかかるものだ。しかしついに、実現する運びとなった。キャストはみな非常に優秀で、楽曲も素晴らしい。演出家のジョン・ランドは、映画の持つ魔法をこのミュージカルで再現すべく驚異的な働きをしている。われわれが作りだした物語が舞台上でまったく新たな手法により再現されると思うと胸が躍る。世界中の『バック・トゥ・ザ・フューチャー』ファンが、同じ思いを分かち合ってくれると信じている。マーティ・マクフライの言葉を借りると、「きみらの子どもなら、わかる」──それに、きみも、きみの両親も気に入るはずだ。映画の35周年記念を祝うのに、このミュージカルほど相応しいものはない。われわれは、"フューチャー（未来）"が戻ってくると言えることを、心から嬉しく思う！」

プレスリリースの四日後、マンチェスターの中心にあるアルバート広場の時計台にデロリアン・タイムマシンが到着し、ボブ・ゲイル、オリー・ドブソンがファンを歓迎した。

チケット発売開始後、わずか数週間で120万ポンド分ものチケットが売れた。

「サドラーズ・ウェルズのワークショップが成功に終わったことは、大きな自信となった」と、ランドは語る。「コリンがマンチェスター・オペラハウスを押さえたあと、私は制作に集中した。鉛筆のスケッチでしかないアイデアから3次元の舞台を構築するまでに、実質1年しかなかったからね」その1年の予定には、デザイン・ミーティング、さらなるワークショップ、振付、「そしてもちろん、デロリアンの制作も含まれていた！ 本番では、舞台の譜面台の前に、ぎらぎら光るシルバーのジャケットを着た女優を立たせるわけにはいかない。あっと驚くテクノロジーを駆使した最新鋭のマシンを登場させなければならないんだ！」

彼を……ティムと呼ぶ者もいる

ジョン・ランドは内容に完全に満足がいくまで台本と楽曲以外の部分に手をつけたくないという方針をとっていたが、プロデューサーのコリン・イングラムは制作の裏側でせっせ

上段："5月のとある日"、メディアでミュージカルの制作が公式発表された数日後、オリー・ドブソンは新たな"愛車"とともに、マンチェスターのアルバート広場にある時計台に出向いた。
下段・右：ボブ・ゲイルもマンチェスターを訪れ、ファンと話をし、写真を撮った。
下段・左：マンチェスターのアルバート広場にデロリアンがやってくることを知らせる"ヒルバレー新聞"の記事。

左：舞台美術デザイナー／衣装デザイナーのティム・ハトリー。

とクリエイティヴ部門を担当する有能な人材を集めていた。その皮切りがトップレベルの舞台美術デザイナーを引き入れることだった。最高の舞台美術デザイナーが加われば、ほかの部門のリーダーにも優秀な人材が集まる。イングラムにとって、この役目を担うのは、ティム・ハトリー以外に考えられなかった。

トニー賞およびローレンス・オリヴィエ賞を受賞した経験を持つ舞台美術デザイナーのハトリーは、《シュレック》、《モンティ・パイソンのSPAMALOT》（映画『モンティ・パイソン・アンド・ホーリー・グレイル』をもとにしたミュージカル）、《ボディガード》、《雨に唄えば》など、ヒット映画のミュージカルをいくつも手がけたベテランである。

イングラムはドミニオンのワークショップが始まる前から、ハトリーがこの企画にどの程度関心があるか探りを入れようと、彼とコンタクトを取っていた。ハトリーはイングラムから話を聞いたときのことをこう回想する。「『一体全体、あの映画をどうやってミュージカルにするんだ？』と思ったのを覚えているよ」ハトリーによると、ふたりが顔を合わせたのは公式なビジネス・オファーの場というより即席の会合に近かったが、そのときに、「このプロジェクトを頭の片隅に入れた」のだという。

イングラムがティム・ハトリーを考慮していることを聞いたランドは、彼が自分の思いを読んでくれた——自身もハトリーを検討していた——ことを喜んだ。「ティムとは何年も前に会ったことがあった。それ以来、ずっと彼と一緒に仕事をしたいと思っていたんだ。実際、何度かニューヨークで会い、様々なプロジェクトについて話し合ったこともある。どれも実を結ばなかったが、ティムの仕事ぶりはずっと気にかけていた」そこでランドは、ハトリーと契約できることを願

い、彼をドミニオンでのリーディング公演に招待した。

このリーディング公演は非常にラフな形だったものの、それを観たハトリーは、即座にこのミュージカルが秘めている可能性を見てとった。「文句のつけようがないほど素晴らしかった。もちろん、ぎこちない箇所もいくつかあったが、『絶対このミュージカルをやらなきゃ。すごい作品だぞ』と思ったね。それと同時に、怖くもあった。実際、やることになったのはいいが、どうすればいいのか見当もつかなかったんだ。リーディング公演が終わって会場を出たあと、『どうしよう！ 契約してしまったぞ！ なんてことをしたんだ！』と思ったよ」

インドで別の仕事があったため、サドラーズ・ウェルズでのプレゼンテーションに出席できなかったハトリーは、友人であり同僚の照明デザイナー、ヒュー・ヴァンストーンに代わりに出席してもらい、イベントのあとで彼に電話をかけた。ヴァンストーンから最初よりもさらにいい出来だったと聞き、送られてきたビデオ映像を見て、ハトリーはこのミュージカルに関わりたいという気持ちを新たにしたという。「そこで本格的に準備をはじめた」

ランドやイングラムをはじめとする制作チームのほとんどと同様に、ハトリーも原作映画の熱烈なファンであり、それがいまだに人気を博していることがこの企画に取り組むさいの大きなポイントとなった。「映画制作史においても、映画ファンにとっても、『バック・トゥ・ザ・フューチャー』はきわめて重要な作品だ。別次元というか、自分がいままで関わった映画のなかでもトップレベルなのはたしかだね。たくさんの人々の人生に大きな影響を与えた名作だ。ファンに『なんてことをしてくれたんだ？ 映画に泥を塗りやがって』と罵られるのを想像したこともあった。そうなったらと思うと、怖くて仕方がなかったよ」

最終的にハトリーはその恐怖を克服し、仕事にかかった。「1年も怖がったまま制作を続けるなんて無理だからね！」原作映画に関しては隅から隅まで知り尽くしていたとはいえ、最初の一歩はまず何度もそれを繰り返し見直すことだった。その後は、いっさい観るのをやめた。「重要な要素のリストを作って、デザインに取りかかった。ミュージカルの魂は台本と楽曲のなかにあったが、どういうデザインにするかは私の頭のなかにしか存在していなかった」

「幸運にも、私のロンドンのスタジオはかなり広いから、各シーンの要(かなめ)となる瞬間も含めて、ミュージカルの全場面にＡ４の紙を１枚ずつ割り当てた。それぞれにタイトルを付け、シーンの概略、登場する俳優たち、そこがどういう場所でなくてはいけないかを印刷し、巨大な絵コンテみたいにぐるりと並べたんだ。そのおかげで、規模がよく把握できた。各エピソードやストーリーの流れ、すべての場所がひと目で見わたせるようになったうえに、注意点も明確になった。ドクの研究室を何度も登場させるのは、観ている側からしても、ストーリーの流れからしてもよくない。同じ場所を行ったり

来たりしないように、ふたつの意図を持つふたつのシーンをどうにかして繋げる必要がある。その情報をジョンに伝えると、彼がそれについてボブ（・ゲイル）と相談する。そんなふうに、セットの構造を効率の良いシンプルなものに変えていった。セットのせいで物語の流れが止まったら、それは私の責任だ。ミュージカルの背景やセット移動がスムーズに行われるよう気を配ることも、私の仕事の一部なんだ」

ハトリーはまた、その方程式のなかに、舞台という物理的なスペースの限界も付け加えなければならなかった。「劇場のスペースには常に限りがある。セットをどこに置く？ 景色は？ デロリアンはどこに駐車する？ それらを解決する

には独創的なアイデアが必要なんだ。観客の前に出現させるときと同じように巧妙に、バックステージにそれらを収納しなければならない」

作業場をまるまる占めるほど大きな絵コンテができあがると、次の仕事は、困難なシークエンスを優先させることだった。「時計台広場、時計台、最後のシークエンス全体、ドクの研究室、それからもちろん、デロリアン。このすべてが最

上段：ミュージカル全体を絵コンテにしたティム・ハトリーは、セットや舞台、登場人物の動きの立体模型をいくつも作った。
下段：追加で作られたティム・ハトリーのセット模型。

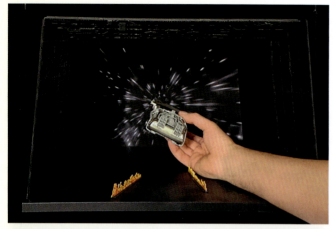

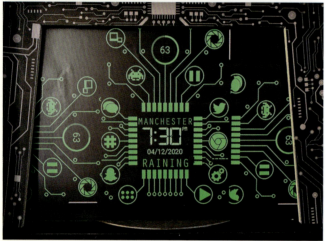

左：ティム・ハトリーの追加セット模型。

車場に到着するシーンの背景には、映像デザイナーとプロップ・デザイナーが作りだした映画でおなじみのJCペニー・デパートが見える。

回路盤のプロセニアムアーチ

　舞台を占領するセットと同じくらい重要なのが、それを縁取るプロセニアムアーチである。ティム・ハトリーは最初から、セットを強調するために、ただの飾りではない適切なモチーフをアーチに施そうと決めていた。
　ハトリーはこう説明する。「大きな劇場で行う大規模なミュージカルでは、セットを少し前に出して、前列にいる観客を包みこむようにすると、ホール全体に相乗効果が生まれる。デザインのなかに観客を引きこみつつ、デザインを観客に向かって広げることができるんだ。といっても、中心となるのは常に舞台だから、加減が難しいわけだが」
　ほとんどの場合、舞台美術デザイナーが最も避けたいのは観客の注意を舞台からそらすことだが、《バック・トゥ・ザ・フューチャー》の場合は、観客の目をほんの少しそらすことがプラスに働く場合もあった。「このミュージカルでは、難しい仕掛けや特殊効果がたくさん使われている。たとえば稲妻が閃くとか何かが爆発するシーンでは、視界の端に入る部分を工夫すると、一瞬、観客の注意を舞台からそらすことができるんだ。あのアーチは、頼もしい味方になってくれたよ」
　問題は、プロセニアムアーチを覆うモチーフを何にするかだ。
「最初に思いついたのは、デロリアンに繋がっているワイヤーや、ドクの研究室にあるケーブルみたいなデザインにすることだった。そこから回路盤というアイデアに変化した。グラフィック的にとてもいいと思ったし、みんなもそれに同意した」
　コリン・イングラムがうなずく。「観客も一緒になって楽しめる、臨場感あふれるミュージカルにしたいと強く願っていたから、完璧な案だと思った」ジョン・ランドはさらにこう語っている。「目の前で起こっていることだけでなく、視界の端でもいろいろな動きがあるばかりか、それがデロリアンの一部だと感じられる。非常に目を惹くビジュアルだと思った。ティムは面白くて洒落ているばかりか、観客を引きこむ非常にクールなアイデアを思いついてくれた」

この仕事はまさに……

　コリン・イングラムが願ったように、ティム・ハトリーを起用したことで、ミュージカル《バック・トゥ・ザ・フューチャー》には、イギリスで高く評価される優秀な人材が集まった。

優先事項だった」
　どれから先に取りかかるかを決める前に、ハトリーは有用なツールを造ることにした。非常に小さいとはいえクリエイティヴな作業の大きな助けとなる、小さな〝ブラックボックス〟である。
　航空業界で用いられているブラックボックス同様、ハトリーの控えめなバージョンもまた、デザインにどうやって取り組むべきかという無数の案を提供してくれた。「ブラックボックスとは、小さな劇場の模型のことなんだ。プロセニアムアーチ（舞台開口部）は60センチほどで、高さは30センチ、なかに舞台がある」
　この〝舞台〟は、マンチェスター・オペラハウスのステージ寸法と同じ縮尺で作られ、黒く塗られた。ハトリーは、観客との距離も同じ縮尺にして、まったく同じ縮尺で作った建物の切り絵や紙製のキャラクターをこの舞台に並べた。
　ハトリーはまた、テクノロジーを使えば一部の建て込み作業を減らせることもわかっていた。そこで、ミュージカルの場面を細かく分類したあと、舞台セットと背景のリストを見ながら、どれを実際に造り、どれを映像デザイナーのフィン・ロスに任せるかを決めていった。
　セットのデザインには、映画の本質的な特徴と親しみやすさを取り入れた。そして、観客が懐かしいと感じるように、それぞれのセットに映画と直接的な繋がりを持たせた。たとえば、ドクが午前1時20分にツイン・パインズ・モールの駐

左：照明の専門家であるヒュー・ヴァンストーン（左）とティム・ラトキン（右）。

彼はこう続ける。「照明は音楽と連動していなくてはならない。音楽はストーリーの感情的な面を反映し、照明はデザインの感情的な面を表す。楽曲がアップテンポでロックンロールなら、踊るような照明が望ましい。愛を語る場面や、スターになりたいという夢を歌うバラードならば、照明にもその気持ちを反映させなければならない」

ヴァンストーンとラトキンは、このミュージカルにおけるハトリーの代表作とも言える舞台周りのデザインも、彼とともに作りあげていった。〝蔓〟のように客席上階へと伸びた照明は、観客をBTTFの世界に引きこむ役目を果たすだけでなく、特殊効果を強調し、あるいはそこから観客の注意をそらすためにはじけるような閃光(せんこう)を放った。

照明は、カスタムメイドのデロリアンを造るうえでも欠かせない要素だった。ラトキンは、「映画ですべてが正確にどう見えるかをリサーチしてから、舞台では何を実現できるかをじっくり検討し、より大規模に、大胆にした」と言う。デロリアンが話し、口頭での指示に反応する新たな機能を備えていることを考慮に入れ、ラトキンはこの大道具にいくつか光る装飾を加え、ドクがタイムトラベルをプログラムするときに車のパーツが光るようにした。

しかし、実際に舞台の上でリハーサルを行うまでは、できることに限りがある。ヴァンストーンは説明する。「入念に細かい準備を進めたのは事実だが、演出家、振付師、デザイ

まばゆいヒルバレー

照明デザイナーのヒュー・ヴァンストーンがこのプロジェクトについて聞いたのも、《モンティ・パイソンのSPAMALOT》と《シュレック》で一緒に働いたことのある親しい友人のティム・ハトリーからだった。「まだミュージカルになったことのない映画のなかでも、とりわけ素晴らしい作品だと思った。映画が名作だからといって、必ずしも名ミュージカルになるわけではないが、これは例外だと思い、加わることにした」

しかし、準備期間中に恋人の健康面に問題のあることがわかり、このミュージカルに100％集中できないことが明らかになった。ヴァンストーンはすぐに、このプロジェクトに必要な優れた技術と落ち着きを兼ね備えた、信頼できる人物に電話をかけた。それが、ティム・ラトキンである。それまで多くのプロジェクトでヴァンストーンの照明デザイン補佐として働いてきたラトキンは、立派な経歴の持ち主でもあった。こうして、「このプロジェクトに関わらないかという要請を受けたことを光栄に思った」と語るラトキンが照明デザインを監督し、ヴァンストーンはキー・コンサルタントとしてサポートに回ることが決まった。

「ティム・ハトリーのデザインのどこが優れているかというと、セット自体は難しくないところだ」とヴァンストーンは言う。「ここが時計台広場……ここが寝室……と、きわめてシンプルなんだ。ミュージカルで難しいのは、場面転換だよ。セット替えに時間がかかりすぎると観客の注意がそれてしまう。そこで照明を使って、舞台上を移動する巨大なセットを〝魔法の煙幕〟で隠したり、別の場所に観客の注意を引きつけて何かが突然現れたように見せたりするんだ」

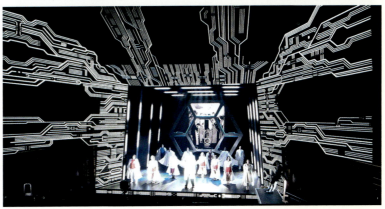

右：ティム・ハトリーの模型のなかには舞台前部から伸びた部分や、劇場内とプロセニウムアーチのデザインも含まれていた。

ナーが劇場入りすると、たいてい変更が加えられるものだ。実際に劇場に立つと、もっといい考えが浮かぶこともあれば、うまくいかないと気づくこともある。すべての可能性に備えるのは不可能だ。そのため仕事が完全に終わるのはずっと先になるんだよ」

あの音はなんだ？

2013年、音響デザイナーのギャレス・オーウェンは、『バック・トゥ・ザ・フューチャー』がミュージカルになるという記事を目にした。彼はすぐさまコリン・イングラムにEメールで履歴書を送ったが、「返事はなかったから、それっきり忘れていた」。

その5年後、オーウェンは受信ボックスに1通のEメールが届いているのを見て、仰天した。題名には「バック・トゥ・ザ・フューチャーの音響デザイナーの件」とある。なんとそのメールはプロデューサーのイングラムからで、「返事をするのが遅れてすまなかった。これからの予定について、ぜひとも話し合いたい」と書かれていた。その後、ジョン・ランドと会ったオーウェンは、5年も待ちつづけていた仕事を獲得した。「オリジナルの映画の大ファンという意味で、僕らが同志のような存在なのは明らかだった。（音楽スーパーバイザーの）ニック・フィンロウとは以前一緒に働いたことがあり、そのときとても楽しく仕事ができたことがプラスに働いたのだと思う」

音響デザイナーとしてキャリアをスタートさせたオーウェンは、めきめきと頭角を現しながら、音響デザインと音楽との関係性について理解を深めていった。「音響（サウンド）と音楽（ミュージック）は、生かすも殺すもお互い次第なんだ」彼はそう断言する。「音楽が世界最高でも、サウンド・クオリティが悪ければうまくいかない。同様に、世界で最高の音響デザイナーだって、ミキシング・デスクから送られてくる音楽が最悪なら、それを改善することはできない。ニックがすでにこのプロジェクトに加わっていたし、ジョン・ランドとは意気投合した。おまけに楽曲を手がけているのがアラン・シルヴェストリとグレン・バラードとくれば、ミュージカル《バック・トゥ・ザ・フューチャー》にノーと言えるわけがない」テクノロジーを駆使したこのミュージカルでは、音響関連のほかの面でもオーウェンの専門技術が大いに役立つことになった。

そのひとつが音響システムである。マンチェスター公演と、その後のロンドン公演でも、あらゆる台詞と効果音、楽曲の一音一音がオーケストラ席から最上階のいちばん後ろの席まで明瞭かつ同じクオリティで聞こえるよう、オーウェンのチームが特別にデザインしたスピーカー・システムが劇場に設置された。「観客に台詞が聞こえなければ、ジョークも伝わらない。キャストにオーケストラの音が聞こえなければ、歌が歌えない。オーケストラのメンバーにお互いの音が聞こえなければ、演奏できない。3階席の後ろで聞こえるサウンドの質が悪かったら、プロデューサーは機嫌が悪くなるし、チケットの払い戻しを要求される」

オーウェンはまた、照明部門と映像部門が連絡を取り合うための通信システムを開発した。各部門がそれぞれ、指揮者ジム・ヘンソン（同姓同名の人形使いとは別人）のキューを参考にできるよう、音楽ディレクターを映しだすビデオ映像を流したのである。それから、オーケストラがコンピューター化されたタイムコードに合わせて演奏できるようにク

上：ティム・ラトキンとヒュー・ヴァンストーンの仕事には、デロリアン・タイムマシンの照明を強化することや劇場内の照明デザインも含まれていた。

リックトラックも作り、そのキューが照明、ビデオ、オートメーションにも同時に送られた。

しかも、このすべてが、やるべき仕事のほんの始まりにすぎなかった……。

ほかの部門リーダーの大半と同じように、オーウェンの効果音を作りだすプロセスも、入念に台本を読む作業から始まった。効果音が必要になりそうな箇所をひとつひとつメモしたあと、完成させたリストをランドと検討し、最終的にランドがどれを残すか、どれが不要かを決めていった。

技術者たちがデロリアンの舞台上の動きをプログラムすると、オーウェンは車が発するサウンドを作りだす仕事にかかった。それには、上方に動く跳ね上げ式ドアの開閉音から、フラックス・キャパシターの〝フラックス（変動する）〟音だけでなく、完全にコンピューターシンセサイザー化された車の〝声〟まで多様なサウンドが含まれていた。

車が動くときの特定のサウンドを作りだすために、オーウェンは自らサウンド・コントロール・ソフトウェアを書き、ふだん劇場では使われない技術を利用したという。

「車が走っているときのサウンド・ファイルをたんにプレイバックするのではなく、コンピューター・ゲームエンジン（訳注：ゲーム開発において必要な機能やツールを統合したソフトウェア）を使って、実際の動きとリンクするサウンドを作りだしたかった。たとえばカーレースのゲームでは、アクセルを踏むと車が加速する音、ブレーキを踏むと減速した音が再現される。そうやって、公演中もそのプログラムを使って実際に音を流したんだ。僕が使ったのは、クロトスのオーディオ・プラグイン、〝IGNITER（イグナイター）〟のカー・シミュレーション・プログラムだよ。そこにカスタム・デロリアン・プリセットだけでなく、録音しておいたサンプル音源を仕込んでおいたおかげで、車のあらゆる動きのサウンドをシミュレーションすることができた。加速、減速、ギアチェンジ、ブレーキを踏む音だけでなく、どちらを向いているかによって車のサウンドを変えることもできた。たとえば、デロリアンが客席に向いてるときは、エンジン音はあまり聞こえない（エンジンが後ろについているからね）。一方、観客に後部を向けているときは、エンジン音が大きくなる。

僕の知るかぎり、コンピューター・ゲームのサウンド・シンセを舞台上のライヴイベントで使ったのはこれが初めてだ。最先端の技術だよ」オーウェンはそう言って胸を張る。

その他の様々な効果音には、ルーカスフィルムからディズニー、ソニーまで世界中のライヴラリーから集められた44万以上にわたる音源を含む、彼の膨大なサウンド・ライヴラリーが使われた。加えてボブ・ゲイルはオリジナルの映画で使った効果音すべてにオーウェンがアクセスできるよう取り計らった。

最終的にオーウェンは、「オリジナルになるべく忠実でありながらも、今日のテクノロジーの恩恵に浴する」ことで、この新プロジェクトに相応しい質の高いサウンド体験を観客に提供している。

デロリアンの声に関しては、オーウェンと彼のチームはコンピューターの〝テキストを読みあげる〟シンセサイザーを使い、公演中にその場で車の声を作りだした。その声が現場で作りだされていることは、ミュージカルの最後にデロリアンが未来の目的地の日時を告げるシーンで証明される。デロリアンは常に、実際の公演日と時間を読みあげるのだ。

ボタンを押せ！

BTTFミュージカルの公演中は、舞台上の照明、映像、オートメーションのキューの約99％が、大規模なコンピューター・ネットワークによって制御、起動されることになるが、数百もの効果音を文字どおり人間の〝タッチ〟によって加えるのは、音響部門の仕事だった。幕が開き、マーティがドクの研究室に入る第1場から、エンジニアはボタンの上で指を構え、舞台上の動きを注意深く目で追い続ける。マー

上：音響デザイナーのギャレス・オーウェン。
右・上：劇場内のオーウェンの音響用コンソール。
右・下：キューごとに係がボタンを押して起動しなければならない効果音がどれほど多いかは、この表の一部を見ればよくわかる。

ティが巨大なスピーカーのダイヤルを調節すると、エンジニアがボタンを押し、ザーッという音と、その音量の変化、歪んだ声の効果音が音響システムから流れる。そのあと、マーティがギターピックを弦に近づけると、再びボタンが押され、観客の耳には、ギターコードが鳴る音と、スピーカーが閃光を放って爆発する音が聞こえる。公演中、何百回もボタンを押すサウンド・エンジニアのリース・カーシュによって〝ゴー・ボタン〟と名づけられたこの装置は、50万回〝押せる〟という保証付きだった。ロンドンで100度目の公演が行われる前に、このボタンはすでに一度取り替えられ、次の交換時期も間近に迫っていた。

ギャレス・オーウェンがとりわけ楽しんだのは、観客が気づかないような微妙な効果音を作りだすことだった。マーティが学校のダンスイベントのあと時計台にやってきたときの効果音もそのひとつだ、と彼は誇らしげに語る。マーティとドクがデロリアンの上にかかったカバーをはずす直前、雨が車のボディカバーを打つ音が聞こえる。ところが、完全にカバーを取り去ったあとは、雨が金属のボンネットを打つ音に変わるのだ！

衣装が役を作る

イギリスの演劇界では、舞台美術デザイナーが衣装デザイナーを兼任することは珍しくない。

ティム・ハトリーはこう語る。「養成学校では、芝居のすべてをデザインしなさい、と教わった。デザイナーとはそういうものだ、とね。まさに実践しながら学んでいくわけだが、たくさんのことを一気に吸収できる素晴らしい経験だ。そうやって、布地に関するあれこれや衣装の作り方を学んだ。ドレスがどういうふうに垂れさがるかみたいなことは、舞台デザインとはまったく異なる分野だが、舞台美術デザイナーが衣装を担当すると、作業がずっと簡単になるんだよ。舞台美術デザイナーとして衣装デザイナーと働いた経験はたくさんあるが、完全に意見が一致することはめったにないんだ。自分で衣装デザイナーも兼任すれば、赤い壁の前に立つ役者に赤い衣装を着せるといった問題が生じることはない。それに、自分が作りだしたセットにどんな衣装が合うかを考えるのは面白い」

《バック・トゥ・ザ・フューチャー》の衣装デザインに関しては、自分が有利なスタートを切ったことをハトリーは認めている。「映画の一部として確立された、ファンが見たいと思う衣装がすでにあった。マーティには絶対にオレンジ色のダウンベストを着せなきゃならない。そうしないと、ファンを怒らせることになるからね。そこで、ファンが見たいと思う映画の衣装を使いつつ、意外な要素も取り入れた。たしかにドクはドクのように見えるんだが、突然デロリアンの上に飛び乗り、どこからともなく現れた6人の女性ダンサーと素晴らしいナンバーを歌って踊り、観客をあっと驚かせるんだ。女性ダンサーたちはデロリアン風にしたかったから、1980年代のレースクイーンのような衣装に、ファラ・フォーセットみたいなボリュームたっぷりのウィッグをかぶせ、炎の模様が入ったシルバーのジャンプスーツとそれに合うブーツで仕上げた。彼女たちは車の周りでドクと踊る。そしてターンテーブル上のデロリアンとともに車のショールーム風のファンタジーが繰り広げられたあと、〝現実〟に戻るんだ」

一部のキャラクターに関して、ハトリーは、「映画で使われた衣装を彷彿させる」服を着せることにした。たとえば、ロレインが自室でマーティに〈Pretty Baby〉を歌うときは、映画と同じ衣装を着ているように見える。「でも、ワンピースの生地はずっと軽いものにした。スピンやターンをするときに、ダンス用のドレスみたいにふわっと広がるようにね。映画で使われたワンピースと模様はまったく同じだが、色を少し鮮やかにした。ミュージカルということを考慮し、ピンクを強めて、はつらつとした感じをだしたんだ」

ハトリーは、映画の登場人物のよく知られたルックスを再現することを楽しむのと同じくらい、〈21st Century〉ナンバーのアンサンブル用の衣装、とりわけドクのアシスタントの衣装作りを楽しんだという。「あれはすべて、私が一から考えたんだ。参考素材はまったくなかった。どういう感じにしよう？　どんな外見なのか？　……ダンサーが実際に踊るうえでどんな衣装が適しているかという点については、（振付の）クリス・ベイリーと話し合った。そこから、彼女たちがドクの想像上の人物であることを頭において、わくわくするような斬新な衣装を作っていった。とても楽しかったよ」

右と次頁：ティム・ハトリーが描いた、〈It Works〉のデロリアン・ガールズと〈21st Century〉に登場するドクの研究アシスタントの衣装デザイン・スケッチ。

MAKE A DATE WITH HISTORY

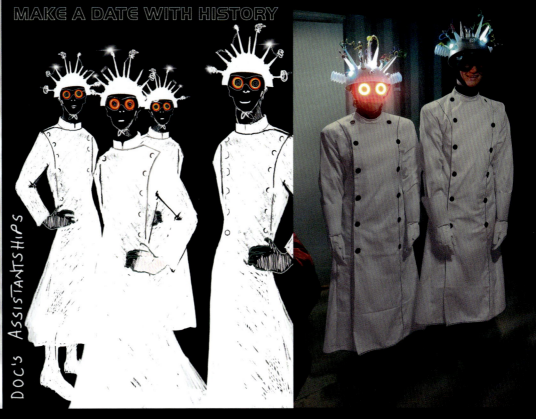

ワードローブ／衣装に関するデータ！

- 3次元のキャラクターは平均して週（8回のパフォーマンス）にふたつの割合で、バイカラーの眼鏡を使う。
- 衣装を着替える時間を短縮するため、靴紐の90%はゴムにする。
- 1曲における衣装替えがいちばん多いのは、キャサリン・"KP"・ピアソンの4回。チアリーダーから生徒、次に教師になり、カーテンコールでチアリーダーに戻る。
- アンサンブルの各メンバーは、一公演ごとに11着の衣装を着る。
- アメフトのヘルメットはアメリカから調達され、1950年代っぽさを出すため、レトロに改良された。
- デロリアン・ガールズのひとりが着るスーツとブーツには、合計200個のスワロフスキー・クリスタルが付いている。まさに、ぴかぴかだ！
- ウエストの詰め物は3セット。ひとつは、1985年のロレインを演じるロザンナ・ハイランド用。もうひとつは、リンダ・マクフライを演じるエマ・ロイド用。そしてもうひとつが、母方の祖母ステラ・ベインズを演じるエマ・ロイド用である。
- ドクは"アクセサリー"使いがうまい。公演ごとの主な装飾品／装備品を挙げよう。

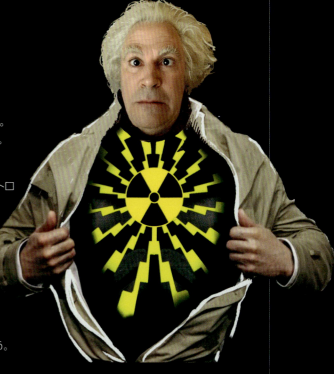

1. プルトニウム用のベストと手袋
2. ストップウォッチ
4. ゴーグル
5. グレムリンのノートパッドと鉛筆
7. 脳波スキャナー
8. 放射能スーツ、フード付きヘルメット

ビデオ "ゲーム"

演劇界の才能あふれる人材を引き入れるというコリン・イングラムの計画がまたもや功を奏し、受賞歴のある映像デザイナーのフィン・ロスが技術スタッフに加わった。ロスは、ミュージカル《アナと雪の女王》、《ミーン・ガールズ》、《アメリカン・サイコ》、《ハリー・ポッターと呪いの子》など、映画を原作とする良質なミュージカル作品を多々手がけてきた華々しい経歴の持ち主である。「ミュージカル化の話を聞いたときは、『うわ、こんなクレイジーなことに挑戦する人がいるんだ』と思った。大成功するかもしれないが大失敗するかもしれない。どちらに転んでもおかしくない素材だから」だが、ボブ・ゲイルの台本を読み、ジョン・ランドと顔合わせをしたあと、ロスは大成功を収める確率が高いと判断し、喜んでこの企画に加わった。

「ティム・ハトリー（舞台美術デザイナー）は、どの部分を映像で作りあげるか、それぞれをどういう映像にしたいのか、非常に明確なアイデアを持っていた。作業を進めながら、僕はミュージカルに統一感を持たせるために一貫性のある映像を作りあげていった。その過程には、ティムがデザインしている実際のセットを各所に取り入れることで、映画を彷彿とさせつつ、整合性のとれた世界にする作業も含まれていた。映像が使われていないシーンはほとんどない。そもそも後ろの壁自体が映像だから、様々な背景や横断幕を挿入できた」フィン・ロスにとっては、映像自体に注目が集まらないようにすることが重要だった。「映像はミュージカル全体を通したひとつの流れだ。ひとつのシーンの様式が別のシーンにも影響するから、すべての映像が同じ世界に属していると思えなければならない」

絵コンテを描いていくうちに、あらゆる部門が最高の技術を発揮して初めて実現可能になる、重大かつ決定的な場面がいくつかあることが明らかになったという。「何よりも重視されたのは、各部門がデロリアンの演出をどうやって本物らしく見せるかだった」ロスはそう断言する。「デロリアンが出現するシーンもそうだし、消えるシーンも、1985年から1955年までタイムスリップし、また戻ってくるときの動きもそうだ」とはいえ、ほかにもクリエイティヴなチャンスはいくつもあった。「ティム（・ハトリー）は、ドク・ブラウンの常軌を逸した熱っぽい性格を、とてもよく理解していた。たとえば、〈It Works〉や〈Future Boy〉、〈21st Century〉といった、ドクが現実から逸脱して想像の世界に入っていくようなナンバーでは、映像を使えば、現実の抽象的な部分に簡単に入りこめる。一瞬にして、舞台を誰かの家の裏庭から宇宙に変えることができるんだ」

加速中……

演出家ジョン・ランドがついに制作過程における具体的な要素に注意を向けたとき、最初に優先させた事柄のひとつは、デロリアンを時速140キロ（88マイル）で走らせて時空連続体を駆け抜けるシーンをティム・ハトリーと一緒に作りあげることだった。

制作が始まった頃、ランドはこの超がつくほど有名な車をどう造るか、具体的なイメージを持っていなかった。「ティムはすでにデロリアンについて膨大なリサーチを行っていて、宇宙っぽい感じの蛍光色のデロリアンのスケッチをたくさん見せてくれた。しばらくのあいだは、実際に車を建造するのはやめようと考えていた。車の輪郭だけ作ろうと思っていたんだ。ティムとはもっとクレイジーなアイデアも話し合っていたが、コリン（・イングラム）からプロデューサーとしての視点で、『デロリアンは実際に作らなくてはだめだ』と断言された」イングラムはランドの説明にうなずく。「車の内装だけを見せるとか、本物の車ではないものを使うと

左：〈*Wherever We're Going*〉のリハーサル中、ビデオ・ウォールに映しだされた黄昏の空。

いうアイデアには断固反対だった。車体すべてを造るべきだときっぱり主張したよ」

総出でかかれ！

コリン・イングラムの指示のもと、ティム・ハトリーはインターネットでデロリアンの模型キットを注文し、その箱の底にミニチュアのターンテーブルを置いて、組み立てた模型をそこに載せた。そして、専門知識を持つほかのスタッフたち——照明担当のティム・ラトキンとヒュー・ヴァンストーン、音響デザイナーのギャレス・オーウェン、映像デザイナーのフィン・ロスなど——に集合をかけた。ハトリーが問題解決に繋がる素晴らしいアイデアを思いつくきっかけを与えてくれたのは、映像という要素だった。実際に背景を造らずにすむようロスが思いついた、背景を補うために使う映像の壁（ビデオ・ウォール）である。

ジョン・ランドは説明する。「ときには背景全体を建て込みすることもあったが、それ以外は映像背景を使い、その手前に重要なセットや小道具をいくつか置いた。そうすれば観客に本物だと信じてもらえるし、楽しんでもらえるから」ハトリーもこれに同意する。「映像は常に、補強のためだった。車のシークエンスを完全に映像だけで再現することもできたが、そうするつもりはいっさいなかった。このミュージカルには（コリンの言うとおり）本物の車が必要だ。それから、映像やムービングライト（訳注：照射方向・色・光量などをコンピューターで制御するスポットライト）を使えば、動いていない車を疾走しているように見せられることに気づいた」

ロスが映像を強化するために使ったのは、窓を飛びすぎる光だけではない。まず、3Dソフトウェア・パッケージと映画の参考素材を利用し、独自のツイン・パインズ・モールを作りあげた。それから、カメラを付けた物体を車の代わりにして、舞台上の基本的な動きを3Dソフトウェアにコピーした。つまり、カメラに車の動きを模倣させたのだ。「車が5秒、前進する場面では、カメラを前に進めて加速させ、その向きを変える。カメラが録画した映像を背景に投影して車の動きとその映像をシンクロさせると、実際に車が疾走しているように見えるんだ。試行錯誤しつつライヴで再現しようとしたんだが、あまりにも複雑になったので、ビデオ映像をコンピューターに取りこんで、昔ながらのアニメーション技法

上：映像デザイナーのフィン・ロス
右・上段：ビデオ・ウォールに投影された、学校の食堂の壁。
右・中段：ビデオ・ウォールの後ろのバックステージ。携帯電話を充電できるプラグはない。
右・下段：デロリアンが1955年にタイムトラベルするときの照明ディテールが描かれたスケッチ。

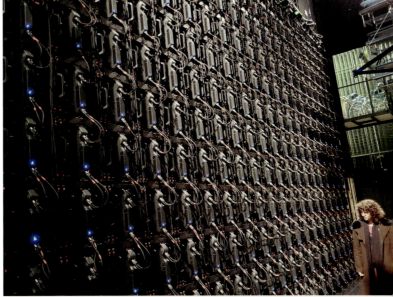

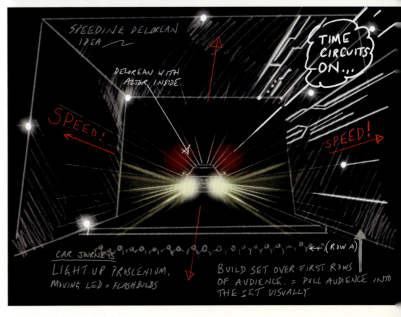

を使った。それが実にうまくいった」
「そうやって作りだされたイリュージョンは、なかなかの出来に仕上がった。舞台上でこんな手法を使ったのは初めてだが、素晴らしい解決策だった」ハトリーはそう語る。誰もがその結果に満足したものの、劇場で実際に試してみるのは、ほぼ1年先になる。それまでに、もうひとつ、取り組まねばならない〝ちょっとした〟仕事があった。デロリアンを実際に造る作業である。

どうせデロリアンを作るなら、カッコいいほうがいい！

ティム・ハトリーは、どうすればデロリアンを舞台で〝運転〟できるか考えあぐねていたが、その難しさも、『バック・トゥ・ザ・フューチャー』ファンにとって何よりも重要なデロリアンを造りあげる作業の比ではなかった。
「答えが必要な疑問がたくさんあった」と、ハトリーは言う。下記に挙げたのは、そのほんの一部である。

疑問：デロリアンは4、5回登場する。何台作るのか？
答え：私は1台だけにしたかった。3台、ましてや4、5台の車を置くスペースはない。舞台には、ぼこぼこになったマーティの車の前部を置くスペースさえないんだ。
疑問：デロリアンに飛ぶ機能を付ける必要はあるか？
答え：飛ぶ？ あれは飛ぶ必要があるのか？？？
疑問：ダンサーが上に乗って踊れるほど頑丈に作らなければならないのか？
答え：ミュージカルだから、当然ダンサーは上に乗るとも！
疑問：本物のデロリアンを入手して、なかをくり抜く？
答え：否。様々な演出用に、特殊効果や仕掛けをたっぷり詰めこむことが決まっているから、本物ではスペースが足りない。（デロリアンの〝動かし方〟に詳しいボブ・ゲイルが知恵を授けてくれた──「デロリアンは、2台造ったほうがいいぞ。そうすれば、壊れても公演を中止せずにすむ！」）

作業を円滑に進めるため、そして上記をはじめとする様々な疑問に答えを出すために、デロリアンの制作に〝必要な

本頁と前頁：映像、照明、音響、プラクティカル・エフェクト（操演）を組み合わせ、マーティとデロリアンが1955年から1985年に戻るタイムトラベルが実現した。

チェックリスト〟が作成された。

1. 車輪は回る（が、接地はしない）こと。
2. 内部の照明と、外部のタイムトラベル用の照明はすべて点灯できること。
3. 煙を出すため、CO_2を排出できる機能を搭載すること。
4. 360度回転できるターンテーブルに載せること。
5. 横、後ろ、前に傾くこと。
6. ダンサーが上に乗って踊れるほど頑強に造ること。

プロダクション・マネージャーのサイモン・マーロウは、ほかの多くの仕事に加え、伝説的なデロリアンを造る責任者となった。クリエイティヴ・チームとの連携作業では、何かを造る要請を受けるたびにマーロウは必ず次の3点を尋ねることにしていた。

1. 物理的に可能か？
2. 予算はあるか？
3. その時間があるか？

「デロリアンに関して言うと、この3点に関する答えは『そ

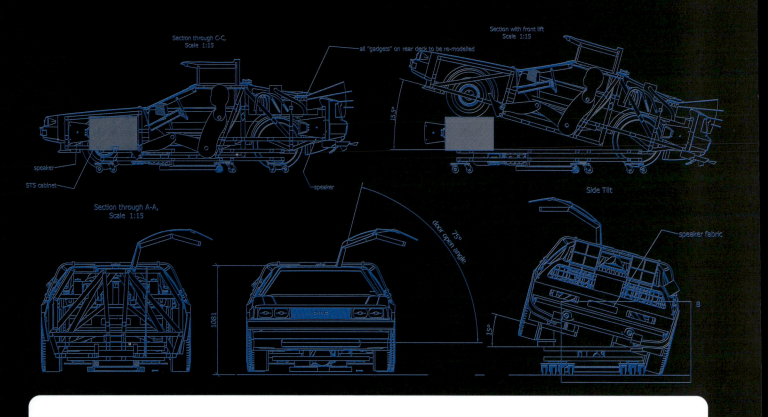

　「うだといいが！』だった」と、マーロウは言う。「このミュージカルにデロリアンは不可欠だったから、なんとしても造る方法を突き止めなくてはならなかった。しかも、適切な予算でね。公演開始まで18か月と時間的には比較的余裕はあったが、最後はギリギリだったな」

　作業をはじめる前に、車の縮尺を決める必要があった。「まず、木材を使って仮のデロリアン模型を3サイズ作った。ひとつ目は実物大、もうひとつは88％の大きさ、三つ目は65％の大きさだった」マーロウは詳述する。

　「それから、からっぽの劇場をレンタルし、三つの仮模型を舞台に並べて、周りに照明を置いてみた。最適だったのは、デロリアンらしく88％（訳注：タイムトラベルのスピード、88マイル［140キロ］と同じ）の模型だった。実物大のデロリアンは舞台では大きすぎて、ほかと釣り合いがとれなかった」こうして縮尺が決まると、背景を造る工房が、デロリアンの詳細にわたる3Dブループリントを入手した。

　ミュージカルで使われる〝子孫〟を創りだすために、実際のデロリアンに傷がつくことはなかった。というのもイギリス在住のスティーヴン・ウィッケンデンが、自身の所有するデロリアンのレプリカを貸しだしてくれたからだ。制作チームはウィッケンデンのレプリカをスキャンし、写真に撮り、採寸して、既存の情報にたくさんの備考を付け加えた。「ファンはあらゆる箇所を細かくチェックするはずだから、すべての要素が正確でなければならなかった」とマーロウは語る。車の型をとったあと、ボディの複製を造り、それをカスタマイズする作業が始まった。車の内装は観客には見えないとはいえ、マーロウはあらゆるライト、ノブ、スイッチ、LEDディスプレーが映画で使われたのとまったく同じになるよう気を配った。ただフラックス・キャパシターだけは映画のデロリアンとは大きく異なっている。ミュージカルの様々なシーンでマーティとドクが観客に見せられるように、取り外し可能に作られたのだ。「車内には大量のテクノロジー装置が詰めこまれていたから、乗り心地はあまりよくなかったと思う。しかも、実物より少し小さいから、ロジャーはとても窮屈だったんじゃないかな」とマーロウは打ち明ける。舞台上で試される多くの追加装置（造り付けターンテーブル、傾斜用の機械仕掛け、上演用のコンピューターと繋がったワイヤレス装置）のせいで、ミュージカルのデロリアンの重量はオリジナルのおよそ2倍になった。

　このデロリアンの建造中、マーロウはリハーサル用に、木と金属のフレームでできたデロリアンも造った。

次頁：デロリアンを建造中。考案と実際に造る作業には何か月もかかった。
次頁・右上：雷から電力を得るためのポールをデロリアンに付けるセットデザイナーのロス・エドワーズ。　**次頁・下：**組み立て担当者のために、実物大のデロリアン・タイムマシン・レプリカ（手前）の細部がスキャンされた。完成した舞台用のバージョン（奥）と並べて置かれた状態。

左：グレン・バラード（左）とアラン・シルヴェストリ（右）。

音楽あれ！

　グレン・バラードとアラン・シルヴェストリが作詞作曲を終えた時点では、ミュージカル・ナンバーの制作作業はとうてい完了とは言えなかった。ミュージカルのために書かれた各楽曲はその後、修正および改良のため、編曲者たちの手に渡った。

　2018年、ジョン・ランドが演出家に抜擢されてまもなく、ニック・フィンロウ（《ブック・オブ・モルモン》、《マンマ・ミーア！》、《ドリームガールズ》）は、プロデューサーのコリン・イングラムから、《バック・トゥ・ザ・フューチャー》の音楽スーパーバイザーの仕事に興味がないかと電話を受けたという。「一緒に仕事をしたことはなかったが、コリンのことは昔から知っていた」と、フィンロウは語る。「制作陣に加わらないかと打診され、即座にイエスと答えたよ」

　音楽部門におけるフィンロウの仕事は、多岐にわたっていた。まず、音楽部門全体の作業を管理すること。定期的にアラン・シルヴェストリ、グレン・バラード、ランドと連絡を取り合うだけでなく、アメリカとイギリスで活躍している優秀な人材を音楽部門に引き入れる役目も担っていた。以下に挙げるのはその一部である。

右：イーサン・ポップ（左）とブライアン・クルック（右）。

オーケストレーター（編曲者）の
イーサン・ポップとブライアン・クルック

　グラミー賞およびトニー賞にノミネートされたプロデューサー／アレンジャー／編曲者のイーサン・ポップは、個人的な理由から、この仕事をふたつ返事で引き受けた。「僕は自分が世界一の『バック・トゥ・ザ・フューチャー』おたくだと自負している」ポップはそう言い切る。「ミュージシャンを目指し、オーケストレーションに興味を持ったのは、オリジナル映画のアラン・シルヴェストリのスコアに衝撃を受けたからなんだ」ニック・フィンロウと話すうちに、ポップはシルヴェストリの映画スコアをミュージカルの楽曲と融合させることも仕事の一部であることを知った。「とんでもなく大変な編曲作業になると判断して、ブライアン（・クルック）に連絡を取り、一緒にやらないかと誘った。演劇や映画、テレビの仕事でブライアンとは何度も組んだことがあったし、ミュージカルの分野ではとくに息が合ったからね」同じく『バック・トゥ・ザ・フューチャー』の大ファンであるブライアン・クルックもまた、同僚との新たな冒険をふたつ返事で引き受けた。

音楽スーパーバイザーのジム・ヘンソン

　ジム・ヘンソンは次のように説明する。「音楽スーパーバイザーの主な仕事は、毎回の公演を指揮することだ。たいていは指揮棒を用いてオーケストラ／バンドを導くわけだが、私の場合は、指揮をしながら演奏もする。また、キャストとオーケストラに楽曲を教え、ミュージカルの最初から最後まで音楽的に高いクオリティを保つ。つまり、〝楽曲の番人〟を務めるわけだ。こういうタイプのミュージカルでは、楽曲の発展や創作といった部分にも関わる。だからニック（・フィンロウ）が私のアドバイスや意見、経験を取り入れ、参考にしてくれて本当にラッキーだった。また、ミュージカルの構成面や、アレンジに関する助言もした。たとえば、こうしたら音楽的にうまく繋がるんじゃないか、といったような意見を出したんだ。私はニックの音響版のような役目を果た

左：音楽スーパーバイザー／指揮者のジム・ヘンソン。

し、ふたりでアイデアをぶつけ合った」

成功の秘訣(ひけつ)……

アラン・シルヴェストリとグレン・バラードはアレンジ付きの歌を提出するが、「ほとんどの楽曲の骨子は使えても、そのままでは舞台に乗せられなかった」とバラードは説明する。

各楽曲を受けとったニック・フィンロウは、ストーリーを語りやすいように舞台ミュージカルならではのアレンジを加えた。台詞を前後に配した独立した楽曲ではなく、台詞のなかに音楽を組みこむことも多かった。曲の途中で台詞が出てくる箇所でも、音楽は途切れずに流れ続けなければならない。「アレンジをする上で、僕の仕事のひとつは、その曲を台詞に合わせてアレンジし、アンダースコア（訳注：背景で鳴っている音楽。特定のシーンの情感や雰囲気、登場人物の感情の変化などをサポートする音楽のこと）を台詞やライヴ・パフォーマンスに合わせて調節しやすい構成にすることだった」

フィンロウの作業の一例としては、ドミニオン・ワークショップ直前にバラードとシルヴェストリが書き直したドク・ブラウンの登場曲〈It Works〉のアレンジが挙げられる。「ジョン・ランドに、すぐに使える状態にしてほしいと言われた」フィンロウは、当時の状況を思い出して語る。「その曲では、6人のバックダンサーがドクのサポートをする。僕はリハーサル室を出て30分で（バックグラウンド・ボーカルの）アレンジをすませ、その場で女性ダンサーたちに教えた」また、曲の途中でマーティとドクの短いやり取りが挿入されることになったため、ドクが歌に戻る前の数小節の音楽も付け加えた。

クリス・ベイリーによる振付が決まると、またしても楽曲の調整が行われた。フィンロウは続ける。「マンチェスターでは、女性ダンサーたちは舞台上に隠れていて、照明がつくまで観客には見えない。クリス・ベイリーは、その登場を音楽で盛りあげたいと考えた。そこで僕の出番さ——その振付に要求される音楽を加えたんだ」

フィンロウの仕事にはまた、稽古中、主演キャストの歌だけでなくアンサンブル全員のコーラスに細かく気を配ることも含まれていた。「アンサンブルのハーモニーを書き、彼らが歌う部分を指導し、すべてが完璧に聞こえるようにした」

オーケストラよ、演奏するのだ……

アラン・シルヴェストリが第1作目の映画スコアをレコーディングしたときは、いわゆる〝時空を超えるオーケストラ〟には100人以上のミュージシャンがいた。ミュージカル《バック・トゥ・ザ・フューチャー》（だけでなく、ほかのミュージカルも同様）では、それほど大規模のオーケストラを雇うことは、予算面でもスペース面でも事実上、不可能だ。そこで、このふたつの面を考慮して、14人のミュージシャンから成るオーケストラが演奏をすることになった。

2019年8月、雇われたばかりの編曲者イーサン・ポップは、ロンドンのサウスバンク地区にあるジャーウッド・スペースでの実習稽古に参加するため、ニューヨークを発った。そこでは、ジョン・ランドたちが様々な物語の要点やミュージカル・ナンバーに磨きをかけ、ダンスの振付に取り

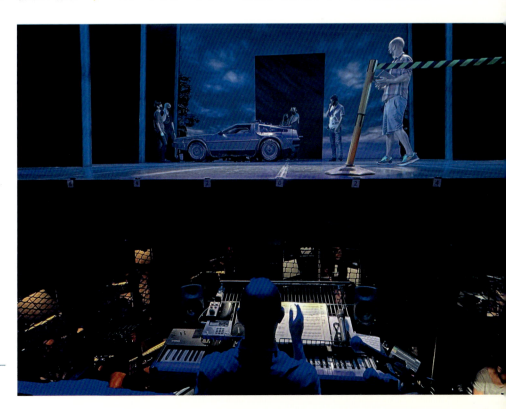

右：アデルフィ劇場の舞台下のオーケストラ・ピット。

かかっていた。
　予定されていた実習期間の終わりに、ポップはニック・フィンロウ、シルヴェストリ、音響デザイナーのギャレス・オーウェン、キーボード・プログラマーのフィジ・アダムズとミーティングを行った。「そのときの話題は、〝エコサイズの〟オーケストラでいかに、グレン（・バラード）とアランが作曲した実に〝ミュージカル〟らしい楽曲だけでなく、ファンが愛してやまないアランのスコアを演奏できるか、だった。100人から成るオーケストラが録音した映画スコアを、たった14人でどうやって再現すればいいんだ、とみんなで頭を抱えたよ」
　ポップは、シルヴェストリのスコアを〝室内楽曲〟（小規模の楽器編成による曲）にアレンジするのではなく、シルヴェストリ自身が指揮したオーケストラと同じ重厚感のある華麗なサウンドで再現すべきだと感じた。「あれは、たとえばブライアン（・クルック）や僕のような昔ながらのファンが口ずさめるような、世界中で愛されているスコアだからね。ミュージカルでも映画とまったく同じ感動を得られるよう細部にまで徹底的に注意を払うことが僕らの義務だと肝に銘じて、作業を進めた」
　そのために、ポップは似たような状況でそれまで一度も試されたことのない興味深い概念を提案した。「室内楽的な響きにするためにスコアを〝削る〟のではなく、あらゆるニュアンスを含めるために、使えるかぎりの手段をすべて利用することにしたんだ」
　ポップが提案したのは、限りある予算では雇えない交響楽団の残り（弦楽器、木管楽器、金管楽器、打楽器）の音を再現する高音質のインストゥルメント・トラックを〝備えた〟

コンピューター・サーバー作りをフィジに依頼することだった。「つまり、オーケストラのサンプル音源ライブラリを使ったサーバーを作りだすんだ。われわれのキーボード奏者のふたりが、MIDI（訳注：電子楽器の演奏データを機器間で転送・共有するための共通規格）シグナルを通じて、実際の演奏と並行してそのサウンドにアクセスする。ブライアンと僕は、アランのオジリナル・スコアの〝リズム・ユニゾン〟について頻繁に話し合った。そして毎晩、ふたりのキーボード奏者、つまり4本の手が88鍵のシンセサイザーを2台使うことで、オリジナル・スコアのオーケストレーションの大部分をカバーできることに気づいた。そのサーバー内の〝ヴァーチャル楽器〟をヴァーチャル・サウンドステージ内で再現すれば、真のオーケストラ・サウンドを模倣できるんだ」
　「これほど複雑な手法を提案したのは初めてだった」ポップは続ける。「ミーティングが終わったあと、『俺たちならできる……どうかできますように……、どうか、どうか、お願いします、実現させてください‼』と必死で願ったのを覚えてるよ」

ジャーウッドへようこそ！

　3週間にわたる実習稽古はロンドンのサウスバンク地区にあるジャーウッド・スペース・リハーサル施設で行われることになった。
　施設内の広いホールはフルスケールのリハーサルに割り当てられ、小規模なスタジオはそれぞれ、クリス・ベイリーとダレン・カーナルによる振付考案作業、キャストに振付を教える作業、リハーサルに割り当てられた。また、各部門のミーティングを開く会議室と、衣装やウィッグの試着に使えるスペースまであった。「素晴らしい施設だった」と、ジョン・ランドは語る。「文字どおり、シーンのリハーサル中に衣装係に急いで相談に行き、すぐにリハーサルに戻ることができたんだ」
　実習中、すべての部門の作業がジャーウッド・スペースで行われたわけではないが、週に数回、演出家のランドがそれぞれの部門を回って進行具合を確かめることができるほど部門どうしの距離は近かった。「1日振付に割り当てられている日でも、午前中にドクの研究室を造っている小道具工房まで30分ほど車を飛ばし、少し離れたところで造られている景色や背景、デロリアンの建造具合を確認することができた」

さあ、初めからもう一度！

　ボブ・ゲイルはこう付け加える。「このリハーサルでもう

上：後列、左から右：パブロ・メンデルスゾーン（第一トランペット）、アイエスティン・ジョーンズ（ベースギター）、オリー・ハニファン（第二ギター）、リチャード・アシュトン（ホルン）、マイク・ポーター（ドラム）、スティーヴ・ホルネス（第二キーボード）、グラハム・ジャスティン（第二トランペット）、サイモン・マーシュ（第一リード）、サイモン・ミンショール（トロンボーン）。／前列、左から右：ダンカン・フロイド（第一ギター）、ジム・ヘンソン（音楽スーパーバイザー／第一キーボード）、ジェス・ウッド（パーカッション）、ロブ・エクランド（第三キーボード）、ローレン・ウィーヴァース（第二リード）。

ひとつ重要だったのは、そのとき初めて、リハーサル・スペースにマンチェスター・オペラハウスの舞台と同じ奥行きと幅の印をつけ、最低限必要なプロップやセットを使ってリハーサルできたことだ」

それまでのワークショップとは違い、ジャーウッドは俳優たちが完全に役になりきることのできる場所だった。「サドラーズ・ウェルズは、もちろん重要だった」とロジャー・バートは語る。「でも、稽古をはじめて少し経つと、役者は譜面台の前に立って身振り手振りをするだけでは物足りなくなって、もっと役に入りこみたくなる。体を使いはじめると演技に幅ができるんだ。私は台本なしで演じられるようになっていたから、体を使って演技をする準備は整っていた」

視点の違い

ジャーウッドの実習稽古は、キャスト全体が文字どおり、また比喩的な意味でも、のびのびと翼を広げて成長する機会となった。台詞のあるシーンに動きを加え、立ち位置を決め、クリス・ベイリーによる振付を加えることで、ジョン・ランドの指導と卓越した手腕のもと、BTTFミュージカルは着々と形をとりはじめた。同様に、ミュージカル・ナンバーの一部に関する課題も明らかになった。そのひとつ目が、〈It's Only a Matter of Time〉である。

上・左から時計回りに：ジャーウッドでの〈Gotta Start Somewhere〉のリハーサル。／ダンス・キャプテン&アンサンブル・メンバーのローラ・マロウニーが、リフトで持ちあげられた瞬間。／〈It Works〉をリハーサル中のロジャー・バート、オリー・ドブソン、デロリアン・ガールズたち。／ロザンナ・ハイランドとエイダン・カトラー。

左：1955年のゴールディ・ウィルソンを演じるセドリック・ニールズが登場し、若きジョージ・マクフライ（ヒュー・コールズ、右）と到着したばかりのマーティ・マクフライ（オリー・ドブソン）に助言を与える。

　グレン・バラードとアラン・シルヴェストリが書いた最初の曲〈It's Only a Matter of Time〉は、映画のオープニング・シーンに登場する1985年のヒルバレーから強い影響を受けていた。グレン・バラードは、映画の観客が初めて目にするヒルバレーの町をこう説明する。「さびれた町なんだ。時計台広場はがらんとしている。ポルノ映画館があり、公園のベンチではホームレスの男が寝ている。大規模な改革が必要に見える」

　最も初期のバージョンでは、観客はカリフォルニアのちっぽけな町の多種多様な住民が、町の状態と生活ぶりを嘆くのを目にすることになっていた。

町の住民
時間の問題だ
時間と言えば、われわれは遅れてる
この町は、ちっとも進歩がない
改善の余地、大ありだ
ヒルバレーの最盛期はとうの昔に終わった

　バラードは続ける。「マーティ・マクフライがヒルバレーをどう見ているのかを理解しようとした。まず、ひねくれた見方をしているのではないかと考えた。まわりを見て〝この町は僕に相応しくない〟と思ってるにちがいない、とね。調性的にも、お祝いムードというより、真っ向から反抗しているような雰囲気の曲だった」マーティをすねた若者として描く決断を後押ししたのは、最初の台本で彼がバンドのオーディションでストリックランド先生に不合格にされたあとに時計台広場で歌う住民に加わる設定になっていたからだった。

マーティ
僕に未来はない
この町を出ていくことができない

だって彼らが何を言おうと
今日は昨日とまったく同じ
僕には見込みがないんだ
僕は負け犬のひとりにすぎない
そしてここから抜けだせない
瞬きをしたら、
未来が通りすぎてしまった……

　ドミニオンでのワークショップが始まったとき、ランドとコリン・イングラム、ベイリーはみな、その悲観的な調子に懸念を示した。この曲がミュージカルのオープニング・ナンバーになるとあって、なおさらだった。「そう書いたメモを、

右：〈It's Only a Matter of Time〉を歌うヒルバレーの住民たち。

右：修正前はひねくれていたマーティが、修正後のオープニング・ナンバーでは一転、〝未来をロックするぜ！(Rock My Future!)〟と威勢よく宣言する。

　ジョンに渡した」と、イングラムは回想する。「歌詞が暗すぎるという意見は、実は多くの出資者からも寄せられたんだ。主役であるマーティが否定的な感情をぶちまけるのは、このミュージカルに相応しくなかった」

　演出家のランドは、こう考えている。「あのナンバーは、大きな変化を遂げた。私がこのミュージカルに加わった当時は、非常に複雑な歌だった。アランのメロディをどこまで歌詞に反映させるかに、かなり頭を悩まされたよ。グレンとアランは、オリジナルのメロディに素晴らしい歌詞をつけてくれたが、われわれはその歌詞が助けになっていないと気づいた。ネガティヴな歌詞は物語の始まりに相応しくないし、われわれが望む踊りだしたくなるような調子でもなかった。それに、マーティが歌うよりアンサンブルばかりが歌っているのも気になった。しかも、マーティの歌詞はグレンが言ったように〝10代の青年の怒り〟だったから、なおさらだ。怒っているのはもっともなんだが、ミュージカルのオープニングで主演のマーティが否定的な感情を吐きだすのは避けたいというみんなの意見に私も賛成だった。相応しい解決策を突き止めるのには少し時間がかかったな」

　この問題を切りだされたバラードとシルヴェストリは、非常に冷静に受け止めた。「ふたりとも、まったくエゴイスティックではないからね」と、ボブ・ゲイルは言う。「誰かにこの歌が気に食わないと言われたら、代わりに新曲を書くか、その歌の問題点を解決しようとする。私が台本に取り組むときの心構えとまったく同じだ。うまくいかない？　それなら書き直そう。たいしたことじゃないさ、と思うだけだ」

　シルヴェストリは、こう説明する。「あの歌の問題点を伝えられたのは、制作がかなり進んでからだった。多くの要素が形をとりはじめ、ミュージカルの全景が見えてくると、もう一歩踏みこんだ問題点に取り組まなければならない。グレンと私にとっては、この歌の修正はとても簡単だった。調性をがらりと変えたが、それがうまくいったと思う。ミュージカルのオープニングから観客にネガティヴな感情をぶつける必要はなかったし、マーティというキャラクターにとっても必要ではなかった。彼は、その後まもなくオーディションでがっかりすることになるわけだから」バラードもこう付け加える。「ここが芝居の素晴らしいところだ。台本に書かれていることをもとに才能ある役者たちが演じるうちに、必然的に作品が成長し、変化していく。マーティは、オープニングでは楽観的である必要があった。素晴らしい未来が待っている、これから世界をあっと言わせてやる、とね。それなのに、マーティが懸命に踊りつつ〝未来はない〟と歌ったら、ちぐはぐになってしまう」ランドはこう締めくくった。「この変更を形にするのは、最初は大変だったが、ふだんミュージカル制作と縁がない者どうしのコラボレーションが見事、実を結んだ。ボブ、グレン、アランの3人が額を寄せ合い、取捨選択を繰り返すうちに、一風変わった素晴らしい歌詞が次々に生まれたんだ。われわれはみな、あの曲が最終的に素晴らしい出来になるという確信があった」ゲイルは「〈It's Only a Matter of Time〉に少し手を入れただけで、ミュージカル全体の雰囲気が一気に改善されたことに、みんながびっくりしていた」と付け加えた。

　ジャーウッドの実習稽古におけるその最初の変更によって、この曲は、ネガティヴからポジティブな調子に変わり、その後もさらなる改善と変貌を経て、最終的にマンチェスターの初演で披露された形に落ち着いた。

ゼメキス、登場！

　ジャーウッドでの2週間の稽古を経た2019年8月6日、その日のスケジュール表にはこう書かれていた。

上段：マクフライ家の内装と外観の設営用設計図。　下段：完成した外観。

全員
第1幕、第1場から第9場のプレゼンテーション

　このとき、キャストとアンサンブルは初めて、中断も休憩もなしで、オープニングから会場全体が大いに盛りあがるゴールディ・ウィルソンの〈You Gotta Start Somewhere〉まで、40分を通して演じた。このプレゼンテーションを観に来た人々のなかには、コリン・イングラムが声をかけた大勢の広報担当者だけでなく、ティム・ハトリーとキャスティング・ディレクターのデイヴィッド・グリンドロッドもいた。最も重要なゲストは、最新作の映画『魔女がいっぱい』[2020]のオリジナル・スコアの打ち合わせでロンドンを訪れていたロバート・ゼメキスだろう。サドラーズ・ウェルズのプレゼンテーションを観て以来、ゼメキスはリハーサルの進行状況を逐一聞いていたものの、この日、どれほど進歩したのかを実際にその目で確かめることができたのである。
　このプレゼンテーションでは、新しい俳優がビフを演じた――ゼメキスの助言どおり、以前の役者よりもずっと体格の

──────────

上段・左：時計の枠組みが設置され、両脇に据える2匹のヒョウが形をとった。
上段・右：映画の〝魅惑の深海〟ダンスパーティ・シーンでおなじみの、ふたつの像が再現された。その前に誇らしげに立つティム・ハトリー。

いい役者である。全員が、とくにジョン・ランドが、いじめっ子を演じたその役者の威嚇するような存在感に肯定的な反応を示した。「皮肉だが、映画と同じ原理が働いた」ボブ・ゲイルは語る。「ゼメキスが映画で証明したとおり、見た目が語ってくれるんだ」前回から一歩前進したのはたしかだが、制作陣はデイヴィッド・グリンドロッドがこの役にいっそう相応しい俳優を見つけてくれることを願っていた。
　このプレゼンのあと、ハトリーはゼメキスの前で、自作のブラックボックス模型を披露し、セットの仕組みを一部説明した。その日は、〈Future Boy〉のリハーサルも行われた。こちらも、素晴らしい曲になる見込みはあるが何かが足りないナンバーだ。振付師のクリス・ベイリーは、ゼメキスのシンプルなアドバイスが突破口となったことをよく覚えている。「彼はこう言ったんだ。『タップダンスが思い浮かぶな』とね」その発言のおかげで、この歌の新たな方向性と雰囲気が定まり、ぐんと質が上がったばかりか、ゼメキスが望む華やかさも加わった。

マジック！
　プレゼンテーションの結果におおかた満足したロバート・ゼメキスは、BTTFミュージカルに抱いているもうひとつの期待を繰り返した。「このミュージカルには、観客をあっと

言わせるイリュージョンと、大がかりなナンバーが必要だ——映画を原作にした様々なミュージカルでボブと私が観てきたような、台詞を話すシーンを繋げるだけの作品にしてはいけない」

幸運にも、ゼメキスの期待を満たすイリュージョンを提供してくれる人材は、すでに制作陣に加わっていた。

イギリスのマジック・サークル（著者注：1905年にロンドンで創設された、芸術としてのマジックの促進を目標とした、世界レベルのマジシャンから成る国際協会）のメンバー、クリス・フィッシャーである。彼は《ハリー・ポッターと呪いの子》のインターナショナル・イリュージョン・魔法アソシエイトとして世界中で活躍している。彼がイリュージョン・コンサルタントを務めたミュージカル／演劇作品には、《ナルニア国物語～ライオンと魔女と洋服ダンス》、《ウィキッド》、《2：22 A Ghost Story》、《プリンス・オブ・エジプト》、《カンパニー》、《ビッグ～夢は、かなう～》、《ザナドゥ》、《イントゥ・ザ・ウッズ》、《ベッドかざりとほうき》のイギリス・ツアー公演がある。フィッシャーは、《バック・トゥ・ザ・フューチャー》の制作陣に加わらないかと電話をもらったとき、不安を感じたと打ち明ける。「『バック・トゥ・ザ・フューチャー』と聞いたら、そりゃびびるさ。『ハリー・ポッター』でもそうだったが、超有名作品を手がけるときは、ファンが愛する部分を忠実に再現しなければならないからね」

不安が大きかったとはいえ、素晴らしい作品になるだろうという期待も大きかった。フィッシャーは、このミュージカルで作りあげたイリュージョンはチーム全員の努力の成果だと語る。「制作陣は、イリュージョン・チームの才能だけじゃなく、オートメーション、照明、音響、映像、さらには、特殊効果の数々も巧みに取り入れた。それに、キャストの貢献も非常に大きい。マジックを使ったシークエンスを舞台上で作りだすためには、型破りの考え方をする必要がある。僕らは全員一丸となって、それを成し遂げたんだ」

目を見張るようなイリュージョンを具体的にどう成し遂げたのかは、残念ながら、著者にも読者にも明かせないという。マジック・サークルでは「秘密」がモットーであり、どんなに質問を浴びせられようと、フィッシャーはこのモットーに忠実なのだ。

質問：マーティが、誰もいないツイン・パインズ・モールの駐車場にスケボーでやってくると、突然、3回ドーンと音がして光が閃き、ドクの乗ったデロリアンが舞台上に出現する。いったいどうやったのか？
答え：（ラテン語）Non possum tibi dicere!
（英語）それは言えないな！
質問：ドクが〈It Works〉を歌いはじめると、なぜ、どこからともなくデロリアン・ガールズが現れるのか？
答え：（ラテン語）Non dicam tibi!
（英語）それは言わないよ！
質問：ドクがテーブル上のヒルバレー模型のなかでおもちゃの車を走らせると車が燃えはじめるが、その仕組みは？
答え：（ラテン語）Flamma tape et a wireless transfusor ad accendendum.
（英語）フレーム・テープとワイヤレス・トランスミッターで点火した（この答えは、マジック・サークルのモットーにはふれない）。

アランはスコアを知り尽くしている…

《バック・トゥ・ザ・フューチャー》のミュージカル化の話が出たときから、映画で使われた曲を登場させることは大前提として決まっていた。グレン・バラードとアラン・シルヴェストリが新たに書き下ろした楽曲に加えて、映画でおなじみの曲（〈The Power of Love〉、〈Back in Time〉、〈Johnny B. Goode〉、〈Earth Angel〉）がミュージカルの中心となるのは言うまでもない。制作陣の4人は、シルヴェストリの音楽スコアも、このミュージカルには欠かせないとみなしていた。「オーケストラがいて、アランのスコアがあるだけじゃな

上：イリュージョン・デザイナーのクリス・フィッシャー。
左：ジャーウッドのリハーサル施設を訪れたロバート・ゼメキス。

——アラン本人が制作チームにいるんだ！」ボブ・ゲイルは言う。「めいっぱい活用しない手はないだろう⁉」

バラードはこう付け加える。「『バック・トゥ・ザ・フューチャー』の音楽は、映画ファンがいまでも覚えていて、聞いた瞬間になんの曲だかわかる、数少ないオーケストラ・スコアのひとつだ。最初の3秒、ほんの2小節聞いただけで、『バック・トゥ・ザ・フューチャー』だとわかる」

シルヴェストリの音楽を取り入れるアイデアには、ファンを喜ばせたいという願い以上の深い理由があった。名作と呼ばれる映画のスコアはみなそうだが、『バック・トゥ・ザ・フューチャー』のオリジナル・スコアはまさに映画のDNAの一部であり、物語のあらゆる要素を支えているだけでなく、ストーリーをより明確に伝える役割も果たしているのだ。音楽には、微妙な感情の流れや、どきどきするような興奮を含む様々な気持ちを呼び起こす力がある。シルヴェストリは『バック・トゥ・ザ・フューチャー』3部作にそのすべて、いや、それ以上のものを注ぎこんだ。したがって、彼の音楽を利用するのは当然のことだった。

そうは言っても、完成版のミュージカルに使われている映画スコアの量に、誰もが驚くことになった。ミュージカルのアンダースコアに関する最初の話し合いでは、映画のオリジナルスコアを取り入れる場面として、いくつかのシークエンスが候補に挙げられた。それにはデロリアンが初めて1985年から1955年にタイムトラベルをする場面、ドクが時計台でケーブルを繋げようと苦戦する一方でマーティがヒルバレーの通りを稲妻めがけて突っ走る場面も含まれていた。

しかし制作陣は、映画では自明の理に思えることがミュージカルでは通じないことを学んだ。通常、舞台で上演されるミュージカルでは、公式ミュージカル・ナンバーへと続くイントロとエンディング以外ほとんどアンダースコアが使われない。演劇界の新参者だったロバート・ゼメキス、ゲイル、シルヴェストリ、バラードは、舞台では音楽を流すとうまくいかないことがあるなどとは想像もしていなかった。ゲイルはこう説明する。「基本的に、映画を作りはじめたばかりのときと同じだった。やり方がわからなかったから、やりながらコツをつかんでいくしかない。何かが欲しければ、それを要求した。最初のミュージカル作りでも同じだった。ゴールディ・ウィルソンの言葉を借りると、『どこかからはじめなきゃ！』ならないからね」

音楽スーパーバイザーのニック・フィンロウは認める。「アランの映画スコアと、グレンとアランのミュージカル用の楽曲という、ふたつのまったく異なる音楽を融合させなくてはならないとあって、最初はかなり不安だった。これは大仕事だ。ミュージカルのアンダースコアとは、そもそも台詞の後ろで流すものなんだ。しかしBTTFでは、舞台で繰り広げられるアクションにもアンダースコアをつけなくてはならなかった。これは、ミュージカルでは通常使われない手法なんだよ。最初の頃は、どうすれば舞台ミュージカルの真髄を保つ形でアランのスコアを残せるだろうかと頭を悩ませたものだ」

フィンロウの最初の懸念のひとつは、映画とライヴミュージカルという明白かつ特徴的な違いと関連していた。できあ

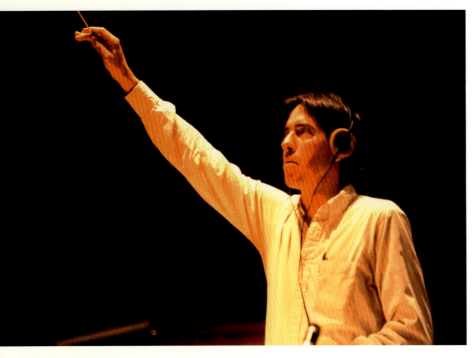

左：1985年、『バック・トゥ・ザ・フューチャー』のオリジナル・スコアをレコーディング中、〝時空を超えたオーケストラ〟を指揮するアラン・シルヴェストリ。

がった映画は上映されるときには変化や予測できない状態とは無縁だ。決して変更されない文書のようなものだと言えるだろう。たとえば、映画『バック・トゥ・ザ・フューチャー』は、ファンにとっては安息の地であり、観るたびに楽しめるまったく同じ要素を提供してくれる。一方、ライヴミュージカルは、毎回少しずつ異なる。様々な要因が、公演のペースやタイミング、パフォーマンス、観客、感情的な部分に影響を及ぼす。さらに、そうした違いが、オーケストラの生演奏や前もって録音してあったトラックに影響することもある。「実際的な面から見て」フィンロウは指摘する。「アランの驚異的な音楽をどうやって〝飼い慣らせばいいのか〟がわからなかった」

ジョン・ランドがミュージカルに関する最初の話し合いで主張したように、まず、何より優先すべきは、ゲイルの台本と、バラードとシルヴェストリによって書かれたオリジナル楽曲の数々であり、最初の（ドミニオンでの）ワークショップの焦点は、このふたつのみに絞られた。その後、サドラーズ・ウェルズでのワークショップを終え、ランドがミュージカルの進行状況に満足してようやく、シルヴェストリのスコアをどう使うかが話し合われたのである。

「ミュージカルでは、すべての楽曲の始まりと終わりに、トランジションと呼ばれる曲どうしを繋ぐ部分を作らなければならない」シルヴェストリは語る。「とはいえ、映画のスコアも使いたいという希望は最初からずっとあった」ベテランの演出家であるランドは、シルヴェストリのスコアをミュージカルに使用できることを喜んだものの、最初はこの贈り物の重みに少々しり込みしたと語っている。「アランのスコアは桁外れに素晴らしいが、どうすればそれをミュージカルにうまく取りこめるのかと頭を悩ませた。舞台ミュージカルで、この種の完成されたスコアを使うのは、ほぼ前例がないことだ。どうすれば、映画で使われていた様々なアンダースコアをミュージカルに取り入れられるのか？ 無理に決まっている！──そう思った」

ところが、荒立ちと呼ばれる大まかな動きをつけた稽古が始まると、ランドは、シルヴェストリのスコアがミュージカル・ナンバーと絶妙に溶け合い、キャラクターの感情をより的確に伝え、アクション・シークエンスの緊迫感を高め、場面転換をスムーズにすることに気づいた。別の言葉で言い換えるなら、シルヴェストリの音楽がこのミュージカルでも、映画で果たしたのと同じ役割を果たしてくれることが判明したのだ。

シルヴェストリはこう説明する。「リハーサルで私が映画のスコアをミュージカルに溶け合わせるというコンセプトを導入しはじめると、ジョン（・ランド）は私のスコアが持つ可能性に気づいた。彼は『待ってくれ、ビフが車に歩み寄ってマーティを引っぱりだすときに、スコアを使えるのか？ ジョージが木から落ちるときも、ロレインの寝室から場面転換するときも？』と言ったんだ。突然、ジョンの世界に、まったく新たなツールが生まれたような感じだった。そこから、どんどん発展していった」

演出家のランドがアンダースコアの力をはっきりと実感したのは、ジョージがビフにパンチを食らわせてロレインを助けるきわめて重要なシーンの稽古中だった。ランドはいろいろなやり方でそのアクションを試したが、どれも狙ったとおりの〝インパクト〟が得られなかった。幸運にも、その日はシルヴェストリが稽古に居合わせていた。

「私は3部作のスコアのデータが入った、BOSEの円筒形スピーカー付きMacBook Proを前にして座っていた」アラン・シルヴェストリは説明する。「ジョンがパンチの動きをつけるのを見て、その場でオリジナル・スコアから一部を切りとって、音をつけてみた。そのとき初めて、ジョンはどんな可能性があるか、どういう選択肢があるかを実感したんだ」

ランドはこの新たなツールに満足だったが、誰よりも興奮していたのは……ジョージ役のヒュー・コールズだった。「最初は、僕が舞台に出てきて、〈Put Your Mind to It〉を少し歌って、ビフをパンチするという段取りだった」アランが即興でつけたスコアとともにこのシーンを試すと、その効果は明白だった。「音楽をつけてパンチしたとき、『お願いだから、音楽を入れたままにしてくれ！』と思った。自分勝手かもしれないが、演技がすごくやりやすかった。毎晩、映画の『バック・トゥ・ザ・フューチャー』に出演している気分で、本当に楽しかった。キャラクターとしての動きひとつひとつに影響がでる。観客も懐かしい気持ちになって相乗効果抜群なことはもちろん、ストーリーも盛りあがる。ビフの顔をいくらパンチしても、足りないくらいだ！」ロザンナ・ハイランド

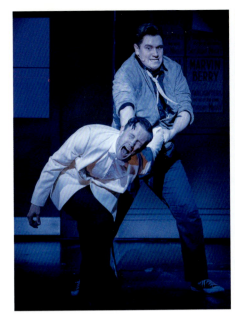

左：このシーンにアラン・シルヴェストリのオリジナル・スコアを加えたおかげで、舞台上の俳優たちの動きと演技がぐんと引き立った。

もこう付け加える。「アラン・シルヴェストリが地面に倒れる私の動きにその場で音楽をつけてくれて、ジョージがビフをパンチする……『バック・トゥ・ザ・フューチャー』の世界そのものよ。あの日はまるで夢を見ているようだったわ！」

大半の映画音楽作曲家（シルヴェストリも含め）にとっては、監督が主要撮影を終えて映画のラフカットを集めてから本格的な作業が始まる。「説得力のあるスコアを書きたいのなら、（完成した）映画を観て作曲する必要がある」シルヴェストリはそう語っている。最初の稽古が始まったときには、まだバラードと楽曲を改良している途中だったこともあるが、スコアをつける素材自体がほとんどなかった。「ミュージカルというのは──映画もそういうところがあるが、ある程度の段階まで進まないと、突き詰めた話ができない。ワークショップが始まる前にボブ・ゲイルからは、しばらくは私に見せられるだけの素材はないが、見せられる段階になったときは猛烈な勢いで押し寄せてくる、と警告されたが、本当にそのとおりだった」

〝ジョージがビフをパンチする〟シーン用のスコアの一部を、リハーサル中にリアルタイムで提供したとき、シルヴェストリはドク・ブラウンのように、「4次元風に」考えはじめた。すべての場面の動きや立ち位置、振付が決まるまで待たずに、スコアを書きはじめたらどうだろうか──ふと、そう思ったのだ。「結局、映画とライヴミュージカルの仕事の流れを巧妙に組み合わせた形で作業を進めることになった。ジョン・ランドが舞台演出を決め、われわれがそれをiPhoneに録画する。そのビデオを、完全にスタジオ仕様に改造したホテルの部屋に持ち帰り、〝映画〟を流しながら、オリジナルスコアを編集するか、新たに作曲した。そうやって、その日の午後にリハーサルで観たばかりのシーンにスコ

アを付けていった。まさに、映画とまったく同じやり方だ！　それから、スコアを付けたシーンの映像をジョンにQuickTimeで送り、彼の意見を聞いて修正を加えた。スコアを付けられそうな部分はすべてこの段取りで進め、それが通常手順になった」

シルヴェストリのスコアに関して、オリー・ドブソンは「僕らのミュージカルほど恵まれているショーはないんじゃないかな」と語る。「オープニングの最初の音を聞いた瞬間、『ここはバック・トゥ・ザ・フューチャーの世界だ』という実感がこみあげてくる。特別な瞬間だよ。しかも、ショーのなかで何度もその感覚が味わえるんだ。ミュージカルのなかで、アランの音楽によって映画の素晴らしいシーンがよみがえる。映画に使われた音楽に演じているときの自分がどういう影響を受けるのか、それまでは考えたこともなかった。マンチェスターでのプレス・ナイト中に、ドクに手紙を書いている場面で突然、いろいろな感情がこみあげてきた──ワークショップでの様々な出来事、プロデューサーから役はきみのものだと告げられたときのこと、前列に座っている家族や親友たち……音楽が流れるなか、手紙を読みながら胸が張り裂けそうになって涙が止まらなかった。あれはほかのどんな経験とも比べものにならない、大きな意味のある瞬間だった」

ロジャー・バートは、こう分析する。「これほど洗練されたアンダースコアは、ほかのミュージカルや演劇では経験したことがない。〝チャラチャラン〟という背景音楽や、何かを思いついたときに高音のミが〝ピン〟と鳴るみたいな、軽

右：ロンドンのホテルにアラン・シルヴェストリが設置したミニ・スタジオ。ここで彼は作曲、録音、編集を行い、クリエイティヴ・チームのビデオ会議にも参加した。

左：自分がスコアを加えたシーンの映像を、ジョン・ランドやボブ・ゲイルたちに見せるアラン・シルヴェストリ。

コンサート）用にスコアを書きなおしたときは合計1863小節だったが、2021年のミュージカル用スコアでは、なんと2963小節もあった！

　ジョン・ランドにとってこの経験は貴重な教訓となり、まもなく彼は自らの〝演出指南書〟に「アラン・シルヴェストリをアンダースコアに雇えるときは、必ずイエスと言うこと……」と書き加えた。

初演に向けた準備

　初演の4か月前である2019年10月15日、ボブ・ゲイルとコリン・イングラム、主演キャストから5人、アンサンブルとバンドの数人が、マスコミ向け公式イベントのため、ロンドンからマンチェスターに向かった。

　科学産業博物館で行われた写真撮影のあと、〝オリジナルのドク〟ことクリストファー・ロイドが後継者ロジャー・バートにタイムマシンの鍵を渡して、このイベントの口火を切り、その後、イングラムが残りのキャストを紹介した。

　続いてオリー・ドブソンが集まった群衆に、マーティのバンドであるピンヘッドを紹介し、キャストは〈Back in Time〉（オリーとロジャー）、〈Put Your Mind to It〉（オリーとヒュー）、〈Pretty Baby〉（ロザンナ・ハイランド）、〈Gotta Start Somewhere〉（セドリック・ニール）、〈The Power of Love〉（オリーとキャスト）を披露した。

　その後に受けたマスコミのインタビューで、クリストファー・ロイドはこう語った。「（ミュージカルについて）最初に話を聞いたときは、まったく新しいコンセプトだと思っ

い伴奏に慣れていたからね。だが、アランの音楽は、交響楽的であるとともに感情に直接働きかけてくる。私が聴いたことがあるミュージカルで、それに近いのは、《スウィーニー・トッド　フリート街の悪魔の理髪師》とレナード・バーンスタインの《ウエスト・サイド・ストーリー》くらいだ。あやふやな箇所はひとつもない。アランは、登場人物の感情を正確に把握している。実に驚異的なスコアだ。深みのある演技を引きだしてくれるあのスコアのおかげで、毎晩、新鮮な演技ができる」

　ミュージカル・スコアの最終版で特筆すべきは、ランド、フィンロウ、編曲者のクルック、ポップ、シルヴェストリが、大量のスコアを見事ミュージカルの構成に溶けこませたことだ。ミュージカル・スコアの独立セクションの境界を示す音楽キューは、ひとつのミュージカルに平均で30あまりある。ところが、《バック・トゥ・ザ・フューチャー》には、144ものキューがあるのだ。2015年、シルヴェストリが『「バック・トゥ・ザ・フューチャー」inコンサート』（スクリーンで上映されている映画に合わせてフルオーケストラが生演奏するシネマ

右：招待したメディア関係者に向けて、ミュージカルの歌を披露するキャストたち。

た。素晴らしいことだ。このフランチャイズのように、ひとつの作品がこれほど長く続いていることにわくわくする。しかも、〝私〟が歌って踊るのを観られるんだ!」

インタビューを終えたあと、バート、ドブソン、ロイド、ゲイル、イングラムは、マンチェスター・オペラハウスに向かい、ミュージカルの特別予告編(次頁・上段を参照)を撮影した。その後、プレミア初演の3週間前となる2020年1月29日、この予告編がミュージカルの公式ウェブサイトであるwww.backtothefuturemusical.comをはじめ、世界中でオンライン配信された。

表舞台へ

ミュージカル『バック・トゥ・ザ・フューチャー』の制作が初めて発表されたとき、誰もが口にした質問がある。ミュージカルを観にくる人々は、映画の人気キャラを別の俳優が演じることを受け入れられるのか?

ロジャー・バートはすでに、映画の登場人物を舞台で演じる経験を積んでいた。《プロデューサーズ》では、原作となった映画のカルメン・ギア役を演じ、のちに、共演者マシュー・ブロデリックが演じていたレオ・ブルーム役を引き継いでいる。また、メル・ブルックスによる人気コメディ映画『ヤング・フランケンシュタイン』[1974]のブロードウェイ版では、フランケンシュタイン役を演じた。バートはこれらの経験を、ドクター・エメット・ブラウンの役作りに

上:顧問を務める〝博士(ドクター)〟の訪問。クリストファー・ロイドはマンチェスターに赴き、デロリアンの鍵をロジャー・バートに託した。

あの、やあ、ショーに出るんだけど。

名前は？

マーティだ、マーティ・マクフライ。

遅刻だぞ。

まあね、ほら、知ってるだろ！遅刻のマーティだからさ。

私はドクター・エメット・L・ブラウン。科学者だ。

遅刻だぞ。

ええと、私はただ……

グレート・スコット（なんてこった）！あ……あなたは……

これはふたりだけの秘密だぞ。

うむ、あの男ならかまわん。

活かした。「映画『プロデューサーズ』のカルメン・ギアは感受性の強いキャラだった。ミュージカルでは、その部分をもう少し強調できると感じ、（1967年の映画の）アンドレアス・ヴシナスによる素晴らしい演技を基盤にして役作りをした。映画と演劇の演技は、まったく違う。映画ではカメラに映っていなければ何もしなくていいが、演劇の場合はずっと舞台にいるわけだからね。（キャラクターに）なりきって、みんなの台詞に耳を傾けているときも、いろいろなことができる」

バートがレオ役を引き継いだ2週間後、舞台を観に来た演技指導を仕事にしている友人に、パフォーマンス自体は素晴らしいがブロデリックの演技を少し引きずっていると指摘されたという。

「何を言わんとしているかは理解できた。1年のあいだ聞き続けていたマシューの演技が、自然と自分の頭のなかで流れていたんだね。だから、少しずつマシューの演技と距離を置いていった。

《ヤング・フランケンシュタイン》では、映画の繊細かつ細やかな演技を、2000人もの観客が入る大劇場で再現するのがとにかく難しかった。映画ではクローズアップで伝える感情を、舞台で観客に伝えるのに苦労したよ。映画が人気作だったから、よけい大変だった。あの経験で学んだのは、自分なりのやり方で演じていいということだ。〝クリストファー・ロイドと同じくらい、素晴らしく演じられるといいんだが〟という心構えではなく、〝どこまで限界を押し広げられるか、クリストファーが多くの素晴らしい手がかりをくれてありがたい！ ここは少し彼の演技から離れられる、という場面と、誰もが知るシーンだから映画のとおりやろう、という場面が区別できるのは、彼のおかげだ〟という気持ち

右：ブロードウェイの《プロデューサーズ》でレオ・ブルームを演じるロジャー・バート。

右・奥：「フロン＝ケンシュタインと発音するんだよ」ロジャー・バートは、メル・ブルックスがミュージカル化した《ヤング・フランケンシュタイン》でフランケンシュタインを演じた。

右：映画（上）と舞台版（下）。

で臨もうと決めた。そこから自分なりのドクを作っていったんだ。

　なかには、『こんなのドクじゃない』とか、『ドクらしい喋り方じゃないし、そもそも彼ほど背が高くないじゃないか』などと批判する人が出てくることは承知の上だった。ドクらしい部分はたくさん取り入れたよ。それにマーティとの関係や、科学、情熱、探索、どんなことでも可能だという考え方、自分を信じる気持ち、そういうドクの世界観も取り入れた。すべて、ドクというキャラクターに欠かせない要素だし、クリストファー（・ロイド）はそれを生き生きと演じていたわけだからね。こうした特徴をしっかりと真摯に演じつつ、そしてときどき笑いを誘うことができれば、観客を引きこめると確信していた」

　キャスティング中、ジョン・ランドはマーティ・マクフライ役の俳優を選ぶさいの重要な要素として、オリー・ドブソンの外見と、彼の〝見事な〟アメリカ英語の発音を挙げた。その後、数々のワークショップやリハーサルを経て、「オリーはオリジナル映画のマイケル・J・フォックスの演技を愛し、それに敬意を示しながらも、マーティ役を自分のものにしていった」と、ランドは語る。

　ドブソンは、役作りをするさいマイケル・J・フォックスの演技が重圧になったと、あっさり認める。だが、最初からそれを認めることで、そっくりそのまま真似ずに敬意をこめて演じることができたという。

「マイケル・J・フォックスの演技には常に親近感を持っていたし、ファンが覚えている彼の演技を自分の役作りに取り入れようと懸命に努力した。観客に楽しんでもらえるだろうか、認めてもらえるだろうか、と大きなプレッシャーを感じた。でも僕自身は楽しんで演じていたし、共演したほかの俳優たちも含めて、誰もがこの舞台を楽しんでいた。僕はこの役に夢中だったから、いつのまにか、いろいろ思い悩むのをやめていた」ドブソンは、タイムトラベルをする若者マーティ・マクフライの役作りに精魂こめて取り組むようインスピレーションを与えてくれたのは、台本だったと語っている。「すごくよくできているんだ。それぞれのキャラクターのバランスがとれていて、とにかく素晴らしい。ジョン・ランドが僕らなりのストーリーを語るうえで力を入れたのは、すでにこの物語が存在しているというみんなの頭のなかにある概念を消し去って、僕らなりのストーリーを伝えることだった」

　それと同時に、まったく異なる喋り方をするのではなく、ファンを安心させるために2020年に相応しいマーティの話し方を必死に習得した。「イントネーションから何から、まったく同じ声を出すために、たっぷり時間を費やした」ドブソンはそう認め、台本のなかでもとりわけ有名な台詞に時間を割いたと語る。

「リハーサル室で駐車場のシーンの稽古をしていたとき、マーティがドクに『デロリアン？　あのデロリアンを……タイムマシンに改造したの？』と言うんだ。ランドには、『そこで、いったん切っちゃだめだ。間をあけないでくれ』と言われた。でも、何度試しても、別の言い方ではどうもしっくりこない。あの台詞だけはだめだった。ほかの台詞では、マイケル・J・フォックス独特の魅力的な抑揚を保ちながらも、自分なりに体の動きをつけて感情を表現することができ

左：映画（上）と舞台版（下）。
次頁：映画（左）と舞台版（右）。

　ロザンナ・ハイランドは、ロレイン・ベインズ・マクフライ役を引き受けたときの気持ちを次のように語っている。「引き受けた以上は、しっかり演じなければ」という心配は常にあるわ。このミュージカルでは、失敗は許されないもの。でも、失敗を恐れて断わるつもりはなかった。夢のようなミュージカルだし、夢のような役柄だから」ロレインという重要な役柄を演じることに少々プレッシャーを感じたのはたしかだが、それは自分の頭のなかにあったのだと強調する。「そう、自分自身で作りだしたプレッシャーよ。ボブ・ゲイルやジョン・ランドたちから、『もっと映画っぽく演じてくれないか？』と言われたことは一度もなかった。もちろん、リー・トンプソンへの敬意を示す形で演じたいと思ってる。それは大切なことよ。でも、そっくり真似るだけではだめなの。私が演じるのはみんながよく知っているキャラだけど、それぞれのキャラクターをひとりの人物として生き生きと演じなくてはならない。たんに台本を追うだけでは、観客は物語に入りこめないもの」

　「クリスピン・グローヴァーのジョージ・マクフライを消しさることはできない。ジョージがどういう人間かは、みんなの記憶にしっかりと刻まれている」自分が演じた役柄について、ヒュー・コールはこう語る。「だが、映画ではジョージの内面にはほとんど触れられていない。彼がどう振る舞うかは描かれているが、なぜそうするのかは描かれていないんだ。映画では、彼は……ただああいう人なんだよ……。

　リハーサルのときに気づいたんだが、ジョージにとっては、ミュージカル全体が自分の周りで起こっている出来事にすぎないんだ。彼はそこに参加してもいなければ、何が起こっているか気づいてもいない。〈You Gotta Start Somewhere〉でようやく、ジョージは自分が大掛かりなブロードウェイ・ミュージカル・ナンバーの中心になっていることに気づく。誰もがジョージに向かって踊り、すべての目が彼に注がれる。それでも、まだ彼は傍観者だ。実際、毎晩ルウの店のシーンには、マイクを通さない肉声でセドリック（・ニール）に『なんでみんな歌ってるんだ？』と訊く台詞があるくらいさ」

　コールは〈My Myopia〉という歌のなかで、映画で描かれなかったジョージの内面を明かしはじめる。しかし、コールにとって重要な瞬間は、〈Put Your Mind to It〉でマーティとジョージが初めて心を通じ合わせるシーンだった。

た。ロレインを安心させているときも、ビフに向かっていきまいているときも、マーティらしい魅力を表現することができた。演じている役者がマイケル・J・フォックスの声を完全に真似る（もちろんとんでもなく難しいことだが）ことができれば、お客さんはほっとするとわかっていたからね。ヒュー・コールズがクリスピン・グローヴァーみたいに話すのを聞いて、自分の選択が正しかったことに確信を持った」

　ドブソンの役作りは、フォックスの身体的な特徴にもおよんだ。いくつかのシーンでは歩き方をそっくり真似ることで、さらにリラックスできたという。「役者として、別人の歩き方を習得できれば、舞台で誰と一緒に演じていても、どんな台詞が自分に向けられても、リラックスして自然に演じられる。観客は気づかない些細な特徴かもしれないが、歩き方も、自分の演じている役柄や口にする台詞、物語に対する敬意の表れなんだよ。敬意を持った演技をしなければ、ファンに激怒されるからね！」

「あのシーンで初めて、ジョージは本当の意味でこのミュージカルに加わるんだ。僕にとっては、ジョージの心の旅を追うことが役作りの支えになった。あの特徴的な髪型でノートを手に舞台に出ていくたびに、リハーサルで発見したことを演技に活かしているんだよ。

観客には、舞台のジョージは映画のジョージと同じだが、彼が何を考えているか、どう感じているかは映画よりもずっとよく理解できたと思ってもらいたい。そして、〝意中の人を射止めてほしい、いじめっ子に立ち向かってほしい、自分の殻を脱ぎ捨ててほしい〟と思ってほしいな」

エイダン・カトラーは、ビフ・タネンを演じるうえでボブ・ゲイルのアドバイスが非常に役立ったと話す。「ボブ・ゲイルはリハーサル中、僕らみんなにわかりやすく説明してくれた。『この舞台で再現するのは、映画とそのステレオタイプ、つまり俳優たちが映画で作りあげたイメージであり、観客が愛し、よく知っている特徴なわけだが、そこに自身の個性を付け加えることも忘れてはならない』とね。役作りの面ではトム・ウィルソンの演技を大いに参考にさせてもらった。彼の演技を無視しては、脚本にだけでなく、映画やトムその人にとっても失礼だと思う。このキャラについてみんなが知っていること、みんなが嫌っている部分をそのまま演じつつも、ここからは自分なりの味付けだと線引きすることが重要だった」

カトラーによれば、マンチェスター公演の最中に再びゲイルから出演者たちに嬉しいアドバイスがあったという。「いまのバランスが完璧だから、ミュージカルの終演まで映画はもう観ないでくれ。彼はそう言ったんだ」

ゲイルは次のように回想している。「初演の前夜に、きみたちは新たな自信にみなぎっている、と出演者たちに告げた。ひとり残らず、ミュージカルは映画ではないことを理解し、役を自分のものにしている。きみたちが誇らしい。映画に頼る必要はもうまったくない、とね。それから、キリスト教の伝道師を真似て、『杖を投げ捨てろ！　きみたちにはもう必要ない！』と叫んだ」

試運転──2019年11月

全員の特別な注目を必要としていたものがひとつあった。完成した舞台用のデロリアンだ。「11月に入ってから、われわれは広いスタジオ・スペースを確保した」と、プロダクション・マネージャーのサイモン・マーロウは語る。「そこに、床、レール、ターンテーブル、オートメーション機構を設置し、車の様々な動きを試した。マンチェスターで公演が始まったらそんな時間はないから、ジョン・ランドに、車がどういう動きに対応できるかをじっくり見る機会を提供したかったんだ」

コリン・イングラムは、そのテスト結果についてこう語っている。「とても楽しい1日だったよ。正直言って、最悪の事態になりうる可能性もあったんだが、最終的に、変更の必要はまったくなかった」この〝試運転〟がうまくいったおかげで、マンチェスターで舞台稽古が始まるときには本物の車を使えることになり、ランドはご機嫌だった。マーロウも「少なくともデロリアンに関しては心配せずに、みんなが楽しいクリスマスを過ごせる」と胸をなでおろした。

2020年1月、ランターンズ・スタジオ劇場

新たな年が明け、マンチェスターの初演に向けたリハーサルは残りひと月となった。その稽古場に選ばれたのが、ロンドンのカナリーワーフにあるランターンズ・スタジオ劇場である。

ここでも再び、マンチェスター・オペラハウスの舞台と同じ大きさに設えたスペースが用意された。舞台上も舞台裏も、自由に動ける場所や、景色やプロップ、機械装置、ときにはデロリアンが置かれて客席から見えなくなる位置に、カラフルなテープで目印（バミリ）が付けられた。また、実際のパフォーマンス中に舞台上から舞台裏（あるいはその逆

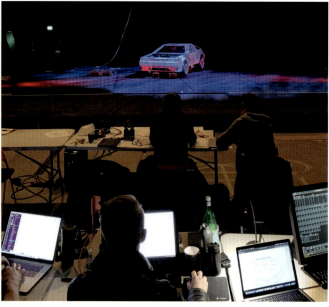

左・奥：舞台用のデロリアンの初めての動作テストが行われる様子を見守りながら、クリエイティヴ・チームにテレパシーで感想を伝えるジョン・ランド。

左：ロンドン郊外にあるスタジオで、技術者によって舞台用デロリアンの実験が行われた。

にセットを移動するときに使われる電動レールの場所にも目印がつけられた。〝舞台〟の端には、60センチほど間隔を置いて数字がいくつか書かれた。これらの数字は各アンサンブル・メンバーがミュージカル・ナンバーを踊りはじめる位置を示しており、振付師によるダンス・ルーティーンの指示などに使われた。マンチェスター公演では、数字の代わりにＬＥＤ電球が使われることになる。

「大きな背景セットにはすべて、ベニヤ板の実物大模型(モックアップ)が用意された」舞台監督のグラハム・フッカムはそう語る。「マクフライ家とベインズ家、ルウのカフェ、ミュージカルに登場するほぼすべてのセットの模型が造られたんだ。景色を動かしたり、デロリアンの即席バージョンを押したりする専属の係も8人いた。それだけじゃない、動くターンテーブルも造られた」

家具は舞台セットのために購入されたものが使われた。「通常、リハーサルではリハーサル用の家具を使い、劇場入りしてから本番用の家具を使うんだが、たとえばマーティが〈Hello, Is Anybody Home?〉を歌いながら椅子からダイニングテーブルに上って飛び下りるといった大きな動きに役者たちが慣れるように、リハーサルでも本番用の家具を置くのが理にかなっていると思った。そうすれば、本番中に余計なところに気を遣わずにすむからね」

こちらも雑な模型で失礼……

ドク〝自作〟の精巧なヒルバレー時計台広場の模型が登場する、〝ドクがマーティに計画を説明する〟シーンは、制作期間中、何度も検討された。ボブ・ゲイルはこう語る。「問題は、どうやってその模型を作るかだった。実際に造るのか？ ヴァーチャルにするか？ それとも、映像を使って図案を投影するのか？」

ティム・ハトリーが付け加える。「この場合、映像だとぱっとしないように思えた。日ごろ使っている物を白く塗って建物に模した時計台広場の模型は、映画でもとりわけ印象に残るセットだ。創意工夫に富んだ舞台演出を考えるのが好きなこともあり、このシーンには特別な思い入れがある。だから、本物の模型を造ることにした。劇場にいる観客全員が見えるように大きなプロップにしたかったが、問題は、マーティと観客に同時に〝ジャジャーン〟と見せるのに、どう

右：ロンドンのランターンズ・スタジオ劇場は、マンチェスター公演に向けた最後の稽古場となった。

やって目立たないように舞台に運ぶか、だった」

自尊心を持つ科学者であれば誰もが持っているであろうシンプルな家具が、ハトリーに答えを差しだしてくれた。反転できる両面黒板である。これなら裏側にドクが解いた方程式を書くことができるし、垂直に立てれば場所を取らずに舞台に移動できる。それに90度傾ければ、プロップ・スーパーバイザーのクリス・マーカスとチームが作りだした時計台広場の模型のテーブルトップになる。

「もちろん、映画からの写真をたくさん見て参考にした」彼はこのテーブルトップの制作プロセスについて語る。「舞台での使い方を考えて、少し向きを変えた。それに、週に8回使っても燃え尽きないくらい頑丈にしなきゃならなかった。ビンテージのコカ・コーラのボトルと牛乳パックを大量に用意して、シリコンで型を取り、フォーム製の堅いフレームに付けて釘でしっかり留めたんだ。くるっと回転させたときに、建物が吹き飛んでは困るからね。観客の目をごまかしたくなかったから、映画と同じように細部にも気を遣った。作っていて楽しいプロップだったよ」

写真を見よう！

マクフライ家の子どもたちが徐々に消えていくことを示す映画でおなじみの写真は、観客によく見えるようにしなくてはならない。ボブ・ゲイルは説明する。「SNSのPOVショットみたいに、壁に貼った写真をただ見せるだけでは足りないと思った。それから、オペークプロジェクター（実物投影機）を使おうと思いついた」1700年代半ばに創られたこの投影機は、上から明るいランプの光を当てることで、物体の画像をスクリーンに表示する。ミラー、プリズム、レンズを組み合わせて焦点を対象物に合わせ、観察スクリーンや壁など何もない平面にその画像を映しだすこの機器は、20世紀の半ばまでは、学校の授業で図表や写真、グラフなどの教材を生徒に見せるために広く使われていた。また、コストが低

右上：舞台で使うヒルバレー時計台広場の模型の作り方と格納方法に関する問題を解決したティム・ハトリーのスケッチ。
右下：時計台広場の模型には、コカ・コーラのボトルや牛乳パックが使われた。

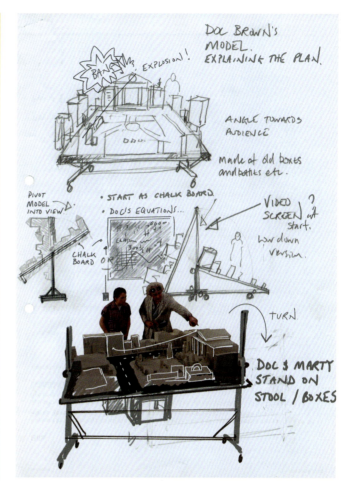

右：即席写真！　毎晩、出演するキャストに合わせてコンピューターで写真を入れ替えることができるように、マーティ、リンダ、デイヴの代役の写真もそれぞれ撮られた。

い携帯用の実物投影機は、おもちゃとして売り出されていたこともある。「私も9歳のときにマグナジェクターという名前のその装置を持っていた」とゲイルは言う。「地下室で、スーパーマンのコミックを壁に投影したのを覚えているよ。いかにもドクが研究室で使っていそうな機器だと思った」

写真を撮ろう！

プロップ・スーパーバイザーのクリス・マーカスが適切な型の実物投影機を入手すると、映像デザイナーのフィン・ロスはそのときどきの公演に合わせた写真を作る仕事に取りかかった。観客全員に見せるため、様々なバージョンを実際に作らなければならない。それに、各公演のマクフライ家の子どもたちを演じるキャストによって、組み合わせを変える必要もある。ロスは、オリー・ドブソン（マーティ）、エマ・ロイド（リンダ）、ウィル・ハズウェル（デイヴ）をグリーンスクリーンの前に立たせてひとりずつ写真を撮り、それぞれの代役の写真も撮って、全員の画像を個別にコンピューター・データベースに取りこんだ。公演が始まる直前、その夜それぞれのキャラを演じる俳優の写真を入力して当日のパフォーマンス用写真を造るのだ。「たしか16の異なる組み合わせがあった」とロスは説明する。「だから、ひとりひとりの写真を撮ってそのつど組み合わせるほうがずっと簡単だったし、それならどんな状況にも備えられる」

どの写真も、背景にはアリゾナ州モニュメント・バレーの絶景が使われた。伝説的な名監督ジョン・フォードによる『駅馬車』〔1939〕や『荒野の決闘』〔1946〕、『捜索者』〔1956〕といった名作西部劇で映画ファンにおなじみのモニュメント・バレーはまた、『バック・トゥ・ザ・フューチャーPART3』で、ドクとマーティが雄大な景色のなかデ

ロリアンを馬で牽いていく印象的なシーンにも登場する。この背景を使うのはゲイルのアイデアだった。「『バック・トゥ・ザ・フューチャー』ファンにとっては、面白い〝イースターエッグ〟だと思ったし、家族が休暇中に撮った写真としても申し分ないだろう？」

納屋

ティム・ハトリーとフィン・ロスは最初のタイムトラベル・シークエンスのセットに取り組んだが、ひとつだけ重要な情報が欠けていた。デロリアンが1955年のどこに現れ、どこで止まるのか、である。

台本のごく初期のバージョンでは、ボブ・ゲイルは、映画と同じようにデロリアンを農場の納屋に突っこませることを意図的に避けていた。映画と同じ設定にすれば、観客は、農

左：マーティと兄姉が一緒に映った写真を見つめるドク。

右・上：映像デザイナーのフィン・ロスが納屋を〝造った〟。
右・下：1955年にマーティが到着したとき、うっかりデロリアンに乗ってしまった〝かかし〟とポーズをとるジョン・ランド。

夫のピーボディ一家が出てきて、過去に到着したマーティに詰め寄るのを期待するにちがいないと思ったのだ。しかし、ピーボディ一家は、ごく初期に台本からカットされている。「ピーボディのギャグは舞台ではうまくいかないとわかっていた。だから観客に、彼が登場すると期待させたくなかった」
〝16インチのテレビ〟を宣伝する巨大なビルボード（広告看板）にデロリアンを突っこませ、3D宣伝スタントのように見せたらどうか？　ゲイルはそう提案した。「デロリアンを〝風景に溶けこませて隠す〟ギャグにしたかった。それに、宣伝ビルボードだったら、ひと目で1955年であることがわかるし、最初のタイムトラベルがパンチの利いたシークエンスになる。だがジョンに、実際的な理由から、納屋のままやろうと説得された。ビルボードから突きでた車のセットを一度しか使わないとなると、費用対効果が低すぎる。一方、納屋なら二度使えるばかりか、1955年のドクが初めてこの車を見るときのシーンで納屋を使えば演出効果も抜群だ、とね」

ゲイルは、納屋の扉に"差し押さえ済み"という殴り書きをフィン・ロスに投影してもらう条件付きで、この案を受け入れた。「一瞬しか見えないとはいえ、これは納屋に誰もいない説明になるだけでなく、農夫のピーボディが登場しないことを観客に知らせる役目も果たしてくれる」

使う車は1台だけ

プロデューサーのコリン・イングラムが、デロリアンを本物の車として舞台に登場させると決めたあと、ランドはミュージカル全体を通じてステージに登場する車はデロリアンのみにすると宣言した。

ほかの車がいっさい登場しないということは……。

マーティを追いかけるリビア人も登場しないことになるが、それはかまわない。ドクは放射能に被ばくしたために治療を必要とするのだから。

また、ミュージカルの冒頭にビフにめちゃめちゃにされたマクフライ家の車が登場することもない。そのプロットポイントはすでにボブ・ゲイルによって削除されていたため、マーティにはジョージの車は必要ないからである。

1955年にロレインの家の外の通りでマーティをはねる車も登場しない。代わりに、通りにいたマーティは木から落ちてきたジョージと枝に激突されて意識を失い、ロレインの父サム・ベインズに家のなかに運ばれることになった。

ビフと手下たちが時計台広場でマーティを車で追いかけることもないから、舞台に散乱した肥料を掃除する必要もない！

ビフの手下たちがマーティを閉じこめる車のトランクもなし？　通りの角にあるゴミ箱がちょうど、その役目を果たしてくれる！

学校の外でマーティとロレインが駐車した車のなかに座っ

ているシーンでも、本物の車は必要なかった。ベンチがあれば、じゅうぶんだ。あとは照明係が魔法を紡いでくれる……。

このシーンに車を使わない決断は、ゼメキスがジョン・ランドに呈した数少ない疑問のひとつだった。「車は文化の一部だからね」とゼメキスは説明する。「マーティとロレインのシーンを様式化された車のセットでやってもいいのでないかと思った」最終的にゼメキスは演出家であるランドに判断をゆだね、のちにこの決断が吉と出たことを認めている。観客は、デロリアン以外の車がまったく登場しないことを一度も疑問に思わなかった。ボブ・ゲイルは、この決断を冷静に受け入れた。「必要がなければ、舞台上で車を使わないのは理にかなっている。別の方法でできるならそれで問題ない、と思ったんだ」

上：何度も話し合いが行われたあと、デロリアンは、差し押さえされた納屋に突っこみ、そこで止まることになった。納屋なら、一時的に車を隠しておけるばかりか、同じセットをもう一度使うこともできる。

スピーカーのギャグ

オープニングの「巨大スピーカーのギャグ」をミュージカルでどう演出すべきかは、厄介な問題だった。

「何らかの形でこのシーンを入れなければならないことは、ずっとわかっていた。深夜にモールに来るようマーティに告げる、ドクの録音された声を流す必要があったからね。マーティがその状況をジェニファーに説明するとなると、こじつけっぽくなってしまう」と、ボブ・ゲイルは語る。「初期の草稿では、ロバート（・ゼメキス）と私は、文字どおりスタントマンを観客に向かって吹き飛ばし、マーティ演じる俳優が中央の通路を走ってきて舞台に飛び乗り、次のナンバーを歌うという演出を思い描いていた。だがその後、現実に直面した」台本と楽曲に焦点を当てたドミニオンとサドラーズ・ウェルズのプレゼンテーションにはスピーカーのギャグは入っていなかった。

フランスから助っ人にやってきたファイト・コーディネーター（注：格闘アクションや殺陣のスタイルを考案する仕事）およびスタント・スーパーバイザーのモーリス・チャンとともに、様々な方法が試され、掘り下げられた。シーンを成功させるためならどんなことでも試そうという意気込みのオリー・ドブソンは、ハーネスとバンジー・リグを装着し、待ち構えている椅子に向かって後ろ向きに思いきり引っぱられる実験にも参加した。彼によると、問題は「椅子を改造しても、毎回むち打ちになる可能性が50％から60％くらいあった」ことだった。「ミュージカルのオープニングでけがをしては、そのあと演技ができない」誰もが彼の結論に賛成だった。「オリーがあれを週に8回やるなんて、絶対無理だ、狂気の沙汰だと、われわれ全員が主張した」と、コリン・イングラムは同意する。マンチェスター公演では、幕が上がり、スピーカーが爆発すると、マーティはワイヤーなしで巧みに後ろの椅子に倒れこみ、背後の棚の上の軽い小道具が周りに落ちる。観客はそのシーンがとても気に入り、毎回歓声をあげていた。

一気にロンドンに話を飛ばそう▶ アデルフィ劇場では、マーティがギターピックを構えてスピーカーの横に堂々と立つ、という新たな演出が使われた。そしてジャーンとコードを弾いたとたん、マーティの周りでスピーカーが爆発する――だが、彼はぴんぴんしていて、〝ロックをぶちかます〟気満々だ！

そっちの天気はどうだい？

マンチェスターに移動する前、音響デザイナーのギャレス・オーウェンは、ルウのカフェのラジオから流れる天気予報を録音する必要があった。ヒルバレーに大嵐が来るというマーティの情報とは正反対の予報である。

ラジオのアナウンサー（声のみ）
今夜の天気は、雲が散見されるものの、おおむね晴れ、気温はおよそ10度まで下がる見込みです……。

天気予報のボイスオーバーに関しては、オーディションで俳優を見つける必要も、オーウェンが声をコンピューターで〝作りだす〟必要もなかった。天気予報は、それを書いた人物、いや、すべての台詞を書いた人物が担当することになったからである。ボブ・ゲイルは、反対する者がいなければ、自分でやったら面白いのではないかと思ったと語っている。そして、反対する者はひとりもいなかった。「マンチェスターの初演にやってきた妻と娘は、私が天気予報のボイスオーバーをしたことを知らなかった。いきなり私の声が流れてきたんで、ふたりともびっくりして椅子から転げ落ちそうになったよ！」

再び、あるべき場所へ

マンチェスターに一座が移動するほんの数日前、演出家のジョン・ランドは大きな決断をひとつ下した。この頃には、もともと90秒間の短い楽曲だった〈Something About That Boy〉は、何度も修正され、新たなアクションが付け加えられ、多くの稽古を経て、観客が盛りあがるエネルギッシュな5分間のミュージカル・ナンバーに変貌を遂げていた。そして彼は、第1幕をこの曲で終わりにしたいと思っていたのだが……。

ひとつだけ問題があった。第1幕はまだ終わらないのだ。最初のワークショップ以来ずっと、〈Something About That Boy〉のあとに、マーティがドクの研究室に駆け戻り、自分

上：スピーカーが爆発するときにマーティを後ろに引くケーブルを確認するファイト・コーディネーターのモーリス・チャン（カメラに背を向けている）とプロップ・スーパーバイザーのクリス・マーカス（中央）。このギャグを試したあと、ドブソンが週に8回このスタントをこなすのは危険すぎると判断が下された。

を〈Back in Time〉(未来に戻してくれ) と懇願する場面があった。ドミニオンのリーディング公演を観た人々はこのシーンで盛りあがっていたが、〈Something About That Boy〉が進化するにつれ、ランドは、そのあとに〈Back in Time〉を入れることに疑問を抱きはじめた。

ランドは説明する。「〈Back in Time〉をリハーサル中、ロジャー(・バート)とオリー(・ドブソン)が踊っているのを見ていて、なぜかふたりが役に入りこめずにいることに気づいたんだ。それに、〈Back in Time〉を第1幕の最後に入れるアイデアを思いつき、ずっと支持してきた私自身も、なぜか気が乗らなかった。その夜じっくり考えたあと、翌日スタジオに戻って〈Back in Time〉を第1幕のフィナーレにするのはやめると宣言し、第1幕をビフが洗濯かごのなかに倒れこむシーンで終えることにした。20分後に携帯電話が鳴り、コリン(・イングラム)に『いったいどういうことだ?』と訊かれた」

プロデューサーのコリン・イングラムは、〈Something About That Boy〉がリハーサルを経て成長していくのを目にし、その変貌ぶりに感心してはいたが、筋金入りのファンお気に入りの〈Back in Time〉をミュージカルのフィナーレに移すことには強い懸念を示した。「ボブ(・ゲイル)、グレン(・バラード)、アラン(・シルヴェストリ)はみんな、私の案に賛成していた」ランドはこの変更について語る。「コリンには、〈Something About That Boy〉を第1幕の最後に持ってくるのが最善の選択だと信じている理由をすべて話し、そのバージョンとそうでないバージョンの第1幕の通し稽古をやってみようと申し出た。このときの小規模なテストオーディエンスは、ビフが洗濯かごに倒れこんで第1幕が終わるバージョンが大いに気に入った」それを見て、イングラムはようやくランドの言うとおりだと納得したのである。

2019年1月30日、ロンドンでの稽古があと一度しか残っていない時点で、〈Back in Time〉はミュージカルのフィナーレへと移され、〈Something About That Boy〉が正式に第1幕の終わりに収まった。皮肉にも、これは、2018年にドミニオンで開かれた最初の公式ワークショップ前にゲイルが台本に書いた構成とまったく同じだった。

移動!

新型コロナウイルス感染症の出現による保健当局の予防措置に従いつつ、一座はトラックに荷物を詰めこみ、イングランド北部へと向かった。舞台監督のグラハム・フッカムとアソシエート・ディレクターのリチャード・フィッチも同行し、セット、プロップ、衣装、技術装置を劇場に運びこむ作業を監督した。すべてが正しく設置され、全員が満足すると、技術装置のみ——音響、照明、自動装置——を確認する、俳優が立ち会わないテクニカル・リハーサルが行われた。ジョン・ランドと出演者たちはランターンズ・スタジオ

での最終稽古のため、ロンドンに残った。

2020年1月31日、ロンドンにおける最終稽古が行われた。「あの日は完全な通し稽古を行った」とボブ・ゲイルは説明する。「〈Earth Angel〉だけがうまくいかず、かなり長いこと話し合いがなされた。制作中の映画のアフレコ作業でロンドンを訪れていたロバート(・ゼメキス)が、より適切な演出法をジョン・ランドとともにじっくり検討したんだ。それからわれわれはドアを開けて外に出て、明かりを消した!」次の目的地は、マンチェスターである。

英国マンチェスター

ジッツプローベ

マンチェスターに移動した最初の週、最も忙しかったのはニック・フィンロウとジム・ヘンソンにちがいない。ふたりは午前中にフルメンバーが揃ったオーケストラと町はずれにあるスタジオでリハーサルを行い、その後マンチェスター・オペラハウスに移動してジョン・ランドや出演者たちと動きの確認やリハーサルを行った。2020年2月8日の土曜日、

右・上: マンチェスター・オペラハウス周囲の通りにずらりと並ぶトラックから降ろされた舞台セットと様々な機器。

右・下: 劇場入りし、準備をはじめる一座。

左奥：右から左に。コリン・イングラム、アラン・シルヴェストリ、ロバート・ゼメキス、ジョン・ランド、ボブ・ゲイル、グレン・バラード。マンチェスターに移る前の、ロンドンにおける最終稽古にて。

左：作品の生みの親である映画監督ロバート・ゼメキス（左）と演出家ジョン・ランド（右）が、ミュージカルの進捗状況について意見を交わしている。

それまでの制作過程で最大のハイライトとなるジッツプローベのために、ふたつのグループが合流した。

オペラやミュージカルで行われるジッツプローベ（ドイツ語で、「着席リハーサル」の意）は、出演者たちが初めてオーケストラの演奏に合わせて歌う通し稽古である。「実際の公演が始まる前の、とりわけ刺激的な部分だ」と、グレン・バラードは説明する。「ずっと別々にリハーサルをしてきたが、俳優たちがついに生のオーケストラに合わせて歌えるんだ。胸躍る大音量の音楽が、文字どおり、キャストを包みこむんだよ」

ヘンソンは、この通し稽古を出席者全員にとって忘れがたい経験にしたいと考えていた。当然ながら、オーケストラは俳優が歌う曲をすべて演奏することになるわけだが、そのオープニングに、ヘンソンはあるインストゥルメンタル曲を選んだ。「ニック・フィンロウに、みんなの頭がぶっ飛ぶようなイベントにしようぜ、と言ったんだ。何を演奏するかは内緒にしよう、何も言わずにいきなり演奏をはじめてみんなを仰天させよう、とね」

ヘンソンはジッツプローベに相応しい、アラン・シルヴェストリの高揚感あふれる〈Overture〉（序曲）で演奏をはじめた。指揮者の彼は、こう回想する。「あのときのみんなの顔ときたら！　黙っていた甲斐があった」

ロザンナ・ハイランドはこう語っている。「アラン・シルヴェストリの代名詞とも言えるようなオーバーチュアが初めて大音量で演奏されたときのあの興奮は、私たちみんな、絶対に忘れないわ。ようやくオーケストラの演奏で音楽を聴くことができた満足感もあって、会場にいる誰もが涙ぐんでいた。ジッツプローベはどのミュージカルでも胸が高鳴る待望のイベントなの。毎回、そうよ。でも《バック・トゥ・ザ・フューチャー》のジッツプローベは、私がこれまで参加した作品がかすんでしまうかと思えるくらいすごかった」

ビフ役のエイダン・カトラーも同意する。「初めてあのシンバルがジャーンとなる音を聴いた瞬間ときたら！　オーケストラがいきなり演奏をはじめて、みんなびっくりした。僕も感動して、鳥肌が立ちっぱなしだった。アラン・シルヴェストリの素晴らしいスコアが情熱的に鳴り響くと、会場が興

右：マンチェスター・オペラハウスでのリハーサル初日に劇場前に集まったキャスト。

左：初めてフルオーケストラの伴奏に合わせて楽曲を歌うキャスト。

奮の渦に包まれた。オーバーチュアを初めて生で聴いたあの経験は、いまでも大切な思い出だ」

巨大な影

　ティム・ラトキンは、舞台稽古が始まる前に行われた技術部門だけのテクニカル・リハーサルで、この数か月間ヒュー・ヴァンストーンと相談しながら作りあげてきた照明デザインを劇場内でついに再現するチャンスを手に入れた。マーティとロレインがダンスパーティの直前に、高校の駐車場にやってくるシーンは、ジョン・ランドの演出により思いがけずドラマチックになった。

　ランドの「車は使わない」という通達により、ロザンナ・ハイランドとオリー・ドブソンは、車体なしのベンチシートに座り、電動レールの上を滑って登場することになった。ティム・ラトキンはまず、昔ながらの手法を使った。「車のなかに座る夜のシーンでは、ダッシュボードに反射した光を再現するために、上向きのライトを使う。特徴的な照明だから、客はすぐに車のなかだとわかる。これは観客にふたりがどこにいるかを一瞬で伝える手っ取り早い方法なんだ」まもなく、周りに本物の車がないため、〝ダッシュボード〞に反射した光がマーティとロレインの輪郭を強調し、背後に巨大な影を作りだすことが判明した。「舞台の後方にふたつの大

右：本物の車ではなく特別な照明が使われたこの場面は、ビフに立ち向かうジョージをドラマチックに演出した。

きな影人形が映しだされて、素晴らしい効果をあげた。あの影のおかげで、シーンががらりと違って見えたばかりか、生き生きとした印象になったんだ」

　この新たな視点が功を奏したため、ラトキンは次のシーンでも同じモチーフを使った。「ジョージにもうひとつユニット（照明）を加えたら、それがまた大当たりだった。ほら、自分に自信が持てずに苦しんでいるジョージが突然、後ろの壁に巨大な影として映しだされるんだ。この大きな影は、その後ジョージが臆病者の殻を脱ぎ捨てて自信をつけるという隠喩であり、予告でもある。ダッシュボード風の照明はシーン全体に影響を与えたばかりか、ジョージが成長し、自身のネガティヴな部分に立ち向かうというもうひとつの世界を描きだしてくれた」

　ランドはこの照明効果が大いに気に入った。「ティムはあの照明で1940年代から50年代にハリウッドでさかんに作られた犯罪映画（フィルム・ノワール）のようなシーンを作りだしてくれた。実に素晴らしかったよ！」

彼は歌詞も書くんだ！

　ある日曜の夜、ジョン・ランド、ボブ・ゲイル、アラン・シルヴェストリと妻のサンドラ、グレン・バラードが、イギ

リスの伝統的なサンデーローストを楽しもうとマンチェスターのレストランに繰りだした。料理が運ばれてくると、付け合わせのケールを見たとたん、シルヴェストリは顔をしかめて「ケールは昔から大嫌いなんだ、こんなものは野菜とは言えない」と苦々しく訴え、夕食に同席していた人々を大笑いさせた。

その数日後、ロジャー・バートは、〈21st Century〉の夢から目覚めたあとのドクの台詞の改訂版を受けとった。

ドク
2020年にいる夢を見たんだ。服装はなんとも奇妙だったが、素晴らしい場所だった。戦争も犯罪も交通渋滞もなし。**誰もが〝ケール〟と呼ばれる奇妙な緑色のティッシュペーパーを食べていた。**

観客に大ウケしたことからすると、〝食べられる葉っぱ〟が大嫌いなのはシルヴェストリだけではなかったようだ。ケール栽培者の国際機関（著者注：そんな組織は存在しないが、存在していたならば、気分を害したにちがいない）はさぞ悔しい思いをしただろうが、追加されたこの台詞は、その後ずっと台本に留まっている。

初演前夜……2020年2月19日

何か月にもわたってワークショップや実習が行われ、ひとりひとりが精魂こめて制作や稽古に励んだおかげで、BTTF一座はデロリアンのV型6気筒エンジンをふかし、マンチェスター公演というスタート地点に着々と近づいていた。世界初の公式公演を控えた前夜、ジョン・ランドは小規模の観客──オペラハウスの案内係やスタッフ──の前で、初めてのドレスリハーサルを行った。

このドレスリハーサルで、コリン・イングラムはいきなり冷水を浴びせられたようなショックを受けた。数少ない観客からは、ほとんど反応がなかったのだ。笑い声もあがらず、熱狂的な反応どころか、最後に礼儀正しい拍手がぱらぱら起こっただけだったのである。「それを見て、心の底から不安になった」イングラムは笑いながら打ち明ける。「ドミニオン劇場で行ったリーディング公演の反応のほうがよかったくらいだ。一大事だと思い、翌朝あわてて全員を集めた」

イングラムの要望に応え、一座はミーティングに顔を揃えた。そして全員が、前夜のドレスリハーサルに関する彼の懸念に賛成した。「ところが、ジョン・ランドだけは違った。彼だけはまったく心配していなかった。ほかのみんなは顔を見合わせて、『どうしてうまくいかないんだろう？』と言い合っていたが、つまるところ、観客がひどかっただけだという結論に達した」その午後、もう一度、ドレスリハーサルが行われた。「出来は前日よりずっとよくなっていたから少し安心はしたが、まだ不安な気持ちは残っていた」が、その必要はまったくなかった。

タイムサーキット起動！

2020年2月20日、英国標準時午後7時半、マンチェスター・オペラハウスのステージで、ミュージカル《バック・トゥ・ザ・フューチャー》の世界初の公式公演が幕を開け、舞台ミュージカルの歴史にその名を刻んだ。

劇場内の1920席すべてが完売。客席には、オレンジ色のダウンベストや科学者の白衣を着たファンがひしめいていた。カーテンの隙間から客席をのぞきこんだキャストやクルーは息をのみ、興奮を隠せなかった。

アラン・シルヴェストリの有名なテーマ曲の最初のファンファーレの音が会場中に響きわたると、観客は喜びに沸き立った。そして、その興奮はずっとおさまらなかった。

キャラクターはそれぞれ大喝采で迎えられ、観客はほとんどの台詞に声をあげて笑った。舞台監督グラハム・フッカムの終演後のレポートにあるように、デロリアンの登場に、観客は（いい意味で）あっと息をのみ、3時間近くにわたる公演の1秒1秒に引きこまれていた。これぞ『バック・トゥ・ザ・フューチャー』という場面では、客席が大いに沸いた。「観客のリアクションは、想像をはるかに超えていた。目に涙を浮かべている人たちもたくさんいた」ボブ・ゲイルはそう言って目を輝かせる。「だが、いちばん心に残っているのは、劇場にいたわれわれの一座、そして劇場スタッフの反応だった。あそこまですごい経験になるとは、誰ひとり予測していなかったんだ」映画のプレミアや、『「バック・トゥ・ザ・フューチャー」inコンサート』、2014年のシークレット・シネマ[註1]（上映ごとに3000人ものファンが集まった）で、会場を埋め尽くした大興奮のファンを前にした経験のあるゲイルは、BTTFミュージカルがファンの期待に応える出来であれば拍手喝采を浴びる可能性はじゅうぶんある（実際にそうなった）と思っていた。さらに彼は、このプレミアの前に、過去のイベントで観客がどんな反応を示したかを一座に伝えていた。「これまで経験したことのないような大騒ぎになるぞ、とみんなに予告していたんだ。みんな、私が興奮して大げさに言っているだけだと思っていたが、ドク・ブラウンが登場する頃には、私の言葉が誇張でもなんでもないことがわかった！」

ヒュー・コールズ（ジョージ役で舞台に足を踏みだした瞬

註1　エントリー後に開催場所・自分が扮装する映画のキャラクターがこっそり送られてきて、当日その場所に集合すると、その映画の世界観が再現されたセットが待っているという体験型イベント。

間、大喝采で迎えられた）は、こう回想している。「すごかった。クレージーで、最高に楽しかった！　公演の初日を迎える頃には、僕らにとって自分たちの演じるキャラクターが大きな意味を持つようになっていた。当然ながら、ファンもそうしたキャラクターをとても大切に思っている。しかも、その大好きなキャラが、目の前で生き生きと動くのを初めて目にしたわけだ！」コールズはミュージカルの最中、観客からときどき声をかけられるのがとても嬉しかったという。「僕がロレインに運命の女性だと伝えに行く食堂のシーンで、チョコレートミルクのギャグをやって彼女のほうを向いたとき、客席の上のほうから〝がんばれ、ジョージ！〟と叫ぶ声が聞こえた」

コールズにとってもうひとつ印象深いシーンは、オリー・ドブソンが舞台中央で〈Johnny B. Goode〉のギターソロを弾き終え、誰もが自分を見ていることに気づくシーンだった。ドブソンが次の台詞を言う直前、「前列の女性が、〝アイラブユー……〟とささやいたんだ。会場にいるお客さん全員にそれが聞こえた。すると、オリーが彼女を見てバチっとウインクをした」

ロザンナ・ハイランドはこう語る。「規模の大きい舞台を経験したことがあったから、大勢の観客の喝采がどういうものかは知っていたけど、このミュージカルのマンチェスター初演のような経験は初めて。開演後、〈Overture〉の音とともに客席から大きな歓声が起こって圧倒されたわ。あまりにもすごいので、なるべく考えないようにして演じたほどよ。駐車場でジョージがビフを殴るシーンでも、観客が大歓声をあげたの！ヒューとお互いを支え合いながら、私なんて彼にしがみつくようにして、舞台袖に引っ込んだのよ。とにかく、期待をはるかに上回る反応だった」

『バック・トゥ・ザ・フューチャー』目当てでやってきたファンたちは、じゅうぶんに満足し、期待をはるかに凌ぐ作品を楽しんだ。ミュージカルが終わったあと、劇場内の誰もが立ちあがって踊りながら、歓声をあげ、大きな拍手を送り、自分たちがいかにその日の公演を楽しんだかをめいっぱい出演者に伝えた。

「公演初日は、とんでもなくクレイジーだった」ロジャー・バートはそう言って相好を崩した。「ジョン・ランドが楽屋にやってきて、汗だくで衣装を脱いでいる私のそばで、歓喜の声をあげていたよ。あの日にたどりつくまでは本当に大変な道のりだった。素晴らしいものを作っているという実感はあったが、実際やってみるまではどうなるかわからない。そしてあの日、ついに2000人の観客の前に立つと、大歓声で迎えられた。みんな、圧倒されていた」

「とにかくほっとした」とランドは認める。「あの夜、とりわけ興味深かったのは、客席にいた、めったに褒めないアメリカ人のプロデューサーふたりが顔を輝かせて、素晴らしかったと褒めちぎったことだ。思ったことしか言わない彼らの称賛を耳にしたのは、何にも代えがたい体験だった」

コリン・イングラムも「あれほどの観客の反応は、経験したことがない」と認めている。大歓声で迎えられるかもしれないと心の準備をしていたとはいえ、ゲイルもその晩ずっと興奮がおさまらなかったという。「生涯、記憶に残る最高の夜だった。言い古された台詞だが、あのときの気持ちは、あの場にいた者にしか

左：ミュージカル《バック・トゥ・ザ・フューチャー》の初演を観るために、マンチェスター・オペラハウスに押し寄せたファンたち。

わからない！」

> **喝采メモ**
> ・メインキャストの登場シーンの拍手
> ・ギターが爆発したときの歓声
> ・最初にデロリアンをお披露目したときの、息をのむ反応
> ・ドクが〝まじめな〟台詞を口にしたときの笑いと拍手
> ・ドクの研究室で模型を披露したときの拍手と歓声
> ・観客による、パンチの前の〝行け、ジョージ〟コール
> ・ジョージがビフを殴ったときのどよめき

　マスコミはプレビュー公演後の公式オープニング・ナイトまでレビューを載せてはいけない決まりになっているが、その制約はファンには課されていない。世界中で愛されている名作映画を斬新なミュージカルとして送り届けるというゲイルとゼメキスの約束が果たされたかどうか固唾をのんで待っていた人々は、初演のパフォーマンスに対する熱狂的な反応をインターネット上の様々なサイトで目にした。

　アダム・グラッドウェル（ポッドキャスト［ギーキー・レトロ・ナーズ・ショー］のホストでありプロデューサー）はこう評した。「最初にこの企画が発表されたとき、ファン仲間の多くと同様、史上最高の映画をいったいどうやってミュージカルにするつもりなのかと首を傾げたものだった。結果は、素晴らしいの一語に尽きる！　キャストは最高。楽曲もキャッチーで、面白くて、新鮮だった。一部の視覚効果の仕組みはいまだに解明できない！　これまで観たどの舞台とも違う、これからも観られないような舞台だった」（実際のところは、グラッドウェルはそれから何度も足を運んだ。）

　マンチェスター在住の献身的なBTTFファンであるトニー・ラスコー、アンジェラ・スミス、ダレン〝ダズ〟チャダートンは、ミュージカルの地元の宣伝イベントで初めて出会った。ラスコーはふたりに、ミュージカルの公式初公演の2日後に創設したFacebookグループ［ミュージカル《バック・トゥ・ザ・フューチャー》のファン］の共同管理者にならないかと誘った。

ラスコー：「ドクの研究室を観た瞬間からぶっ飛ぶようなフィナーレまでずっと、にやけ笑いが止まらなかった。おなじみの台詞をたくさん聞けたことと、オリジナルスコアが使われていたことが本当に嬉しかった。大好きなあの作品だと感じると同時に、まったく新しい作品だという気がした」

スミス：「すべてが、まったく予想外だった。公演中、ありとあらゆる感情がこみあげてきた。幕が上がってすぐに、信じられないほど特別な作品を観ていると確信したわ」

チャダートン（観劇のリアクションを録画してほしいと頼まれて）：「続編なんていらない。リメイクもいらない。このミュージカルがあればいい！」

　初のロンドン公演までに、彼らのFacebookグループには数千人のファンが加わり、その後もメンバーは増え続けている。

　公演の最初の2日間、マンチェスター・オペラハウスを埋めた人々は、その重大な歴史の一部を持ち帰ろうと決意していた。「劇場で販売されたミュージカル・グッズは最初の2日間で完売した。1、2週間分のストックはあるはずだったんだが」と、ゲイルは笑いながら語った。

　初日のパフォーマンスに唯一欠けていたのは、第1幕の終わりからカットされたばかりの〈Back in Time〉だった。しかし、その後まもなく、このシーンは復活する。なぜなら、コリンが指摘したように、①ミュージカル用に曲の使用権が支払われていたし、②ミュージカルではこの曲が使われていると何度も宣伝されていたからだ。

　2月21日の夜の部の公演で、〈Back in Time〉は、カーテンコールという適所に収まり、以来ずっと、そのまま使われている。

上：！　ミュージカル冒頭を彩る夢のような〈Overture〉のスコアより。

上：〈My Future〉で、オープニング・ナイトの観客をロックで熱狂させるマーティ。

まだ改善の余地あり……

　初演の成功で、誰もが大きな安堵の〝ため息〟をついたものの、この栄光にのんびり浸っている時間はなかった。マスコミ用のプレミア公演、いわゆるプレス・ナイトがデロリアンのバックミラーのなかでぐんぐん迫っていたからだ。プレビュー期間はミュージカルの細部を磨き、手直しを重ねるためのものだ。改善すべきところはまだある。一座の選択肢には「これぐらいでいいだろう」という言葉はなかった。

ヒッコリー・ディッコリー・ドク！

　このミュージカルに関わった人々に、最も野心的で困難で、手ごわいシーンはどこかと訊けば、彼らは異口同音に時計台のシーンだ、と答えるにちがいない。映画制作時も難しかったこのシーンのライヴ・パフォーマンスで息をのむようなアクションを実現するには、クリエイティヴ・チーム全体がその知識と想像力を駆使し、めいっぱい創造性を発揮しなければならない。どういう形をとるにせよ、舞台美術デザイナーのティム・ハトリーがひとつだけ譲れなかった点がある。それは、たとえば映像に頼るといった〝近道〟をしないことだった。観客は、『バック・トゥ・ザ・フューチャー』のライヴ・パフォーマンスを見に来るのだ。ハトリーは、チケットの値段に見合う体験を提供しようと決意していた。

　まず、どこにどんな形で時計台を設営するか、ドクがどうやって時計の下の縁へ上がり、そこから下りるのか決める必要があった。「このシーンの絵コンテは、それこそひとコマひとコマ描いた。ダイナミックな演出が必要だということはわかっていた」とティム・ハトリーが説明すると、ジョン・ランドはこう付け加える。「ティムは狂った科学者（マッド・サイエンティスト）みたいに必死だったよ。私の考えでは、このシーンがミュージカルでいちばん〝映画らしい〟シーンだね。全員がこのシーンをきちんと再現したいという決意をもとに真剣に取り組んだ」

　照明デザイナーのティム・ラトキンは回想する。「最初の頃、時計自体を舞台から見てひとつ目の照明バーの上に付けて、それごと移動させて設置するというアイデアがあったんだが、安全面の理由から、この案は却下した」

　時計の高さ、大きさ、配置に関しては、最新の注意を払って考慮しなくてはならない。ときには、うまくいかない方法を除外していく方法が役に立った。ひとつひとつ除外していけば、実行可能な解決策に至るはずだ。

　「舞台のいちばん奥でドクを時計台のてっぺんに上らせることはできない。それははっきりしていた」ハトリーは説明する。「真上にある2階席で視界が遮られるため、1階席のほとんどの観客には舞台後方上部のアクションは見えない。1階席からは、3メートル以上の高さのものは見えないんだ。

右: 時計台の上のドク。

しかし、観客のほとんどがミュージカルでもとりわけ大事なシーンを見られないなんてことは、絶対に許されない。だから時計は舞台中央前部に設置する必要があるし、ドクがそこからぶらさがれるほど大きいものでなければならない。そう決めたことによって、ワイヤーに取り付けて設置する案もボツになった。不安定すぎるからね」

数か月にわたるリサーチ、分析、実験を経てもなお、解決策は生まれなかった。

最終的に、ハトリーはフィン・ロスの映像技術を最大限に利用するアイデアを思いついた。実物大の時計を大きな金属製のクライミング架台に取り付け、その前に垂らした映像用の紗幕に、ロスが裁判所のフレームと嵐の光景を投影するのだ。架台を電動レールで舞台中央に運んだあと、ロジャー・バートが電線を回路盤に繋げようと、荒れ狂う〝嵐〞のなか懸命に手を伸ばす。架台を舞台に出すときに照明を落とし、その後、オリーがデロリアンで走ってきたら、照明を明るくすることになった。

階段

フィン・ロスは、ドクが階段を上がって時計台の縁に近づく場面でも、巧みな解決策を思いついた。ロジャー・バートが時計の文字盤に上っていく長い階段はなかったが、彼の素晴らしいパントマイム・スキルと映像を使って、実際は1センチも移動せずに延々と階段を〝上っていく〞のだ。このシーンは観客の大笑いを誘った。ティム・ハトリーは説明する。「最初は、小型のステッパーを使って試してみた。そうすれば、ロジャーが上っていく演技がしやすいと思ったんだが、それだとほぼ静止しているように見える」ここでも、ロスのガーゼ生地の紗幕が役に立ってくれた。ロジャーが投影された手すりに片手をかけ、その場で上る動作をすると同時に、撮影した映像の階段が足の下で消えていくのだ。

コリン・イングラムによれば、「まず、映像ワークショップで学生の俳優を使って試してみると、なかなかうまくいきそうだった。それから、ロジャーがやると、腹を抱えるほどおかしかった。いまだに毎晩、観客に大ウケするよ」ゲイルはこう付け加える。「ミュージカルのなかでいちばんふざけた場面なんだ。初演のときは、観客が気に入るか、怒って舞台に物を投げるかわからなくて、どきどきした。だが、みんなとても気に入ってくれて、その後の公演でも頻繁に拍手が起こった」

マンチェスター公演が始まったとき、誰もがこのシークエンスの出来栄えに胸を躍らせたものの、それでもまだ完璧ではなかった。ハトリーはこう指摘する。「観客を前にして、物語の一部として見ると、ときにやりすぎだと気づくこともある。〝われわれのこの賢いやり方なら、ドクが階段を延々と上っていくことが観客全員に伝わるはずだ〞と押しつけたら、観客は一気に醒めてしまう。そこで、テンポを保つためにシーンの長さを半分にした」マンチェスターの初演時、このシークエンスは11分近くあったが、検討の結果、何か所かカットされ5分半まで縮まった。

音響、映像、自動装置、音楽、台本の変更を経て、ランドたちはようやく、このシーンの完成バージョンにゴーサインを出した。プロデューサーのイングラムは要約する。「劇場でこのシーンを観ていると、そこに至るまでの興奮で疲れ果てているのに、ドクが舞台上の炎の跡を見て〝やったぞ！大成功だ！〞と叫んだ瞬間、胸が高鳴る。本当に素晴らしい出来になったと思う」ハトリーも誇らしげに、「努力が報われる最高の瞬間だ」と主張する。

2020年3月4日
最も冷酷なカット……

この場面に、まったく問題はなかった。グレン・バラードは大好きだったし、アラン・シルヴェストリ、ジョン・ランド、コリン・イングラム、ボブ・ゲイルも同様だった。若いエイダン・カトラーが、彼にとって初となる大役を熱演しな

がら、素晴らしい歌声を披露していたのだが……最終的に削らざるをえなかった。

2017年の楽曲ショーケースで〈It's What I Do〉として登場したときから、何度も手を加えられて〈Good at Being Bad〉となったこの歌がミュージカルに適しているかどうかには、長いこと少なからず疑問があった。「とてもいい曲なんだ」と、ランドは主張する。「それに、最初のワークショップで歌った俳優も、見事に歌いきっていた。その後われわれはこの曲を短縮し、凝縮した。そしてビフ役に決定したエイダン・カトラーは、面白く歌ってくれた。すべて揃っているのはわかっていたが、それでもカットせざるをえなかった」

削除に至った理由はいくつかあるが、上演時間が3時間と限られていたため、できるかぎり削る必要があったこともそのひとつである。

もうひとつの問題は、この歌を入れる位置だった。10代のビフがルウのカフェで若いジョージをいじめるシーンに入れる場合、1955年のヒルバレーの時計台広場に到着したマーティによる大掛かりなミュージカル・ナンバー〈Cake〉の直後にくる。

そうなると、ビフがいじめを楽しむこの歌を終えたすぐあとに、ゴールディ・ウィルソンが中心となるパワフルなナンバー〈You've Gotta Start Somewhere〉が入ることになる。ミュージカルでは、同じ場面設定で大がかりなナンバーを続けない、というのが鉄則。観客には、ほっと息をつく時間が必要だ。

〈Good at Being Bad〉は初演後、最初の数週間は劇中に留まっていたが、そのうちランドはあのビフの歌をいつ削除するつもりだと訊かれるようになった。「グレン（・バラード）は当時、パリでNETFLIXのドラマ『ジ・エディ』［2020］を手がけていてね。彼のいないところでカットするのは気が進まなかった」ジョン・ランドはそう説明する。「戻ってきたグレンに、カットしたいと伝えると、『よし、あの歌なしで試してみよう。そのためのプレビュー公演なんだから』という答えが返ってきた」

ゲイルはこう語る。「ジョンはグレンがショックを受けることを心配していたが、私は、心配ない、グレンはミュージカルをよりよくする提案なら躊躇せず受け入れるよ、と請け合ったんだ──そして、グレンはすんなり受け入れた。私はどちらかというと、エイダンとヒュー（・コールズ）の反応のほうが心配だった。ヒューは、このナンバーでビフにいじめられるのを楽しんでいたからね」

「あれはプレビュー公演14日目の朝だった」カトラーはふたりからその変更を告げられた日をよく覚えているという。「ジョンから、話があるから劇場に来てくれという電話をもらった。そしてジョンとボブに、『この歌はカットしたほうがいいと思う。よかったら今夜、この歌なしでやってみたい』と言われた」ゲイルはこう付け加える。「ふたりには、

左：ドクが舞台から時計台の縁に達するための〝階段〟を描いたスケッチ＆絵コンテ・それをもとに作られた検討用のコンピューター・アニメーション。

左：ヒルバレーきってのいじめっ子となった経緯を歌うビフ。

これでうまく行かなければ、また復活させると話した」この曲をカットしたい理由はほかにもあったが、ランドはカトラーに、この歌のせいでビフが人間らしいキャラクターになるからだと説明した。

それを聞いてエイダン・カトラーは、この曲をカットしなければならない理由を納得したという。「観客がビフを見てかっこいいと思ったり、子どもたちがビフの下した決断が正しいと勘違いすることだけは避けたかった。お客さんが会場を出るときに僕のサインを欲しい、僕と話したいと思わなければ、演技がうまくいったことになる。ビフって最低なやつだなとみんなに思ってもらえば、僕は満足なんだ」

ゲイルによれば、その日の夜の公演でビフの歌をカットすると、「流れがずっとよくなった。誰もあの歌がなくて悲しいとは思わなかった」と語っている。カトラーはランドが下した決断を絶賛した。「あの変更で、僕にとっては、ミュージカルの方向性ががらりと変わった。それに、それまで自分が演じてきたビフという若者に対する見方も変わった。たったひと晩で、ビフがもっとワルいやつになったんだ」

さらなるカット

マンチェスター公演の２週目に、映画で人気のシーンがもうひとつカットされた。マーティが〈Johnny B. Goode〉を演奏しているときにマーヴィン・ベリーが電話に駆け寄り、いままで聞いたことがないサウンドだと従兄弟のチャックに報告する、台本の初稿から存在していたシーンだ。

プレビュー公演を重ねるうちに、この場面も舞台で自然に再現できない例のひとつであることが誰の目にも明らかになった。ジョン・ランドはこう説明する。「このシーンでは、観客の注意を引かなくてはならないことがすでにたくさん起こっている。マーティが演奏し、アンサンブルはクリス・ベイリーの威勢のいい振付で踊っている。そのなかで、セドリック（・ニール）が舞台の袖で手渡された受話器を持って反対の袖へと走っていき、鳴り響く音楽越しに台詞を怒鳴らなければならない。このシーンをそれ以上改善するのは無理だったから、思いきって削除したほうがいいと判断したんだ」

「ロバート（・ゼメキス）は、だいぶ初期に気づいていたんだよ」ゲイルは回想する。「映画でこのシーンを挿入するのはすごく簡単だった。背景でバンドがリフを刻み、その音楽のボリュームを落としてから、台詞を言うマーヴィンのクローズアップを映し、踊っている学生たちにカットバックすればいい。舞台でこのシーンを残すとなると、音楽を遮るな、というミュージカルの鉄則を破ることになる。しかもそれが、史上最高のロックンロール曲であれば、なおさら遮るわけにはいかない。観客が何よりも観たいのは、マーティが歴代のロックンローラーのギターソロを真似、『きみらにはまだ早いね。きみらの子どもなら、わかるよ』という決めゼリフで締めくくるところだ。マーヴィンが電話をかけるシーンなしで公演をやってみようという意見に全員、同意した。ゲイルは「それがとてもうまくいった」という。エイダン・カトラーがビフの曲を犠牲にする必要性を理解したように、セドリック・ニールも、ミュージカルをよりわかりやすくするためのこの決断に納得した。

ジョン・ランドのためのケーブル

マーヴィン／チャック・ベリーの電話のシーンは満足のいく解決に至ったが、ランドには〈Johnny B. Goode〉でもうひとつ気になる点があった。それは役者の演技とはまったく関係のない、マーティが手にしている楽器に関する違和感だった。「50年代なのに、ギターとアンプが繋がっていないことが気になって仕方がなかった」ランドはこの点がおかしいとはっきり主張し、振付師と真っ向から対立した。「クリス・ベイリーと私は、この件で言い争った」

ランド
電源プラグが差しこまれていないとおかしい！　観客は、マーティが実際に弾いていると信じてくれないぞ！

ベイリー
いや、だめだ！　ケーブルが邪魔になる。大技のリフトやスピンがあるんだ。危険すぎる。ダンサーがケーブルを踏んでバランスを崩し、リフトで持ちあげた女の子をうっかり落としたらどうする？

ランド
そんなことはどうでもいい！　ギターのプラグは入れるべきだ！

それから少し考えたあと……。

ランド（続けて）
わかった、わかったよ。プラグは入れなくていい。とにかく、やってみよう。

　初演時、ベイリーはランドの真ん前に座った。ランドはこう回想する。「オリーがギター・リフをはじめると、観客が熱狂し、演奏が終わったとたん大歓声が起こった。だから私は彼に身を寄せ、『ケーブルを戻す必要はないみたいだな』と言ったんだ」
　それから数か月後、ランドはこの状況に皮肉な点があることを認めた。「芝居は現実とは違うからね。本物らしさを追求すべく、私はギターのプラグを入れるべきだと言い張った。その反面、車のなかで起こるべきシーンなのに、ロレインとマーティが車体なしのベンチシートに座ることにはまったく抵抗がなかった！」

2020年3月5～6日
意志（ウィル）があれば……

　プレビュー公演後の正式なオープニング公演（プレス・ナイト）が近づくにつれ、リハーサルやパフォーマンスにはさらに磨きがかけられていったが、外の世界では新型コロナウイルスの脅威による懸念が高まっていた。オリー・ドブソンが風邪のような症状を訴えると、すぐに医師の診察を受けるべきだという決断が下された。ボブ・ゲイルはこう語る。「誰もそれがコロナや肺炎、インフルエンザだとさえ思ってはいなかったが、病気が悪化するリスクは避けたかった」診察後、ドブソンとミュージカルは、典型的な〝いい知らせと悪い知らせ〟に直面する。
　ドブソンによれば、「耳鼻咽喉科の先生には、『どこも悪くない。声帯も声も絶好調だ』と言われた。問題は、働きすぎて疲れていたことだった。で、48時間、声を休める必要が

上：従兄弟のチャックに電話で新たな音楽ジャンルの誕生を伝えようとするマーヴィン・ベリー。
右：〝魅惑の深海〟ダンスパーティに出席した生徒たちに、初めて刺激的なロックンロールを聴かせるマーティ。マクフライらしく、華々しく演奏を終える。

あるという診断が下ったんだ」ゲイルも同意する。「ほかに方法はなかった。オリーが2日間公演を休んで元気になるほうが、さらに体調を悪化させてプレス・ナイトで舞台に立てなくなるよりずっといい」

プレビュー公演のあいだにアンサンブルのメンバーが2、3人、代役を務めなくてはならないことは何度かあったが、代わりを務めたスウィングたちはステップをひとつも抜かすことなくミスのないパフォーマンスを披露していた。とはいえ、通常は代役全員が、プレビュー公演が始まる前に自分が代わりとなる役のリハーサルも数多くこなすのだが、今回は3月11日のプレス・ナイトに間に合うよう超特急のスケジュールが組まれていたため、代役たちのリハーサルはまだ行われていなかった。

お昼前、マーティの兄デイヴィッド役のウィル・ハズウェルがオペラハウスに到着し、毎日行われている直前リハーサルの準備をしていると、マネージャーのデイヴィッド・マッセイから、「ホールに来てくれないか」という電話が入った。ハズウェルはそこで、マッセイとジョン・ランドとプロデューサーたちに状況を説明された。「『(マーティ役の)リハーサルがまだなのはわかっているが、どうかな?』と言われたんだ、よし……やってみよう、と覚悟を決めた。そういうわけで、その日の午後は公演に穴をあけずにすんだ。中止にならなくてよかったよ」

ハズウェルはすでに1、2回、別のミュージカルで主演の代役を務めたことがあった。ウエストエンドの《ジャージー・ボーイズ》ではメインキャラである歌手フランキー・ヴァリを代役として演じ、コリン・イングラムがプロデュースした《グリース》でも主役ダニー・ズーコの代役を務めた。「ウィルは優れた能力を持つ若手俳優だ」イングラムは言う。「歌って踊れるだけでなく、演技力も抜群だから、彼ならできるという確信があった」

ハズウェルに自信を与えてくれたのは、2018年に初めて開催された最初のワークショップ以来ずっとこのミュージカルに関わってきたことで得た経験だった。オリーの代役として、すでにマーティの台詞と歌詞も暗記している。午後の集中リハーサルでは、主に動きと立ち位置の確認に焦点が当てられた。「台詞と歌はもう頭に入っていたから、マーティが舞台のどこに立つかに100%集中できた」と彼は説明する。「アドレナリンがどっと出て、『よし、やるぞ』という気持ちで集中力を保った」

幕が上がる瞬間までの数時間、いや、上がってからも、全部門があらゆる面で彼をサポートする姿勢で臨んだ。「ほかの出演者が助けてくれなかったら、うまくいかなかった。頭に入れておかなくてはならない情報がたくさんあってパニックになりそうなミュージカル・ナンバーがいくつかあるんだ。だからみんなに『間違ってたら、遠慮なく押してほしい』と頼んだ」ハズウェルは、必要なら自分が舞台のどこにいるべきかをキャストの誰かがそれとなく示してくれるにちがいないと確信していた。出演者はみな、その信頼に応えた。「マーティが50年代に到着したときに歌う〈Cake〉で僕が舞台に出ていくと、〝ヒルバレーへようこそ〟という大きな看板がある。そのとき、舞台中央にいなければならないのに、僕は舞台の反対側にいた。すると、(時計台のおばさんの若い頃を演じていた)キャサリン(・ピアソン)が近づいてきて僕の手を取り、みんなのいる舞台中央にそれとなく導いてくれた。舞台にいるみんなが、僕を助けてくれたんだ」

すさまじいプレッシャーにさらされながらの本番であったにもかかわらず、ハズウェルが自分の置かれたとんでもない状況を味わう瞬間もあった。最も心が動かされたのは、第2幕で、〈For the Dreamers〉を歌うドクを見ていたときだった。「もちろん、ロジャー(・バート)があれを歌うのは見たことがあった。でも、マーティとして舞台に立ち、ドクが自分の人生や研究について心情を打ち明け、過去の夢見る人々すべてのために歌うのを聞いたとき、陳腐に聞こえるかもしれないが、自分のなかの純真な部分がこう思ったんだ。『僕はいま、まさにその夢を生きている』って。とてもシュールで、胸を打つ瞬間だった。一生忘れないよ」

その夜、そして翌日の夜も、制作陣にとっては喜ばしいことに、ハズウェルは観客(両親と恋人を含め)を魅了した。彼が初めて代役を務めた日、客席にはイギリスで人気のコメディアンでテレビ司会者のキース・レモン(本名リー・フランシス)がいた。「キースはサドラーズ・ウェルズのプレゼンテーションでオリーを観ていた」ボブ・ゲイルは言う。「だから、マンチェスターでマーティを演じているのが別の俳優だということを知っていたが、ミュージカルを存分に楽しんだ。一緒に来たキースのお母さんは、『これまで観た中で最高のショーよ!』と感激していたそうだ」

「あの日、彼はロックスターだった」ロジャー・バートはハズウェルのパフォーマンスについてそう語る。「何かがいつもとまったく違うときは常に思いがけず美しい発見がある。役者にとってはそうしたことすべてが学びの経験なんだ。観客はこのミュージカルを初めて観るわけだから、いつもと違うとか、どこかおかしいとは思わない。いきなりメインキャストを演じるのは頭がぶっ飛ぶような経験だが、代役を演じる俳優にはできるだけ楽しんでもらいたいと思っている。ウィルは素晴らしい才能に恵まれた役者で、見事に代役を演じきった。圧巻のパ

右:体調を崩したオリー・ドブソンに代わり、初めてマーティ・マクフライとして舞台に立つ前のウィル・ハズウェル。

フォーマンスだった」

　その2日間のウィルの成功ぶりを誰よりも喜んだのは、彼が代役を務めたオリーだった。「ウィルに心からおめでとうと言いたい」とオリーはにこやかに語った。「僕が役を自分のものにするのに2年かかったのに、彼は4時間でやってのけたんだから。みんなが彼の成功を喜んでいた。代役が本番を演じるチャンスをつかむのはとてもいいことだと思う。いやな気分になどまったくならない。僕が出られないときは、僕の代わりに（キャラクターの）面倒をしっかり見てくれ、そして自分なりの個性を加えてくれ、と思っているよ。『楽しみつつ、しっかり面倒みてくれ！　でも2日間だけだぞ！』ってね」

　その夜のグラハム・フッカムの公演レポートがこの出来事と公演の出来、キャスト全員の貢献を完璧に要約している。「オープニング・ナイトを代役で乗りきることができたのは、関係者全員の深い献身の証だと言えるだろう。素晴らしい代役やスウィングメンバーを支えるべく全員が団結する姿勢に、身が引き締まる思いだった。一座のひとりひとりが目の前の仕事に全力投球していた。このメンバーで演じるのが初めてだったことに観客がまったく気づかないほど、滑らかで、見事なパフォーマンスだった。カーテンコールの最初からスタンディングオベーションが起こり、観客はみな〈Back in Time〉に合わせて踊っていた」

2020年3月11日
メディア向けプレミア（プレス・ナイト）

　20回のプレビュー公演を経てついに、〝正式な〟初演、イギリスではプレス・ナイト（メディア向けプレミア）と呼ばれる日が訪れた。招かれたマスコミや評論家の面々が、その夜の公演を観て、様々な媒体でレビューを書くのである。プレビュー初演日から毎晩そうであったように、マンチェスター・オペラハウスは満席で、（コスプレをした）ファンが大挙して押しかけた。

　オープニングのファンファーレからカーテンコールまで、キャストと観客との相性は抜群で、双方がライヴ・パフォーマンスならではの掛け合いや親密さ、一体感を楽しみ、その相乗効果により熱気あふれる公演となった。

　最初にミュージカルを創造すると決めたとき、ロバート・ゼメキス、ボブ・ゲイル、アラン・シルヴェストリ、グレン・バラードが常に心に留めていたのは、ファンが敬意を持つ『バック・トゥ・ザ・フューチャー』に新たなバージョンを加えること、そして映画に忠実でありながらも斬新で誰もが楽しめる作品に仕上げることだった。ゲイルは、ファンが続編やリブートを望んでいないのと同じくらい、初めて映画を観たときにキャラクターたちと恋に落ちるきっかけとなった感動をもう一度味わいたいと切望していることに気づいた。マンチェスターでのプレス・ナイトの夜、ボブ・ゲイル、ロバート・ゼメキス、アラン・シルヴェストリ、グレン・バラードはキャストとともに舞台に立ち、自分たちを含む制作チームひとりひとりの努力が生みだした観客の熱狂的

上・左：初めて（だが最後ではない）マーティを演じた公演を終え、お辞儀をするウィル・ハズウェル。ロジャー・バートと。

上・右：終演後、ボブ・ゲイル、ロジャー・バート、ウィル・ハズウェルと写真を撮る、イギリスの有名エンターテイナーであり『バック・トゥ・ザ・フューチャー』の大ファンのキース・レモン。

右：ミュージカルのさらなる節目となった、マンチェスターでのプレス・ナイト。

な反応に圧倒されながら、その功績に相応しい称賛を浴びた。グレン・バラードは「お客さんに心から喜んでもらえたことが、とても嬉しかった」と語っている。

映画を観たことのない人々も気軽に観られるミュージカルでなければならないという点は、制作初期からずっと強調されてきた。プレス・ナイトでは、観客の少なくともひとりがそのカテゴリーに入っていた。彼女は一度も『バック・トゥ・ザ・フューチャー』を観たことがなく、シリーズに関する知識もほぼまったくなかった。

その女性ゲスト、レディ・マデリン・ロイド・ウェバー（夫はサー・アンドリュー・ロイド・ウェバー）は、ふたりの人物の要請で、ロンドンからマンチェスターへと足を運んだ。ひとりは、コリン・イングラムの招待でワークショップをいくつか観て、すでにこのミュージカルのファンとなっていたLWシアターズの当時の社長、レベッカ・ケイン・バートンである。ふたり目は長年の大切な友人、キャスティング・ディレクターのデイヴィッド・グリンドロッドだった。「文字どおり、無理矢理マンチェスターに引っぱってきたんだ」とグリンドロッドは語る。「彼女が（20代の）子どもたちにミュージカル《バック・トゥ・ザ・フューチャー》を観に行くと言うと、ふたりともとても興奮していたそうだ。彼女は子どもたちがこのミュージカルを知っていたことに驚いたと言っていた」公演が進むにつれ、マデリン・ロイド・ウェバーは、ミュージカルそのものの出来栄えと役者たちのパフォーマンスもさることながら、観客の熱狂的な反応にすっかり圧倒された。

「トライアウトとはいえ、マンチェスター公演はほかの商業公演と比べて遜色ない、完璧なクオリティを持つミュージカルだった」ゲイルがそう言うと、ゼメキスが訂正した。「いや、それよりも質が高かったかもしれない」終演後マデリン・ロイド・ウェバーは、このミュージカルは「ウエストエンドに行く用意ができている」と宣言し、LWシアターズはなんとしても上演権を獲得すべきだと主張した。その言葉を聞いて、イングラムをはじめとする制作陣の肩の重荷は一気に下りた。新型コロナウイルスの脅威により、演劇界全体（と世界の残りのすべて）がシャットダウンされることはほぼ確実だったが、再開された暁には、ミュージカル《バック・トゥ・ザ・フューチャー》がロンドンのウエストエンドにあるアデルフィ劇場で上演されることが保証されたのである。

「非常に重要な意味を持つ夜だった」ランドは言う。「コロナの危機が始まる寸前だったことを考えると、マンチェスター公演を実現できたことさえ奇跡だった。様々なテクノロジーを成功させ、試演をこなし、ようやくミュージカルを完成させてプレス・ナイトを無事終えることができたのは大きな努力の賜物であり、何年もの月日を制作に費やして手にした成果でもあった。その夜はキャストの誰もが成功に酔いしれたよ。公演後、マンチェスターの科学産業博物館で貸し切りパーティが行われた。その後パブに繰り出し、夜中の3時までわいわい騒ぎながらビールを飲み、ピザを食べた。1985年みたいにパーティしたんだ！」

2020年3月12日
翌日……

プレス・ナイトのパフォーマンスは、演技から台本、音楽、特殊効果まで、あらゆる要素が絶賛され、全部門の貢献が称えられた。

「《バック・トゥ・ザ・フューチャー》はたったいま、絶対に見逃せない新作ヒット・ミュージカルになった」
——ロンドン・シアター・ダイレクト

「完璧なキャスティングもさることながら、新しい楽曲の質の高さにより、このミュージカルが映画シリーズのたんなる延長ではない、独立した名作であることが証明された」
★★★★★
——マンチェスター・イブニング・ニュース紙

「映画のファンであろうとなかろうと、ミュージカル《バック・トゥ・ザ・フューチャー》は絶対に観るべきだ。まず、マンチェスター。お次は？　世界征服だ」
★★★★★
——BroadwayWorld.com

「映画史の名作を忠実に再現しながらもオリジナリティにあふれた痛快ミュージカル。未来へと続くロングラン作品になることは確実だ」
——WhatsOnStage.com

つかの間の〝休息〟

プレス・ナイトの打ち上げが終わって12時間もしないうちに、キャスト全員が再び衣装を着てマンチェスターのBBCテレビ・スタジオに出向き、長きにわたる英国のチャリティー・イベントであるスポーツリリーフの募金活動の一環として、ミュージカル・ナンバーを2曲を披露した。

デロリアンでテレビスタジオに到着したドクとマーティ（ロジャー・バートとオリー・ドブソン）は、観客と視聴者を1955年へといざなった。ビフ・タネン（エイダン・カトラー）にいじめられて窮地に陥ったジョージ（ヒュー・コールズ）は、ゴールディ・ウィルソン（セドリック・ニール）に〈Gotta Start Somewhere〉とアドバイスを受けた。その後マーティはドクの手助けをし、1.21ジゴワットのパワーを持つ〈The Power of Love〉のパフォーマンス（全アンサンブルがサポートした）でタイムマシンのフラックス・キャパシターを充電した。

無事2020年に戻ったあと、マンチェスター公演のプレス・ナイトの翌日の夜は、満員の観客を前に、いつものように幕を上げた。舞台にも、あるいは客席にも、その数時間前にニューヨークの劇場ですべての公演が中止されたことを知っている者はほとんどいなかった。新型コロナウイルスの脅威により、ブロードウェイがシャットダウンされたのだ。

マンチェスター公演は、その後2日間——金曜の夜に一度、3月14日の土曜日にマチネ（昼間の公演）とソワレ（夜間の公演）の2公演が行われた。そして怒涛の1週間が終わった日曜日、チーム全員がじゅうぶん手にする資格のある休みを得た。

一座が夫や妻、友人や家族とリラックスし、英気を養っている頃、コリン・イングラムはニュースをひっきりなしに確認していた。「日曜日の夕方5時に首相がテレビ演説を行い、家から出ないようにと曖昧なアドバイスをしたが、公式な

前頁：素晴らしい出来に終わったプレス・ナイト終演後に開かれたレセプションにて。
前頁・上段：（左から右）ジョン・ランド／ボブ・ゲイル／プロデューサーのドノヴァン・マナトとリード・プロデューサーのコリン・イングラム／グレン・バラードとステファニー・ウィッティア／アラン・シルヴェストリと妻のサンドラ。
前頁・中段：（左から右）ロジャー・バートとオリー・ドブソン／ウィル・ハズウェルとエイダン・カトラー／エマ・ロイド、セドリック・ニール、コートニー・メイ・ブリッグス、ロザンナ・ハイランド、マーク・オックストビー、ベサニー・リスゴー。
前頁・下段：満員の観客が、大好きなBTTFのミュージカルが気に入ったことを大喝采で示すなか、お辞儀をするボブ・ゲイル、ロバート・ゼメキス、グレン・バラード、アラン・シルヴェストリ（左から右）。
右：スポーツリリーフの司会を務めたオティ・マブセ（中央）とポーズをとるオリー・ドブソン（左）とロジャー・バート（右）。

シャットダウンは宣言しなかった。公演日でなかっただけ、ラッキーだったよ。ちょうど休みの日で、キャストたちはマンチェスターでのんびりしているか、ロンドンで家族と過ごしていたからね。プロデューサーはみな混乱していたし、多くの話し合いが行われた。夕方6時、ロンドン演劇協会（英国演劇界における商業組合）が、政府の勧告を受け、全劇場の閉鎖を発表した」

イングラムはオフィスに座り、その後の対応をほかのプロデューサーたちと相談した。3月16日の月曜日、下記のメールが制作チームに送られた。

　　親愛なる諸君

　　遺憾ながら、不可抗力の事情により《バック・トゥ・ザ・フューチャー》の公演は中止になった。保険業者や商業組合と状況を話し合い、近日中に詳細を連絡する。
　　われわれ全員にとって、本当に残念なことだ。

　　幸運を祈る、
　　コリン

その後、彼は全員に今後2週間の給料が支払われることと、マンチェスター公演が再開される見込みはほぼないことを知らせた。
《バック・トゥ・ザ・フューチャー》制作に関してボブ・ゲイルがよく口にしていたように、「いい知らせと悪い知らせがあった」。もちろん、悪い知らせは公演が中止されたことである。いい知らせは、世界で様々な活動が再開されるときには、ウエストエンドのアデルフィ劇場で上演されると決まっていることだった。

再開はいつになるのか？　それは誰にもわからなかったが、その日はすぐ来るにちがいない……。

残念ながら、政府の公式勧告により、マンチェスター・オペラハウスは今夜から閉鎖されることになりました。追って通知があるまでミュージカル《バック・トゥ・ザ・フューチャー》の公演は中止となります。

チケットをお持ちの方は、購入した販売業者からの返金と交換に関する連絡をお待ちください。

前例のない状況であるため、どうかご了承ください。

上：《バック・トゥ・ザ・フューチャー》のキャストを迎える準備をするBBCマンチェスター・スタジオ。

INTERMISSION
幕間
新型コロナウイルスの大流行

ロンドンの劇場が前回シャットダウンされたのは、1665年に腺ペストが流行したときだった。

それ以来、二度にわたる世界大戦も、1918年のスペイン風邪が大流行したときでさえ、劇場が完全に閉鎖されたことはなかった。

ウエストエンドだけでなく世界各地の演劇界がいつ、どうやって再開されるのか、あるいは将来、再開されるのかどうかさえまったくわからない状態だった。

BTTFミュージカルの中止を発表してからまもなく、コリン・イングラムはオペラハウス劇場の経営者から、規制が緩和されはじめたら、マンチェスターで8月（2020年）の公演再開を考慮するかという質問を受けた。オペラハウスの舞台上にはセットが設営されたままだったが、コリンは決定を保留した。「それまでにパンデミックが終息しないことはわかっていたし、キャストやスタッフとの契約は6月までだったから、おそらく同じメンバーで公演を再開することはできない。3月のシャットダウンから3か月間、劇場は世紀末の映画に登場する墓地のような状態だった——キャストが日曜日の休みに入り、月曜日に仕事に戻る前に中止が決まったために、私物があちこちに散らばっていた。誰も6月まで取りに戻らなかったんだ」

7月、コリン・イングラムは舞台セットを解体し、トラックでマンチェスターから運びだした。

2年以上、自分たちが演じるキャラクターになりきってきた出演者たちは、政府が義務化したロックダウンが解けるのを待ちながら、それぞれの方法で自分のキャラを〝心に〟留め続けた。

「あんなふうに突然、役を捨てることになってすごくつらかった」とロザンナ・ハイランドは当時の状況を語る。「でも、ロレインはずっと私の一部であり続けた。ロレインのことはよく考えたわ。それに、いつでも舞台に戻れるようにときどき歌って練習していたのよ！」

オリー・ドブソンは、「ミュージカルの世界のなかに留まる」ために自分ができることをしたが、「状況を考えると、ほとんどできることはなかった」という。「（スケート）ボードを時々蹴り上げ、ギターを弾き、たくさん音楽を聞いた。マーティはロックが好きだからね。それ以外は、僕のマーティ人生は一時停止したんだ」

ロジャー・バートは、パンデミック期間中のドク・ブラウンについてこう語っている。「当時のことはあまり細かく覚えていないんだが、どう感じていたかは覚えている。夜ベッドに入ってから、覚えているシーンを頭のなかで復習したよ。眠りにつく前に、台詞を暗記しているか試したりもした。本当に、とんでもなくイカれた1年だった！」

わずか24回の公演だったが、制作陣の多くはマンチェスターでの経験から、ロンドン公演をよりよくできるアイデアを得ていた。そして、ジョン・ランド、イングラム、ティム・ハトリーほか多くが、ときどき国際ZOOMミーティングを行い、そうしたアイデアについて話し合った。

（擬似）再会

　パンデミックの最初の数か月間、インターネットでは、人を楽しませるための活動や様々な募金運動が爆発的に増加した。なかでも特筆すべき（大人気を博した）活動は映画、テレビ、舞台俳優／シンガーのジョッシュ・ギャッドによる、80年代の超有名映画の制作者やキャストのオンライン同窓会をファンのために催す、リユナイテッド・アパート（離れた再会）というオンライン動画配信シリーズだった。

　2020年5月11日に『バック・トゥ・ザ・フューチャー』超特大同窓会と銘打って配信されたシリーズ第2話には、マイケル・J・フォックス、クリストファー・ロイド、ロバート・ゼメキス、ボブ・ゲイル、リー・トンプソン、メアリー・スティーンバーゲン、エリザベス・シュー、アラン・シルヴェストリ、ヒューイ・ルイスがゲストとして顔を揃えた。ゼメキスとゲイルが『バック・トゥ・ザ・フューチャーPART4』は絶対に作らないと宣言したことを踏まえ、ギャッドは第2話で次善のアイデアを実現した——世界各地の視聴者のために、オリー・ドブソン、セドリック・ニール、コートニー・メイ・ブリッグス、全アンサンブルとミュージシャンが〈The Power of Love〉を初披露したのである。私が本書を書いているいま、このエピソードは300万以上の視聴数を記録している。

さらなる〝休息〟

　2021年3月、《バック・トゥ・ザ・フューチャー》のキャストは、英国の毎年恒例の伝統行事、チャリティ団体のコミック・リリーフによるレッド・ノーズ・デイへの参加を依頼された。新型コロナウイルスとの闘いは着々と前進し、少しずつ以前の生活を取り戻しつつあったため、安全対策をきちんと守るかぎり、パフォーマンスをしても安全であると判断された。

　ボブ・ゲイルはこのイベントのために短いシーンを書いた。ロジャー・バートはコロナウイルス規制によりイギリスに戻ってくることができずにいたが、ZOOMという魔法の媒体を使い、ドクとしてこのチャリティイベントに登場した。ゲイルのシナリオには、マーティ、ジェニファー、ジョージ、ゴールディ、デロリアン、そして〈Put Your Mind to It〉と〈The Power of Love〉のパフォーマンスが含まれていた。身体的な接触はほぼまったく許可されていなかったものの、1年間、隔離されていたあとで、衣装をつけ、観客の前で演じることに誰もが心を弾ませた。

もう戻れるのか？

　2021年5月、イギリス政府は、6月21日より演劇界を含め様々な業界や社会生活における行動規制を段階的に緩和すると発表した。しかし、各劇場の客席数に応じて販売できるチケット数に制限があるうえに、屋内では全員が必ずマスクをつけなければならない。

　そうした制限にもかかわらず、ミュージカル／演劇の25作品以上が即座に、公演再開やプレミア開催を計画しはじめ

上：ソーシャルディスタンスの力。キャスト、アンサンブル、オーケストラ全員が、ジョッシュ・ギャッドのオンライン配信シリーズのパフォーマンスのために再集結した。*https://www.youtube.com/watch?v=crdYIUdUOhc

左：偶然、ロンドンの2階建てバスの側面に貼られた喜ばしい広告に遭遇したアラン・シルヴェストリ。

　アデルフィ劇場の経営者たちは、コリン・イングラムに7月の公演開始を提案した。「私は8月後半のほうが安全だと思った。それから、いつものように2、3週間後にプレス・ナイトをやればいい、とね」彼の直観は、驚くほど先見の明があった。というのも、コロナウイルスの変異種が急速に広がり、感染者が激増したため、一度目より短いとはいえさらなる遅れが生じたのである。

　イングラムは結局、ロンドンでリハーサルをはじめる日を2021年7月19日に設定し、最初のプレビュー公演を8月20日に行うことに決めた。

ウエストエンド・ストーリー

　様々なミュージカルがまだ待機状態にあるなか、諸事情により、キャストの変更を余儀なくされた作品もあった。《バック・トゥ・ザ・フューチャー》では、アンサンブル・メンバーのジェマ・レヴェル（バブス役）、オリヴァー・オームソン（3-D役）がディズニー・ミュージカル《アナと雪の女王》の仕事に移った。レヴェルの代わりに入ったニコラ・〝ニック〟・マイヤーズにとっては、今作がプロとしての初仕事にしてウエストエンド・デビューとなった。オームソンの代わりに

た。

キャストに入ったのは、ウエストエンドの《レ・ミゼラブル》に出演したシェーン・オリオーダンである。オリオーダンはある日の午前中に歌い、午後はダンスをし、翌日にはビフの代役として読み合わせをするよう言われた。残念なことに、彼はその夜、新型コロナウイルス陽性となったため、最終オーディションは3週間後に延期されたが、そのオーディションの2日後に役を獲得した。ロンドン公演のために新たに加わったほかのアンサンブル／スウィングの俳優たちは、マシュー・バーロウ、ジョシュア・クレメットソン、モーガン・グレゴリー、ライアン・ヒーナン、タヴィオ・ライト、メリッサ・ローズ（著者注：クレメットソン、グレゴリー、ヒーナン、ライト、ローズにとっては、ウエストエンド・デビュー）である。新型コロナウイルスの新たな波に備えて、念のため、予備のスウィング・メンバーが加えられた。7月、リハーサルが正式に始まる数日前、アデルフィ劇場での公演開始前のリハーサル期間が3週間と極端に短いことから、新たなアンサンブル・メンバーたちが、音楽に慣れるための稽古に呼ばれた。

マシュー・バーロウ
（スウィング）

ジョシュア・クレメットソン
（スウィング）

モーガン・グレゴリー
（アンサンブル）

ライアン・ヒーナン
（アンサンブル）

ニック・マイヤーズ
（アンサンブル）

シェーン・オリオーダン
（アンサンブル）

メリッサ・ローズ
（スウィング）

タヴィオ・ライト
（スウィング）

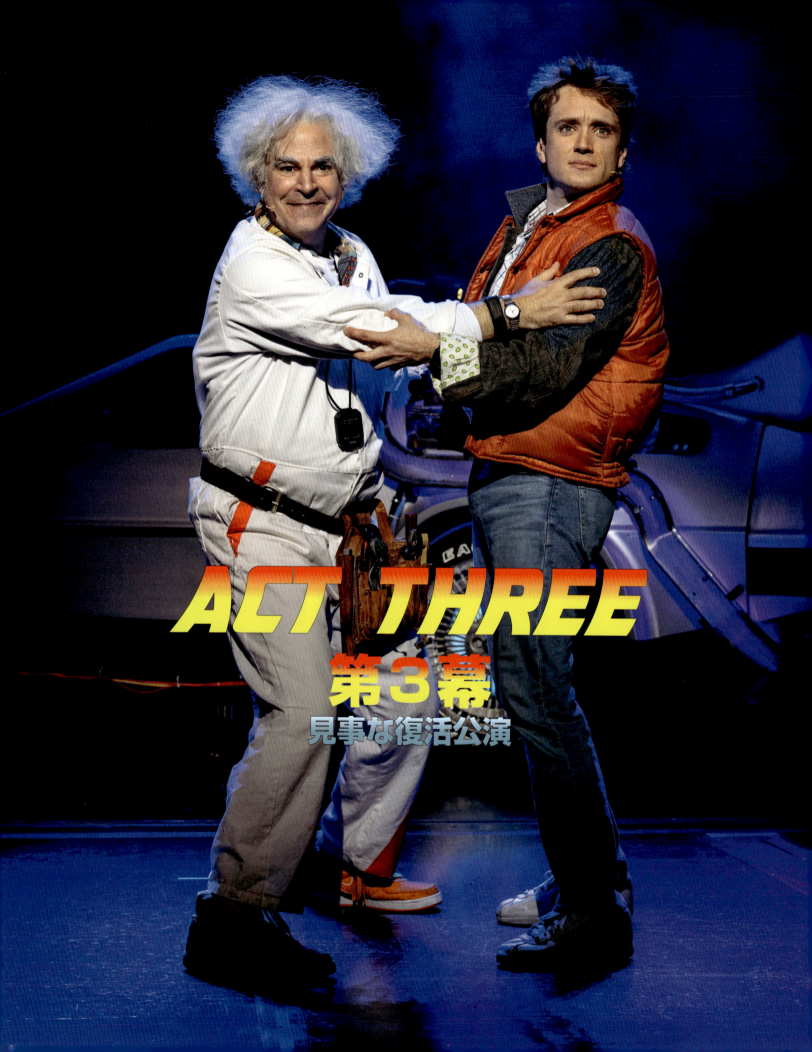

「映画を観たことがない観客は必ずいるから、われわれのミュージカルは独立した作品として楽しめるように作らなければならなかった。そしてまさに、そのとおりの作品になっている」
——ロバート・ゼメキス

2021年7月19日、ミュージカル《バック・トゥ・ザ・フューチャー》のロンドン公演に向けた初のリハーサルが、ナショナル・ユース・シアターで始まった。ナショナル・ユース・シアターは1956年に設立されて以来、若者たちに演劇その他の機会を提供してきたチャリティ団体で、これまでヘレン・ミレン、デレク・ジャコビ、イドリス・エルバ、コリン・ファース、ベン・キングズレー、ダニエル・クレイグ、ダニエル・デイ＝ルイス、ロザムンド・パイク、キウェテル・イジョフォー、ケイト・ウィンスレットをはじめ世界的に活躍する俳優を多数、輩出している。

新型コロナウイルス対策のため、劇場には厳しい規則が課されたが、仕事に戻るためとあれば、一座の誰ひとり文句はなかった。「コロナ規制のせいで、屋内での行動ががらっと変わったわ」ロザンナ・ハイランドは思いだす。「人との交流は一気に減り、マスクを着けていることが多かったけれど、それで雰囲気が悪くなるようなことはなかった」ヒュー・コールズはこう付け加える。「長いこと続いた自主隔離のあとで、ようやくみんなと仕事に戻ることができて嬉しかった。できるだけマスクを着けなければならないことは気にならなかったよ。みんな、コロナのせいでミュージカルが中止になるのはなんとしても避けたかったから、徹底的に新しい手順に従い、それをリハーサルの一部として扱った。奇妙な感じだったのはたしかだけど、それで気が散ることはなかった」

下・左：ウエストエンドの劇場が再開準備を進めるなか、BTTFミュージカルのリハーサルがナショナル・ユース・シアターで始まった。

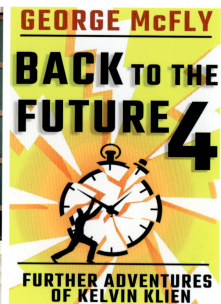

当然の変化

　大半のプロデューサーや演出家ならば、マンチェスターのプレビュー公演が絶賛されたことを踏まえ、コロナ規制の撤廃後もそのままの形で再開したにちがいない。しかし、《バック・トゥ・ザ・フューチャー》の制作陣に、その選択肢はなかった。
　「演劇に終わりはない。見方は常に変わるものだし、少しでも改善し続けたいと思うのは当然のことだ。ブロードウェイで上演するときは、間違いなくロンドンの舞台をさらに手直しすることになるだろうね」コリン・イングラムの発言に、ジョン・ランドも同意する。「成功しても、まだまだやることはある。こちらをカットしたり、あちらを少し削ったり、新しい音楽を付け加えたり、ね」
　ティム・ハトリーにとって最初の優先事項は、劇場そのものだった。1500人の座席数を誇るアデルフィは、マンチェスターのオペラハウスより420席少ない。「マンチェスターでは、舞台袖にたっぷりスペースがあったが奥行きはあまりなく、後ろの壁がすぐそこにあった。一方、アデルフィには舞台袖のスペースがまったくない。そのため、観客が観るミュージカルは同じだが、バックステージの動きはまったく違ってくる。そこを計算に入れ、出演者たちが広さの違いに慣れるよう気を配らねばならなかった」イングラムはこう付け加える。「ドクの研究室を小さくする必要があったし、ルウのカフェのセットは収まらないので作り直さなければなら

なかった。ロンドンの劇場が決まったのがマンチェスターの舞台セットを造ったあとだったために、まずその費用が生じた」
　ナショナル・ユース・シアターのスタジオの床には、ジャーウッドやランターンズ劇場で行ったように、アデルフィ劇場の舞台の大きさを示すバミリが貼られた。ミュージカルの流れとタイミングを計るため、本番同様に〝舞台〟やバックステージへ仮のセットの移動も行われ、公演初日に向けたリハーサル最終週には劇場で使う家具やプロップも使われた。また、木と金属のフレームでできたデロリアンをクルーが押したり引いたりして、タイムマシンの登場（および退場）を再現した。
　様々なミーティングやリハーサルは、同時進行で行われた。ランドがメイン・キャストとリハーサルを行うあいだ、クリス・ベイリーとダレン・カーナルが別のスタジオでダンサーとリハーサルに励み、また別のスタジオではモーリス・チャンと彼のアシスタントたちが喧嘩の練習やスタントを指導した。午前中はたいてい個々のナンバーにあてられ、午後は全員でミュージカル全体のリハーサルをした。このとき、演技をしている者以外は、マスクの着用が必要とされた。

大きな期待

　マンチェスター公演とロンドン公演のあいだに、ベインズ家は、赤ん坊の誕生という素晴らしいニュースに驚かされることになった。ロレインの母ステラが妊娠したのだ！　ボブ・ゲイルは、ストーリーを簡潔にするため、マーティが4人のおばとおじに会う1955年の夕食のシーンを削除した。すると、ベインズ家の女家長を演じるエマ・ロイドは、映画ではステラが5人目の子どもを妊娠していることをゲイルに指摘した。「ステラが、妊娠後期でおなかが大きかったら面白いんじゃないか、ってボブに言ったのよ」ロイドはそう

上・左：デロリアンの舞台バージョンがまだ劇場に置いてあったため、ロジャー・バートはリハーサル中、〝マニュアル〟トランスミッションを備えた別バージョンを使った。
上・右：ゲイルとゼメキスは、「バック・トゥ・ザ・フューチャーのPART4はなし」という規則に、ひとつだけ例外を設けた――ジョージ・マクフライの新作小説の表紙カバーである。表紙のデザインはティム・ハトリーが担当した。

言って笑う。「そうすれば50年代がベビーブームだったことに触れられるし、祖母が妊娠したと聞いたときのマーティの反応も見せられる。ベインズ家がテレビの前に集まっている映画のシーンはすてきだったし、ロレインに大家族で育った感じを出したかったから、お腹を大きくしたの！」ボブはロイドの提案にもっともだと同意し、こう認めた。「どうして自分でそのアイデアを思いつかなかったんだろう、と恥ずかしかった！」

「決して起こらないと言ったのに！」

1990年以来、さらなる続編を求めるファンからの声は後を絶たなかった。ロバート・ゼメキスとボブ・ゲイルはその案を頑なに拒否し、シリーズは3部作で完結していると主張し続けてきた。しかし、ミュージカルの最後のシーンで、ジョージ・マクフライが発売予定の本のタイトルを読みあげるとき、ゲイルは『バック・トゥ・ザ・フューチャーPART4：ケルヴィン・クラインのさらなる冒険』とジョージに言わせて、ファンを喜ばせることにした。ゲイルはこう語る。「マンチェスターでは、本の題名は『バック・トゥ・ザ・フューチャーPART2』だったが、ある日リハーサルをしているときに、〝PART2〟ではなく〝PART4〟のほうが面白いんじゃないか、とアラン（・シルヴェストリ）に言われたんだ。彼の言うとおりだった！」

時空を超えた旅

ティム・ハトリーとフィン・ロスが、新たにオープニング曲となった〈Overture〉に付随するビジュアル映像作成の依頼を受けたのは、マンチェスター公演が始まるわずか数日前だった。「とにかく短時間で映像を作らなければならなかった。そのときはまだ、車の映像や劇中のビジュアルの旅を作りだす仕事に追われていたのに」ロスは笑いながら言う。

観客が劇場に入ると、スクリーンにはこのミュージカルのために特別に作りだされた映像が投影されている。それから、ミュージカルの始まりを告げる音が鳴りひびくと同時に、スクリーン上に現在地（イギリス、マンチェスター）と当日の日付と時刻が表示される。オーバーチュアの最中、場所がカリフォルニア州ヒルバレーに代わり、日付が1985年10月25日に逆戻りしていくと、スクリーンが透明になり、ドクの研究室が現れ、マーティが登場する。

「マンチェスターのプレビュー公演が終わったときには、オープニングの映像を改善しようと決めていた」とロスは続ける。ロックダウン中、ロスとハトリーには、その時間があった。「過去にさかのぼるのは変わらないが、それを当日のアデルフィ劇場から1985年ヒルバレーのドクの研究室への旅にして、ところどころ面白い事実を付け加えた。ビッグ・ベンにズームインしながら通過するとき、時計の針が後ろ向きに進んでいく。1985年のヒルバレーに着くと警報が

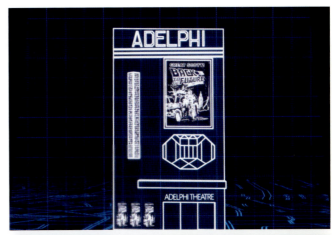

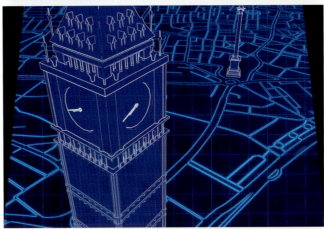

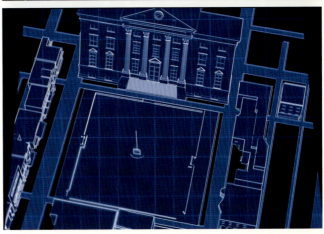

右：ティム・ハトリーとフィン・ロスは、アラン・シルヴェストリのオーバーチュアの背景にアデルフィ劇場から1985年へのタイムトラベル映像を作りだした。

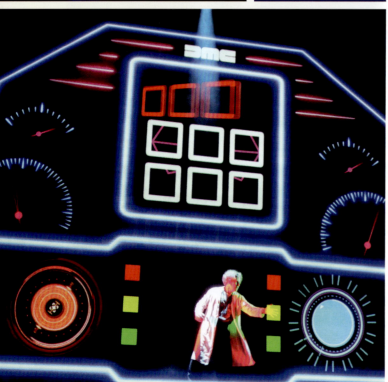

作動し、プルトニウムの存在を示唆する。そして、プルトニウム追跡装置が即座に作動し、発信源の——ドクター・エメット・L・ブラウンの自宅兼研究室にたどり着くんだ！」

座して待つことはできない

ティム・ハトリーとフィン・ロスは次に、第2幕のオープニングであるドク・ブラウンのミュージカル・ファンタジー・ドリーム・ナンバー、〈21st Century〉の導入部に取りかかった。

マンチェスターでは、アンサンブルの面々が周りにある回路盤に情報を入力するところで第2幕が始まり、ドクがどこからともなく「司令椅子」に座って現れると、回路盤が消えて、宇宙ステーションの観測ポートのような背景が現れた。そのナンバーの最中、ロスはそのセットに創意に富む物体や光景、イースターエッグをいくつか投影していた。

しかし、ロンドン公演では背景の気が散る要素を削除し、観客にまずドクの顔を見せるべきだ、とハトリーは思った（椅子のイリュージョンがうまくいかなかったので、なおさらだ！）。この改訂バージョンでは、プログラミングを行うのはドク自身だが、演出の規模ははるかに大きくなった。

照明が落ちたあと、ステージを取り巻く回路盤が光りだし、前面の紗幕にパックマンのスクリーンが投影されて、ドク・ブラウンの8ビット・アバターがゴーストに追いかけられる。「これもティムのアイデアだった」ロスは言う。「それに、1980年代へのトリビュートでもある」

周りに突然現れた巨大な制御盤のおかげで、ドクは投影されたルービック・キューブを解き、大きな電球の〝鎖を引っ張る〟。すると、舞台上にマンチェスター公演で使われていた宇宙船のセットが現れるのだ。

一方、クリス・ベイリーとダレン・カーナルは新型コロナウイルスによって否応なく課された〝休暇〟を利用し、このナンバーの振付全体に手を入れていた。「ティムとフィンが導入部を変え、観客が最初に見る人物をドクにしたことで、私にとってはこのシーンのすべてが変わった」クリス・ベイリーは言う。「ダンスやアクションをもっとたくさん入れることにした。新しいバージョンのほうが、われわれにとっても、ミュージカルにとっても、ロジャー・バートにとっても、ずっとよくなったという確信があったよ」

バナー・デイ

ロンドン公演に向けて、ジョージ・マクフライの日の冒頭部分も改良された。マンチェスター公演では、アンサンブルのふたりがジョージ・マクフライの日と書かれたバナーを広げて裁判所の階段の上に垂らしていた。ロンドン公演で

上段：〈Overture〉が終わり幕が上がると、観客は映像の旅を終え、ドクの研究室に到着する。
中段・左：〈21st Century〉のマンチェスター公演のオープニング。
中段・右：ロンドン公演では、第2幕の幕が上がると、ドクの映像アバターが現れ、ゴーストに追いかけられる。
下段：歌おうとするドクにさらなる映像の障害が立ちはだかる。

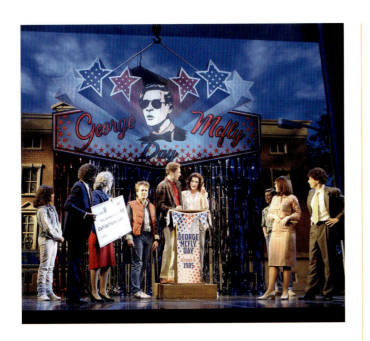

は、テイム・ハトリーはその垂れ幕を精巧なデザインにしてジョージ・マクフライの顔を加え、その下に赤白青の光沢のあるティンセルのホイルカーテンを付けた。アラン・シルヴェストリは、〝シーンの始まりに流れる音楽スコアにアクセントをつけ〟〝生まれ変わって向上した〟マクフライ家のひとりひとりの登場を強調した。

バック・トゥ・ザ・シアター

　2021年8月6日、ナショナル・ユース・シアターでのリハーサルが終わった。週明けの月曜日である2021年8月9日にキャストが再集合したのは、願わくば何年も公演が続くことになるアデルフィ劇場だった。

　キャストはまず、コリン・イングラムと一座のマネージャーのデイヴィッド・マッセイに付き添われて、舞台のはるか上にある3階席に向かった。イングラムはそこで、いまだ継続中のコロナ規制について説明し、状況が改善するまでは公共エリアに全員で集まることができるのはこれが最後だと念を押した。厳しい規制により、キャストと制作陣は別のエリアに分けられた。言うまでもなく、キャストは舞台、衣装を着替えるバックステージ・エリア、楽屋には出入りできたが、演出家のジョン・ランドやボブ・ゲイル、アラン・シルヴェストリ、グレン・バラードを含む制作陣は、劇場のオーケストラ・セクション（1階席）に追いやられた。屋内でのマスク着用義務は継続され、ソーシャルディスタンスが強く推奨された。

　舞台稽古と同時進行で、劇場のほかの部分の改装が始まった。大人気を博しているシークレットシネマ『バック・トゥ・ザ・フューチャー』イベントと、ユニバーサルスタジオの『バック・トゥ・ザ・フューチャー』アトラクションに設けられた公共エリアの精巧な内装に関するゲイルの描写を参考に、イングラムは舞台美術デザイナーのティム・ハ

左上：ジョージ・マクフライの日は、マンチェスターからロンドンに移るさいアップグレードされた。
上段：一座はナショナル・ユース・シアターに別れを告げ、ウエストエンドのアデルフィ劇場に向かった。
中段：コロナウイルスから身を守るためにどうせマスクを着けるなら、カッコよくキメたほうがいい！
下段：コロナウイルス対策についてキャストに説明するプロデューサーのコリン・イングラム。

「どんなに素晴らしいミュージカルでも、それに相応しい劇場がなければうまくいかない」
——ジョン・ランド

見開き：一座はアデルフィ劇場に移り、プレビュー公演に備えた。

トリーに改装プロジェクトを託した。メインフロアのロビーはヒルバレーのダウンタウンに様変わりし、飲み物や商品が販売され、80年代に流行った曲がBGMに使われることになった。「お客さんが劇場に一歩足を踏み入れた瞬間に、歓迎されていると感じられるような『バック・トゥ・ザ・フューチャー』の世界を作りあげることを目標にした」と、ハトリーは語る。「劇場の1階通路内は、映画の時計台広場でおなじみの店と看板からヒントを得ているし、1階席に続く扉部分は、ヒルバレーにある映画館のひさしと同じデザインにした」

2階には、壁に数式や図表をチョークで書きこんだプルトニウム・バーを造った。バーの名称さえ、化学元素の表配列を表す文字で書かれた。もちろん、バーというからには、飲み物も販売する。「みんな写真を撮るスポットを探しているだろうから、色が変わる実物大の時計のレプリカと、電気ケーブルと接続器を造った。お客

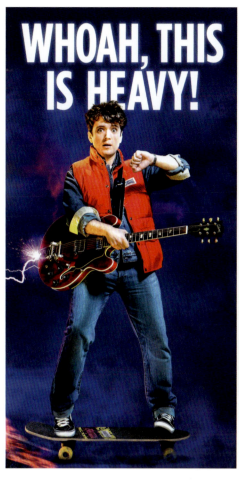

さんはすっかり気に入ってくれたみたいで、ネット上にはセルフィーがたくさんある！」

すべての階に、『バック・トゥ・ザ・フューチャー』の希少ポスターや写真、映画に登場したプロップのレプリカが飾られた。イングラムは、「3階ロビーにはロレインのウォッカ・バーを設置する予定だったが、1階と中2階で予算を使い果たしてしまったんだ」と語った。

一般公開の数日前から各メディアが取材に押し寄せ、怒涛のようなリハーサル・スケジュールのなか、毎日のように劇場のあちこちでゲイル、シルヴェストリ、バラード、ロジャー・バート、オリー・ドブソン、ロザンナ・ハイランド、ヒュー・コールズらのインタビューが行われた。

ロンドン公演前夜

アデルフィに場所を移したその瞬間から、息つく間もなくリハーサルや調整が続き、あっという間に2021年8月19日

上：販売用のキャラクター・ポスター。
前頁・上段から時計回りに：ティム・ハトリーが描いたアデルフィ劇場ロビーのデザイン・スケッチ。映画に登場したヒルバレー時計台広場にある商店からヒントを得た。／クリストファー・ロイドは2階のラウンジで、はりきってケーブルを〝繋げ〟た。／特殊な鏡により、観客はマーティかロレインに変身できる。／プルトニウム・バーを背景に写真に収まるティム・ハトリー、ボブ・ゲイル、サイモン・マーロウ。／カウンターの後ろの方程式が、タイムトラベルの仕組みを説明している。

がやってきた。オープニング・ナイトを翌日に控えた最後の通し稽古は、マンチェスター同様、劇場の案内係が大半を占める人々の前で行われた。コリン・イングラムは、似たような状況で行われたマンチェスターでの通し稽古のぱっとしない反応が頭から離れず、なんとしても同じ歴史を繰り返すまいと心に誓っていたが……勇気を出して劇場に足を踏み入れながら、自分がいるせいで同じ結果にならないことを必死に祈っていた。

その夜の通し稽古が終わると、イングラムの心配は吹き飛んだ。舞台監督のグラハム・フッカムにより、BTTFミュージカルは〝技術的にクリーンだ〟と太鼓判を押された。これはつまり、特殊効果やデロリアンなどを含め、すべての技術要素がうまくいったという意味である。さらに重要なことに、〝お客さん〟は大興奮し、このミュージカルに熱狂した。「観客は80人ほどいた」とゲイルはそのときの状況を説明する。「だが、目を閉じると1500人に聞こえるほどの大歓声だった！　すっかり感動して、公演終了後だけでなく第1幕の終わりにもスタンディング・オベーションをしてくれた。われわれはみな、嬉しくて飛びあがらんばかりだった！」

もちろん、演劇界の迷信を信じている者たちは、その通し稽古があまりに申し分なく進んだため、かえって不安を感じた。ゲイルは続ける。「なかには、最後の通し稽古で問題が起こると公演初日が大成功に終わると信じている連中もいるんだ」

　ロンドン公演の前夜のパフォーマンスが大成功に終わったのは、数千人を前にした翌日の初公演でトラブルが起こる前兆なのだろうか？

何もかも、体にしみついてる！

　公演が終わったあと、何ひとつ問題がないパフォーマンスだったと心の底から言うことは可能だろうか？　この問いに対する答えは「否」である。これほど多くの技術的な演出があり、数千もの個々のアクションがコンピューターによってコントロールされ、人間のやり取りと結びついているミュージカルでは、水面下で思いがけぬ事態が起こることもある。しかし、観客は通常、物語にすっかり引きこまれ、そうした不具合には気づかないものだ。

　2021年の8月のこの金曜日の夜が、その例のひとつだった。出演者と満員の観客の両方が、ありあまるエネルギー、興奮、アドレナリンを放っていた。第1幕の最初でドクの研究室にあるテレビモニターが作動しなかったという些細な問題も、その少し前に感動的なオーバーチュアを体験し、オリー・ドブソン演じるマーティ・マクフライが登場した興奮を妨げることはなかった。若いロレインと3人の彼女自身が、過去にやってきたばかりでびくびくしているタイムトラベラーに向かってセレナーデを歌うシーンで、寝室のセットにちょっとした不具合があったときも、観客の誰ひとり、気にしなかった。

　テーブルトップ模型のシーンで、おもちゃの車が合図どおり正確に燃えあがったとき、観客はロジャー・バートとオリー・ドブソンが、煙を消すためにドクが常備している消火器を見つけられなかったことに気づいただろうか？

さすがに、それには気づいた！

　ロジャー・バートは、消火器がいつもの場所からどこかに移されたのだと思い、驚いてきょろきょろ見回した。相棒のパニックに気づいたオリーもすぐさま捜索に加わった。

　少しのあいだ、観客は実際に問題が起こっているのか、それともシーンの一部なのかわからずにいた。コメディのアドリブとはそういうものだし、とっさに取り繕ったバートとドブソンの見事な演技力のおかげでもある。どちらも役になりきって演技を続け、観客は笑い転げた。

　「当然ながら、観客を火から守るために耐火性のカーテンを降ろす事態は避けたかった」バートは打ち明ける。「でも、舞台の火事は、船の火事と同じくらい始末に負えないものだから、内心は気が気じゃなかった。模型が防火性で、火が広がらないことを祈った（実際に模型には防火対策が施されていたため、火は燃え広がらなかった）。それから、何とも言えずばかげた状況になった。信じられなかったよ。観客を不安にさせたくなかったんで、おちゃらけて、浮かれた演技を続けたんだが、心のなかでは、〝誰か、来てくれ！　このまま火が燃え尽きなければ、どうやって消すんだ？〟とパニックだった」

　ドブソンは、いったん状況が安全だとわかったあとはわくわくしたという。「ああいうハプニングこそ、まさに舞台演劇の醍醐味なんだよ！」彼は興奮ぎみに語る。「何かがうまくいかない状況は得難い体験になる。あの事件が起こったとき、僕は〝よっしゃ、これもショーの一部にするぞ〟と思っ

上：2021年8月20日、ロンドンでのプレビュー初演にて。

しばらく経ってから舞台係が出てきて、ロジャーに消火器を渡して立ち去った。
　シーンが再開されると、ロジャー・バートはまたしても圧倒的な才能を発揮した。数秒後、心を打つバラード〈For The Dreamers〉を歌いはじめて、観客を一気に物語に引き戻したのだ。

三度目の正直

　それから後は申し分ない出来だった。出演者たちは複数のカーテンコールに応え、長いスタンディング・オベーションを受けた。これは実際、ミュージカルの三度目の〝初演〟となったわけだが、そのどれも特別なイベントであったばかりか、異なる重要性を持っていた。マンチェスターでの最初のふたつは、このミュージカルが実現可能であり、ミュージカル史に深く刻まれるにじゅうぶんな、パワフルな作品であることを証明した。ロンドンの初公演はこの確信をさらに強めただけでなく、世界中のパンデミックの脅威に対して前向きな答えを提供する役目を果たした。綿密かつ細かい対策に従い、一座は無事に公演を再開し、観客は心置きなくそれを楽しんだのである。
　「本当に素晴らしかった。パンデミック中は先が見えない状態だったが、この舞台はトンネルの向こうに見える光になってくれた」ロジャー・バートは言う。「今後5年くらいは演劇活動そのものがストップしてしまうんじゃないかと、みんなが不安を感じていた。それに再開したときには、私は年をとりすぎてこの役を演じられなくなっているんじゃないかとか、そんなに長いこと出資者たちをつなぎとめておくのは難しいからミュージカル自体がポシャってしまうのではないかという不安もあった。マンチェスター公演が中止になり、18か月間の自宅待機を経てあの夜もう一度舞台に立てたときは、感無量だった」
　ウエストエンドには一度出演した経験があったとはいえ、バートはアデルフィ劇場でのプレビュー初演の夜が自分にとって真のウエストエンド・デビューだと考えている。「1996年にウエストエンドの舞台に立ったことがあるが、その役は私のものではなかった。病人が元気になるまでの代役だったんだ。ウエストエンドで《バック・トゥ・ザ・フューチャー》に出演できたことは、まさに夢が叶った瞬間だった」
　オリー・ドブソンは、こう付け加える。「ロンドンのプレビュー初演では、〝初公演はもう経験済みだ。今回は、公演がちゃんと続くだろうか？〟という気持ちだった。あれほど長いこと休んだあとでまた舞台に立って観客の歓声を浴びるのは嬉しかったけど、浮かれすぎないように気をつけて、自分の仕事をしっかりこなそうと自分に言い聞かせた。僕ら全員が、観客のことを考える義務がある——お金を払って観に来てくれる人たちに、人生最高のショー、二度と忘れられないような経験を提供する義務があるんだ。あの夜は、みんながそういう気持ちで舞台に出ていった。以来毎晩、それを心に留めて舞台を踏んでいる」
　ロザンナ・ハイランドはその夜のことをこう語っている。「みんなの感謝の気持ちが、ひしひしと伝わってきた。プレビュー公演の初日はいつも胸が高鳴るものだけど、ロックダウンのつらさを長いこと味わったあとの初めての舞台だったから、いっそう特別なものになった。お客さんも同じように感じているみたいだった。舞台にいる私たちにとっても、客席のお客さんにとっても、特別な夜だったわ」
　「正直言うと、舞台裏のモニターでデロリアンが奇跡を起こすのを見るまでは、いつもと変わらない調子だった」

左：ロンドンでのプレビュー初演の夜、ロジャー・バートはあるはずの消火器を必死に探したあと、ようやくヒルバレーの模型上のおもちゃの車から上がった火を消し止めることができた。

ヒュー・コールズは打ち明ける。「でも、一座のひとりとして様々なことを乗り越えてきたあとだったから、あれを見たとたんに泣けてきた。恥ずかしいとは思わないよ。舞台が中止になったときはとにかくつらかった。そして、再開の知らせを待っているときの苦しみを経て、僕らを信じ、僕らを生で観ようと劇場まで足を運んでくれたお客さんのおかげで、また舞台に立つことができた。そのすべてが本当に大きな意味を持っていた。この世界にミュージカルや演劇が重要かつ必要であるから実現したわけだし、それなしの人生が味気ないものだったとみんなが感じていたことを示すまぎれもない証拠だ。

そうした感情がどっと押し寄せたんだ。大切な人々に囲まれてウエストエンドのデビューを飾れたことは個人的にも深い意味があった。本当に特別な経験だった」

良いときも悪いときも……

ロンドン公演初日を大成功のうちに終わらせた一座は、ウエストエンドが10年以上も待ちわびていた夜に向けて、着々と歩みはじめた。それは、ミュージカル《バック・トゥ・ザ・フューチャー》の公式ワールド・プレミア、プレス・ナイトである。8月20日から9月12日のプレビュー公演のうち、完売したのは22回。プレス・ナイト前日の土曜日には昼と夜に公演があり、日曜日にも昼の公演があった。まだ様々な部門でちょっとした変更や調整が行われていたが、ミュージ

カルは毎回、スタンディング・オベーションに迎えられた。

いまだ新型コロナウイルスの脅威が影を投げているとはいえ、口コミで一大センセーションとなったこのミュージカルのワールド・プレミアに出席するため、世界の様々な国から大勢の人々がイギリスに飛んできた。ロバート・ゼメキスと妻のレスリー、クリストファー・ロイドと妻のリサに加え、アンディ・サーキス、トレイシー・ウルマン、ブライアン・メイ、キャロライン・クエンティンなどの有名人、出資者たち、そしてもちろん、BTTFファンも大勢詰めかけた。

そして当日……

「何もかもが、怖いくらいうまくいっていた」コリン・イングラムは語る。「リハーサルは一度もキャンセルにならなかったし、舞台装置も順調に作動していた。もしどちらかが起こっていたら、経済的に大きな打撃を受けただろうね」プレビュー公演中、ショーの詳細に気を配りながら、最善の状態で上演できるよう集中していたおかげで、イングラムはマンチェスターで経験したような本番前の緊張を感じずにすんだという。

ワールド・プレミア／プレス・ナイト当日、イングラムはいつものようにマッサージを受けていた。それが終わって携帯の電源を入れると、同僚のフィービー・フェアブラザーから電話で、「ロジャー・バートがコロナウイルスにかかった」と伝えられた。イングラムの答えは？　「そうか……うまくいきすぎだと思ったよ」だった。

「前日の夜、体調が悪かったんだ」と、バートは認める。「公演初日に向けた準備で忙しかったし、プレッシャーや睡眠不足、働き過ぎ、日光に当たらなすぎで体調を崩すこともある……具合が悪くなったのも無理はないんだが、そのタイミングが最悪だった」

イングラムはすぐさま制作陣に次々に連絡を入れ、ジョン・ランドに電話をかけた。「マーク・オックストビーでいけるんじゃないか、と伝えたんだ。ぎりぎりのタイミングだったが、やるしかない──もうワールド・プレミア公演が決まってるんだから。多額の費用をかけて世界中から招待客がやってくるんだ。そのために、全員が飛行機に乗る前のコロナウイルステストを済ませてね」ミュージカルのレビューを書く評論家たちに関しては、すでに対策済みだった。その週の前半、評論家の大半をプレビュー公演に招いていたのだ。「近頃は、そういうやり方も珍しくない。以前だったら、プレス・ナイト当日に全員が集まるのが普通だったが、その場

左：ミュージカルのウエストエンド公式初演を祝って。左から右にむかって、アラン・シルヴェストリ、ロバート・ゼメキス、グレン・バラード、コリン・イングラム、ボブ・ゲイル、：ジョン・ランド。

合、そのときの公演がたまたまうまくいかなかったり、技術的なミスが起こったり、何か不具合があったりしたら、それがすべてのレビューで取りあげられる。評論家のほとんどが、ロジャーの主演でミュージカルをすでに観ていた。そのうえで、プレス・ナイトにももう一度招待してあったんだ。正直言って、公演を中止しようという考えはまったく浮かばなかった」

マークの出番……

「昼の12時15分ごろ、集合時間に間に合うように出かけようとしていると、電話が鳴った」マーク・オックストビーは思いだす。「一座のマネージャーのデイヴィッド・マッセイだった。電話に出ると、まず『座ってるか?』と言われたのが、いまでも頭に残ってるよ。まさかウエストエンドのプレス・ナイトに、ロバート・ゼメキスとクリストファー・ロイドの目の前で、自分がドク・ブラウンを演じることになるとは、夢にも思っていなかった!」

マンチェスターで何度かリハーサルをしたことはあったものの、劇場に急ぎながらマークはがちがちに緊張していた。「したうちに入らない量のリハーサルだった。ドクの研究室に入ったこともない。ミュージカルを客席で観たこともなければ、どんな舞台演出かも知らなかった。それ以外にもいろいろなことが時速10億キロぐらいで頭のなかを駆けめぐっていた!」

劇場に到着すると、通し稽古をする時間がなかったため、ドクのミュージカル・ナンバーと、安全面を確保するためにとくに重要なテクノロジーが使われる場面に集中してリハーサルが行われた。「決まりがたくさんあった!『そうする前にこれを回すこと! これは爆発する! こうやったらセットに火がつくからだめ!』みたいな、果てしなく長いリストがあった。さいわい、30年近い経験のおかげで、集中してすべてを頭に入れることができた」

オリー・ドブソンが体調を崩してウィル・ハズウェルが代役を務めたときと同様に、出演者たちはできるかぎりマークをサポートした。「望みうるかぎり最高の同志だ! セドリッ

上:公式ワールド・プレミア/プレス・ナイト。マーク・オックストビーは、コロナウイルスに感染したロジャー・バートの代役として、プレス・ナイトで素晴らしい演技を披露した。

ク・ニールは、わざわざ私に食べ物を買ってきてくれた。ウィル・ハズウェルは大丈夫かと何度も声をかけてくれた。みんなが、私がこれからやることがとんでもなく大変だということを理解して、私を支え、励ましてくれた。公演中、オリーには本当に助けられた。ずっとそばでサポートしてくれたんだ。何しろ、私はプロップがどう作動するのかも、電気のスイッチから消火器までセットのどこに何があるのかもわからなかったんだ。オリーは上演中ずっと、私に手取り足取り教えてくれた！」

ドブソンはこう回想する。「マークが表舞台で光り輝く貴重なチャンスだったから、少しでも助けになれたとしたら光栄だよ。台本をしっかり予習してあったのはさすがだったな。マークは台詞と歌詞を全部暗記していた。あの夜の彼のドクは本当に素晴らしかった」それから、こう認める。「もちろん、いつもの相棒があの夜ステージに立てなかったことはとても悲しかったけどね」

この特別な公演のために全員が準備を進めるなか、アデルフィ劇場からほんの数分離れたコリンシア・ホテルの外の通りには、デロリアンが6台ずらりと並び、ホテルのなかでは、コリン・イングラムが気分を盛りあげるために手配した公演前のカクテル・パーティに招待客が集まっていた。

アデルフィ劇場の外には、セレブをひと目見ようと数千人のファンが押しかけた。なかには、デロリアンで運ばれてきて、ブルー・カーペットの上を歩いた有名人もいた。

2021年9月13日、英国標準時の午後7時32分、ミュージカル《バック・トゥ・ザ・フューチャー》のワールド・プレミア公演の幕が上がった。おなじみのオーバーチュアが劇場内に鳴り響き、オリー・ドブソンが舞台に登場すると、観客はその後何度も行うことになる熱狂的なスタンディング・オベーションで迎えた。

ボブ・ゲイルにとっては上々のスタートだったが、まだ完全にリラックスして楽しむ準備はできていなかった。

「プレス・ナイトは、映画のプレミアと同じように、すべてがうまくいっているときでさえストレスを感じる催しだ」彼はそう説明する。「しかも、開幕の数時間前に主演のひとりが代役に交代するという、まさに映画みたいな展開になった。マーク・オックストビーは観客の前で一度もドクを演じたことがなかったから、われわれは不安を感じていた。しかし、冷静に考えれば、そんな必要はなかったんだ。マークは、オリーがマンチェスターで具合が悪くなったときにマーティを素晴らしく演じきったウィル・ハズウェルと同じくベテラン俳優だし、キャサリン・ピアソンも8日間のプレビュー公演中、ロザンナ・ハイランドの代役（ロレイン役）として非の打ちどころのない演技を見せていたから、マークがうまく演じられないと心配する理由など何ひとつなかった。だが、あの日のイベントはたんなるプレビューではなかった。だから胃がきりきり痛んだし、たくさんのことが頭を駆けめぐっていた。とはいっても、マークが〈It Works〉を見事に歌いきったとたん、その心配は吹き飛んだよ。素晴らしい演技をしてくれた。最高の舞台だった」

アラン・シルヴェストリはこう話す。「あのとき、私の頭に何があったかって？　これはマークとは関係がないんだが、ロジャーがほんの一ブロック先のホテルにいることがわかっていながら、あの場にじっと座っているのがつらかった。だが、昔から言うように『ショー・マスト・ゴー・オン！』だ。そこで、ショーが行われた。それも実に素晴らしいショーだった！」

ロザンナ・ハイランドは言う。「3年間、このミュージカルに関わってきたあとで、あの夜は大きな達成に思えた。とうとうここまできたんだわ、と感慨深かった。ロジャーがいなかったのは本当に残念だったけれど、マーク・オックストビーが見事に期待に応えたことを祝わなくてはね！」

「本当に、特別な夜だった」ヒュー・コールズもうなずく。「コロナウイウルスのせいで公演中止に追いこまれたつらさ。いつ再開できるのかと待ちわびていたときの苦しみ。再び舞台に戻るまでの努力。僕らを信じて、足を運んでくれたお客さんたち。演劇の重要さと必要性を信じているからこそ、僕らはここに戻ってきた。文化活動のない人生など、つまらないものだという証(あかし)だよ。そうした感情のすべてが押しよせてきたからよけい、僕にとっては特別のウエストエンド・デ

右：プレス・ナイトの公演後、客席にいた〝有名人〟に肩を抱かれるマーク・オックストビー。

ビューとなった」

〝技術的にクリーン〟と評されたのと同じレポートには、この日、「素晴らしい、素晴らしい、素晴らしい……最高のオープニング・ナイトを成し遂げた全員を称えたい！」と書き記された。

第2幕、第12場

屋内。ロンドンのアデルフィ劇場──2021年9月13日の夜

ミュージカル《バック・トゥ・ザ・フューチャー》の最初の公式パフォーマンスがたったいま終わった。1500人の観客の前で、出演者全員がお辞儀をし、観客全員が歓声をあげ、足を踏み鳴らしている。出演者がふたつに分かれ、7人の男が舞台へと上がっていく。ボブ・ゲイル、ロバート・ゼメキス、アラン・シルヴェストリ、グレン・バラードが舞台中央に、ジョン・ランド、コリン・イングラム、クリストファー・ロイドが、舞台の片側に立つ。全員が頭を下げたあと、意気揚々と互いの手を掲げてから、ゲイルにマイクが手渡された。ゲイルが舞台の前に進み出て、まだ歓声をあげている観客に挨拶をした。

ゲイル
みなさん、ライヴ・パフォーマンスへ、おかえりなさい！ ロンドンのウエストエンドの復活の一端を担ったことを、われわれ全員が光栄に思っています。
15年ほど前、ロバート・ゼメキス、アラン・シルヴェストリ、グレン・バラードと私は、ある夢を見ました。『バック・トゥ・ザ・フューチャー』をミュージカルにする夢です。なんの見返りも求めず、純粋に好きだからという理由で決意した仕事でした。そのときわれわれは、映画が定めた高い基準に達しないとわかった時点でこのプロジェクトは中断しよう、とお互いに誓いました。「まあまあ」という選択肢は、われわれにはありませんでした。
その結果は、今夜みなさんが目にしたとおりです。あらゆる面で、われわれの夢をはるかに超えるミュージカルになりました。それも、映画『バック・トゥ・ザ・フューチャー』が定めた基準が、このプロジェクトに関わった全員に、最善をさらに超えた力を尽くすためのインスピレーションを与えてくれたからこそです。

ゲイルは向きを変え、一座を順番に示していく。

ゲイル（続けて）
素晴らしいキャストをはじめ、驚異的な制作クルー、優秀なミュージシャンと音楽チーム、度肝を抜くような演出を成し遂げてくれた素晴らしいジョン・ランド、そして、そのすべてを支えた、われらの疲れを知らぬプロデューサーのコリン・イングラムと、信じることをやめ

なかった彼のパートナーのみなさん。
そう、この作品を夢を見る人々に捧げます。私やあなたのような夢を見る人々に。みんな、大きな夢を抱こう！ 現在の状況では、これまで以上にそうする必要があります。
ありがとう。そしておやすみなさい。

さらなる歓声があがり、音楽が高まり、オーケストラが〈Back in Time〉のコーラスをもう一度奏でる。舞台にいる誰もが踊り続け、抱き合い、微笑み、笑っているところに幕が下りてくる。

すべてが終わってから、オックストビーは楽屋でひとり、その夜のことを思い返していた。「その日初めてひとりきりになって、その瞬間を噛みしめていた。自分が（みんなの助けを得て）達成したことが心から誇らしかった。私は『あらゆる出来事に理由がある』という格言を心から信じている。もう少しでこの仕事を引き受けないところだったが、受けたのには理由があったんだ。自分が主演したこの夜の公演がウエストエンドの歴史と《バック・トゥ・ザ・フューチャー》の歴史の一部として刻まれるなんて信じられない！ クレイジーとしか言いようがない！」

一方、ロジャー・バートは「心の底からがっかりした」と率直に語る。「とにかく舞台に立って、公演の再開を祝いたかった。みんなとあの夜の経験を分かち合えなかったことは

本当につらかった」とはいえ、コロナウイルスに感染しているとわかったのが本番当日だったために延期が不可能だったことはもちろん、理解しているという。「コリンは、このミュージカルにとって正しい決断を下した。幸運にも私は順調に回復し、ありがたいことに、1週間後には本番をこなすことができた」

その夜ドク・ブラウンの白衣を着たマーク・オックストビーについて、バートは友人である彼の素晴らしい演技を手放しで称賛した。「マークは急遽代役を言い渡され、自分の直観を信じなくてはならなかった。それだけじゃない、あの日はワールド・プレミアでありプレス・ナイトだったから、スーツを着たお偉方がたくさん出席していた。肝が冷えるような経験だったにちがいない。マークはみんなの愛を感じたはずだし、称賛に値するパフォーマンスを披露した。マークのために嬉しく思うよ。ほぼリハーサルなし、準備期間もなしで彼が素晴らしい演技をし、ミュージカルを成功させたことも嬉しく思っている」

9月15日、プレス・ナイトの2日後、今度はマーク・オックストビーがコロナウイルスに感染し、時空連続体においては、いつ何が起こるかわからないことが証明された。その週の残りの公演はキャンセルされた。

再び、レビュー掲載!

プレス・ナイトの翌日、メディアはこぞって前夜の予期せぬ出演者交代を報じた。ロジャー・バートは、ほとんどが自分自身とは関係のない内容だということは理解していた。「とにかく、あらゆるところで取りあげられていた。コロナにかかって1週間私が出演を休んでいたとき、ブロードウェイやロック業界だけでなく、トークショー番組のホストたちも次々にコロナに感染していた。みんながコロナにかかっていた時期だったんだ。われわれはみな、注意深く状況を観察していた。健康をおびやかさない形で演劇界が復活できるのか、みんなが知りたがっていたんだ」

どんな逸話があっても、プレス・ナイトの翌日はレビューの掲載日と決まっている。〝気が散るニュース〟はあっても、その伝統は変わらなかった。一座がマンチェスターで経験したように、《バック・トゥ・ザ・フューチャー》は観客と評論家の心を揺さぶり、彼らを感動させ、楽しませ、興奮させた。

「核反応炉よりエネルギッシュなこの舞台を、どう評したらいいものか?」

★★★★★
——デイリー・メール紙

「演出家のジョン・ランド、振付師のクリス・ベイリー、デザイナーのティム・ハトリーが、ほぼノンストップの現実逃避エンターテインメントを作りだした」

——イヴニング・スタンダード紙

「グレート・スコット! 80年代の名作映画から作ったこのミュージカルがうまくいくはずはないのに——とんでもなく素晴らしかった」

——テレグラフ紙

「最高の夜を約束してくれるミュージカル」

★★★★
——LondonTheatre.co.uk

「ミュージカル《バック・トゥ・ザ・フューチャー》は、最初から最後まで、五感を大いに楽しませてくれる」

★★★★★
——LondonTheatre1.com

大好評!

関係者の多くがレビューに関心を示したものの、全員がとりわけ知りたがったのは、マイケル・J・フォックスとクリストファー・ロイドはどう思ったか、だった。

「ボブ・ゲイルから初めてミュージカルの案を聞いたのは、『バック・トゥ・ザ・フューチャー』の何周年記念かのイベントのときだった。面白いアイデアだと思ったよ。アラン・シルヴェストリもその場にいてね。でも、それがロンドンで上演されるというのは聞いた覚えがなかった」とマイケル・J・フォックスは回想する。

世界各地で猛威を振るうパンデミックにより、フォックスはイギリスでのプレミアに足を運ぶことができなかったため、送られてきたリハーサル映像で初めて観た。フォックスが最初に感じたのは、この作品がまぎれもなく『バック・トゥ・ザ・フューチャー』であることだった。BTTFの名を借りてやりすぎてもいなければ、逆に漫画のような作風にもなっていない。フォックスは、その絶妙な加減を守りながらゆうゆうと演じきった出演者たちに称賛を送った。「観る前は心配だったんだ。(俳優たちが)僕らの演技に縛られるんじゃないか、僕らの動き方や仕草を真似しようと必死になるんじゃないか、とね。ほら、あの映画のキャラクターたちの動きは特徴があって有名だし、台詞と同じくらい重要な要素だったから。キャストはみな、自分たちが自由に演じられる部分では、しっかりと自分なりの味つけを加えていた。本当によくできていた」

ミュージカルの映像を観たあと、マイケルはすぐにボブ・ゲイルにメールを送り、ゲイルはそれを一座とシェアした。「とても素晴らしいミュージカルで、まだ興奮している。驚異的なキャスト、効果的な物語編集、優秀な舞台技術と特殊効果によってBTTFの体験そのものを見事捉えている。役者はみな非の打ち所がなく、オリジナル映画の僕らと同じエネルギーと情熱を持って演じていた。音楽は、ヒューイ・ルイスの歌からアラン・シルヴェストリのスコアや新曲、大がか

りなミュージカル・ナンバーまで、何もかも最高だった。まさに奇跡のような出来栄えだ。関係者全員におめでとうと言いたい。間違いなくヒット作になるぞ！」

フォックスは、ボブ・ゲイルがこれまで受けた多くのインタビューで『バック・トゥ・ザ・フューチャー』はどういう映画かと訊かれていたことを思いだし、こう語った。「彼はいつもこう答えていた……『コメディで、タイムトラベルの映画だ』と。それから、最後にこう付け加えたことがあった。『ミュージカル・コメディさ！』とね。そしていま、実際にそうなった。しかもとびきりのミュージカル・コメディだ！」

クリストファー・ロイドは2019年10月にマンチェスターに足を運び、マスコミの発表イベントでデロリアン・タイムマシンの鍵をロジャー・バートに渡したとき、すでにミュージカルの一部を観ていた。その日、オリー・ドブソンと出演者によるミュージカル・ナンバーのサンプルを聴いたロイドは、すっかり興奮し、もっと聴きたいと思った。その後、映画の仕事でマンチェスター公演を見逃したため、プレミア公演ではぜひ、アデルフィ劇場の1階席（オーケストラ・セクション）をふたり分予約してほしいとボブ・ゲイルに頼んでいた。

ロイドが初めてこの役を演じてから35年間、ドク（BTTFのアニメ・シリーズでダン・カステラネタが声を担当したが、各エピソードに関連したライヴアクションのショート・エピソードには必ずロイドが出演した）を演じた者はほかにひとりもいなかったから、自分が演じたキャラクターを他人が演じるのを見るのは、めったにない経験となった。「何年も前にボブに聞いてからずっと、このミュージカルを楽しみにしていたんだ」ロイドは語る。「ボブ・ゲイル、ロバート・ゼメキス、アラン・シルヴェストリ、グレン・バラードが制作陣に名を連ねているとあって、素晴らしい作品になるという確信はあった。彼らが『バック・トゥ・ザ・フューチャー』の名に相応しいと判断しなければ、このミュージカルが生まれることはなかったはずだからね。映画は誰もが想像もしていなかったほど根強い人気を誇っているし、いまでもファンが多い。このミュージカルは完璧な姉妹編だ。これ以上の出来はない、と言えるほどよくできている。独立した息の長い作品となるだろう」

クリストファー・ロイドは、ウエストエンドの公演初日、舞台上のドクター・エメット・ブラウンについて、どう思ったのか？「マーティ・マクフライが1885年に見たとおりさ——ドクは踊れるんだ！　それに、歌えるんだよ！」

上：映画のワンシーン。未来に戻る前にドクに手紙を書くマーティ（マイケル・J・フォックス）

〝誰が誰を演じてるって？〟

　新型コロナウイルスに感染して一時的に公演を休むことになったのは、ロジャー・バートだけではなかった。演劇やミュージカルでは常に主演キャストに予備の代役がいるが、その誰も満員の劇場で脚光を浴びて演じられる保証はない。

　1週間公演中止になったあと《バック・トゥ・ザ・フューチャー》が再開されたとき、出演者のあいだで新型コロナウイルスが大流行した。ほぼ全員の俳優、アンサンブル、スウィングのメンバーが、なかには二度もコロナに感染し、様々な役者が別の役を演じることになった。

　幸運にも、ジョン・ランドは野球の監督のように、いつでも代役を務められる才能あふれた〝控え選手をたっぷり〟用意していたため、アデルフィ劇場の扉を再び閉ざすことなく公演を続けることができた。どの俳優がどの役を演じることになろうと、どれほど準備期間が少なくとも、彼らは毎回、大興奮の観客をめいっぱい楽しませた。

オリジナル・キャストのレコーディング

　ロンドンの公式ワールド・プレミアの翌朝、アラン・シルヴェストリ、グレン・バラード、ニック・フィンロウは、1992年に伝説的なビートルズのプロデューサーのジョージ・マーティンによって最新鋭のレコーディング施設に改修されたロンドン北部の古い教会、AIRスタジオズに向かった。それから数週間、3人はオリジナル・キャストが歌うミュージカル・アルバムのレコーディングを行った。

　まず、オーケストラ・トラックのレコーディングから始まった。レコーディングでは、公演を担当したオーケストラに弦楽器奏者が何人か追加された。「劇場では、効果音や雷鳴や稲妻がその体験の一部だ」シルヴェストリは説明する。「アルバムにはそうした効果音はまったく入らないから、演奏者を追加し、あらゆる要素をもう少し明瞭にして、すべての音がわれわれの望むとおりに聞こえるようにした」その後の数週間、出演者とアンサンブルのボーカルパートがオーケストラ・トラックに加えられた。できあがったアルバムは、制作陣が誇りを持ってファンに届けられる作品となった。「たいていは1日たったの1500人しか、このミュージカルを経験することができないが、キャストによるミュージカル・アルバムがあれば、世界中の人々にこの経験を身近に感じてもらえる。そして、この作品がいつか彼らが住む国々で上演されるときには、劇場に足を運び、ライヴ・パフォーマンスとして体験したいと思ってもらえるかもしれない。私はそう願ってアルバムを作っているよ」

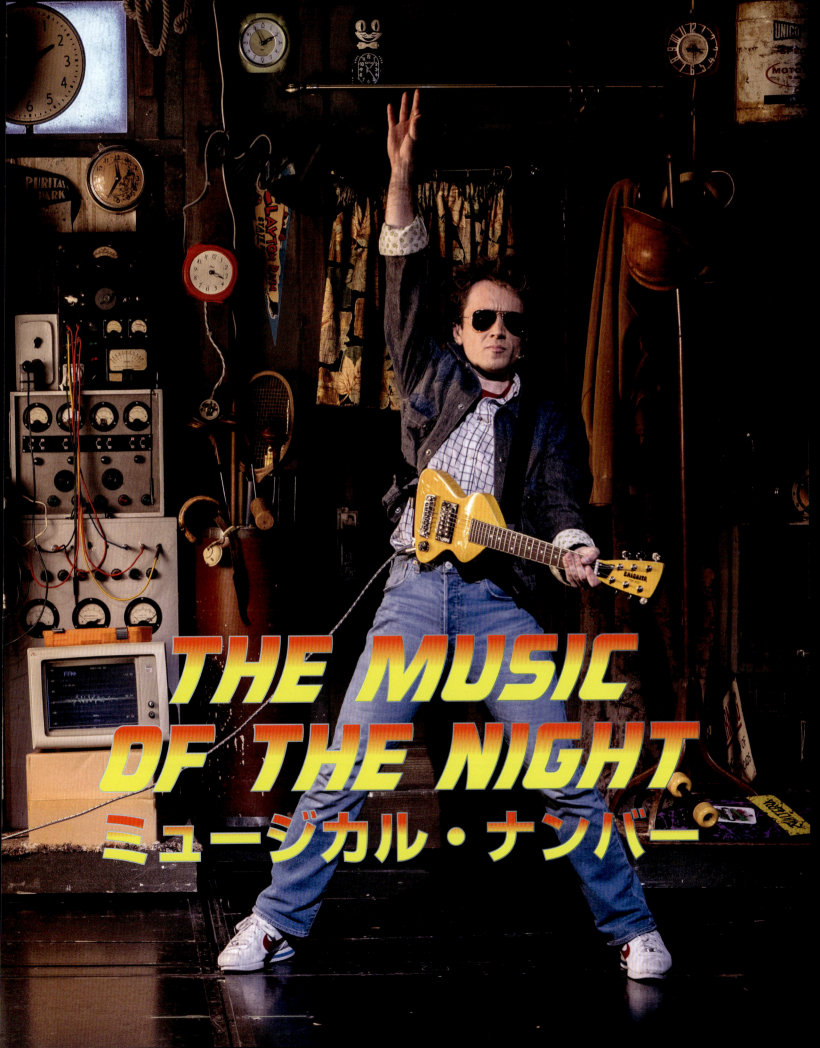

第 1 幕

〈Overture〉（序曲） ………………………………………………………………オーケストラ

第 1 場：ドク・ブラウンの研究室── 1985 年 10 月 25 日

第 2 場：ヒルバレーの時計台広場

〈It's Only a Matter of Time〉 ………………………………マーティ、ゴールディ、アンサンブル

第 3 場：バンドのオーディション

〈The Power of Love〉（短縮版） ……………………………………………マーティとピンヘッド

第 4 場：ヒルバレーの時計台広場

〈Wherever We're Going〉 …………………………マーティ、ジェニファー、時計台のおばさん

第 5 場：マクフライ家

〈Hello, Is Anybody Home？〉 ……………………マーティ、ジョージ、ロレイン、デイヴ、リンダ

第 6 場：ツイン・パインズ・モール駐車場

〈It Works〉 ………………………………………………ドク、マーティとデロリアン・ガールズ

第 7 場：納屋── 1955 年 11 月 5 日

第 8 場：ヒルバレーの時計台広場

〈Cake〉 …………………………………時計台のおばさん、レッド・トーマス市長、アンサンブル

第 9 場：ルウのカフェ

〈Got No Future〉──リプライズ ……………………………………………………………マーティ

〈Gotta Start Somewhere〉………………………………………………ゴールディとアンサンブル

第 10 場：ベインズ家

〈My Myopia〉 ………………………………………………………………………………ジョージ

第 11 場：ロレインの寝室

〈Pretty Baby〉 ……………………………………ロレインとロレイン・ベインズ・トリオ

第 12 場：ドク・ブラウンの研究室（1955年）／納屋

〈Future Boy〉 …………………………………………………マーティ、ドクとアンサンブル

第 13 場：ヒルバレー高校の外

第 14 場：高校の食堂

〈Something About That Boy〉 ……………………………ロレイン、ビフとアンサンブル

（2021 年 9 月 12 日の公演より）

Overture
【オーバーチュア（序曲）】

ミュージカルのオープニングでかかる〈Overture〉（序曲）には通常、劇中を通して登場する楽曲やテーマの断片が使われる。グレン・バラードとアラン・シルヴェストリは、ミュージカルのために20曲近いキャッチーな新曲を創作した。そのどれも、第1幕の冒頭で観客を引きこむ軽快なオーケストラ・アレンジに相応しい楽曲だった。

しかし、ジョン・ランド、バラード、シルヴェストリ、ボブ・ゲイル、コリン・イングラムは様々な変更や修正を行うのに忙しく、冒頭でどの楽曲を観客に聴かせるかに関しては、ほとんど話し合っていなかった。そして、マンチェスター・オペラハウスでリハーサルが始まったとき、〝制作陣〟は、その点に関してすでに多くの仕事が終わっていたことに驚いた。

編曲者のブライアン・クルックとイーサン・ポップの仕事には、通常のオーケストレーション作業に加えて、ヴァーチャル・オーケストラに匹敵する楽器の音を〝収めた〟コンピュータ・サーバーとライヴ・ミュージシャンのサウンドを組み合わせるという前述のコンセプトが舞台で使えると証明することも含まれていた。そのためには、実験台となる曲が必要だ。

2014年、アラン・シルヴェストリはロバート・ゼメキスとボブ・ゲイルの許可を得て、コンサート・ホールで映画を上映し、映画に合わせて音楽部分をオーケストラで生演奏する「inコンサート」と呼ばれるイベントを開催した。そのさい、オリジナルスコアがない最初の20分間の空白を埋めるため、シルヴェストリは〈Overture〉を含めた音楽を追加で作った。響きを試すための〝実験台〟としてクルックとポップに選ばれたのが、この〈Overture〉である。

「ブライアンと私は、なるべくスケールの大きい〝華麗な〟曲を使いたかった」イーサン・ポップはそれまで一度も試されたことのない革新的なアプローチについて、こう語る。「そこで、『inコンサート』シリーズのためにアランが作った〈Overture〉を使おうと決めた。あの曲は必要な条件をすべて満たしていたし、当時、劇中でメイン・ファンファーレとテーマは使われていなかったからね」

素晴らしいサウンド・システムで再現された〈Overture〉が、ジッツプローベ（本番前の通し稽古）でキャストとクルーに披露されると、満場一致でこのミュージカルに使うことが決まった。

ショーの始まりを告げるアラン・シルヴェストリの壮大な旋律――『バック・トゥ・ザ・フューチャー』を愛する人々とミュージカル・ファンを迎えるのに、これ以上相応しいものはない。

ニック・フィンロウ
アラン・シルヴェストリは、ブライアン・クルックとイーサン・ポップが〈Overture〉を新たなサウンド・システム用に準備していたことを知らなかったため、楽譜を開いてそのアレンジを見たときに、「これを演奏するのか？」と尋ねた。実際に初めてのオーケストラ・リハーサルでこの曲を聴いたときは仰天していたよ。僕らは、必ずしもミュージカルのなかで使うつもりだったわけじゃない。観客が席を立つときに流してもいいかもしれない、くらいの気持ちだったんだ。だが、アランはきっぱりとこう言った。「冒頭に持ってくるべきだと思う」とね。そのとおりだった。

It's Only a Matter of Time (My Future)
【時間の問題だ（僕には未来がある）】

制作の比較的初期に決定されたとはいえ、マーティが人生観について打ち明ける歌の調性を暗い短調から明るい長調に変更する作業は、完成までに数か月を要した。調性を変えはじめた時点で、このナンバーの問題点がすべて明らかになった。ヒルバレーの住民が、町の衰退と暗い人生について歌い、マーティが怒りを抱えるひねくれた10代の青年として描かれる点である。唯一前向きなのは、当選したらヒルバレーに素晴らしい未来をもたらすと約束する市長候補のゴールディ・ウィルソンだけだ。

ミュージカルの経験者全員（ジョン・ランド、コリン・イングラム、グレン・バラード、クリス・ベイリー）が主張するように、作品の雰囲気はオープニング・ナンバーで確立される。不機嫌なマーティ・マクフライではうまくいかないことは明らかだった。しかし、マンチェスター公演が幕を開けたときには、観客は楽観的で活気があり、磁石のように人を惹きつけるマーティ・マクフライと、活力にあふれた明るいアンサンブルに迎えられた。

一から曲全体を作り直すのではなく、魅力的な音楽とリズムを保ったまま必要な変更を加えることができたのは、バラードとシルヴェストリの手腕と才能の賜物（たまもの）だった。

ボブ・ゲイル

〈It's Only a Matter of Time〉の曲調に関してわれわれ全員が近視眼的な見方をしたのは、映画に捉われすぎたことが原因だと思う。気が滅入るバージョンでは、1985年の時計台広場にマーティがいる映画のシーンの風景や住民を参考に作曲を練ったんだが、これはマーティの物語だ。そう思って、歌の内容を町ではなくマーティに変更した。

グレン・バラード

最初は、ブロードウェイでよくやるようなアンサンブル・キャストをひとりひとり紹介する形式のミュージカル・ナンバーにするつもりだった。1985年の時計台広場を登場させ、キャストのほとんどをそこでお客さんに見せる──別の役柄を演じているキャストもいるかもしれないが、たくさんの出演者がいることはわかっていたし、ダンス・シークエンスによって1985年だということをはっきり伝えられるからね。

第2場：屋外。ヒルバレーの時計台広場 ── 1985年、昼間

広場には、ヒルバレー裁判所（現在は社会福祉局）があり、正面上部の破風にある黒焦げの時計は、10時4分を指したまま止まっている。その上には、ねじ曲がった避雷針がある。広場にいる町の住民がそれぞれ日課をこなすなか、マーティが歌いながら加わる。

マーティ
まわりを見まわす
ここにあるどんなものも、僕の邪魔はできない
今日はすごくラッキーな日だって気がする
成功してみせる。スケボーで颯爽（さっそう）と駆け抜けるんだ

ラジオで僕の歌が流れる
どこに行っても気づかれる有名人になる
まもなく実現する
僕は MTV に出るんだ

マーティ
未来をロックする
（僕は）負け犬じゃなく勝者だ
誰がなんと言おうと
それは実現する
僕には未来がある
流されるんじゃなくて自分がやるんだ
僕はなりたい人物になる
歴史に名を残すロックンローラーに

今日は、日課の繰り返しじゃなく
新しい日だって気がする
ついに、僕はやりたいようにやるんだ

そうさ！

完璧な未来
シェイクしてムーヴしろ
すべての音符をきちんと奏でる
トレブルやベース音たっぷりに

僕は未来をロックする
これ以上クールなことがあるか？
ギターを弾けば
悩みはすべて吹き飛ぶ

町の住民

誰がなんと言おうと
それは実現する

なりたい人物になる
ロックンローラーに

オ──オ──
オ──オ──
オ──オ──
素晴らしい見とおしだ
そうさ！

すべての音符をきちんと奏でる
トレブルやベース音たっぷりに

ギターを弾けば
悩みはすべて吹き飛ぶ

ゴールディ・ウィルソン（50歳）が、数人の選挙運動員を従えて舞台に登場する。彼らは、ゴールディの金色の大きな前歯が見える写真が貼られた、〝ゴールディを市長に〟という大きなプラカードを掲げている。ゴールディが即席の街頭演説台に飛び乗る。

ゴールディ・ウィルソン
私に投票してください！　ゴールディ・ウィルソンを市長に！　進歩的な私の行政計画なら、雇用の機会を広げ、税金は減り、人々の暮らしがぐんと改善します！

進歩を求めるなら
私に投票してくれ
チャンスがもらえたら
市民に忠実に仕えるとも
もっと明るい未来が訪れると信じている
ヘイ、私はまず床をはく仕事から
スタートしたんだ

クリス・ベイリー
　オープニング・ナンバーというのは常に難しいものだ。ミュージカル全体の雰囲気がそれで決まってしまう。まず、ニューヨークで3日間かけて、18人のダンサーを使ってダンス・ルーティーン（振付）をひとつ試してみた。マーティが鬱々として人生に怒りを抱えているバージョンだ。われわれのスターが披露する最初のナンバーがネガティヴであってはならないと思ったので、ワークショップのためだけに、歌詞を少しいじって「I'll rock my future（僕は未来をロックする）」として振り付けた。マーティが最初は元気いっぱいだが、そのあとオーディションを受けてどーんと谷底に落ちる、というバージョンだ。それを見に来たジョン（・ランド）がまったく気に食わないと言うんで、暗いバージョンで進めた。それからロンドンに戻って、暗いバージョンを披露すると、「なあ、ひょっとするときみが正しかったかもしれない。明るいバージョンで振付をしてくれないか？」とジョンに言われた。

アラン・シルヴェストリ
　ほかの登場人物のほとんどをここで紹介するアイデアはボツになったが、われわれは常にゴールディ・ウィルソンにスポットライトを当てるべきだと思っていた。映画ではほとんど台詞がない端役だったが、ボブ・ゲイルとロバート・ゼメキスは、ゴールディがこの物語の柱となるキャラだと考えていた。ゴールディは変化を象徴しているからね。市長に立候補するとゴールディに歌わせるのは、グレン（・バラード）のアイデアだった。

グレン・バラード

映画では、言いたいことを伝えるのに90分ほどしかない。ミュージカルでは、もう少し長く時間をかけられる。ゴールディ・ウィルソンが人間としてどういう変化を遂げていくのか、それを描きたかった。まず1985年、彼は「私に投票してくれ」と歌う。市長に立候補し、物事を変えていこうとしているんだ。1955年、われわれは下働きの彼のなかに可能性が芽生えるのを目にする。そして1985年に戻ると、彼は実際に市長になっている。それに、セドリック・ニールを登場させるチャンスは活用しなきゃ損だ！

ニック・フィンロウ

ミュージカルの見どころという点からも、グレン（・バラード）、アラン（・シルヴェストリ）、私は、セドリック（・ニール）の歌声をできるかぎり早く披露したかった！

セドリック・ニール

このナンバーも含めて、自分の歌には大いに満足している。ワークショップでは、ゴールディの歌うパートにいくつか異なるバージョンがあった。最初のはたしか、「進歩を求めるなら私に投票してくれ、チャンスをくれよ。忠実に仕えてみせる。明るい未来が、来ると信じている。白人にとってだけじゃなくてね……」という歌詞だった（笑）。

ゴールディ

なぜって、時間の問題だ
いまにも繁栄の鐘が鳴り響く
私たちは新たな日の一部となる
その日がようやく実現する
私が率先し、その進歩を成し遂げてみせる

マーティ

僕は第4の壁を
突き破る

僕は飛んでる。落ちることはない

見通しは最高
そうさ！

さあ、未来よ
ターボ・ブースターで進もうぜ
お気楽にシートベルトを締めて
どこへでも、連れてってくれ

僕の未来を書いてくれ
サイモン&シュスター社のために
伝記を書いて、僕がどうやって
ロックスターになったか記してくれよ

時間の……

そう、僕はこの町を
出ていくんだ
僕は自分の目指す
最高の未来を手にする！

時間の問題なんだ！

町の住民

オ——オ——
オ——オ——
オ——オ——
オ——オ——
ウォ——

時間の問題だ

最高の新たなパラダイム

時間の…
そう、時間の…
見通しは最高
そうさ！

さあ、未来よ
ターボ・ブースターで進もうぜ
お気楽にシートベルトを締めて
どこへでも、連れてってくれ

僕の未来を書いてくれ
伝記を書いて、僕がどうやって
ア——ア——！

だって、時間の問題だ
時間の
時間の問題だ。

なんて未来だ！
これが彼の未来だ！
時間の問題なんだ！

グレン・バラード
　アラン（・シルヴェストリ）と私は、マーティ・マクフライがどういう人間なのかを手早く紹介するために、"Got My Future"（僕には未来がある）の部分を書いたんだ。いわゆる、「僕はこういう人間です」的な歌だよ。修正された歌ではマーティがぐんと楽観的になり、そのぶんオーディションの失敗がインパクトを増している。そして"Got My Future"のリプライズで、歌詞を"I've Got No Future"（僕に未来はない／僕はものにならない）と変えることにより、その失望をさらに強調しているんだ。

ジョン・ランド
　どういう歌にすべきかを決めるのに、しばらくかかった。それから、オーディションに合格してみせるという決意の固さを伝える必要があると気づいた。マーティが音楽で成功すると心に誓っていることをね。オーディションですごい演奏をして、会場の人々にロックをぶちかます。成功の階段を上がろうとしている、それが彼の人生だ。ところが、ストリックランドが一気にその夢をぶち壊す。

Wherever We're Going
【ふたりがどこに行こうとも】

　2017年の楽曲ショーケースで初めて披露された〈Wherever We're Going〉と〈It's Only a Matter of Time〉のハイブリッド版の楽曲は、ドミニオンで行われた最初のリーディング公演でも、その形のまま留まった。それから、およそ60日後の日付が書かれた台本の草稿で、修正を加えられたナンバーの最初のひとつがこの歌だった。オープニング・ナンバーの〈It's Only a Matter of Time〉と〈My Future〉をよりバランスの取れたバージョンにすること、また〈Wherever We're Going〉から〈It's Only a Matter of Time〉を削除し、前者を引き延ばして単体の楽曲にすることに関しては、何度も話し合いが行われた。

　台本のなかでこの歌が挿入された箇所は、映画のシーンとほぼ同じだった。どちらの場面も、マーティがオーディションで不合格になり、すっかり落ちこんで励ましを必要としている直後である。ミュージカルの〝歌〟は、映画の〝クローズアップ〟の役目を果たす。ジェニファーとマーティが強く愛し合い、お互いを支え合っていることを示す場面が、〝歌によるクローズアップ〟に最適であることは明らかだった。

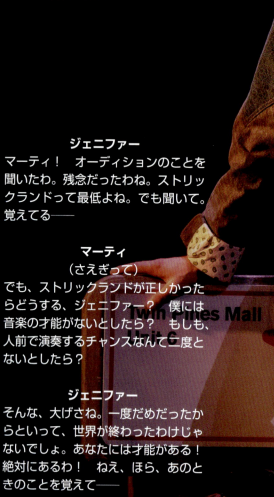

グレン・バラード
　制作初期、僕らはまず映画の脚本を読み直し、「どのキャラクターに歌わせるか?」を検討した。映画では、車で湖に行こうと話すシーンがさりげなく描かれている。舞台では、もっと感情を表現するシーンにしたかったので、ふたりのために歌を書いた。映画の脚本をもとにして書いた歌は、これがふたつ目だ。この歌が、マーティとジェニファーの関係を確立している。

ジェニファー
マーティ! オーディションのことを聞いたわ。残念だったわね。ストリックランドって最低よね。でも聞いて。覚えてる——

マーティ
(さえぎって)
でも、ストリックランドが正しかったらどうする、ジェニファー? 僕には音楽の才能がないとしたら? もしも、人前で演奏するチャンスなんて二度とないとしたら?

ジェニファー
そんな、大げさね。一度だめだったからといって、世界が終わったわけじゃないでしょ。あなたには才能がある!絶対にあるわ! ねえ、ほら、あのときのことを覚えて——

マーティ

ジェニファー、もしこれが、僕が成功できない証拠だとしたら？　これ以上、挫折には耐えられないよ。（ため息をついて）ちくしょう、この言い方……親父に似てきたな。

ジェニファー

（ベンチでマーティの隣に座って）
人がなんと言おうと気にしないで
彼らの意見なんて関係ない
しっかりと地に足を据えて
別の方向を見なきゃだめよ

あなたが夢を持たなければ
他人にどういう人間かを決めつけられる
時間をかけて、自分がなれる人物に
ならなきゃだめ
それに、私にとってあなたは
とても大切な存在よ
これからいいことが起こりそうな気がする

私たちがどこに向かおうと
私はかまわない
未来を知る方法はない
どうなるかは、そのうちわかる
いつか、どういう未来になるかはわかるわ
私たちがどこに向かおうと
かまわない
かまわないの、かまわない
私はかまわない

だから聞いて──

突然、時計台のおばさんがふたりのあいだに割りこみ、募金箱を振りながら時計台を指さす。

時計台のおばさん

時計台を守り、改修しましょう！　私たちの町がいつ廃れたか知ってる？　30年近く前、1955年の11月12日、土曜日の夜よ！　あの日、10時4分に時計台に雷が直撃して、時計が黒焦げになったの！　ここにすべて書かれているわ！

時計台のおばさんが〝時計台を救いましょう〟と書かれたチラシをふたつに折り、マーティのポケットにつっこむ。

時計台のおばさん

時に縛られたヒルバレーを解放しましょう！

ボブ・ゲイル

　ふたりの歌を入れるのに最適なシーンだ。オーディションのあとすっかり落ちこんだマーティは励ましを必要としているし、希望を持つ必要がある。その両方を、ジェニファーが差しだすんだ。レコード会社の社長を務めるジェニファーのおじのヒューイというキャラを作って、マーティの出るオーディションを聴きにヒルバレーを訪れる設定にした。面白いんじゃないかと思ってね。また、ジョン・ランドには、オープニング・ナンバー〈It's Only a Matter of Time〉に出てくる、時計台のおばさんの「雷が時計に落ちる」という歌詞をこの歌に移動して、台詞に変えてはどうかと提案された。

ジョン・ランド

　時計台のおばさんはもともと、時計台広場で繰り広げられるオープニング・ナンバーで雷が時計に落ちると歌う予定だったが、それでは少しわかりにくい気がした。〈Wherever We're Going〉に入れれば時計台の説明にもなるし、マーティにチラシを渡すプロットポイントにもなる。それに、マーティとジェニファーというふたりの若者のロマンチックなシーンが中断される映画の構成とも一致する。

コートニー・メイ・ブリッグス

　私がジェニファーとして登場するのは、アンサンブルの一員として大掛かりなオープニング・ナンバーを終えた直後なの。それから突然、3曲目が始まり、マーティと私にスポットライトが当たる。ふたりの関係を伝える重要な場面だから、難しかったわ。〝スローテンポのバラード〟だからよけいに。それで、陽気な調子と、茶目っ気のある感じを保とうとしたの。お互いをどれだけ愛しているかを打ち明け、あなたならできると信じている、と歌うわけだから。

オリー・ドブソン
　このシーンも、観客が『バック・トゥ・ザ・フューチャー』だと感じる場面だ。ストリックランド先生にマーティがけなされるおなじみのシーンのあと、これまた映画で印象的だった、落ちこんだ彼氏を慰めるガールフレンドが登場する。ジェニファーはマーティを励まし、観客はふたりが愛し合っていることを知る。愛らしくて心が弾むような曲だよ。ふたりは一緒にいる時間を楽しみ、高揚した気持ちで帰宅するんだ。

コートニー・メイ・ブリッグス
　実は、この歌の前に、大急ぎで衣装替えをしなきゃならなかったの。オープニング・ナンバーでは、腕にフィッシュネットを付け、レオタードを着て、きついブーツを履いていたから、かつらを替えて、ハイウエスト・ジーンズといったジェニファーらしい衣装を、それこそ一瞬で着替える必要があった。急いで着替えてあわてて飛びだすような形でのシーンを演じたのよ。うまくいったのは、ジェニファーが走りこんでくる設定だったからだと思う。せわしなさがちょうどよかった。アドレナリンが出るような目まぐるしい衣装替えは大好きなの。

マーティ
（募金箱に硬貨をひとつ入れて）
わかった、カンパするよ。

時計台のおばさん
ありがとう！
（通りすぎたジョギング中のふたりを追いかけて…）
時計台を救いましょう！
時計台を救いましょう！

ジェニファー
ねえ、今度こそ聞いて。以前、ヒューイおじさんの話をしたのを覚えてる？

マーティ
ロサンゼルスの？　レコード会社で働いてるんだよね？

ジェニファー
（うなずいて）
そう、おじさんが今夜、ヒルバレーに来るの。あなたたちの演奏を聴きたいって言ってるわ。

マーティ
ほんとに？

ジェニファー
明日の正午よ！

マーティ
まじで、ほんとに？

ジェニファー
あなたが素晴らしいミュージシャンだって話してあるの。私を嘘つきにしないでね。

マーティ
ジェニファー、きみって最高だよ！
（ふたりはキスをする）

ジェニファー
あなたのことは
誰よりもよくわかってるの
あなたは私の大切な人
はじめたことを終わらせましょう
ほら、私に曲を書いてちょうだい

マーティがカメラをつかみ、ふたりの"セルフィー"を撮る。ジェニファーはカメラから出てきたポラロイド写真を取り、ふたりはベンチの周りで踊るように動く。

ジェニファー
私には聞こえる
あなたが私に歌ってくれるとき
そばにいたいの
私が見たいのはあなた
はっきり言うわ
あなたは私のすべてなの
何かいいことが起こりそう

ジェニファー
私たちがどこに向かおうと
かまわない
何も知らないでいるのも、いいものよ
だってどこに行くとしても、一緒
未来は一緒
それが私たちの運命

かまわない、かまわない
かまわないのよ

私たちはふたりとも自分たちの
物語を紡ぎだす
いまは謎に包まれているけれど
心のなかでは、ふたりが
鍵を握っているとわかってる
私たちがどこに行こうと
かまわない、かまわない
かまわないの。かまわない
かまわない
私はかまわない

マーティ
僕たちがどこに行こうと
かまわない

だってどこに行くとしても、一緒
未来は一緒
それが僕たちの運命
どこに行こうと
かまわない、かまわない

どこに行こうと
僕たちはふたりとも自分たちの
物語を紡ぎだす
いまは謎に包まれているけれど
心のなかでは、ふたりが
鍵を握っているとわかってる
どこに行こうと
かまわない、かまわない
かまわない
かまわない
僕はかまわない

Hello, Is Anybody Home?
【もしもし？　誰かいるかい？】

　　ミュージカルの最初の数分間で、観客はマーティの激しい感情の変化を目にする。エネルギッシュで希望と夢に満ちた登場シーンから一転して、ストリックランド先生にオーディションから放りだされて打ちひしがれ、その後、恋人のジェニファーに励まされてすっかり元気を取り戻す。胸を弾ませて帰宅したマーティは、父のジョージ、母のロレイン、兄のデイヴィッド、姉のリンダに、再びどん底に突き落とされる。

ボブ・ゲイル

　ロバート（・ゼメキス）と私は、すっかりこの歌が気に入った。なんとも風変わりだからね。グレン（・バラード）とアラン（・シルヴェストリ）が、家族全員の不仲を絶妙に描いているし、キャラクターそれぞれにテーマがあるというアイデアもいい。キャラクターによってそのテーマが変わるのが、ミュージカルとして完璧に思えた。家族全員に別々の歌がある形式で練りあげていくうちに、みるみる改善され、最終的には多くの人の意見を取り入れて仕上がった。それぞれの歌が交錯するというアイデアは、とにかく素晴らしい。

グレン・バラード

　この家族のシークエンスは、アラン（・シルヴェストリ）と僕にとって重要なナンバーだった。マクフライ家の４人が舞台に登場し、テーブルを囲みながら自分がどういう人間なのかを歌う。いわば、４人の〝自己紹介〟の歌をひとつにまとめたわけだ。

ジョージ
おまえの言いたいことはわかってるよ。そのとおりだ。たしかにふがいないな。だが、ビフは上司だし、父さんは喧嘩が苦手なんだ。

マーティは観客と向き合い、ジョージが自分の器にピーナッツ・ブリットルを入れる。

マーティ
親父は、いくじなしだ
奴隷みたいに卑屈になって
規則に従う
もしもし？　誰かいるか？

完敗だ。希望も何もない
ふたりしかいないレースで
親父だったら３位になる
もしもし、誰かいるか？

ジョージ
マーティ、いいかい。オーディションなんか受けても時間の無駄だ。がっかりして、頭が痛くなるだけさ。私を見てみなさい……

ジョージ
私に野心なんかない
それに大きな夢もない
現状に満足している
私を放っておいてくれ！

たくさんお金があっても
頭が痛くなるだけだ
いい車も、ぱりっとしたスーツも
ぴかぴかのダイヤの指輪も必要ない

物事が複雑になるだけだから

成功は高く評価されすぎだ
大げさに誇張されているだけさ
私のマントラを聞きなさい
とにかく放っておいてくれ！

マーティ
もしもし、ハロー、誰かいるか？

兄のデイヴィッドが、ファーストフード店の制服を着て登場する。

デイヴィッド
父さんの言うとおりだぞ、マーティ。わざわざ頭が痛くなるようなこと、するなよ。

マーティ
ふん。ハンバーガー屋で店員をやってる兄さんに、人生の何がわかるっていうのさ？

デイヴィッド
俺さまこそ、男さ。
そうとも、俺さまの天職だ
聞いたか？
100億人のお客さんだ
すごいことだろ
しょっぱくて大満足
飽和脂肪たっぷりだ

俺はこう言えばいいだけ……

フライドポテトを付けますか？

わお、わお
俺は制服を着た男
帽子には、例のMのマーク
俺はこう言えばいいだけ……
フライドポテトを付けますか？

マーティの姉、小太りのリンダ（19歳）が登場し、デイヴィッドを見る。

リンダ
私のプリンスのCDを返してよ

デイヴィッド
フライドポテトを付けますか？

リンダ
それにウォークマンも。返して。

デイヴィッド
フライドポテトを付けますか？
答えが質問さ
音楽のように心地いい響き

みんなが店に戻ってくる
それに、これだけは確かだ
みんながフライドポテトをほしがるのさ

マーティ、デイヴィッド、リンダ、ジョージが夕食のテーブルにつく。ジョージは、上司のビフのために報告書を書きはじめる。

リンダ
ねえ、マーティ……？

マーティ
なんだい、姉さん？

リンダ
私はあんたの留守電サービスじゃないのよ。ジェニファー・パーカーから電話があったわ。2回も。

ロレインがミートローフを載せたお皿と、安物のウォッカのボトルを持って登場する。47歳という実年齢よりも老けて見える。不幸な生活のせいだ。

アラン・シルヴェストリ
観客の誰もが映画やバックストーリーを知っていると考えるほうが簡単だったが、初めの頃に、すでにそうしたキャラを知っている映画のファンにも楽しんでもらえるだけでなく、このミュージカルで初めて『バック・トゥ・ザ・フューチャー』を観た人にも重要な情報が伝わるシーンにしようと決めていた。加減が難しかったがね。

グレン・バラード
ボブ・ゲイルは、どうしてマーティが家族に反抗しているかがよくわかるように、この歌で家族のひとりひとりをしっかり描写すべきだと考えていた。もちろんマーティは家族を愛しているが、彼らに失望してもいる。その失望を示さなくてはならなかったが、同時に、映画と同様、1985年にさびれた郊外の町で暮らす彼らがどういう人間なのかも描きださなければならなかった。

オリー・ドブソン
マーティは自制心を失いそうなんだ。夢を叩き潰されただけでもショックなのに！ 最悪の1日だ。オーディションは大失敗に終わり、慰めてほしくても、恋人のジェニファーはもうそばにいない。しかも、家ではいつもどおり、誰も自分の言うことに耳を貸さない……ブチきれる寸前なんだよ。

クリス・ベイリー
　振付も工夫した。兄のデイヴィッドは、フライドポテトを使ってちょっとしたトリックをやるし、ジョージにはへんてこな体の動きをさせた。舞台に初めて姿を見せる彼らがお客さんに嫌われてはまずいし、哀れまれてもいけない。機能不全の家族ではあるが、どこか憎めないと思ってもらえるようにした。

ロザンナ・ハイランド
　マクフライ家のいつもの夜よ。父のジョージはピーナッツ・ブリットルを食べ、姉のリンダはデートの相手がいないと嘆き、デイヴィッドはマクドナルドの店員は世界最高の仕事だと得意満々、母のロレインはウォッカをあおってる。この歌全体が、マーティの家族がばらばらなことを示してるの。マーティは、〝誰かいるか?〟とむなしく呼びかける。みんなその場にはいるけど、実際にお互いの言葉に耳を傾けている者がいるのか、とね。それぞれが霞がかかった自分の世界にこもっている。マーティはそれに苛立っているの。

ヒュー・コールズ
　このナンバーの何が楽しいって、全員に何行かずつ歌う箇所があって、それ以外は、ふだんしていることを続けるところさ。まず、ビフとのピーナッツ・ブリットルのシーンがあり、そのあと息子のマーティに自分には野心も夢もないと歌う。父のジョージはそういう男だ。でも、大がかりなナンバーやダンスではない。そしてほかの誰かが歌っているときは、自分の世界にこもることができるんだ。

ロレイン
マーティ。私はあの娘が気に入らないわ。男の子に電話をかけてくるなんて、はしたない。

リンダ
やめてよ、ママ。男の子に電話をかけるのは、ふつうのことよ。

ロレイン
いいえ、女の子が男の子を追いかけるなんて感心しないわ。さあ、今日の夕食はミートローフよ。

リンダ
また⁉

ロレイン
私があなたの歳の頃は、男の子を追いかけたり、キスをしたり、駐車した車のなかで男の子とふたりきりになることなんか、一度もなかったのよ。

リンダ
それじゃ、どうやって男の子と出会うきっかけを作るの?

ロレイン
時が熟せば、自然とそうなるのよ。

リンダ
（立ちあがって）
ママはいつか起こると言う
お日様が昇って
星が輝きだすとね
でも私は家で
ぼうっと座ったまま
デートの相手が現れるのを待ってるだけ

ママは男の子に電話をしたことも
追いかけたことも、
キスをしたこともないと言う
私にどうしろっていうの?
ママに私の気持ちなんてわかりっこない

私はただ
私はただ
私はただデートしたいの

ロレイン
辛抱しなさい、リンダ。そのうち自然ときっかけが訪れるわ。私がパパと出会ったみたいに。

リンダ
ばかばかしい!　パパは、ママの家の前で木から落ちたんでしょ!

ロレイン
運命だったのよ。

人生はとても美しくて
完璧な友人と家族に
恵まれていた
すると突然、愛する人が
木から落ちてきたの
そう、あれは運命だった

デイヴィッド、リンダ、ジョージ
そう、運命だった

ロレイン
まわりを見て
すぐにわかる
空想の世界から
抜けだして
運命だと感じはじめる
そう、運命だったと

ロレイン、デイヴィッド、リンダ、ジョージ
運命だった
そう
あれが運命というもの

ロレイン
とにかく、あなたたちが生まれたのは、おじいちゃんが通りにのびているパパを見つけてくれたおかげよ。

リンダ
はいはい、ママ。その話は100万回、聞いたわ。おじいちゃんが家のなかに運びこんできたパパをかわいそうだと思って、ママが一緒に行くことにしたんでしょ。高校の「海の魚パーティ」に。

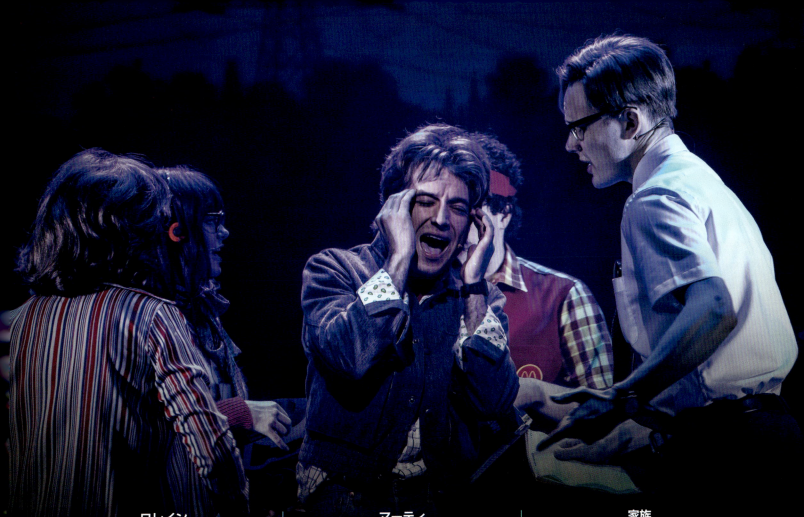

ロレイン
違うわ、「魅惑の深海パーティ」よ。私たちの初めてのデート。ひどい雷雨だったわね。ジョージ、覚えてる?

ジョージ
(報告書を書きながらうわの空で)
いや、いらないよ、ロレイン。もうおなかいっぱいだ。

ロレイン
(リンダに)
ダンスフロアでパパと初めてキスをしたの。そのとき思ったわ。一生をともにする人だって。

デイヴィッドがジョージの注意を引き、変な顔をする。ジョージがげらげら笑う。

ロレイン
あの青年には何か特別なものがあったの

マーティ
もしもし? 誰かいるか?

ロレイン
あの青年には何か特別なものがあったの

マーティ
(テーブルの上に飛びあがり)
もしもしハロー? もしもし
(テーブルから飛びおり)
まるで、両側から壁が
迫ってくるみたいだ
どうやったら
勝てるんだろう
いつもと同じ
日常。
無駄だ
もしもし
手遅れだ
もしもし

一家がマーティを囲むと、背景セットが移動していく。彼らはシュールで暗いステージに取り残され、それぞれにスポットライトがあたる。

家族
もしもし

ジョージ
複雑なことは
ごめんだ

アンサンブル
もしもし

デイヴィッド
フライドポテトを
付けますか?

もしもし

リンダ
デートしたいだけ
なの

マーティ
あああああ!
もしもし

ロレイン
運命だったのよ

マーティ
誰かいるか?

マーティと一家
もしもし もしもし もしもし
もしもし もしもし

157

It Works
【ついにやったぞ！】

話の通じない家族に苦しめられるマーティを見たあと、われわれはついに、ドクター・エメット・L・ブラウンその人と対面する！

ジョン・ランドの演出とロジャー・バートの演技により、見事に実現したこのシーン──驚異的な発明であるデロリアンに乗ったドクが、ツイン・パインズ・モールの駐車場に突如、出現するシーン──は、まさしく天才的な発明家に相応しい登場の仕方だ。ボブ・ゲイルの言葉を借りると、「あのドクの登場シーンは、演劇界一かもしれない」。

マーティ
タイムマシン？　タイムマシンだって？　ドク、デロリアンをタイムマシンに改造したの？

ドク
そうとも、どうせタイムマシンを作るなら、カッコいいほうがいい。

ロジャー・バート
ものすごく面白い歌だが、歌詞が多い。グレン（・バラード）はときどき、私に息継ぎが必要なことを忘れて、長い歌詞をだーっと書くんだ。そこが気に入っているんだけどね。長さもちょうどいい。それに、女の子たちが突然現れたり、いなくなったりするところもいい。バリー・ホワイトの物真似を入れることができたのも気に入っているよ。まさかミュージカルであのギャグを入れられるとは思わなかった。

グレン・バラード
2017年のショーケースに含まれていた、制作初期に作られた歌だ。もともとは、典型的な50年代風の曲にするつもりだった。音楽的には、少しおどけたところがある。それに、ドクのワイルドな着想が初めて実際に成功した場面であることも頭に置いた。ドクにとっては前代未聞の快挙だから、できるだけ楽しく、面白くしたかった。ロジャー（・バート）がさらに磨きをかけ、素晴らしい歌にしてくれた。ロジャーはどんな曲でも見事に歌いきるものだから、もっともっとと、つい詰めこみすぎてしまう。この歌は、ロジャーがワークショップや実習に参加するたびに進化していった。ロジャーには周りの人の力を引きだす才能があるんだ。

ドク
わたしがチクタク技術の
建築士だ
宇宙航路を
しょっちゅう旅する男
素粒子や予測につかない出来事を
すべて修正して
ついに、実際に機能する
発明品を作りだした

これはタイムマシンだ
新しい明日にも
昨日にも
どちらにも旅できる
カーク船長の船のように
宇宙を旅する車だ
ついに、実際に機能する
発明品を作りだした

歌っているドクに、ぎらぎらのシルバーの衣装を着た6人の娘が加わり、ショッピングモールのセットが消える。背景に、デロリアンを祝うシュールなビデオ映像が流れだす。

ドク
ついにやった
うまくいった
ついにやった

一般的な表現をするなら
〝素晴らしい〟。
なぜって

ドク
ついにやった
うまくいった
ついにやった

ドク
ようやく、ステンレススチール製の
デロリアンに栄光を見出した
私が初めてだと知っているのは
いい気分だ。なぜって
ついにやったんだ

マーティ
ねえ、ドク！ この娘たち、誰だい？

ドク
知らん。歌いはじめるといつも、出てくるんだ。

コーラス・ガールズ
ついにやった
うまくいった
ついにやった

コーラス・ガールズ
ついにやった
うまくいった
ついにやった

ボブ・ゲイル

このナンバーにコーラス・ガールズを入れるのは、だいぶ初期に思いついたアイデアのひとつだ。型破りのアイデアだった。ロバート・ゼメキスは最初、ドクの脳みそがどう働くのかを示す歯車を映像スクリーンに映しだそうと言っていたんだ。それと似たような雰囲気だが、最終的な演出はハイテクのビデオ・ウォールを駆使して、ずっとカッコよくなった。マンチェスターのリハーサルで、ぴかぴか光るデロリアン、アニメーション、コーラス・ガールズと彼女たちの衣装、クリス・ベイリーの振付でこのナンバーを見たときは、涙が出るほど大笑いしたよ。制作中、とりわけ記憶に残っている大好きな思い出のひとつだ。

オリー・ドブソン

このミュージカルでどんなコメディができるか、どういう形でストーリーを語れるかを示す、絶好のチャンスとなった。車にショーガールズ。どうかしてるしクレイジーだけど、まさにドクなんだ。これがドク。彼はふつうじゃないけど、とんでもなく頭がいい。イカれてるけど、マーティは喜んで彼のあとをついてまわる。「なんてこった！ この素晴らしいクレイジーな世界を見てみろよ。わお！ 女の子たちまで登場したぞ。どうやったんだ？」ってね。

ロジャー・バート

このナンバーのおかげで勢いがついた。ドクが魔法を紡ぎだす世界に、アンサンブルの居場所ができたんだ。客席の子どもたちに、ドクが舞台上にいるときは何が起こるかわからないと思ってもらいたかった。このミュージカルにはいつもの決まりがあてはまらない。だから、車がストロボライトやカラフルな照明を光らせてスピンする横で、ドクがきれいな女の子たちに囲まれるというアイデアにわくわくしたよ。イマジニアリングの天才であるドクの世界に足を踏み入れたら、誰しも驚異的な体験をしたいはずだ。結果的に、何とも言えず楽しいナンバーができあがった。

ドク
頭をガンと
ぶつけたら
意識不明になりかねない
死ぬかもしれないし
ママー、と泣くはめになるかもしれない
だが、私は
足を滑らせて
頭を打ったら

ひらめいた
木の上高くになる果物みたいに
はっきり見えた
時の流れがいかに流動的か
私はついに気がついたんだ
何十年も挫折を味わってきたあと
一度も思いもしなかったが
まさかこんなに

うまくいくとは
ついにやった
ついにやったぞ

この新たな発明とともに
4次元を切り裂いて進む
だってうまくいくんだ
ついにやった
ついにやった

私は気づいた
自分が探し求めていたものが
フラックス・キャパシターと呼ばれるものだと
今年いちばんのブレイクスルーだ
科学の分野で初めての発見だ
なぜなら

コーラス・ガールズ
ついにやった
うまくいった
そう、ついにやったのよ

ドク
秘密が封じこめられていた
それまで目が見えなかったかのように
素晴らしい解決策がぱっと見えた
私にはわかっていたんだが
自分にできるかどうかわからなかった
だが、一生懸命取り組んだら

ついにやった
うまくいった
ついにやった

時空連続体のケーブルカー
ところが、実際は車なんだ

ついにやった
うまくいった
ついにやった

世界は私の物語を
書いてくれるだろう
このステンレススチールのデロリアンが
時空連続体のなかを
旅する
なぜなら（マーティ）
ついにやった
うまくいった
ついにやった

ドク＆コーラス・ガールズ
ついにやった
うまくいった
ついにやった

ついにやった
ついにやった
ついにやったぞ！

コーラス・ガールズがいなくなり、ショッピングモールのセットが戻ってくる。

Cake
【いいとこどり】

　マーティ・マクフライが1955年のヒルバレーの時計台広場に足を踏み入れる映画のシーンで流れていたのは、名曲〈Mr. Sandman〉(ミスター・サンドマン)のフォー・エイセスによるカヴァーだった。この曲のおかげで50年代であることが即座にわかり、映画を観ている人々は、呆然(ぼうぜん)とするマーティの目を通して、"純粋で活気ある"故郷の町を目にする。

　初めて行われたプレゼンテーションでは、〈Mr. Sandman〉が台本に含まれており、キャストがアカペラで歌ったのだが、その録画映像を観たロバート・ゼメキスは、何かが足りないと感じた。「〈Mr. Sandman〉であのシーンをはじめるのは、映画を思いださせる以外の利点がひとつもなかった。代わりに、映画で見えるものを歌にしたほうがいいと思った」

　演出家のジョン・ランドもこの案に大賛成だった。「映画の曲を多用した"ジュークボックス・ミュージカル(著者注:大半が有名曲からなるミュージカル)"にはしたくなかった。そこで、グレン(・バラード)とアラン(・シルヴェストリ)とボブ(・ゲイル)に、ゼメキスの案を検討し、映画の時代描写の一部だった1950年代の様々な広告を歌にしてほしいと頼んだ」

　1985年に映画『バック・トゥ・ザ・フューチャー』を観た人々は、町も住民も非の打ちどころなく見えるが実際はそうではないことをわかったうえで、50年代の様々な光景を見ることができた。一方、ミュージカルを観る2021年の観客は、ヒルバレーの住民が呆然とするマーティ・マクフライに向かって、町の素晴らしさについて誇らしげに歌うのを聴いて、50年代の不合理さをよりはっきりと認識することができる……。

第8場──屋外。
1955年のヒルバレー、昼間。

マーティが舞台上手から入ってきて、ビルボードを二度見する。それから、嘘だろ、という顔でゆっくり振り向く。

時計台のおばさん（30歳）が、下手から登場する。1955年の彼女は商工会議所のメンバーだ。

時計台のおばさん
町を訪れたあなた！　商工会議所を代表してヒルバレーに歓迎します。とても住みやすい町なのよ！その理由を教えてあげる！

時計台のおばさん
あなたは未来を見つけた
ほら、ここが未来よ
まわりを見てちょうだい
はっきりわかるでしょう
商売は大繁盛
お花は満開
1955年は当たり年よ

ガソリンスタンドの制服を着た店員4人が、上手から登場する。

ガソリンスタンドの店員
質のいい加鉛ガソリン
（喋って）1ガロンたったの19セントだ！
それがあれば空気は
きれいでさわやか
精密工具を使った
化石燃料の採掘
おかげで、ぴかぴかの車で
かっ飛ばせるってわけ

鮮やかな色のドレスを着てサングラスをかけた3人のおしゃれな女性が、下手から登場する。全員がタバコを吸っている。

タバコを吸う女性たち
このフィルター付きのタバコは
新しいの（すんごくね）
お医者さんも
体のためになるって言ってる
間違いなく
消化を助けてくれるって
それに落ちこんだときは
元気づけてくれるって

時計台のおばさんが、マーティにタバコを差しだす。彼がそれを断ると、背景の紗幕が上がり、1955年の時計台広場が現れる。真っ青な空の下、まるで絵のように完璧な活気にあふれた町の広場には、美しい裁判所が建っている。時計が示す時刻は8時25分。古風な街灯に、公園のベンチ。町の住民たちが、1955年風のファッションに身を包んでいる（男性はネクタイを付け、女性はドレスにハイヒール姿、ベビーカーを押している女性もいる）。

アンサンブル
古き良き、それでいて
モダンな暮らし方
私たちほどそれをうまくやってのける
人々はいない
ついに、そのときがやってきた
ハンサムな男の人たちが
両方のいいとこどりをして
いい目を見るときが！

アスベストと書かれた缶を持った白衣の男が、マーティに近づく。

白衣の男
家の断熱材には
アスベストがいちばん
室内を温かく快適にしてくれる

DDTと書かれた殺虫剤の大きなスプレー缶を持った作業着姿の男が、舞台中央に出てくる。

グレン・バラード
1955年をむやみに褒めたたえないことが重要だった。白人男性にとっては素晴らしい時代だったが、一部の人々、たとえばゴールディ・ウィルソンのような人々にとっては違ったわけだからね。それと同時に、あの時代には誰もが懐かしさを覚え、いい時代だったと思える点もたくさんある。だから、1955年に到着したマーティは、どこかおかしいと感じつつも、懐かしさを覚えるんだ。われわれは〈Cake〉によって、この場面を映画からミュージカルに変えた。50年代は50年代だ。必要以上にきらびやかに描くつもりはなかった。

ボブ・ゲイル
われわれが映画『バック・トゥ・ザ・フューチャー』を作ったときは、時代を示す特徴をもっと入れたかったんだが、時間が足りなくてできなかった。タバコのCMも撮ったんだよ。救急治療室から出てきた外科医がカメラを見据えて「肺の手術をふたつ続けたあとはサー・ランドルフのタバコを一服したくなるな」と言うんだ。結局、物語の流れが乱れるから、映画では使わなかったが、今回、〈Mr. Sandman〉をオリジナル楽曲に置き換えると決めたとき、タバコのギャグは絶対に入れなければと思ったんだ。グレン（・バラード）には参考として名書『アメリカン・アドバタイジング50s』〔ジム・ハイマン著／タッシェンジャパン刊〕を渡した。われわれはそこからさらなるヒントを得た。

ジョン・ランド

　観客には、マーティが1950年代のヒルバレーに到着した場面を、彼が50年代のミュージカルに迷いこんで出られなくなったかのように見せたかった。グレン（・バラード）とアラン（・シルヴェストリ）は、2020年の価値観を通して見た50年代を歌詞のなかで絶妙に表現してくれた。2018年11月、ロンドンのアメリカン・インターナショナル教会で行われた実習稽古で、われわれはこの歌を試してみた。そのときはまだ完成していなかったが、〈Cake〉によって物語に勢いがつくことは明らかだった。また、ボブ（・ゲイル）とグレンには、50年代のヒルバレーにマーティを迎えるガイド役が必要だから、時計台のおばさんの若かりしころを登場させたらどうかと提案した。50年代の彼女のルーツを見せたら面白いと思ってね（どちらの時計台のおばさんも、キャサリン・ピアソンが演じた）。

オリー・ドブソン

　優れたコメディ・ナンバーだ。「あの頃は、こんなとんでもないことが起こっていた。あの時代を見てくれ！」というふうに、観客のみんながいま送っている暮らしと、あの頃の生活を比べている。〈Mr. Sandman〉は映画のあの場面に完璧だった。ミュージカルの1950年代の紹介としては歌詞の内容がしっくりこないが、〈Cake〉に入る前のスコアをよく聴くと、〈Mr. Sandman〉の何小節かが使われている。それを聴いただけで、このミュージカルが素晴らしい作曲家たちの手に委ねられていることがはっきりとわかる。

作業着を着た男
うっとうしい害虫にDDTを吹きつける
農場産の食べ物を再加工する

ひとりの女性がマーティに、大きなスパムの缶を誇らしげに見せる。マーティはそれを受けとる。

時計台のおばさん
ほら、言ったでしょう？まるでユートピアよ！

マーティ
いや、ナイトメア（悪夢）だよ！

彼は時計台のおばさんにスパムの缶を渡す。市長レッド・トーマスの選挙運動委員が演説台を地面に置き、市長がそれに上がる。

レッド・トーマス
市長にはこの私、レッド・トーマスの再選を！　進歩的な私の行政計画なら、雇用の機会が増し、税金は減り、市民の暮らしはぐんと改善されます！

アンサンブル
やった！

レッド・トーマス
ここはわれわれの
夢の国 U-S-A
仕事と遊びの
完璧な組み合わせ
嘘じゃない
われわれの家父長制が
広い世界の人々に
示してやるのさ
これこそ正しい生き方だ、
とね

男たち
まさに、古き
良き
モダンな暮らし

われわれが
いちばんうまくできる
実際のところ
われわれほど
うまくできる者はいない

女性たち
ウーウーウーアーアー
アーーアーーアーー

アーアーアーー！

女性たち
まさに、古き
良き
モダンな暮らし

彼らはこう思う
いちばんうまくできるって
実際のところ
われわれほど
うまくできる者はいない

クリス・ベイリー

〈Cake〉はアンサンブル全員が参加するフルナンバーだ。ヒルバレーに到着したマーティは幽体離脱みたいな体験をするんだが、もちろん、それは現実だ。振付に取りかかったとき、まずコマーシャルをたくさん観た。このナンバーの最初の部分にそれが反映されている。ガソリンスタンドの店員も出てくるし、タバコを吸う主婦たちも登場する。DDTやアスベストといった"優れた"製品があふれていた50年代がいかに素晴らしいか、様々な人々がマーティに告げていくんだ。いろんなバージョンを試した。個人的には、芝居がかった感じが好きなんだ。ヒントになったミュージカル・ナンバーは、〈日曜は晴れ着で〉（《ハロー、ドーリー！》より）だ。50年代はまさにそういう時代、アメリカン・ドリームを夢見ていた時代だった（ロバート・ゼメキスも、映画にガソリンスタンドの店員を4人登場させた）。

ブライアン・クルック
（共同編曲者）

〈Cake〉は、このミュージカルにおける"ブロードウェイ・ショー・チューン"だ。その点と50年代という時代設定を考慮して、30人から35人あまりのフルオーケストラによる豪華なオーケストレーションを思い描いた。リード奏者には複数の木管楽器を演奏してもらい、様々なブラス・ミュートやキーボード・サウンド（弦楽器のピチカートや弓弾き、パーカッション、木管楽器の音）などのリソースをすべて利用した。われらの素晴らしいパーカッショニストは、ティンパニ、グロッケンシュピール、木琴、オーケストラ・チャイム、ビブラフォン、玩具のあいだを駆け回って演奏した。

このナンバーに含まれる音楽スタイルの多くは、ニック・フィンロウのアレンジによるもので、ガソリンスタンドの店員、タバコを吸う女性たち、レッド・トーマス市長のパートなどを引き立てている。次々に別のキャラクターが歌うナンバーでは、そういう変化をつけられるんだ。

ジョン・ランド

デザインと演出に関しては、マーティが罠にかかったみたいな感じにしようとした。色を塗った巨大な垂れ幕が後ろに下りてきて、ステージの端から動けなくさせるのもそのひとつだ。また、1980年代の時計台広場で繰り広げられたオープニング・ナンバーを彷彿とさせる要素を使って、1950年代に来たことがはっきりわかるようにした。

アラン・シルヴェストリ

歌詞の内容に関しては、遊び心を持って臨んだ。当時の人々は当然ながら、地下室で遊んでいた子供たちがアスベストまみれで雪だるまみたいになるとか、DDTが町全体を汚染するなんていう悪夢のような事態はまったく想像していなかった。皮肉なのは、われわれがちっとも変わっていないことだね。ここで描写されている隠喩は、ひとつの時代にかぎらない。いまだって、われわれはまったく同じことをしている。50年後「いったいどうしてこんな生地を使っていたんだ？」というような素材を家具やソファの生地に使っているかもしれない。そういうわけで、われわれは1950年代をやみくもに褒め称える人々を笑っているが、それと同時に自分たちのことも笑っているんだ。

男たち（続けて）
たっぷり加鉛された
ガソリン

ほんとさ……だって

心地が
いいんだ
白人たちが
みんな
いい目をみる世界
だから、女に
料理をさせて
男たちは
いいとこどり
しよう

女性たち（続けて）
私たちは
タバコが好き
ほんとよ……だって

心地が
いいんだ
白人たちが
みんな
いい目をみる世界
だから、女に
料理をさせて
男たちは
いいとこどり
しよう

時計が時を告げる――8時半だ。町の住民が散っていく。マーティは時計が動いていることに仰天する！

マーティ
動いてる。時計が動いてるぞ。

Gotta Start Somewhere
【どこかからはじめなきゃ】

　2017年の楽曲ショーケースから存在していたもうひとつの歌が、1955年のゴールディ・ウィルソンがビフにいじめられっぱなしの若きジョージに忠告する〈Gotta Start Somewhere〉である。セドリック・ニールはこの歌を自分のオーディションで歌い、その素晴らしい歌唱力によって役を射止めた。「セドリックは見事に歌いきった」と、ボブ・ゲイルは語る。「役の設定よりも少し年上だったが、セドリックをこのミュージカルで使わないことなど考えられなかった」

　ゴールディがジョージににじり寄り、ジョージの頭から器をとる。

ゴールディ
おい。なぜ、やつらの言いなりになるんだ？

ジョージ
だって、強そうだから。

ゴールディ
もっとガッツを見せろ。プライドを持つんだ。いま好き勝手させていたら一生、舐められっぱなしだぞ。俺を見てみろ、このぱっとしない店で一生を終えると思うか？

ルウ
おい、言葉に気をつけろよ、ゴールディ。

マーティ
（彼が誰だか気づいて）
ゴールディ？　ゴールディ・ウィルソンか？

セドリック・ニール
　私はこの歌を、ＢＴＴＦミュージカルきっての黒人女性ゴスペル・ナンバーと呼んでいるんだ。最初のワークショップでは、45分ぐらい続くように思えた。グレン・バラードとニック・フィンロウが、「セドリック、この曲には可能性があるぞ」と言ったので、みんなで練り直し、ほかのキャストも加えた。このナンバーを歌っているときは、いままで感じたことがないような喜びがこみあげてくる。

グレン・バラード

　大掛かりなナンバーだ。セドリック（・ニール）はイギリス一のシンガーかもしれないね。重要なのは、ゴールディがジョージと観客に伝えるメッセージだ。彼はそれを自ら示してみせるんだ。ゴールディは社会の仕組みを利用している――その逆ではない。彼には計画があり、たとえ底辺から這い上がっていかなければならないとしてもかまわないと思っている。そして、必ずひとかどの人物になってみせると固く決意している。これはいまの時代を生きる若者たちにも共鳴する、自信に満ちた発言だと思う。

クリス・ベイリー

　ダンスと振付を考えるときは、ボブ（・ゲイル）が脚本を書くときと同じように、あらゆる詳細をじっくり考慮しようと心がけている。ただ歌って踊るのではなくて、その人物がなぜその状況に置かれているのか、周りのすべてからどんな影響を受けているのかが明確でなくてはならない。常にそれが大前提としてある。このナンバーは、ゴールディの世界に入りこみ、彼がふだん一緒に過ごす、同じ社会的レベルの人々を描く絶好のチャンスに思えた。そこで、アンサンブルのそれぞれを労働者階級にした。作業員やウェイトレス、ガソリンスタンドの店員だ。イメージとしては、タイタニック号の3等客用下層デッキだね。上層デッキの乗客の振る舞いは、社会構造によって制限されている。下層デッキではどんちゃん騒ぎのお祝いが繰り広げられるんだ。

ゴールディ
いいや、誓うとも。俺はひとかどの人物になってみせる。夜間学校に通い、いつか、出世してやるんだ！

マーティ
そうさ、彼は市長選に立候補するんだ！

ゴールディ
そう――市長!?　待てよ、いい考えだ……市長に立候補してもいいな……！

ルウ
黒人の市長なんて、ありえないさ。

ゴールディ
見ててください、カルザースさん！　私はいつか市長になってみせますとも！　ヒルバレーでいちばん偉い人物になって、この町に活を入れてやります！

ルウ
（彼にほうきを渡して）
よし！　それじゃまず、床そうじからはじめてくれ。

ゴールディ
ゴールディ・ウィルソン市長か。いい響きだ！

このナンバーの最中、ゴールディは自分から離れようとするジョージを引き戻してアドバイスをする。

ゴールディ
何を待ってるんだ？
床にはいつくばっていないで立ちあがれ
自分を尊敬できなければ
誰からも尊敬されないぞ

必死に働くことは恥ずかしいことじゃない
あんたがそういう人間だと見せてやれ
俺はここで下働きをしているが
ほうきを持った男のなかでは
いちばんだ

使用人なんかじゃない
すべて、立派な人物になるためだ
電車が来たら
俺はそれに飛び乗る
時間の問題さ

だが、どこかからはじめなきゃ
どこかからはじめなきゃ
何かをはじめてみないと
決して達成できない
行動を起こせば
道は見つかるとも
その行動を起こすのが、いま
この瞬間かもしれない

ゴールディ＆キッチンの下働き
さあ、しっかりしろ

ゴールディ
どこかからはじめなきゃ

セットが飛ぶようにして舞台袖に消え、再び時計台広場が現れ、労働者階級の住民たちがこのナンバーに加わる。

ゴールディ
聞いてくれ。ときには負のエネルギーをほうきではいて吹き飛ばさなきゃ。

一部の者の成功への道は
名もない通りから始まる
一度動きはじめたら
何ひとつ止めることはできない

制約にとらわれるな
必死で取り組めば
必ず成功する
必死に努力する覚悟があればな

単純労働を軽んじるな
最善を尽くせ
人には感じよく接すること
そうすれば、いつか成功するとも

アンサンブル
フーフーフー
フーフーフー
フーフーフー
そうだ！

アーアーアー
成功するとも

アンサンブルが踊りながら手を叩き、ゴールディは歌い続ける。

ゴールディ
だが、どこかからはじめなきゃ
どこからかはじめなきゃ
そして社会に貢献するんだ
そうでなきゃ、成し遂げられない
いったん行動を起こしたら
必ず道が見つかるとも
なんとかなるさ
それがいまこの瞬間で
あったとしてもおかしくない
カモン、ボーイ

どこかからはじめなきゃ
どこかからはじめなきゃ
行動を起こさないと
何も始まらない

いったん行動を起こせば
必ず道が見つかるさ
その行動を起こすのが
いま、この瞬間なんだ
カモン、ボーイ

アンサンブル
どこかからはじめなきゃ
どこかからはじめなきゃ

そうでなきゃ、成し遂げられない
フ─────

それがいまこの瞬間で
あったとしてもおかしくない
カモン、ボーイ

どこかからはじめなきゃ
どこかからはじめなきゃ

何も始まらない
フ─────

その行動を起こすのが

カモン、ボーイ

[インストゥルメンタル／ダンスブレイク]

ジョージがダンスの途中でいなくなり、マーティは彼を見失う。

セドリック・ニール
　このミュージカルの稽古に入ったときの私は、正直に言うが、歌って踊れて演技もできるタイプの役者ではなかった。歌は歌えたし、演技もできるが、踊れなかったんだ。だから、三拍子揃ったキャラクターとしてゴールディを演じるために、思いきってチャレンジしたかった。大変だったが、クリス・ベイリーとダレン・カーナルやチームのみんなが辛抱強くサポートしてくれた。そして最終的には、みんなに満足してもらえるレベルに達することができた。ほうきを振り回すのは楽しいもんだよ！

ゴールディ
ムーヴしてグルーヴしろ
すべてが気の持ちようさ
より良い人間になろうと
努力し続けるかぎり
おいていかれることはない

だが、どこかからはじめなきゃ
どこかからはじめなきゃ
動け
さもなきゃ、たどり着けない
いったん行動を起こせば
必ず道を見つけられる
それが、いまこのときで
あったとしてもおかしくない
カモン・ボーイ
いまこそ、行動を起こすんだ

ゴールディ
はじめなきゃ
どこかから
はじめなきゃ
どこかから

きみは
ヘイ！ヘイ！
きみは！

男たち
はじめなきゃ
どこかから
いますぐ！
はじめなきゃ
どこかから
いますぐ！
そうすれば、
成功するさ！

成功するとも！

アンサンブル

イヤー・イイ・ヤー！

どこかからはじめなきゃ
どこかからはじめなきゃ
ネヴァ・ネヴァ・ネヴァ・ゴナ
ヤー！
起こせば
必ず道を見つけられる
それが、いまこのときで
あったとしてもおかしくない
カモン、カモン、ボーイ！
いまこそ、行動を起こすんだ

女たち
いますぐはじめなきゃ
いますぐ！
いますぐはじめなきゃ
いますぐ！
そうすれば成功する！

そうすれば成功する！

アンサンブルが舞台の下手に移動し、ヒルバレーのビルボードを模した紗幕が垂れる。

ゴールディ
どこかからはじめなきゃ

アンサンブル
どこかからはじめなきゃ
どこかからはじめなきゃ
どこかからはじめなきゃ
どこかからはじめなきゃ
どこを目指すかは自分次第
彼が誰に言っているかはわかっているはず

ゴールディ
きみ、きみ、きみ、きみだよ

自転車に乗ったジョージが舞台を横切り、後ろからマーティが追いかける。

マーティ
パパ！　ジョージ！　ねえ、自転車に乗ってるきみ！

アンサンブル
一歩踏み出すんだ
それからもう二歩
何もしなきゃ、始まらない
どこかからはじめなきゃ
どこかから
どこかから
どこかから
どこかから

アンサンブルが躍りながら舞台上手に退出し、舞台上にゴールディがひとり残される。

ゴールディ
ヘイ！
ヘイ！
ヘイエイエイ、イェイ！

ニック・フィンロウ

　心が浮き立つ場面だ。このあたりで、ちょうどこういう歌が必要だった。セドリック・ニールがいてくれて本当にラッキーだよ。驚異的な声の持ち主だからね。音楽スーパーバイザーとしても、セドリックがステージにいるときは、なんの心配もせずリラックスできた。僕は場面転換のために、このナンバーのリプライズを書くよう頼まれたんだ。舞台から出演者が立ち去る時間を作るため、そしてロレインの家のセットに切り替える時間を稼ぐためだ。マンチェスターのリハーサルに入る前に出演者全員がはけるのにだいぶ時間がかかることはわかっていたから、書いてあったリプライズを急遽、倍ぐらいの長さに変える必要が生じた。ロンドンに移ったときに問題点の一部は修正したが、マンチェスターではそのリプライズが元の曲と同じくらいの長さになってしまった。セドリックに関しては、素晴らしい見せ場がふたつあってわくわくしたよ！

オリー・ドブソン

　力強いナンバーだ。人生に楽観的な見通しがひとつもないなんてまずいぞ、という歌だよ。まともな助言だし、ゴールディがジョージにいますぐ行動を起こせと勧めるのは親切だと思う。でもマーティには、あのナンバーをじっくり味わっている暇はなかった。そこも、一種のコメディだ。主人公がまったく楽しむことができずに、「みんな、歌って踊るのをやめてくれない？　ドク・ブラウンを探してるんだけど」とおろおろしてるんだから。

ヒュー・コールズ

　ジョージにとって、これはミキサーでかき混ぜられているような歌だと言えるだろうね。すべての歌やナンバーを、ジョージの視点から見るのは新鮮だ。たいていは、みんなが彼に向かって歌い、彼の周りで踊り、彼を押しやっているそのたびに、ジョージが周りに流される消極的な性格だという印象が強まるんだ。

セドリック・ニール

　この歌は、私にとって人生のすべてを象徴している。週に8回、客席にいる人たちに、BTTFミュージカルの真髄はここにある、これこそ人生だ、と伝えているわけだ。厳しい時代だが、必死に努力をすればなんでも達成できる。どこかからはじめなきゃ、というメッセージをね。私もそういう生き方をしてきた。そしていま、こうしてそのメッセージを人々に伝える役割を担っている。歌いたい、踊りたい、演じたいと願う客席にいる自分と同じ肌の色の少年を……どこかからはじめなきゃ、さあ、やってみなさい、と励ましているんだよ。

My Myopia
【僕の近視眼】

　ベインズ家のセットが舞台上に設置されると、ゴールディ・ウィルソン役のニール・セドリックとアンサンブルは、短いとはいえ、じゅうぶんに値する休憩をとる。マーティはジョージのあとをつけていき、並木道沿いの立派な家にたどり着く。

グレン・バラード
　『バック・トゥ・ザ・フューチャー』のミュージカルとくれば当然、観客は、質の高いテクノロジーを期待するだろうが、それだけで彼らの心を勝ちとることはできない。ストーリーに心と魂がなければ、観客はそっぽを向いてしまう。楽曲を作っていくうちに発見したのは、ひとつひとつの歌が、登場人物をすでに愛している観客に、それぞれの人生やモチベーション、自分がどういう人間なのかを明かす絶好の機会だということだ。

ボブ・ゲイル
　〝Myopia（訳注：マイオピア、近視眼的という意味）〟は、〝ユートピア〟と韻を踏んでいる。音楽史における素晴らしい韻のひとつで、非常に知的な言葉遊びだ。もっと重要なのは、この単語がジョージの性格描写そのものであることだよ。1985年のジョージが〈Hello, Is Anybody Home?〉で歌ったことを別の曲でリプライズし、言い換えているにすぎない。同じ考えを、別の時代を通して見ているんだ。

　ジョージの自転車が、通り沿いの郵便受けに立てかけられている。近くに木の幹がある。ジョージが歌う。

ジョージ
あたりを見回す必要なんてない
僕の目は常に地面を見ている
誰にも気づかれませんようにと願って
誰にも見せないように
絵を描きながら

このノートの向こうを
見る必要なんてない
僕はそっとしておいてもらいたいだけ
自分の物思いに
沈んでいたいだけなんだ

　ジョージが鞄から双眼鏡を出したとき、その後ろに下見板の家が見える。ジョージが歌いはじめると、2階の窓にネグリジェを着た10代の娘が現れる。その娘はめかしこみ、髪の毛をとかし、ブラジャーにティッシュを詰めてから、にきびがないかチェックする。ジョージが双眼鏡でのぞいていることには、まったく気づいていない。

ジョージ
僕の近視眼（マイオピア）は
僕のユートピアなんだ
きみもそれを
感じているといいが
焦点を
合わせると
見たいものしか見えなくなる

僕の近視眼は
僕のユートピアなんだ

きみが
わかってくれるといいが
僕は自分の見たいものだけを見ようと
最善を尽くしてるんだ

でも、心の奥底では
隠れてしまいたいだけなんだ
そう、もっと努力できることはわかってる
彼女に振り向いてもらいたいなら
努力しなきゃいけないこともわかってる
考えてみると
彼女は僕の存在を知りもしない

　ジョージが木に登って見えなくなる。マーティが舞台に登場し、それを見ている。

マーティ
のぞき魔じゃないか！

　景色が動いて私たちの〝視点が上に向き〟、木の枝のなかのジョージしか見えなくなる。ジョージは、2階の窓にいる娘をもっとよく見ようと木を登っていく。

ジョージ
オーストラリアの
ある鳥の話を聞いたことがある
雷の音が
怖い鳥だ
その鳥の行動に
僕は共感できる
その鳥は頭を（いくらか）
砂のなかに埋めるんだ

グレン・バラード

映画では木に登って双眼鏡をのぞく男が登場する。その男は木から落ち、もう少しで車にひかれそうになったあと、逃げだす。映画のなかでマーティは彼を、のぞき魔と呼ぶ。この場面でわれわれがジョージに関して知るのはそれだけだ。そこで、もう少し観客が同情するような形でジョージを描きたいと考えた。"僕の近視眼（マイ・マイオピア）は僕のユートピアなんだ"とね。自分に自信がない10代の若者、それがジョージなんだ。毎日ビフにいじめられているジョージは、あらゆるものから逃避して、自分の空想に浸っている。その空想のひとつが、ロレインだ。彼は、自分の見たいものしか見ない。スケッチを描き、小説を書いているが、誰にも見せない。自分の芸術的な才能については内緒にしている。きれいな女の子にホの字だ。この歌は、彼がのぞき魔の変態ではなく、自分が何者なのかわからぬまま、なんとか人生と折り合いをつけようと悪戦苦闘している寂しい17歳の青年であることをユーモラスに描写している。それにヒュー・コールズにとっては、観客に心の内を明かすことで、このキャラクターに深みを与えるチャンスにもなっている。

ヒュー・コールズ

歌詞のなかに、映画では描かれていないジョージの性格を明かす一節がある。「でも、心の奥底では隠れてしまいたいだけなんだ。そう、もっと努力できることはわかってる」と。彼は、みんなが思っているような若者じゃない。それに、ジョージは自分がどう振る舞っているかはわかっているが、本当はそうしたくないんだ。ミュージカルの幕が上がったときに僕らが見るような、ビフの言いなりになる人生は送りたくないと思っている。誰だって、そんな人生はごめんだ。そういう意味で、この歌は贈り物だ。

上：ティム・ハトリーが描いた、木に登ったジョージのデザイン・スケッチ。

175

ヒュー・コールズ（前頁からの続き）
　観客に向かって本音を打ち明けられるんだから。そこが舞台ミュージカルの美しいところさ。観客と向き合い、「うん、わかってる、わかってるさ。でも、できないんだ……変われないんだよ」と直接語りかけられる。ジョージはいじめられ、ひどい扱いを受ける。その後、木に登ると、ようやく自分と観客だけになり、「これがいつも僕が感じている気持ちだ。こんな思いは味わいたくないが、どうせ変えることなんかできない。それにロレインのこともある……」と打ち明けたところで木から落ちる。この告白でジョージの本音が垣間見えるんだよ。大好きな歌だし、とくに気に入ってるシーンだ。

ロザンナ・ハイランド
　ジョージがのぞき見しながら歌うあいだ、ロレインはちょこちょこ窓から離れては、戻ってくるの。観客は窓越しに、その窓を鏡に見立てたロレインがにきびをつぶし、髪をとかすのを見ている。ロレインは現れるたびに、鏡を見ているような演技を繰り返して、カーテンを下ろす。ヒュー（・コールズ）は歌い続けているから、観客は寝室の私に気を散らされずに聴くことができる。それからまた私がカーテンを開けて、もう少し演技をしてから、またカーテンを下ろす。カーテンをちゃんとローラーに留められたかって？　答えはノーよ！　毎回、ずるずる下がってきた。留める機能がまったく働かないこともあった。あるときなんか、それを引きおろしたときに、勢いあまって私が窓から落ちちゃったの！　ネグリジェしか着ていなかったから恥ずかしかった。かわいそうなヒュー。何週間かのプレビュー公演中に、カーテンのハプニングは何度もあった。最終的にスタッフがカーテンの仕組みを変えてからは、毎回うまくいったけど。

ジョージ
喧嘩はなるべく
避けたいんだ
喧嘩するぐらいだったら
冬眠してるほうがまし
自分の想像の世界や
サイエンスフィクションの世界に
こもっているほうがいい

かわいい娘とのデート
できたらいいなとは思うが
僕はまさにクラゲみたいに
ぷかぷか漂ってる
屈辱を味わうなんて、いつものこと
不可能だってことはわかってるんだ

ボブ・ゲイル
　この歌ができたときから、グレン（・バラード）の歌詞はばっちりだった――初めてのワークショップから変えた箇所はひとつしかない。コーラスのリプライズをひとつ削っただけだ。演出的には、いろいろな疑問があった。ジョージは歌いながら木に登るのか？　それとも最初から木の上にいるのか？　木から落ちるときに、そのアクションをどうやって歌と合わせる？　ジョン（・ランド）はどうすべきか、しっかり把握していた。

僕の近視眼は
僕のユートピアなんだ
きみもわかってくれて
いるといいが
これが僕の対処の仕方なんだ
そして…僕は…きみも
それをわかってくれることを祈ってる

木の枝がメキッと音をたて、ジョージがバランスを崩す。さらに大きなバキッという音とともに、ジョージが落下する。その下の、見えないところにいるマーティが叫ぶ。

上：自分がやらないことは役者にもやらせないと証明するため、危険を顧みず自ら木に登るジョン・ランド……。

マーティ（舞台の外で）
パパ──ジョージ！　大丈夫、僕が受け止めるよ！

ジョージが木から落ちて見えなくなり、ドシンという音とうめき声が聞こえる。木の枝のセットが上がっていき、マーティの上に落ちたジョージが見える。ジョージが立ちあがり、自分が押しつぶした人物を見る。

ジョージ
またきみか？　放っておいてくれよ！

ジョージは自転車に飛び乗り、気絶したマーティをおいて立ち去る。サム・ベインズ（45歳）がブリーフケースを手に、舞台の上手から走りこんでくる。

サム
いまのは、なんの音だ？　どうした？
（遠ざかっていくジョージに向かって）
おい、きみ！　きみがやったのか⁉
（家のほうに向かって）
おーい、ステラ！　いつもの子どもたちのひとりが、木から落ちたぞ！　家に運ぶのを手伝ってくれ！

ジョン・ランド
　歌が終わると観客はたいてい拍手をするが、ときどき話の流れ的に拍手で遮ってもらいたくないところもあった。マンチェスターでは、ジョージはロレインの窓のすぐ横の屋根の上に行き、そこから道路にいるマーティの上に落ちた。だが、それでは窓に近すぎると感じたので、ロンドンに移ってからは、ジョージは木の上に留まり、歌い終わって観客に拍手をする間を与えたあとに、枝から落ちることにしたんだ。それ以外の構成は、最初の読み合わせの頃とほぼ同じだ。ヒュー（・コールズ）の演技が何とも言えず奇妙で面白かったので、あまり変えたくなかった。

Pretty Baby
【かわいいベイビー】

　木の枝と一緒に落ちてきた10代の父親とぶつかり、意識を失ったマーティは、薄暗い部屋で目を覚ます。マーティが『バック・トゥ・ザ・フューチャー』の有名な台詞、「ママ……ママなの？」とつぶやく声を聞いた観客は、彼が誰とどこにいるのか、どの時代にいるのか、はっきりとわかっている。1985年の映画とまったく同じように、マーティが目を開けると、そこには1955年の10代の母親、ロレイン・ベインズがいた。頭を打ったマーティの看病をするロレインは、この見知らぬ若者にすっかり夢中になってしまう。意識を取り戻して呆然とするマーティに、ロレインは自分がどうするつもりかをきっぱり告げるのだが……ミュージカルとあって、歌でそれを明らかにする！

　〈Pretty Baby〉は、ボブ・ゲイルの2011年10月17日付の草稿に初めて登場した歌である。長い制作期間中に装飾や歌詞が追加されたものの、グレン・バラードとアラン・シルヴェストリが作ったこの歌の核となる部分は今日に至るまでミュージカルに残っている。

グレン・バラード

　アラン・シルヴェストリと僕は、このシーンに50年代のモチーフが必要だと考え、50年代と60年代初期の音楽を片っ端から聴いた。それが曲作りに役立ったのはたしかだが、この場面でこの歌がどういう意味を持つのか、つまりロレインが自分の息子だと知らずにマーティに言い寄る点を、常に心に留めておかなければならなかった。マーティは必死に彼女を避けようとする。見方によってはきわどいシーンだが、ワンクッション置いて描くためにどうすればいいか、ずいぶん頭をひねったものだ。映画ではとてもうまく描けている。シュレルズ（訳注：60年代前半のアメリカのガールズ・グループ）っぽいナンバーを書いてみたら、そこから"ロレイン・コーラス"（ロレインの分身を演じるコーラスガールズ）のコンセプトが生まれた。

アラン・シルヴェストリ

　ミュージカルのなかでいちばん好きな歌かもしれないな。映画が公開された当時、このシーンは論争を巻き起こした。時代にそぐわないだけではなく、文字どおり、近親相姦というタブーを仄めかしていたからね。この歌がこれほど素晴らしい出来になったのは、この題材をどう扱うかを映画の制作陣と同じように真剣に捉えたおかげだと思う。とにかく無垢に、なんの含みもなしにこの場面を描いたほうがいいと気づいて、そうしたんだ。映画とまったく同じように、ロレインは無垢で、なんとも言えずチャーミングだ。だって知らないんだから！ 知るわけがない。マーティには説明のしようがない。ドクの頭のなかの空想で遊んだ場面と同じように、ここでも、はにかむロレインが50年代風の歌で息子に言い寄るクレイジーなシーンができあがった。変な意味はまったくない、無邪気な歌だ！

第11場：屋内。ロレインの部屋──1955年、夜

女の子の部屋だとわかる薄暗い寝室。舞台の中央、カーテンを閉めた窓の下にベッドがあり、鏡台とたんすも見える。若い娘が、ベッドに横たわった意識のないマーティに濡れた布をあて、看病している。マーティが目を覚まして、うめく。

マーティ
ママ……ママなの？

娘
ほら、力を抜いて。9時間近く眠ってたのよ。

マーティ
ひどい夢をみたんだ。過去に行った夢だよ。

娘
大丈夫、安心して。あなたは1955年に戻ったのよ。

その娘が電気スタンドのスイッチをはじく。照明がつき、観客（とマーティ）は、その娘がマーティの母親で、美しい17歳のロレインだとわかる。

マーティ
1955年？ 1955年だって!?
きみは僕の──きみは僕の──き
みは……

ロレイン
私はロレインよ。ロレイン・ベイ
ンズ。

マーティ
そう……でも、とても──きみは
とても──痩せてる！

ロレイン
落ち着いて、カルバン。頭に大き
なこぶができてるのよ。

上掛けをめくったマーティは自分が下着姿
だと気づき、あわてて上掛けを戻す。

マーティ
僕のズボンはどこだ？

ロレイン
あそこよ。たんすの上。紫の下着
なんて初めて見たわ、カルバン。

マーティ
カルバン？ なんで僕をカルバ
ンって呼ぶんだ？

ロレイン
だって、それがあなたの名前で
しょ？ カルバン・クラインよ
ね？ 下着に書いてあるわ。あら
──みんなには、カルって呼ばれ
てるのかしら。

マーティ
えっと、その、いいや、僕の名は
マーティだ。

ロレイン
（マーティににじり寄って）
よろしく、カルバン。マーティ。
クライン。

ひどく居心地が悪そうにあとずさりする
マーティに、ロレインがにじり寄り、歌い
はじめる。マーティの様子などまったく気
にせず、どんどん近づいていく。マーティ
はあとずさりし続け、男女逆の求愛のダン
スが繰り広げられる。積極的に近づいてく
るロレインから離れようと、マーティは家
具に上ったりして、必死に身をかわす。

ロレイン
かわいいベイビー
なんだか変な気持ち
かわいいベイビー
私、治療が必要かも

どんどん熱くなる
それに寒気もする
しばらくここで
休んだほうがいいかも

3人組の女の子
アー、アー、アー

窓のカーテンが開き、50年代風の衣装を
着たロレインそっくりの3人組の女の子が
現れる。3人がロレインのバックコーラス
をしながら部屋に入ってくる。

ジョン・ランド
　グレン（・バラード）とアラン
（・シルヴェストリ）は、ロレイ
ンのために非常に50年代っぽい、女
性バックアップ・シンガー付きの
ガールズ・ソングを書いた。ドミニ
オン・ワークショップでこの歌の稽
古をはじめたとき、ニック・フィン
ロウはバックアップ・シンガーのサ
ウンドを厚くするため、6人の女性
アンサンブル用にボーカル・アレン
ジを行った。そのワークショップの
とき、すでに僕はバックアップ・シ
ンガー全員が様々なロレインでな
ければならないと感じていた。マー
ティが、それぞれ10代の母がいる
いくつもの世界に囚われてしまった
かのようにしたかったんだ。セット
と衣装のデザインについてティム・
ハトリーと話し合ったとき、とても
参考になったのが、『グリース』の
〈ビューティ・スクール・ドロップア
ウト〉だった。それから、振付をす
る段階で、50～60年代に流行っ
ていたザ・ロネッツやシャングリ
ラスのような少人数のグループにし
たいとクリス・ベイリーが言ったので、
ロレインの数を6人から3人に減ら
した。

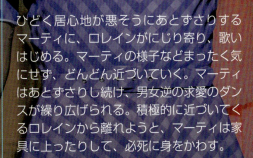

クリス・ベイリー

まず、最大の優先事項は、ロザンナ・ハイランドにバックアップ・ボーカルを付けて、"ミュージカル・ナンバー"らしさを出すことだった。ひとりのシンガーがもうひとりに歌いかける形だと、リアルになりすぎてしまう可能性があるからね。また、大勢のアンサンブル・ナンバーと区別するために、女性3人にしたかった。それに声部を考えると、アンドリューズ・シスターズのように、3パートに分かれたトリオがちょうどいいんだ。彼女たちがベッドの下から出てくるか、寝室のドア（はなかった）から入ってくるといった振付にできるか、とまどきかれた。だが、そういう振付にする場合、俳優の安全を守るために特殊なセット・デザインが必要になる。彼女たちが窓から入ってくるのは、私の案だよ。3人組が登場したときに距離が近すぎてオリー（・ドブソン）が身をすくめる振付にしたかったんだ。私にとっては、このシーン全体がマーティの視点から描かれている。「ママが僕に言い寄ってる！　タコみたいに手がいっぱいあるし、そこらじゅうにいるぞ！」とね。だから3人組が歩いて舞台に出てくるのでもなく、手のこんだ演出で登場するのでもなく、一瞬で舞台に現れるようにしたかった。

ロレイン	アンサンブル
かわいいベイビー ちょっとした秘密があるの	
	しいっ……
ああ、かわいいベイビー 秘密を誰にも言わないで お行儀のいい女の子は決してしないことよ	
	しないわ！
決してしないわ	
	しないわ！
するまではね 私、あなたにとって 完璧だと思うわ。	
あなたの隣に座ると	
	隣に座ると
なんとも言えない	
	なんとも言えない
気持ちになるの そう……	気持ちになるの
	アー、アー、アー
胸の奥で感じる	
	胸の奥で感じる
否定できないこの気持ち 隠すことはできない こんなことありえない 現実だって言って	こんなことありえない 現実だって言って アーオー
かわいいベイビー 私を救いに来てくれたの？ 私のかわいいベイビー ああ、あなたに夢中	かわいいベイビー 救いに来てくれたの？ あなたに夢中
私、急いでるの 急がないと わからない？	シャ・ラ・ラ シャ・ラ・ラ アー……
私たち次第よ どちらもどうすべきか知ってる	バ・ダ 知ってるバ・ダ・ダ・ドゥー・ダー
かわいいベイビー あなたもこの気持ち、感じるでしょう？ 感じるでしょう？	ベイビー あなたもこの気持ち、感じるでしょう？
	感じるでしょう？
かわいいベイビー、私は あなたにもこの気持ちを感じてほしいの	

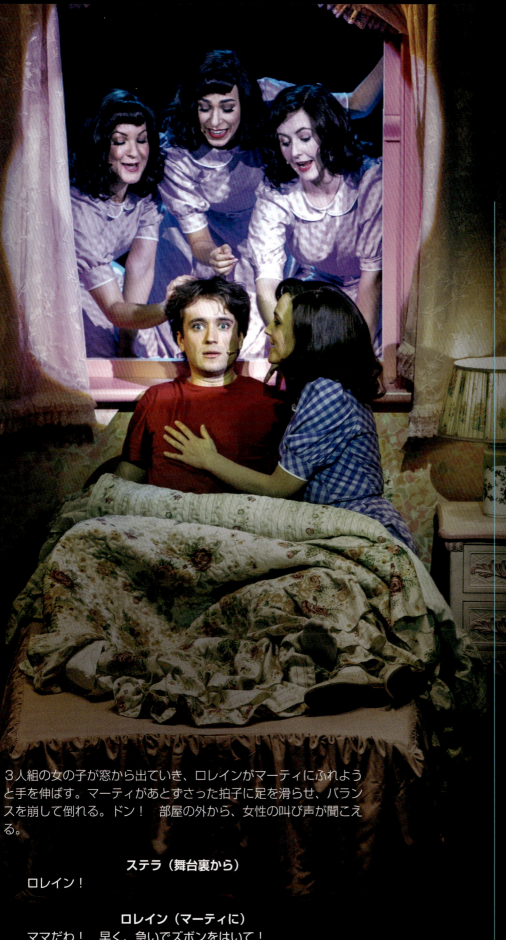

ロザンナ・ハイランド

　ロレインは、これまで感じたことがないほど強くマーティに惹きつけられるの。きっと時空を超えた繋がりを感じるのね。でも彼女は、それがどうしてなのかを知らない。私はロレインが催眠術にかかっているような状態を想像したわ。マーティといると魔法がかかったみたいにぽーっとなって、自分を止められなくなるの。このナンバーでロレインは、自分がどういう気持ちなのかをさらけだす。マーティにすっかり夢中だから、これが運命の出会いだと思いこみ、彼もそう思っているにちがいないと勘違いしてしまう。マーティがあとずさりしているのを、思わせぶりなだけだと自分に言い聞かせるのよ！

オリー・ドブソン

　すごく気に入っているシーンのひとつだ。ロザンナ（・ハイランド）の言い寄ってくるときの演技は細かいところまで完璧だし、とにかく面白い。観ている人の頭には、いろいろな思いがよぎる。ロレインはほんの少し緊張してるけど、ごく自然にマーティに言い寄っている。ロレインはマーティの母親だが、ちっとも母親らしくない。僕は、「ママがなんでこんなに美人でイケてるんだ!? とにかくここを出ていかなきゃ！」と焦りまくる。逃げるしかない、とね。だけど、逃げられない。パンツしかはいてないんだから！ それから音楽が流れ、魅力的な歌が始まる。観客にとっては、ミュージカルらしさを満喫できる素晴らしい演出だと思う。すべてが誇張され、まるで漫画のワンシーンみたいに茶目っ気があって、おかしくて、状況そのものと同じくらいありえない。それから、たくさんのロレインが出てきて、観客が一気に盛りあがるんだ！

3人組の女の子が窓から出ていき、ロレインがマーティにふれようと手を伸ばす。マーティがあとずさった拍子に足を滑らせ、バランスを崩して倒れる。ドン！　部屋の外から、女性の叫び声が聞こえる。

ステラ（舞台裏から）
　ロレイン！

ロレイン（マーティに）
　ママだわ！　早く、急いでズボンをはいて！

ロレインはマーティにジーンズを投げ、ベッドを整える。

Future Boy
【未来の少年】

　リバーサイド・ドライヴで1955年のドク・ブラウンを見つけたマーティは、1985年に戻る手伝いをしてもらうため、デロリアンを隠した納屋に彼を連れていく。グレン・バラードは最初、この歌をピンク・フロイド風の愁いを帯びたロックバラードにした。「〈Wish You Were Here〉（炎〜あなたがここにいてほしい）みたいな曲で、ドクがサックスを取りだし、むせび泣くような旋律を吹く」とバラードが言うと、ジョン・ランドはこう付け加えた。「ドクとマーティの間柄に愛情がたっぷり感じられるようにすべきだというグレンの直感は気に入ったが、この場面でそれを描くのは違うような気がした。ほら、ドクはマーティに会ったばかりだからね。ロジャー（・バート）も、長い音符が多いロックバラードは厳しいのではと心配していた」

ボブ・ゲイル
　この曲は最初、〈Future Boy〉だけが数節続くドクとマーティのデュエットだった。だが、ジョン（・ランド）は、物語のこの部分に出てくる歌は、マーティを現在に戻す計画に集中すべきだと考えた。そこで、ジャーウッドの実習稽古の準備中、〈Future Boy〉が却下され、グレン（・バラード）が〈One-Way Street〉というプレッピーな新曲を書いたんだ。これには、ドクがマーティを現在に戻すアイデアを思いつくシンコペーション・セクションが含まれていた。1日か2日そのまま使ったあと、稲妻に打たれたように突然、このシンコペーション・セクションをブリッジに入れた〈Future Boy〉の短縮バージョンにすればいいんだとひらめいた。

マーティ
ドク。いつも僕に、何事もなせば成る、と言ってたじゃないか。

ドク
私がそう言ったのか？　いいアドバイスだな。だが、それほどの電力をどうやって作りだせばいのか、見当もつかんぞ、未来の少年（フューチャー・ボーイ）よ。

ニック・フィンロウ
　最初のバージョンでは、オープニングでマーティとドクの両方が歌っていた。それから、ドクのパートを削除し、マーティだけが歌うことにした。それから、グレン（・バラード）とアラン（・シルヴェストリ）に、もっとしっくりくる曲を作ってほしいと頼んだ。音楽的にしっくりくるというだけじゃなくて、ドクの人物像にも合うという意味でね。

マーティ
フューチャー・ボーイ
僕は未来の少年なんかじゃない
だって、おそらく
ここから出られないんだから
今日以上のものが
得られないとしたら
未来になんの意味がある？
僕はフューチャー・ボーイじゃない

もう二度と、
現在に置き去りにしてきたものを
見つけられないんだ
ここには用はない
ここにあるのは
過去だけ
僕の未来は消え失せた

いま、何もかもが不確かになった
カーテンの向こうを見ることはできない
行くことはできない
このすべてが、どこに繋がるのか
僕にはわからない

車を調べていたドクが、跳ね上げ式のドアに頭をぶつけ──その瞬

ジョン・ランド
　途中で台詞を入れてもいいかもしれないと気がついた。物語を前に進めるためには歌の構成を変える必要があったんだ。

間、名案を思いついたというように顔を輝かせる。

ドク
マーティ、ひとつだけ、1.21ジゴワットの電力を作りだすものがあるぞ。稲妻だ！

マーティ
なんだって？

ドク
稲妻さ。だが、それがいつ、どこに落ちるかはわからん……。

マーティ
待って、わかるよ。

マーティは時計台のチラシを取りだし、ドクに渡す。ドクはそれを読んで、目を輝かせる。

ドク
これだ！ このチラシには今度の土曜の夜10時4分きっかりに、稲妻が時計台に落ちたと書いてあるぞ！

ロジャー・バート
　私のパートは少しずつ削除されていった。そのあと、グレン（・バラード）たちが早口で歌うセクションを書いて、みんなそれが気に入ったんだ。

ドク
この問題の物理的特性は
複雑だ
私は脳みその筋肉を
めいっぱい収縮させて考えている

これから起こる雷雨の
幾何学的形態を
予測するのは難しい
だがわれわれには、
日にちがわかっている
私の計算のすべてを
その日に合わせねばならない

マーティ
やってみようよ、ドク。何事もなせば……

ドク
なせば成る。なせば成る。どうにかしてその稲妻の電流を捉え、フラックス・キャパシター（次元転移装置）に送ることができれば……

きみを未来に戻す方法には
方程式が必要だ
それから、気－象－学－的な
出来事もな
それが揃えば、稲妻の直撃が
動力源になる
すべてが揃わなければ意味がない
間違いをおかす余裕はない
われわれがきみをもとの時代に戻すには
それしかない……

ドクがマーティを1985年に戻すための方法を思いついた瞬間、このミュージカルも、映画でクリストファー・ロイドがカメラをまっすぐ見据えて「今度の土曜日、きみは未来へ戻れる！」と口にした段階に達する。

ミュージカルでは、ドクの〝ピカーン〟というひらめきの瞬間が盛大に祝われる。この歌の完成に貢献したのは、ロバート・ゼメキスだった。

振付師のクリス・ベイリーに「タップダンスが思い浮かぶな」とつぶやいたとき、ゼメキスはこのシーンに文字どおり、タップダンスを入れてほしかったわけではなかった。「タップダンスは好きだが、あのときはただ、会場が盛りあがるようなバスビー・バークレー風の派手なエンターテインメント・ピースにすべきだと思う、と伝えたかっただけなんだ」ベイリーとジョン・ランドは、この着想に飛びついた。ひとつ前のナンバーである〈It Works〉ですでに、ドクが歌いはじめると女の子たちが現れることを定着させている！　同じモチーフを使って、今度は、その女の子たちが男性パートナーを連れてきてはどうか。

ベイリーは、ダンス・アレンジ担当のデイヴィッド・チェイスとともに、この案を練りあげた。肩書きに〝ダンス〟という言葉が入っているとはいえ、自分の仕事は歌っている人々の動きとはまったく関係がない、とチェイスは説明する。「振付はクリス・ベイリーの担当だ。物語を伝えるために、人間の体をどう動かせばいいかを決めるのが彼の仕事。私の仕事は、そうした振付に合わせて、メロディやスタイルの面で作曲家の意図を尊重するようなアレンジを行うことだ」

上：ダンス・コーディネーターのデイヴィッド・チェイス

クリス・ベイリー
デイヴィッド（・チェイス）と私はいろいろな振付を試しながら、どのジャンルの踊りにしようかと考えた。カッコよくてぶっ飛んだ曲調のところでは、ヴェガスっぽい振付も入れた。それから、思いきって、アンサンブル全体にトップハットと燕尾服を着せてみた。

トップハットをかぶり、燕尾服を着た大規模なアンサンブルが舞台の両袖から登場し、ドクとマーティを取り囲む。納屋のセットが消え、計画の発案を祝う盛大なお祭り騒ぎのなか、映像が投影された背景がバスビー・バークレー風の動くデザインになる。

アンサンブル
きみを未来に戻す
唯一の方法だ！

ドク＆アンサンブル
未来に戻るんだ、フューチャーボーイ
きみは未来の少年だ
なぜなら、戻る方法を見つけたから
きみはフューチャー・ボーイだ
もう大丈夫
ア——ア——ア——
ア——ア——アアア——ア——ア

ドク
（歌いながら喋って）
よし、マーティ、私の車とウィンチを使って、タイムマシンを研究室に引っ張ってこよう。

マーティ
ねえ、ドク、1週間、町の見物でもしようかな。楽しめそうな気がしてきたぞ！　ここを案内してよ。映画を観に行って、友達を作ってもいい。そうだ！　お土産やコミック・ブックを買おうかな。未来に戻ったら、価値が出るかもしれない！

マーティ	アンサンブル
未来へと	彼は残る！
ボーイ	彼は残る！
	彼は残る！
僕は	彼は残る！
未来の少年！	彼は残る！
	彼は残る！
僕は	彼は残る！
フューチャー・	彼は残る！
ボーイ！	彼は残る！
	彼は残る！
	彼は残る！
僕は残る！	彼は残る！
	彼は残る！
	彼は残る！

曲に合わせて頭を上下に振っていたドクが、突然、マーティが残ってはまずいと気づく。ドクは首を振り、焦って両手を振り回し、この歌を終わらせようとする。

ドク
おい、待て、ストップ！！！

ドクの〝ストップ〟で、歌がぱたっと止まる。アンサンブルのほとんどが舞台を出ていき、セットがドクの研究室に戻る。数人残ったアンサンブルのうち、ひとりのコーラス・ガールは何も気づかずに、〝彼は残る！彼は残る！〟と歌って踊っている。ドクが彼女の前に立ちはだかる。

ドク
こら！

彼女が歌うのをやめ、恥ずかしそうに帽子を握りしめる。

ドク
マーティ、そんなことは絶対にだめ——

ドクは残っているアンサンブル・メンバーに気づいて言葉を切り、〝ここで何をしているんだ〟という目でにらみ、ドアを開けて彼らを追いだす。

オリー・ドブソン

　すごくばかばかしくて、爆笑もののシーンだ！

ボブ・ゲイル

　このギャグを考えついたジョンとロジャーには脱帽するよ。まるで、ダフィー・ダックの名作アニメ『カモにされたカモ』から飛びだしてきたような、オルセン＆ジョンソン風のドタバタ喜劇風のギャグでね。何が面白いって、観客が最初はこれが間違いだと勘違いするところさ——そして、そのハプニングからどうやってキャストが立ち直るかを見ようと身を乗りだす。それから、すべてが綿密に計算された演出だと気づき、そのジョークにだけではなく、自分たちがまんまとかつがれたことに笑いだす。だから、このシーンでは常に大きな拍手が起こるんだと思う。

ロジャー・バート

　芝居の素晴らしい点、役者と演出家の共同作業の醍醐味は、たとえ無様に失敗するにせよ、全員が舞台の上で一か八か新しいことをやってやろうと思っていることだ。この歌を稽古していた日、ジョンと私は、ダンサーたちが舞台に登場したとき大変な間違いが起こったらどうなるかというアイデアを練りはじめた。これは芝居ではめったに使われないユニークなギャグだ。このナンバーでは、われわれの期待を上回り、大きな拍手をもらえる場面になった。

Something About That Boy
【あの子には何か特別なものがあるの】

　この歌に対する全員の期待と興奮は、ワークショップを重ねるたびに高まっていった。ドミニオンのリーディング公演では、ロレインと友人たちが食堂で何節か歌ってから、マーティとジョージがビフと手下たちに目まぐるしく追われるシーンが入った。サドラーズ・ウェルズのプレゼンテーションでは、ロレインがうっとりと歌う一節と対比する形で、ビフが歌うパートが挿入された。

「サドラーズのプレゼンのあと、クリス・ベイリーと私は、〈Something About That Boy〉を、第1幕を締めくくる可能性を秘めた大規模なブロードウェイ・ナンバーにすることを検討しはじめた」と、ジョン・ランドは語る。

　ボブ・ゲイルの台本には、映画のスケートボードの追跡シーンの代わりに、簡潔に「振付ありの食堂と校内の追跡」と書かれていた。「ジョンとクリス・ベイリーに丸投げしたんだ」と、ゲイルは笑いながら語る。

　振付師のクリス・ベイリーは説明する。「これは最初ほんの短い歌で、そのあとすぐ追跡が起こることになっていた。ところが、最終的にはミュージカルでいちばん規模の大きいナンバーになった」ジャーウッドとランターンズ施設で多くの稽古が行われる前に、クリス・ベイリーとダレン・カーナルはニック・フィンロウとデイヴィッド・チェイスの助けを借り、ニューヨークで何度か振付セッションを行った。

　そして、映画のようにヒルバレーの時計台広場じゅうをスケートボードで逃げまわるのではなく、（オリー・ドブソンいわく）〝スクービー・ドゥー風の追跡〟でヒルバレー高校のなかを駆けまわることになった。ティム・ハトリーのターンテーブル・マジックと、フィン・ロスのビデオ・ウォールとティム・ラトキンの巧みな照明の組み合わせにより、食堂で始まり廊下、教室、体育館のロッカー室へと移っていく追跡アクション・シーンが見事、舞台上で実現したのである。

　優先事項は、手に汗握るシーンにすることだった。といっても、キャストの安全が最優先であることは言うまでもない。「ジョージがビフに牛乳かマッシュポテトをかけられてから走りまわるアイデアも話し合った」ランドは回想する。「だが、かつらやマイクに食べ物が入るかもしれないし、舞台の上で誰かが滑って転び、けがをするかもしれない、危険すぎる、と小道具係に言われた。それからその小道具係に、スパゲッティを提案された。完璧なアイデアだ！　子どもの頃、学校の給食がスパゲッティだった日を思いだした。そこらじゅうスパゲッティだらけになっていたことをね！」滑らないスパゲッティの小道具を頭からかぶってこのシーンに相応しい〝衣装をまとった〟あと、ジョージ役のヒュー・コールズの準備が整った。また、〝きみは自分と結ばれる運転にある（訳注：運命の言い間違い）〟とロレインに告げる少し前の場面で使いたいからと、コールズはチョコレートミルクをフードカートに用意してほしいと要請した。

　追跡シーンでは、クリス・フィッシャーとベン・スティーヴンスによるマジックトリックも使われ、体を使うアクション・シーンに関しては、経験豊富なスタント・スーパーバイザーでありファイト・コーディネーターのモーリス・チャンが活躍した。「初めてジョンに会ったとき、どういうシーンにしたいかを説明された」と、チャンは説明する。「とにかく楽しめる、見どころ満載の喧嘩を頼む、と言われたよ！」チャンと彼のチーム〝キャスケード〟は、いくつかの提案をまとめて演出家のランドに送った。ランドは、「チャンたちが、ロッカーを使った面白いスタント・シークエンスを作りだしてくれた」と語る。この提案に全員が賛成すると、チャンと彼の助手のアレクサンダー・ヴーはパリからマンチェスターに飛び、オリー・ドブソン、エイダン・カトラー、コールズ、ウィル・ハズウェル（スリック役）、オリヴァー・オームソン（3-D役）とともに集中稽古を行った。「俳優たちは、ボディワークや殴り合い、リアクション、転倒まで、要求された動きすべてを素早く学んだ。彼らが一生懸命だったので、とても楽しく仕事ができたよ」

ビフ
（マーティを押しやって）
おっと、これはこれは。新入りのマヌケ野郎じゃないか。こてんぱんにしてやるぞ、クソガキ！

マーティ
やあ、うわ——ビフ！ 靴ひもがほどけてるぞ！

ジョン・ランド
　曲の始まりにぴったりのオープニングだ。シャングリラスの〈リーダー・オブ・ザ・パック〉っぽく、曲のイントロの前に女の子たちがぺちゃくちゃ話すところがいかにも50年代という感じでね。舞台では、このピタっと動きを止める〝フリーズ〟と呼ばれるテクニックがよく使われるんだ。観客の注目を集められるから、とても気に入っている。「みんな、注目！ 彼女が気持ちを打ち明けるぞ」と、みんなの目を引きつけてから、シーンをはじめる。ポーズをとったマーティの腕がロレインの顔の周りでフレーム代わりになっているところと、彼女が10代の女の子らしくマーティにぞっこんなところが、とてもかわいいと思う」

騙されて下を見たビフに、マーティがパンチを浴びせる。ロレイン以外の生徒の動きがぴたりと止まり——ロレインは自分を守ってくれたマーティをうっとりと見つめる。

ロレイン
男は強くなきゃ
男は正直でなきゃ
男はハンサムでなきゃ
何より、特別な魅力がなきゃだめよ

マナーがなきゃだめだけど
礼儀正しすぎてもだめ
堅苦しい男ほど
退屈なものはないから

時の流れがスローモーションになり……

ジョン・ランド
　まず、女の子たちだけがゆっくり動きだし、歌うロレインのバックコーラスをはじめる。

ロレイン	**女の子たち**
	アアアアー
彼には私が求める	
すべてが備わっている	
何か人と違うところがある	アアアアー
もっと違う何かがあるの	アアーオー

左：モーリス・チャン（後列左から2人目）と彼のスタント・チーム。キャストと演出家ジョン・ランド（前列右）とともに。

ロレイン（続けて）
そう、とっても特別なもの
"ラ・ディ・ダ"よ
フランス人が言う
ジュ ヌ セ クワ（何とも言えない魅力）

時の流れが通常に戻る。

エイダン・カトラー
　リハーサルでは、このパンチのあとの倒れ方を何通りも試した。ある日ジョン（・ランド）に、観客がビフの全身を見られるように、まっすぐ後ろに倒れたらどうかと提案され、リハーサルの最後の２週間ぐらいは、殴られたあとドシンと音を立てて倒れていた。あるとき、音楽のキューで曲が始まってから、静止フレームみたいに倒れたまま45秒ぐらい両脚を90度あげっぱなしにしていたら面白いんじゃないかと思って試してみた。なんだそれは、と怒られるか、もう二度とやらないように言われるかとひやひやしたが、ボブ（・ゲイル）とグレン（・バラード）とアラン（・シルヴェストリ）は笑っていたし、ジョンは爆笑していた。それは絶対入れよう、と言われたよ。いまでもこの部分がすごく気に入っているんだが、実を言うと、いちばん後悔してる部分でもある。毎晩、太腿がつりそうになるし、脚がしびれてほとんど動かない状態で、そのあとの5分間のナンバーをこなすはめになるからね。でも、45秒間、観客を大笑いさせられるんだから、その価値はある！

ビフ
（手下に向かって）
あいつをつかまえろ！

オリー・ドブソン
　ジョン（・ランド）から、もっともっと自分のアイデアを歌に取り入れていいんだ、とは言われてるが、なかなか難しい。ある日、ジョンがいくつかのロッカーとともに稽古にやってきて、「よし、やってみよう！」と言ったんだ。

ビフと手下たちがマーティとジョージを追いかけて食堂を駆けまわるなか、ロレインと彼女の友だちが歌う。用務員がごみ箱を転がしながら、給食の残飯を入れていく。ビフがカートからナイフをいくつか、つかむ。

ロレイン
あの子は、どこか特別なの
あの子は、どこか特別なの
私をすごく幸せな気持ちにしてくれる
どういうわけか、彼の瞳に見つめられると、
すべてを見通されている気がする

ロレイン	**女の子たち**
彼には備わってるの	
女の子が	女の子が
望めるものすべてが	望めるものすべてが
彼はほかの子たちとは	
ちがう	
とてもやさしいの	とてもやさしいの
彼が自分の夢を	
叶えるためなら	叶えるためなら
私はなんだって	
してみせるわ	
	ウウ――アアー

ビフがナイフを投げ、マーティがランチのトレーでそれをブロックする。

オリー・ドブソン
　ヒュー（・コールズ）と僕は、ビフが僕らに何かを投げつけてみんなの目を引きつけるべきだと提案し、イリュージョニスト・チームにナイフを投げるトリックを教えてもらった。それに、ふたつのロッカーに入るギャグもね。ビフがロッカーを開けるとなかは空っぽだけど、彼が向きを変えたとたん、僕らがロッカーから出てきて追いかけっこが再開する。

アンサンブル
あの子には、何か特別なものがある

ロレイン
わかってる、あの子にさっき会ったもの

アンサンブル
あの子には、何か特別なものがある

ロレイン
でも、あの子をゲットしなきゃ

アンサンブル
彼はあなたをとても幸せな気持ちにしてくれる

ロレイン
彼のことがとにかく忘れられない
それを彼に伝えなきゃ

ロレイン	**女の子たち**
私たち、相性抜群よ	オオ──
彼は謎に満ちている	ウーア──
私たち、歴史を作れるわ	オオ──
だって彼には	
何かあるの	何かあるの
特別な何かが	特別な何かが
特別な何かが	特別な何かが
あの子にはあるの	あの子にはあるの

ターンテーブルが回ってロッカー室が現れ、マーティとジョージがアメフトのヘルメットとジャージ姿で、3人の本物の選手たちと自重運動をする。ビフと手下たちが彼らに疑わし気な目を向け、誰なのかを見ようと彼らのヘルメットを取る。

ビフ	**3-D とスリック**
あいつにはどこか	あいつには
気に食わない	
何かがある	
何かがおかしい	何かおかしい
どこかとっちめたく	とっちめたく
なるんだ	
あいつに思い知らせてやる	思い知らせてやる
今日から	
あのガキには	あのガキには
うさんくさい何かがある	うさんくさい何かがある

3-D
使い物にならないクズ

スリック
第一級のアホ

ビフ、3-D、スリック
あいつには、うさんくさい何かがある

3-D
要注意人物リストに載ってる

スリック
コミュニストみたいに

マーティとジョージがロッカーのなかに隠れる。ビフと手下たちが次々にロッカーを開けていく。

ビフ
あいつを見つけてやる
そして見つけたら
ボコボコにしてやる
真っ二つに
してみせる

3-Dとスリック
そして見つけたら
ボコボコにしてやる

（喋って）真っ二つだよ、ビフ。

ビフがロッカーを開け、なかでタバコをふかしているストリックランド先生を見つける。

ビフ
あ、どうも、ストリックランド先生。

ビフがロッカーを閉めると、マーティとジョージが別のロッカーから出てくる。ビフがふたりを見つける。

ビフ
つかまえろ！

ストリックランド
（同じく追いかけて）
タネン！こら、待つんだ！そのままじゃ、おまえの未来は真っ暗だぞ！

マーティとジョージが、車輪付きの板に載ったバケツにモップをつけて床をはいている清掃係の女性のそばを通り過ぎる。

清掃係の女性
ちょっと！　走らないで！　床が濡れてるわよ！

手下たち、それからビフがふたりのあとを追いかけていき、全員が濡れた床で足を滑らせ、そのまま舞台袖に消えていく。

ターンテーブルが回り、フランス語の授業が行われている教室で、ロレインと女の子たちが机に座っている。ほかの生徒たちは、顔の前に教科書を掲げている。

アンサンブル
あの子には、
特別な何かがあるの

あの子には
特別な何かがあるの

彼は私をものすごく
幸せな気持ちにしてくれる

ロレイン
何とはっきりは
言えないけれど

とにかく
突き止めないと

それに

ロレインとアンサンブル
特別な何かがあるの

ロレイン
あの子には、特別な何かがあるの

マーティとジョージが教室に駆けこんできて、空いている机に座り、顔の前に教科書を掲げる。ビフたちが駆けこんできて、ふたりを探す。

　目の鋭い観客は、ロッカーの後ろの黒板にフランス語のフレーズが書かれていることに気づくにちがいない。「たどるべき道。どこへ行くのか。われわれには道など必要ない」ジョン・ランドの妹ジョイスが、その日に相応しい〝授業計画〟を提供してくれたのである。

ロレイン	アンサンブル	ビフ	手下
		あいつを見つけるぞ	
私はこの気持ちに したがうわ	ウーワーオー		
	ワーオー	見つけたら	見つけたら
彼が私の心に 火をつけるの		見失って	
			こてんぱんにする アー
私はどうしても 彼を忘れられない この気持ちを 彼に伝える 準備はできてる	あの子には特別な 何かがある	俺はどうしても やつを忘れられない この気持ちを やつに伝える 準備はできてる	
会ったばかりだけど	あの子には特別な 何かがある	ボコボコにしてやる	ボコボコにしてやる
でもゲットしなきゃ	とても幸せな 気持ちにしてくれる	ボコボコにしてやる	ボコボコにしてやる
あの子には特別な	あの子には特別な	あいつにはどこか	あいつにはどこか

[アンダースコア]
間に合わせのスケートボードに乗ったマーティが舞台に飛びだしてきて、ビフの腕に飛びこむ。
ビフが殴ろうとすると、ストリックランドがふたりを引き離し、マーティが逃げだす。
さらなる追いかけっこが始まるが、今度はアンダースコアの伴奏が入る。

全員がここまでの動きと立ち位置に満足した時点で、アラン・シルヴェストリはこのアクション・シーンのスコアを考えはじめたが、それより優先されるべきシーンがふたつあることに気づいた。ほかの多くのナンバー同様、デイヴィッド・チェイスは大喜びでこのアクションの音楽にその素晴らしい才能を注ぎこんだ。

デイヴィッド・チェイス
私は、自分の仕事を映画スコアの演劇／ダンス版だとみなしている。見えないようにするのが仕事だと、よく言うんだ。私が手掛けた部分と作曲家が作った音楽との継ぎ目がわかってはまずい。私が何をしたかが人々にわからなければ、大成功なんだよ。

アラン・シルヴェストリ
マンチェスター公演に向けて、デイヴィッド（・チェイス）とニック（・フィンロウ）がこの曲に取りかかってくれて助かった。時間がほとんど残っていなかったからね。中止期間を経てロンドンに戻ってきたときには、この曲の変更も私のリストに含まれていた。まず、オリジナルスコアのモチーフや要素を使い、追跡シーンの細かい動きに合わせた試作スコアを用意した。すでにできあがった立派なスコアがあるのに新しく作って時間を無駄にしたくなかったから、たいていはそのやり方を使った。

ボブ・ゲイルはこう語る。「かなり初期の草稿で、ストーリーから迷わずカットした場面がふたつある。そのひとつが、スケートボードを使った追跡シーンだった。舞台では絶対にうまくいかないし、誰かがけがをする恐れもある」とはいえ、スケートボード・シーンへの短いオマージュは書いた。「このナンバーのために、車輪付きの板に載せたバケツにモップを浸して床を掃除する、清掃係のおばさんを登場させたんだ」

ミュージカルからカットされたふたつ目のシーンは、マーティが夜中に「ヴァルカン星から訪れたダース・ベイダー」に扮してジョージのもとを訪れるシーンだった。「ダース・ベイダーでは観客に顔が見えないし、あのマスクをすっぽりかぶって歌うのはほぼ不可能だ」ジョン・ランドは、この悪の権化を復活させるアイデアを思いついたが、ボブ・ゲイルとロバート・ゼメキスが映画で使ったのとは違う方法をとることにした。「これも僕が小学生のときのことなんだが、ツールベルトをつけた用務員が大きくて長い、蛍光灯の箱を持っていたのを覚えてる。それで、マーティが懐中電灯と蛍光灯のチューブでライトセーバーを真似るアイデアを試してみようと思ったんだ。でも、ボブにも誰にも言わなかった」リハーサル中に試してみたところ、ゲイル独特の笑い声が部屋中に響きわたった。ランドはにやっと笑って続けた。「あの笑い声を聞いたとたん、正しい決断だったとわかったよ！」

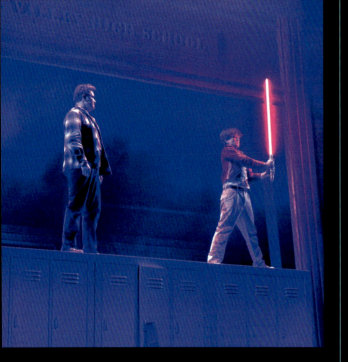

追いかけっこは教室からロッカー室に移る。マーティとジョージがロッカーの上によじ登り、ビフの手下たちをけん制する。ジョージが飛びおりると、ビフがよじ登り、マーティと対峙する。ジョージが用務員の手から長い蛍光灯をつかみとってマーティに渡すと、マーティはそれをライトセーバーのように構えた。

マーティ
ビフ、私はおまえの父親だ！

ビフ
はあ？

ビフがマーティの手から蛍光灯をひったくる。マーティはビフの尻をけ飛ばし、ビフがロッカーの後ろに落ちる。マーティが飛びおりて、舞台下手に走る。ターンテーブルがもう一度回り、ロレイン、ベティ、バブス、ジョージ、ストリックランド先生、ほかの生徒、チアリーダー、アメフト選手たちが、このナンバーのフィナーレのために舞台に広がる。

ロレイン	**アンサンブル**
あの子には特別な 何かがあるの……	あの子には特別な 何かがあるの あの子には特別な 何かがあるの
何かがあるの……	あの子には特別な 何かがあるの

マーティがスケートボードで舞台を滑走し、ロレイン、ベティ、バブスを通り過ぎていく。一方ジョージは、完璧に無視される。

ベティ
あなたの言うとおりだったわ、ロレイン！

バブス
あの子、どこの子なの？

ベティ
どこに住んでるの？

ロレイン
さあ、知らないけど、必ず突き止めるわ。カルバン・クライン、あなたを私のものにしてみせる。

ビフが落ちたのは、先ほど用務員が押していたごみ箱のなかだった。そのごみ箱から、食べかけのスパゲッティなどの残飯にまみれたビフが悔しそうな顔で現れる。

学校全体
何かがある

マンチェスターでは、ビフがロッカーの上から洗濯かごのなかに落ち、頭から〝運動用の器具〟を垂らして顔を出したところで、幕が下りた。ロンドンでは、常にジョージに味わわせている屈辱的な思いを自身で経験することになった。洗濯かごに落ちたあと、女性調理師がスパゲッティが入った大きな鍋を取り落とし、ビフがかつらよろしく、それを頭からかぶってしまうのだ。一方、ロレインと友人たちはこの華々しいナンバーをこう締めくくる。

ビフ
何かがある

学校全体
あの子には何かがあるの！

ビフがよろめいて、ごみ箱のなかに倒れこむ。

幕が下りる：前部に紗幕が垂れ、〝続く〟の文字が投影される。

第１幕、終

第2幕

第1場：未来
〈21st Century〉・・ドクとアンサンブル

第2場：ドクの研究室── 1955年
〈Something About That Boy〉──リプライズ ・・・・・・・・・・・・・・・・・・・・・・・・・・・・・ロレイン

第3場：マクフライ家の裏庭
〈Put Your Mind to It 〉・・マーティとジョージ

第4場：ドクの研究室
〈For the Dreamers〉・・・ドク

第5場：ヒルバレー高校
〈Teach Him a Lesson〉・・・・・・・・・・・・・・・・・・・・・・・・・・・・・・・・・・ビフ、スリック、3-D

第6場：ルウのカフェ / 時計台広場
〈It's Only a Matter of Time〉──リプライズ ・・・・・・・・・・・・・・・・・・・・・・・・・・・・・・・マーティ
〈Wherever We're Going〉──リプライズ ・・・・・・・・・・・・・・・・・・・・・マーティとジェニファー

第7場：〝魅惑の深海〟ダンスパーティ
〈Deep Diving〉・・・・・・・・・・・・・・・・・・・・・・・・・・・・・・マーヴィン・ベリーとスターライターズ

第8場：高校の駐車場
〈Pretty Baby〉──リプライズ ・・ロレイン

第9場：〝魅惑の深海〟ダンスパーティ
〈Earth Angel〉・・・・・・・・・・・・・・・・・・・・・・・・・・・・・・・・・マーヴィン、ロレイン、ジョージ
〈Johnny B.Goode〉・・・マーティ

第10場：ヒルバレーの時計台広場── 1955年
〈For The Dreamers〉──リプライズ ・・・・・・・・・・・・・・・・・・・・・・・・・・・・・・・・・・・・・・・ドク

第11場：ヒルバレーの時計台広場── 1985年
〈The Power of Love〉・・・・・・・・・・・・・・・・・・・・・・・・・・マーティ、ゴールディ、アンサンブル

カーテンコール
〈Back in Time〉・・・・・・・・・・・・・・・・・・・・・・・・・・・・・・・・・・・・マーティ、ドク、一座全員

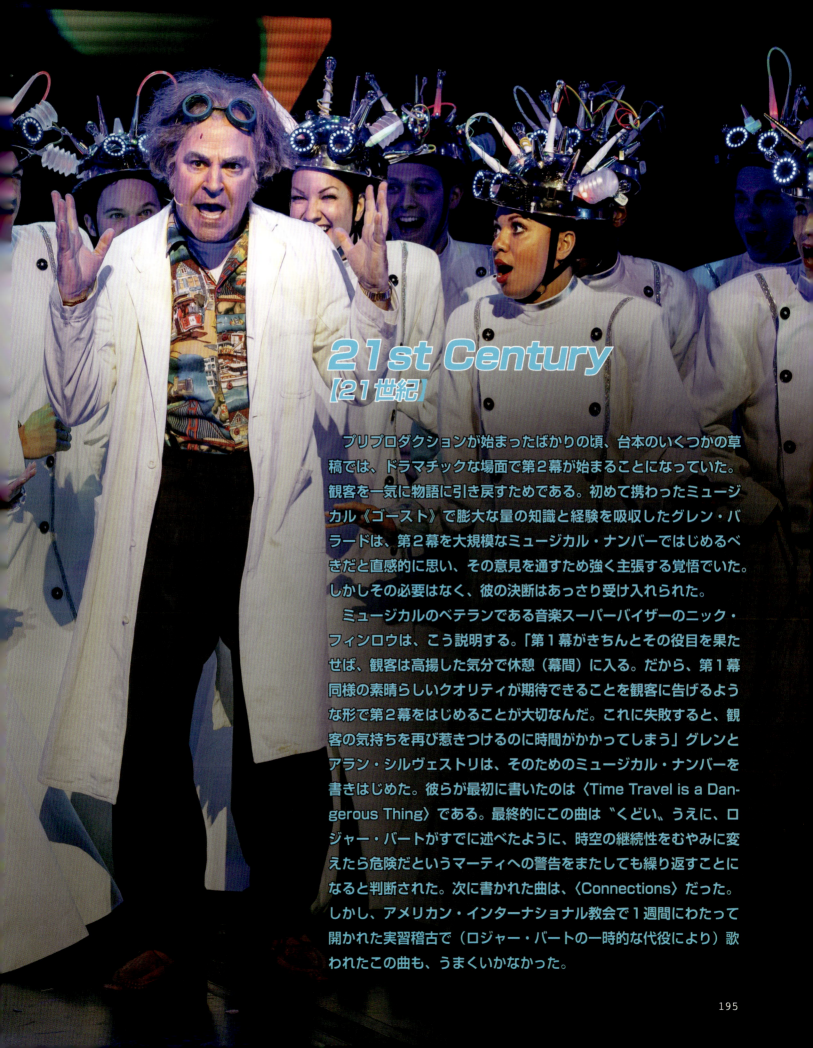

21st Century
【21世紀】

プリプロダクションが始まったばかりの頃、台本のいくつかの草稿では、ドラマチックな場面で第2幕が始まることになっていた。観客を一気に物語に引き戻すためである。初めて携わったミュージカル《ゴースト》で膨大な量の知識と経験を吸収したグレン・バラードは、第2幕を大規模なミュージカル・ナンバーではじめるべきだと直感的に思い、その意見を通すため強く主張する覚悟でいた。しかしその必要はなく、彼の決断はあっさり受け入れられた。

ミュージカルのベテランである音楽スーパーバイザーのニック・フィンロウは、こう説明する。「第1幕がきちんとその役目を果たせば、観客は高揚した気分で休憩（幕間）に入る。だから、第1幕同様の素晴らしいクオリティが期待できることを観客に告げるような形で第2幕をはじめることが大切なんだ。これに失敗すると、観客の気持ちを再び惹きつけるのに時間がかかってしまう」グレンとアラン・シルヴェストリは、そのためのミュージカル・ナンバーを書きはじめた。彼らが最初に書いたのは〈Time Travel is a Dangerous Thing〉である。最終的にこの曲は〝くどい〟うえに、ロジャー・バートがすでに述べたように、時空の継続性をむやみに変えたら危険だというマーティへの警告をまたしても繰り返すことになると判断された。次に書かれた曲は、〈Connections〉だった。しかし、アメリカン・インターナショナル教会で1週間にわたって開かれた実習稽古で（ロジャー・バートの一時的な代役により）歌われたこの曲も、うまくいかなかった。

　1曲目からさほど進歩していないという判断だったが、グレンとアランが書いたこの〈Connections〉には、休憩から戻ってきた観客を歓迎する歌に相応しい新しい枠組みが含まれていた。ジョン・ランドが当時書いたこの歌の分析メモには、「第2幕のオープニング・ナンバーがドクの頭（夢）のなかの出来事だというのは、非常に面白いアイデアだ。50年代に想像されていた未来風の研究室で繰り広げられるという案も素晴らしい！」とあった。

　この歌で何を達成すべきかを掘り下げていくうちに、グレンたちは根本的な部分に注目した。スケールが大きくて、ウキウキするほど楽しい、ひねりの効いたキャッチーな、観客の心を惹きつける歌でなければならない。「それから、グレンの頭にぱっと閃いたんだ」ボブ・ゲイルは明かす。「全員がはっちゃけて、それぞれ別のスタイルで歌うような、これまでとまったく違う感じにしてはどうか、とね。間違って別の劇場に入ってしまったのかと観客がぎょっとするような、そんな曲にしたかった！」想像がぐんぐん広がり――可能性は無限になった。

　関係者全員が才能に恵まれていたことはもちろんだが、このミュージカルには、ミュージカル界のスーパースター、ロジャー・バートが主演を務めているという強みがあった。アラン・シルヴェストリは言う。「ロジャーの何がすごいって、満員の会場が停電になったって、ライターひとつで舞台に出てその火が尽きるまでの1時間半、ひとりきりで会場を盛りあげられることだ。たったひとり、アドリブで観客の心を惹きつけていられる。それほど才能があるんだよ」

　ロジャーには、グレンとアランにライターをくれと頼む必要はなかった。グレンとアランは彼のために、第2幕のオープニングに相応しいナンバーを書いたのである。第2幕の幕が上がると、1955年のドク・ブラウンが突如として舞台に現れ、観客たちを2020年の〝未来〟へといざなう。

第2幕　　開幕
第1場　　未来の描写

舞台上の丸い窓から、歌詞が描写する光景の一部が見える。

ドク
飢えもなし
苦痛もなし
それはすべて、過去のこと
平和と愛が
世界に満ちる
仕事もお金もない世界
ついに幸せになれる
輝く太陽がいつも
われわれを照らしだす

アンサンブル
未来には
犯罪もない
未来は
常夏なんだ
もう時間がない
だって未来は
いまなんだ

ドク
タイムマシンを作らなきゃならん

アンサンブル
*21世紀がどんな具合か
想像してごらんよ*

ドク
空飛ぶ車に奇妙な
マシンが
空中を飛び交う
火星旅行が
毎日行われる
眠ったまま
運動だってできる
試してごらん
テレビを観てるだけで、痩せられるんだ

アンサンブル
未来には
まぶしい反射はなし
未来では
髪型もイケてる
さあ準備して
だって、未来はいまなんだ

ドク
（椅子を手でなでて）
うむ、なかなかいい手触りだ

全員
*21世紀になるのが
待ちきれない*

ボブ・ゲイル
　驚くべきことに、グレン（・バラード）とアラン（・シルヴェストリ）が誰からの助言もなく思いついたアイデアは、ボブ・ゼメキスと私が『Professor Brown Visits the Future』という映画の構想を練っていたとき最初に思いついたコンセプトとよく似ていた。当時ボブと私は、1939年のニューヨーク万博に登場した未来を映画にしようかと話し合っていたんだ。ほら、実現しなかったが、その頃は空飛ぶ車みたいなとんでもないテクノロジーが将来普及すると約束されていただろう？　グレンはそうした要素を詰めこむのにお誂え向きの枠組みを作った。未来のばかげた予測に関する手持ちの書籍から様々な資料を送ると、グレンは使えるものを抜きだして歌詞のなかに入れた。その後、私は同じ資料をティム・ハトリーに送り、フィン・ロスとともに、スクリーンにどんな映像を投影すべきかを考えた。そうやって、スクリーンに投影された宇宙にイースターエッグをいくつか入れることができたんだよ。

グレン・バラード
　もともとは、ドクが朝ごはんに腐ったパストラミ・サンドイッチを食べたせいで引き起こされた悪夢として始まったんだ！　アラン（・シルヴェストリ）とボブ（・ゲイル）とはしょっちゅう、過去に想像されていた未来や将来に関する推測ほど時代遅れなものはないというアイデアについて話し合っていた。最初のバージョンを構想しはじめたときから、アランと私の頭には、これだという未来のヴィジョンがあった。理想郷のような、SF風ユートピアだ。この歌全体が、1950年にドクが頭で思い描いている未来像という設定になっている。つまり夢のシークエンスなんだ。その設定が、それまで一直線に進んできたストーリーラインから4分間、寄り道するチャンスを与えてくれた。

197

アラン・シルヴェストリ

　ドクと彼の夢見る世界という着想は常に『バック・トゥ・ザ・フューチャー』の一部だった。映画のオリジナル・スコアを作るさい、制作陣は常に各キャラクターのテーマについて話し合っていた。ドクのテーマは狂騒感のあるアップテンポな曲だ。このテーマはドクの脳みそのニューロンを象徴していた。それは今回の作品でも変わらない。しかも、追加のビデオ・ウォールが加わったことで、そうしたニューロンが実際に何を作りだしているのかを見ることができる。つまり、グレン(・バラード)と私はこれをなんでもありの歌だと捉えて、〈It Works〉と同じように、ドクの空想を描いたんだ。ドクのワイルドな想像力を解き放つ作業は、毎回とても楽しかったよ。〈21st Century〉はそうやってできたんだが、それと同時に、ミュージカルを盛りあげるため、エネルギーたっぷりの情熱的な歌に仕上げた。歌詞の内容にこだわる必要はなかった。この歌は、観客の気持ちを舞台に引き戻し、ロジャー・バートのとびきり楽しいパフォーマンスを存分に味わってもらうためのものだ。それから、「さて、『バック・トゥ・ザ・フューチャー』では……」と再び〝映画〟のストーリーに戻る。このたったひとつのナンバーで、そのすべてを成し遂げようとした。なかなかうまくいったんじゃないかな!

ジョン・ランド

　グレン(・バラード)が最初に書いたバージョンを送ってきたとき、この曲はミュージカル・ナンバーというより80年代のハウスミュージックに近いと思ったのを覚えている。といっても、可能性はじゅうぶんあると思った。その頃には、グレンはロジャー(・バート)の〝声〟を念頭に置いて歌を作っていた。この歌が夢だというアイデアはとても気に入ったよ。中国で上演した別のミュージカルで、同じことをやったんだ。幕を開けると夢のなかで、観客は歌が終わるまでそれが夢だということに気づかない。2019年の冬に〈21st Century〉を仕上げていたころ、実にクールな曲だ、ロジャーなら見事に歌いきるだろうと思った。それに、アンサンブルでも面白い演出ができると思ったよ。

ロジャー・バート

　このナンバーでは、未来の出来事を描くことが決まっていた。楽しい夢にするか悪夢にするかはかなり議論された。個人的には、もっと暗い感じの曲を想像していたんだ。ドクが自分の発明品によって恐ろしい事態が起こることを心配しているんじゃないか、とね。だが、根っからのヒッピーであり自由人のグレン(・バラード)は、アラン(・シルヴェストリ)と一緒に、真の探索者および冒険家であるドク、何よりも大切なのは平和と愛だと信じているドクの曲を書いた。ドクはこのタイムマシンが自分がそれまでに成し遂げた最高の達成だと信じこみ、すべてうまくいく、世界は素晴らしい場所になると楽観的に考えている。それで、最終的にそういう歌になったんだ。

ドク	アンサンブル	ドク	アンサンブル
私はたくさんのことを シェアしなければ あらゆる場所で 証明してみせる この実験を	しなければ 証明してみせる この実験を	楽しいことばかり それが新世紀	楽しいことばかり それが新世紀
21世紀の 世界	21世紀の 世界	私はタイムマシンを 作ったんだ	彼には スターの素質がある
新たな世界は 明るく輝かしい 喜ばしいぞ すべてがベークライト	アア── ウウ──	何を見られるか 想像してみたまえ	流星群
現金は すたれたから 市場が破綻する心配もない ゴミは蒸気で吹き飛ばす	アア── ウウ──	21世紀の 世界で	彼の時代だ 21世紀の 世界で
毎日遊んで暮らすことを 想像するんだ しかも給料は2倍 素晴らしいだろう？	アア── ウウ──	何を見つけられるか 考えてみるんだ	彼が成し遂げた
まるで 新たな王国が 生まれたかのよう	まるで 新たな王国が 生まれたかのよう	頭がぶっ飛ぶような 世界だ	懸命に打ちこみ

ドク　楽しいことばかり　それが新世紀

想像してみろ、私たちが

とうとう
完成させたんだ

21世紀に
どうなっているかを

21世紀に
どうなっているかを

ドクがダンスブレイクでアンサンブルに加わる。歌が終わり
に近づくと、ドクは車輪付きのホバーボードに乗り、最後の
一節を歌いながら舞台上を滑っていく。

ニック・フィンロウ

　アラン（・シルヴェストリ）とグレン（・バラード）からは、エレクトロダンスミュージック色の濃い、いかにも80年代風の音楽でなければならないと明確に指示された。ほかのシーンでは登場しない、特定のサウンドにするように、とね。何しろ、ほかとはまったく異なる夢の世界、ふつうの状態でなければ現実でもない世界なわけだから。この歌に関して、僕はアンサンブル・パートを少し書いただけだ。グレンとアランはすでに、ダンスブレイクにうってつけのセクションを、多くのサウンドや構成音、リフ、効果音とともに〝プログラム済み〟だった。それに、ふたりはクリス（・ベイリー）の振付映像に合わせて書いていた。アランはいつもそうしていた。始まりからエネルギッシュで否が応でも引きこまれるんだが、ほかのみんなが言っているように、とくにストーリーを語っているわけではないというのが、この歌の素晴らしいところだ。だから、観客は話の流れを気にせず、ゆったりと楽しめる。ちょっとしたアントゥラクト（著者注：ダンス、音楽、あるいは演劇の間に演じられる短いパフォーマンス）なんだ。

ティム・ラトキン

　奇妙なサウンドや弾けるような音、フレーズがたくさん使われている。そのサウンドトラックのクレイジーさを照明がなぞるんだ。めまぐるしく点灯し、変化し、閃光を放ち、色も変わる。そのエネルギーが歌に流れこみ、ドクとアンサンブルはミュージカルのアドオン（拡張機能）みたいな色鮮やかな世界に足を踏みこむ。基本色としては、照明とビデオ・テクノロジーの原色である赤、緑、青を使った。そのおかげで、テクノっぽい感じになった。

ドク

私はタイムマシンを
作ったんだ

クリーンに
保たないと！

この銀河を超えた

21世紀の
世界で

ステンレススチールが
大のお気に入りだ

この車に乗るのは
最高の気分だ！

待ちきれない
21世紀の
世界に行くのが
待ちきれない
21世紀の
世界に行くのが

アンサンブル

実験に基づいている

天体叙事詩的な

奇跡だ
21世紀の
世界で

彼はどんどん
進歩を達成するぞ

彼はきっと目を
きらきら輝かせる
最高にクールな
ドライヴ
21世紀の
世界
待ちきれない
21世紀の
世界

[〈21st Century〉がリピートされる]

コートニー・メイ・ブリッグス

私たちは庭仕事用の大きな黒いゴム手袋をしていたんだけど、しょっちゅう吹き飛んでしまった。踊りながら腕を突きだすと、その大きな手袋が飛んでいって誰かの顔に当たるので、手袋はボツになったの！

ジョン・ランド

ボブ・ゲイルからは、全員に白衣を着せるようにという指示があった。リサーチをしてみると、1950年代の人々が思い描いた未来の画像が大量に見つかった。特徴のある服や肩パッド、ボタンなどの工夫も含めて、とにかく遊び心のある素材をたくさん取り入れた。それらがティム（・ハトリー）の想像の世界に収まり、ああいう衣装になったんだ。それに、ティムがデザインした衣装はダンスにもうってつけだった。体のシルエットが非常に重要だったので、クリス・ベイリーは衣装も体の動きに合わせて踊って見えるように振付を調整した。

ボブ・ゲイル

ロジャー（・バート）の登場場面に関しては、最初は、『スター・トレック』のチューブ型の転送装置に似た物体のなかにドクが姿を現す、と書いた。この舞台演出はそれまで何度も試されたことがあり、うまくいくことは保証されていたからね。彼がデロリアンに乗って登場し、アンサンブルがそれを分解してから組み立て直すバージョンも書いた。当然、ボツになったが！

ロジャー・バート

マジックや様々なイリュージョンを実現する助っ人として、ある会社が雇われた。ほら、昔ながらの、"椅子に座った男が消える"トリックなんかを専門とする人々。彼らは、私が舞台で座る椅子を造った。仕掛けは何もなさそうに見えるが、ぱっと煙があがると、いつの間にか私が座っていて、「いったい、どうやったんだ？」とみんなが首を傾げる。あの椅子の仕掛けは厄介だったな。

ボブ・ゲイル

一度もうまくいかなかった。試すたびに失敗したんだ。

ロジャー・バート

観客に椅子の背を見せたあと、そこに座った私がカーク船長のようにくるりと椅子を回して姿を現し、「私はここで何をしているんだ？」みたいな演技をすればじゅうぶんだった。トリックをやると様々な問題がでてきたので、仕掛け付きの椅子は使わないことにした。ホバーボードのほうは、なかなか面白い冒険になったよ……。

コートニー・メイ・ブリッグス
　煙で舞台全体を覆うと言われたの。その煙とまばゆい照明の効果で、私たちが浮いたように見えるはずだった。素晴らしいアイデアだったけれど、ホバーボードにベルトで足を固定されていたから、20人のアンサンブル・メンバーが安全にやり遂げるのは本当に難しかったのよ。リハーサル中に、つんのめって前に倒れ、起き上がることができずに舞台から這って出たことがあった。みんなに大笑いされたわ！　大勢のダンサーを板の上に固定するのはふつうなら時間がかかりすぎるけれど、このシーンは休憩の直後だったから、やろうと思えばその時間はあった。でも、特にせまいバックステージでその板をはずすとなると、歌とダンスが止まってしまう恐れがあったの。

ロジャー・バート
　しかも、ものすごく大きな音が出た。アンサンブルが何かを飛び越える、あるいは跳躍するたび、上の階に象の一家が住んでいるんじゃないかと思うような大きな音が響いた。あの板は3時間のリハーサル中に一度使われただけで、箱に放りこまれたんじゃないかな。劇場の裏の路地にあるゴミ箱にセットが捨ててあれば、いやでもボツになったとわかる！

［特注の板を使う計画は失敗に終わったものの、ロジャー・バートは、ドクなら未来風の移動手段に挑むにちがいないと思った。］

ロジャー・バート
　ドクは、ほかの誰よりも進歩的なテクノロジーを使うべきだとクリス（・ベイリー）に言ったんだ。私が、アンサンブルの周りをホバーボードで移動したらどうだい、ってね。クリスがOKしたんで、ホバーボードをひとつ購入した。

［ここで言及されているホバーボードは、2015年に『バック・トゥ・ザ・フューチャー』人気にあやかって売上向上を狙った製造業者に"ホバーボード"と名づけられた、自動的にバランスを取って自立するバッテリー式スクーターのことである。］

ロジャー・バート
　テレビ番組で使うために、大急ぎで乗る練習をしたんだ。とても乗りこなせないんで、みんなに技はできないと伝えた。最初に試した午後にさっそく転んで、一気にみんなを不安にさせたよ。

ホバーボードは水上でも……舞台上でも使えない

　1989年、『バック・トゥ・ザ・フューチャーPART2』の宣伝活動中、ロバート・ゼメキスは、ホバーボードは本物で実は何年も存在しているが、心配症の親たちにより一般の発売が妨げられているのだと茶目っ気たっぷりに発言した。すると、どうかホバーボードを手に入れられるようにしてくれと懇願、あるいは要求する子どもたちからの手紙が何千通も、映画会社に届いた。それから数十年間、何度も実現に向けた努力がなされたものの、機能するホバーボードは映画の世界にしか存在していない。2019年、クリス・ベイリーはミュージカルのステージでこれを再現しようと試みた。
　振付のクリス・ベイリーとダレン・カーナルは、次の案を思いついた。ドクが奇抜な方法で研究室に姿を現したあと、曲の前半はアンサンブルがホバーボードに足を固定したまま、自分が目にした完璧かつ驚異的な未来について歌いながら観客を楽しませるドクの周りでダンス・ルーティーンを披露するのである。
　このボード自体は、『バック・トゥ・ザ・フューチャーPART2』でマーティが乗っていたホバーボードの複製で、足のストラップの下の本体にふたつのゴムボールが追加で埋め込まれた。しかし、すぐに問題点が浮き彫りになった。

コートニー・メイ・ブリッグス
　大勢のアンサンブルでは安全に使うことができなかったから、ロジャー（・バート）がホバーボードを使うことになったの。休憩のとき、リハーサル室で彼がすごいスピードで飛びすぎるのを見たわ。何とも言えずシュールな光景だった。ロジャーはいつも練習していた。

ロジャー・バート
　200回以上の公演を行っているが、いまのところ（舞台上で）倒れたことはない。これからもそうならないことを祈りたいね。滑走しながら歌うのはなかなか難しいんだが、ばかばかしくて笑えるし、観客のウケもいい。いいナンバーだと思うよ。

コリン・イングラム
　私はこのナンバーを聴くたびにウキウキする。観客をまったくの別世界に連れていけるところがとても気に入ってるよ。1950年代の人々が思い描いていた未来のコンセプトなんて、とても面白いアイデアだね。ダンスブレイクは、何とも言えず楽しいし、ナイトクラブで踊っているみたいな感じで、みんなが思い浮かべる『バック・トゥ・ザ・フューチャー』とは違う。こういうことができるチャンスは活用しないとね。

Put Your Mind to It
【なせば成る】

　映画では、高校の〝魅惑の深海〟ダンスパーティに行こうとロレインに誘われたマーティがジョージのもとを訪れ、自分の計画――10代の父親が母親の心を勝ちとり、歴史の流れをもとに戻す計画――を説明する。グレン・バラードとアラン・シルヴェストリは、ミュージカルのこの場面を、映画のスクリーン上では不可能だった方法で親子が心を通わせるチャンスだとみなした。これまで何度も語っているように、「歌は映画におけるクローズアップのミュージカル版」である。そこでふたりは、すでに映画で人気の一場面に新たな個性を加え、エネルギッシュな歌とダンスを付けて、驚くほど感動的なジョージとマーティのシーンをシーンを生みだした。

ボブ・ゲイル
　グレン（・バラード）とアラン（・シルヴェストリ）がこのシーン用に最初に書いたのは、マーティがジョージにどうやったらかっこよく振る舞えるのかを教える〈When You're Really Cool〉という歌だった。いい歌だったが、マーティがいちばん重視しなければならないのはジョージに自分の計画を伝えることで、クールであるかないかは実際のところ、あまり重要じゃない。私はこのシーンでは、〝全力でやればなんでもできる（何事もなせば成る）〟ことをマーティがジョージに納得させなければならない、と言ったんだ。その指示を

下・左：「おい、貴様！その薄汚い手をどけろ！」　下・右：〝衣装の不具合がふたつ同時に〟起こった、初めての例。

ジョージ
「おい、貴様、その薄汚い手をどけろ！」か。そんな乱暴な言葉遣いをしなきゃいけないのかい？

マーティ
そうさ、ジョージ、まったく――乱暴でいいんだよ！　それから僕の腹を殴る。僕はそれに合わせて倒れ、きみとロレインがくっついてめでたしめでたし、って筋書きだ。

ジョージ
すごく簡単そうに言うけど……怖くてたまらないよ。

マーティ
怖がることなんか何もないさ。忘れないでくれ……

マーティ
歩くときは
きみにしか行けない場所に
向かっているかのように
余裕の足どりで歩くんだ
しゃべるときは
大声はだめだ
（ジョージ：え？　なんだって？）
友達を持つのはいい
でも群れるのはやめろ

それに、いくら遅れていても
急いではだめだ
心配もしちゃいけない
ジョージ、集中してくれ

マーティは自分の動きを真似るようジョージに示すが、ジョージの動きは控えめに言っても、かなりぎこちない。

マーティ
踊るときは
徹底的にやれ
ストーンズのミック・ジャガーみたいに
堂々とやってのけろ

ジョージ
ストーンズ？　ディック・ジャガーって誰だい？

マーティはフェンスの上にぴょんと飛び乗る。ジョージもそれにならう。

マーティ
謝るのはやめろ
（ジョージ：あ、ごめん）
なりたい自分になるんだ
（ジョージ：いまはディック・ジャガーになりたい。彼、何者だい？）
分析しすぎるのもだめ
自分のなかの男らしさを解き放て

なせば成る
目をそむけるな
調整してもいい
とにかく一生懸命やるんだ
なせば成る

なせば成る
目をそむけるな
調整はできる
一生懸命、やるんだ
なせば成る

マーティがジョージにがっかりしたような目を向け、首を振る。

ジョージ
きみの言ったとおりにやったはずだけど。

マーティ
全然違うよ。さあ、もう1回やろう。

遊ぶときは
楽しむんだ
勝負に勝ったかのように
振る舞うんだ

マーティがジャケットをさっと脱ぎすてる。ジョージはなかなか脱げなくてジタバタする。

もとに、グレン（・バラード）とアラン（・シルヴェストリ）は、〈Put Your Mind to It〉を書いた。私は、この「なせば成る（Put Your Mind to It）」を、ミュージカル全体で繰り返すテーマにするつもりだった。ドクがいちばん最初のシーンでこの台詞を口にするし、それから何回か別のシーンでも、マーティ、ゴールディ、ジョージがそれぞれ口にする。この歌は、そのテーマを明確にする助けとなってくれた。パフォーマンスをするのがたったふたりだというのに、この歌がここまで観客受けする人気チューンとなったのは、素晴らしい楽曲づくり、質のいいパフォーマンス、最高の振付がいかに重要かという証拠だ。

グレン・バラード

初めから、「なせば成る」はボブ・ゲイルのマントラだった。父と息子のこのデュエットは、僕らにとってミュージカルのなかでもとりわけ誇らしい瞬間のひとつとなった。当然ながら、映画ではできなかった場面だが、数々の素晴らしい才能に恵まれたおかげで、このシーンに自然とおさまった。オリー（・ドブソン）のダンスセンスは抜群だし、ヒュー（・コールズ）の動き方とキャラクター描写はピカイチだからね。

ジョン・ランド

最初の読み合わせのときからずっと、このナンバーは素晴らしい出来だった。オリー（・ドブソン）とヒュー（・コールズ）は最高の役者だ。ヒューは、私がこれまで一緒に仕事をした誰よりもおちゃらけていて、魅力あふれる男なんだ。ふたりが2回ほど歌ったとき、私は、とにかくロックにやろう、と言ったんだ。〈Dancing in the Street〉のミデイヴィッド・ボウイと（ローリング・ストーンズの）ミック・ジャガーのデュエットを何度も引き合いに出したが、オリーたちは「へ？」という顔をしていた。

ジョン・ランド（前頁からの続き）

あのビデオが30年近く前のものだということをすっかり忘れていたんだ。そこでふたりに携帯で〈Dancing in the Streets〉のビデオを見せたら、爆笑していたよ。そこから一気に前進した。ほんのわずかな変更はあったが、〈Put Your Mind to It〉は最初からずっと第2幕のハイライトになってきた歌だ。

クリス・ベイリー

とても振付しやすいナンバーだった。何が起こっているかが、はっきりしているからね。この親子関係は非常に素晴らしい。要するに、マーティは「父さん――かっこよくなってよ。さあ、こうやってみて」とけしかけるんだ。われわれはヒュー（・コールズ）に、いくつかダンスムーヴを試してもらうことにした。体の力を抜いて気楽に頼む、とね。身体を使った表現が上手なヒューは、ぎこちなくマーティの動きを真似して笑いを誘う。その動きを、歌詞とダンスに合わせて大げさにした。「歩くときは、余裕の足どりで……僕の動きを真似して」ってね。それから、歌詞にミック・ジャガーが登場するところで、ジョージはジャガーの動きを真似ようとする。ひょろい男が、えいや、と思いきって踊ろうとするのを、面白おかしく表現したんだ。

オリー・ドブソン

ミュージカルに登場したときのマーティは、父親とうまくいっていない。一方、ドクとは父親か祖父とのような素晴らしい関係を築いていて、家庭で得られることのない忠誠心と愛情あふれるその関係にしがみついているんだ。それから過去にタイムスリップし、まだ若い母に会い、こう思う。どうしてこの母が、あんなふうになってしまったんだ？　それから父を見て、なるほどと納得する。そして自分が父に教えてもらうべきだったことをその過去の父に教える。親とそうした関係を築いたことがない人たちにとって胸が熱くなる瞬間だと思う。マーティは父を愛している。そして父に、ありのままでいい、努力しているかぎりどんなふうに見えようとかまわない、と伝えたいんだよ。ロック・チューンではあるが、僕はこの歌を心を揺り動かす真剣な曲だと考えている。もちろん、ヒュー（・コールズ）はこの歌にユーモアを加えている。ほら、ジョージが笑えるジョークを言うだろう。一緒にビートに合わせて首を振り、踊りながら、僕が「すごい、ちゃんとできてるじゃないか！　どういう気分だい？」と訊くと、ヒューは「首が痛い」というすっとんきょうな答えを返すんだ。観客のなかには「そんなジョークを言う場面か？」と思う人もいたかもしれないが、ほとんどの人が「いかにもジョージの言いそうなことだ」という反応をする。あの台詞でいっそう楽しくなった。ジョージがとうとう吹っ切ったんだ。初めて、ふたりのあいだに絆のようなものが生まれるんだよ。

マーティがジョージに、自分の仕草を真似るよう促す。ポーズをとり、くいっと頭を振って髪の毛を払う。

マーティ
気の持ちようさ
見方の問題なんだ
その娘をゲットしたいなら
覚悟を決めないと

ついに、ジョージが〝動きを見事に真似る〟。

マーティ
そうだよ、どんな気分だい、ジョージ？

ジョージ
うん！ 首が痛い！

それから、本格的なダンス・デュエットになる。

マーティとジョージ
なせば成る
目をそむけるな
とにかくやりきれ
何事もなせば成る
全身全霊
取り組め
自由にやるんだ
なせば成る

ジョージ
（自分の頭を指さして、誇らしげに）
わかったよ！ なせば成る、だ！

マーティがジョージをぎゅっと抱きしめる。それから、〝ハイタッチ〟しようとジョージに片手を上げるが、1955年にはハイタッチが存在していないため、ジョージが手を振る。

ヒュー・コールズ

　このミュージカルでいちばん好きな場面だ。毎晩、思いきり楽しんでるよ。何もする必要がないところがとくにいい。すべてがオリーの肩にかかってる。オリー（・ドブソン）が歌と踊りというたいへんな部分を全部引き受けてくれてるから、僕はジョージになりきって言われたとおりにすればいい。さえないジョージが踊っているうちにイケてるジョージになる、楽しいナンバーだよ。踊りながらってところが重要だ。僕が踊れないのは明らかだが、ゆっくり、少しずつコツをつかみ、ミック・ジャガーみたいに踊りだす。オリーと僕が（舞台の）前部に移動して、ロックなチューンに合わせて頭を激しく上下に振る箇所があるんだが、あの瞬間、存在するのはオリーと僕と観客だけ。その全員が最高に楽しんでいるんだ。

For the Dreamers
【夢見る者たちに捧ぐ】

　ドミニオン・ワークショップのあとまもなく、グレン・バラードは新曲〈For the Dreamers〉を披露し、訪れたジョン・ランドとボブ・ゲイルを驚かせた。数日前にこの曲を聴いていたゲイルは、ランドの反応を見るのが楽しみで仕方がなかったという。

「グレンが歌うと、ランドは仰天していた」ふたりともこの歌が、誰も見たことのないドク・ブラウンの一面を観客に見せるチャンスであり、科学者であるドクと若者マーティとの関係性を深める感動的なナンバーになることを即座に悟った。

グレン・バラード

　この曲が生まれたきっかけは、どのキャラに歌を歌わせるか、その歌がその人物のどんな性格を明かすか、そして／あるいは、どうしてそれを歌うのかをアラン（・シルヴェストリ）と一緒に決めていた初期の頃にさかのぼる。このシーンで、ドクはマーティを1985年に戻すことができないのではないかと心の底から心配しているが、それをマーティに伝えることはできないので一生懸命平静を保っている。マーティのためだけではなく、自分のためにもだ。またこの歌には、原子力時代の幕開けという言外の意味も含まれている。ほら、「われわれは何を解き放ってしまったのか」とね。ドクは自分の発明に関してもそう感じているんだ。「これを作りだしたことで、私は恐ろしいことをしてしまったのか？　無垢な若者の人生を台無しにしてしまったのか？　私は歴史のなかで忘れ去られる運命にある、負け犬の夢見る男にすぎないのか？」ドクはそう歌う。

ドク
行くぞ。用意。放せ！

マーティが車を放し、ドクがケーブルを使って電線に電気を送りこむが、電線を通り過ぎたとき火花が散り、模型が燃えあがる！　ドクが息をのみ、消火器をつかんで火を消す。マーティの顔に恐怖が浮かぶ。

マーティ
ドク、心配になってきたよ。僕は未来に戻れない、そうだろ？　僕に未来はないんだ。

ドク
何をバカなことを！　これは些細な失敗だ。壮大な宇宙においてはなんの意味もないさ。これまで私が一度も失敗をしたことがないとでも思うか？
（エジソン、アインシュタイン、フランクリン、ニュートンの肖像画を指さして）
こうした天才たちが一度も失敗したことがないとでも？　エジソンが電球を発明するまでに、何度失敗したか知っているか？　それにアインシュタインが、重力性理論でどんな挫折を味わったかを？

マーティ
重力性理論じゃなくて、相対性理論でしょ。

ドク
いや、重力性だ！失敗したその理論が相対性理論に繋がったのだ。彼らのような先見の明を持つ夢想家は、私のヒーローだ。彼らは様々な夢を抱き、信じることをやめなかった。

だからこれを夢見る者たちに捧げる
成功を夢見て努力する人たち全員に
とはいえ、成功するのは
ほんのひと握り
成功すれば
もてはやされ
盛大なパレードが開かれる

だが、これは夢見る者たちに捧げる
勝者になることを夢見て努力する人たち
できるかぎり頑張る人たちに
たとえ成功
できないとしても
力のかぎりを尽くす人たち
この歌はすべての夢見る者たちに捧げる

さあ、その夢見る者たちを称えよう
一度も信じることをやめず
ひと握りの砂が
真珠に変わる
彼らには
素晴らしいアイデアが
世界を変えることが見えているんだ

ロジャー・バート
　私にとっては、人間でいること、失敗をおかすこと、疑いを抱くことを掘りさげていく非常に個人的な歌だ。発明家として、また、社会に貢献する人物として、ドクがこの世界における自分の役割をどう見ているのかがついに問われる、ユニークなチャンスだった。

ボブ・ゲイル
　夢を抱く者すべての心情さ。映画を作りたい、自分の歌を人々に聴いてもらいたい、ダンスを踊りたい、自分の仕事を人々に認めてもらいたい——そう夢見る人々のね。そしてこの歌には、科学や発明が持つ罠を超えた意味がこめられている。もうひとつの重要な点、映画で描かれていない点は、それに対するマーティの反応だ。ドクが〈It Works〉を歌うとき、マーティは彼の狂気のような熱っぽさに巻きこまれるが、〈For the Dreamers〉では、自分の友人がどういう人物なのか、理解を深めていく。

ロジャー・バート
　ふたりがどれほど相手を大切に思っているかを観客に伝える絶好のタイミングだったし、それに相応しい歌だった。1985年の導入部と第1幕のふたりのやりとりでは、ふたりの友情は確立されたものとして描かれているが、それはあっという間に終わってしまう。第1幕のふたつ目の(マーティと1955年のドクとの)シーンでは、ふたりは見知らぬ者どうし——少なくとも、ドクの目から見ればマーティは見知らぬ若者で、素晴らしい友情は芽生えはじめたばかりだ。〈For the Dreamers〉でわれわれは初めて、互いに真の友人となったふたりを見る。「僕がついてる。きみならできる。僕らなら絶対にできる」と、積極的にお互いを支えあうところを目にするんだ。その部分に触れられるのは素晴らしいことだ。とても人間味があるだろう?

ジョン・ランド
　制作当初は想像もしていなかった歌だが、いまはこの歌なしではミュージカルが成り立たないと感じている。たったひとつ問題だったのは、どの部分に入れるかだった。ボブ(・ゲイル)は、いくつかの場所で試してみた。第2幕のオープニングにも入れてみたが、うまくいかなかった。アメリカン・インターナショナル教会での実習稽古のあと、私はドクがビデオを見て自分が死ぬ可能性を悟る直後に入れたらどうかと提案したんだが、それもしっくりこなかった。

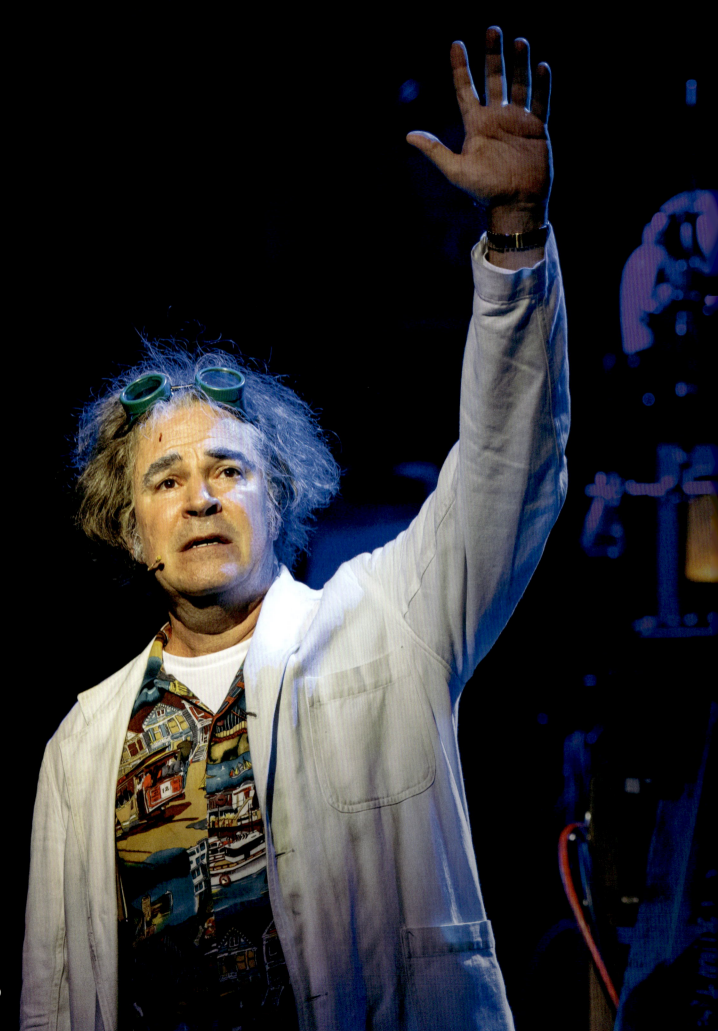

ドク（続けて）
ほかの連中は人が
やらないことに挑戦はしない

だからこれを夢見る者たちに捧げる
たとえ成功することが
なくても
インスピレーションを
できるかぎり広げようとする者たちに
この歌はすべての夢見る者たちに捧げる

私にはわかる
誤解されることがどういうことか

それに、おまえは役立たずだと
言われる気持もわかる
だが、あきらめることはできない
そう、決してあきらめない

人々には
利用されるだけ
周囲の雑音に
心が蝕まれる
だが、ひとりでも
成功すれば
何千という人々が
戦うはず
彼らは夜の闇のなかでも
赤々と炎を燃やすだろう
やがて燃え尽きるまで
ほとんどの夢想家がただ消えていき
二度と現れることはない

そう、これを夢見る者たちに捧げる
リスクをおかす
ガッツのあった者たちへ
にらみ倒すことなどできない
瞬きはしないから
ばかにするがいい
挑むがいい
誰にも、彼らの素晴らしさはわからない

そう、これを夢見る者たちに

捧げる
もう少しで成功するところだったが
できなかった
記憶に残らない者たち
そう、私たちが知ることのなかった者たち
に捧げる

マーティ
でも、僕は自分が何者なのか知っ
てる。この夢は必ず叶うよ、ドク。
僕にはわかるんだ。だって、ドク
ならできると心から信じてるから。

マーティはドクに模型の車を渡し、黒板を
裏返して方程式の面を出す。

ドク
ありがとう、マーティ。とても
……嬉しいよ。

マーティ
何か、持ってこようか？　サンド
イッチか何かいる？

ドク
（にやっと笑って、肩をすくめる）
もう少し時間がいるな。なぜか、
いつも時間が足りないように思え
る。

マーティ
（浮かない顔でため息をついて）
うん、たしかに。（間をおいて）
おやすみ、ドク。いい夢を。

マーティが出ていく、ドクは新たにみな
ぎった自信とともに、歌を締めくくる。

ドク
これを夢見る者たちに捧げる
これを夢見る者たちに捧げる……
私と同じ、夢見る者に

ボブ・ゲイル
　このときは、ドクが時計台広
場の模型とおもちゃの車を使って
1985年にマーティを戻す方法を説
明する映画のシーンをミュージカル
でどう描くかは決まっていなかっ
た。ロジャー（・バート）は、映画
のそのシーンは大好きだから残し
たい、とジョン・ランドに伝えてい
た。ティム・ハトリーが模型を黒板
の裏側に造り付ければいいという
アイデアを思いついたとき、すべて
がかちっとおさまった。模型を使っ
た説明が失敗することで、自然に
この歌に繋げることができたんだ。
少し第2幕の構成を変えなければ
ならなかったが、このシーンは新
しい曲を入れる場所としても、ロ
ジャー・バートの素晴らしい歌唱力
と演技力を披露する場所としても
完璧だった。

ロジャー・バート
　ドクがマーティを1985年に戻す
方法の説明に失敗した直後は、こ
のナンバーを入れる位置にぴった
りだった。ドクの精神状態はどう
なのか？　どんな気持ちなのか？
猜疑心をにじませるとしたら、何に
ついての疑いなのか？　自分が出
来損ないなのではないかと疑って
いるのか？　失敗は、自分に自信
が持てない者の精神状態に影響を
及ぼすものだ。どたばた喜劇から
一転、深刻な内面を3分半も歌う
のは、少し危険な試みではあった。
だが、大きな夢を抱き、知的な探
求を続けることを美しく綴った歌
だったおかげで、うまくいっている。

Teach Him a Lesson
【ぎゃふんと言わせてやる】

　多くの要素が詰めこまれた第2幕が始まって25分後、第1幕の終わりでゴミ箱に落ちてスパゲッティまみれになったビフが観客の前に再び姿を現す。復讐心(ふくしゅうしん)に燃えるビフは、〝カルバン・クライン〟が土曜日の夜に学校のダンスパーティに参加することを知って、ほくそ笑む。

ボブ・ゲイル

　実を言うと、このシーンを作りだした実際的な理由は、マーティにダンスパーティ用の衣装へと着替える時間を与えるためだった。映画は撮影を止めればいいだけだが、舞台ではそうはいかない。コリン（・イングラム）とジョン（・ランド）から、ビフがドクの家に現れてデロリアンを壊そうとしてはどうかと提案されたんだが、それはビフらしくないと思ったし、ビフとドクを同じ場面に登場させたくなかった。最終的に、『バック・トゥ・ザ・フューチャーPART2』のシーンを少し変えて、ダンスの前日、ビフが町中でロレインに絡むシーンを入れることにした。ビフが、〝カルバン・クライン〟が翌日どこに現れるかをこのときに知ることで、私が抱いていたもうひとつの懸念も解決した。映画では、ビフがいきなり現れて観客を驚かす。ほら、観客は車のドアを叩いたのがてっきりジョージだと思いこみ、ドアを開けるまでビフだと気づかない。当然、舞台ではそうやって観客をびっくりさせることは無理だから、ビフが現れることを前もって観客に知らせても問題はないと判断した。ちょうど、グレン（・バラード）が〈Something About That Boy〉にビフのパートを加えたところだったから、ここでリプライズを入れ

るのは理にかなっていたしね。サドラーズ・ウェルズの稽古が始まる頃には、このシーンはほとんどできあがっていた。

ジョン・ランド

　〈Something About That Boy〉で、みんなの前でマーティに恥をかかされ、ビフは面目丸つぶれだった。その次に登場するのが、ダンスパーティのジョージとの最終対決ではおかしいから、ここで登場させることにした。短い歌だが、ビフの言い間違いを訂正しようとする取り巻きたちの歌詞を入れることで、ぐんと面白くなった。

エイダン・カトラー

　最初は〈Something About That Boy〉のリプライズとだけ書かれていた。ほら、実際、あの歌のリプライズとして始まるからね。でも、これはビフの視点から見た歌で、ロレインは歌わない。

グレン・バラード

　このミュージカルには、リプライズがいくつもある。20分休憩がある2時間半の舞台を観ている観客の立場からすると、聴く曲すべてが新曲だったら、いっぱいいっぱいになってしまうだろう。リプライズを入れることが、ストーリーを語る手助けになる。ひとつの歌を観客に聴かせたあと、こ

ビフ
おや、おや。これは面白い展開だな。みんな、聞いたか？　カルバン・クラインが土曜日の女々しいダンスパーティに行くそうだぜ。（ロレインの背中に呼びかけて）俺たちゃ、そんなもんには参加しねえよな。だろ、みんな？

3-D	スリック
するさ！	しないね！

ビフ
あのガキにはどこか
信用できないとこがある
何かこう
うさんくさいとこがある
算数
ホッケーのスティック
あいつは、どこかうさんくさい

3-D
あいつが現れてから

スリック
本当におかしいんだ

ビフ
どこか、うさんくさい
あやしいぞ
意味が通らない
なんだ、あの服装は

こぞという箇所でリプライズを使うことで、ストーリーに繋がりを持たせることができるんだ。結局のところ、舞台ミュージカルはひとつの大きな環であるべきだと思う。ある地点から始まり、ぐるっと1周して、最後にはキャラクターの壮大な物語が完結する。だが、観客が物語を消化して楽しめるように、すべてが少しばかりなじみ深く感じられなければならない。ビフは一回目の歌ですでに、この若者には気にくわない"何か"があると歌っているが、この歌では、もう一歩進んで、"やつをぎゃふんと言わせてやる(teach him a lesson)"と自分の意図を明らかにするんだ。

シェーン・オリオーダン
(3-D役とビフの代役)

このミュージカルのナンバーで初めて聴いたのが〈Teach Him a Lesson〉だった。アンサンブルのキャサリン・ピアソンとはこのミュージカルに雇われる前からの知り合いだったから、オーディションを受けるときに課題曲のひとつになっていたこの歌に関する注意点を彼女に尋ねたんだ。そうしたら、キャサリンが持っていた録音ファイルを送ってくれたってわけ。ロンドン公演に向けたリハーサル中、この歌は何度も変更された。最初は、ウィル(・ハズウェル)と僕が、ビフが言ったことを繰り返して歌うことになっていた。

もう一度！

グレン・バラードが語っているとおり、多くの歌が、短いリプライズに相応しいと判断された。

・1955年に来たマーティが若きジョージ・マクフライに会ったあと、ルウのカフェで〈Got No Future〉を歌う。そのあと1985年にドクが死んだと思ったときにも、この曲を歌う。

・ロレインがドクの研究室で、〈Something About That Boy〉から「男の人は強くなきゃ」という歌詞をマーティに歌う。その後ダンスパーティの夜、車のなかでマーティにキスする前に、〈Pretty Baby〉の一部を歌う。

・〈It's Only a Matter of Time〉は、ミュージカルの最後、カーテンコールの直前にもう一度歌われる。

・時計台の縁の上にいるドクが、電線を繋ごうとしながら〈For the Dreamers〉の短いリフレインを歌う。

シェーン・オリオーダン
（前頁からの続き）

でも最終的には、僕たち取り巻きがビフの言い間違いを訂正することで、ますますビフが間抜けに見えた。そこが面白かったし、おちゃらけた演技ができたのも楽しかった。ビフを演じてこの曲を歌うときのほうが楽しいかもしれない。この曲をリードできるし、やりすぎだぞ、と手下たちを叱れるからね。でも、手下を演じるのも楽しいよ。ビフがやるほとんどのことをできるだけじゃなく、もっとふざけてできるんだ！

エイダン・カトラー

グレンとアランの歌詞が、とにかく独創的だね。おバカなビフは歌のなかでも単純な文章が作れないうえに、言い間違いばかりするんだ。ロンドンで稽古が行われているとき、すごくよくできていることに気づいた。ニック・フィンロウは、自分がリハーサルでこのナンバーを歌っているトラックを僕にくれた。家で歌っていると、ルームメートのひとりに、「その歌詞で合ってるのか？　わけがわからないぞ！」と言われたくらいだ。

ビフ
あいつを見つけなきゃ
見つけたら

あいつに、男には何が
できるのか、思い知らせてやる

やつをぎゃふんと言わせてやる
忘れられる目にあわせてやる

一生後悔しない俺さまに
恥をかかせた罰を与えてやる

そうさ、俺は一生後悔できない男だ

やつをぎゃふんと言わせてやる
俺はぎゃふんとは言ってないが

忘れ去られる俺さまに
恥をかかせた罰を与えてやる

そうさ、俺がその男だ

俺がその男だ

俺がその男だ

手下たち
そして見つけたら

できるのか、思い知らせてやる

絶対に忘れられない

一生後悔させてやる

一生後悔させてやる

（喋って）
いや、このあいだ言っただろ、ビフ。

忘れ去られない

きみがその男

きみがその男

やつをこらしめてやる！

ビフ＆手下たち
あいつには、何かがある

ビフ
やつが頭を勝ち取り、
俺がしっぽを失う

ビフ＆手下たち
こらしめたくなる何かがある

ビフ
やつに思い知らせてやる
靴を磨いてやる
（喋って）
土曜の夜だ！　ハハハハハハ！

ビフたちが扉を通って校内に戻る。ビフが邪悪な笑い声をあげ──せき込む。

It's Only a Matter of Time/
Wherever We're Going（Reprise）
【時間の問題だ／ふたりがどこに行こうとも（リプライズ）】

　ドクに警告する手紙を書き終わったあと、ルウの
カフェでひとりきりになったマーティは、兄姉と一
緒に映った写真をもう一度見る。恐ろしいことに、
写真のなかの姉のリンダが目の前ですうっと消えて
いった。それから、あることを思いついてマーティ
は絶望する──自分の行動によって、ジェニファー
の未来も変わってしまうのか？

　ふたりの映ったポラロイド写真が変わっていない
のを見て、マーティは安堵のため息をつく。それか
ら、誰もいない時計台広場で、長い時がふたりを隔
てていてもジェニファーへの愛は変わらないと歌う。
ジェニファーが現れ、30年の時を超えて、ふたり
は互いへの愛を切々と歌う。

ボブ・ゲイル
　このリプライズは、コリン・
イングラムのアイデアだった。
彼のお手柄だよ。演出につい
ては、いくつか異なるバージョ
ンがあった。初期のワーク
ショップのバージョンでは、最
初のマーティ／ジェニファーの
シーンが、1980年代のルウの
カフェの代わりとなるセブン
イレブンで起こる設定だった。
〝時を超えた〟デュエットでは、
マーティが50年代のルウのカ

フェで、ジェニファーが80年
代のセブンイレブンで歌うこと
になっていた。われわれには
余分なセットを造る予算がな
かったこともあるが、稽古を
進めていくうちに、そのセット
を作る必要はないことがはっ
きりする瞬間が何度もあった。
時計台広場という設定でも素
晴らしいシーンになった。この
ナンバーはわれわれが狙った
とおりの役目を果たしている。

マーティがジェニファーとのポラロイド写真を取りだして、
安堵のため息をつく。

マーティ
ああ、よかった。きみに何かあったら、どうしよう
かと思ったよ。

彼は写真をポケットに入れ、立ちあがる。カフェのセットが
消え、舞台上手にいるマーティの隣に1955年の〝ヒルバ
レーへようこそ〟という看板と公園のベンチが現れ、背景に
は星が輝く夜空が出現し、シュールな光景を作りだす。

マーティ
どうしてこんなとこに来ちゃったんだろう
信じられないよ
チャンスは一度しかないことだけはたしかだ
それを逃せば
ずっとここから出ていけないかもしれない
この夢から抜けだせなくなる
目覚められなくなる
自由になれなくなる

運命
それはどういう意味だ？
歴史だって
見かけどおりではない
僕は未来に帰ろうとしてるのか
それともここに残る運命なのか？
何もかもが時間の問題なんだ

上：ウエストエンド公演で使われたジェニファーのベンチは、映画の続編のイ
ースターエッグである。

彼がベンチに飛び乗ると、ジェニファーが1985年のバス停のベンチと街灯とともに舞台下手に現れる。舞台は左右で、1985年と1955年に分かれる。ジェニファーはバス停のベンチに座り、歌う。

ジェニファー
私たちは、一生待ちつづけて
いたように思えるわ
殻を突き破るためのチャンスを
いま、私たちの希望と
夢のすべてが
叶う寸前だということがわかるの
すべて運命なんだって
手に取るようにわかるわ

ジェニファー
私たちがどこに向かおうと
かまわない
それがどこなのか
知る手立てはまったくない
いつかたどり着く場所に
たどり着くだけ
私たちがどこに行きつこうと
かまわない

時間の問題よ

時間の問題

時間

マーティ
それがどこなのか
知る手立てはまったくない
いつかたどり着く場所に
たどり着くだけ
僕らがどこに行きつこうと
かまわない
きみがいてくれれば

問題

生きてここを出られないかも

時間だ

コリン・イングラム
　僕はずっと、とにかくジェニファーをもう一度登場させなきゃ、と主張していた。第1幕に登場しただけで、フィナーレまで登場しなかったら不自然だからね。マーティとのラブストーリーを確立するため、そしてマーティがどうしても1985年に戻らなければならない理由を示すために、ジェニファーはもう一度登場する必要がある。

コートニー・メイ・ブリッグス
　第2幕のリプライズは大好き。あのシーンを描くのにうってつけのタイミングだわ。それぞれ舞台の反対端に立つふたりが、30年間という時を隔ててお互いの声を聞くという演出も美しいと思う。

オリー・ドブソン
　マーティはそれまでずっと、なんとか正気を保とうとしながら無我夢中で未来に戻ろうとしてきた。ところが、はっと、自分がなんのためにそうしているかを思いだすんだ。ジェニファーを愛しているけど、それまでゆっくり彼女について考える余裕はなかった。現実ではないような光景のなか、舞台の端にジェニファーが現れて歌いだす。歌っているマーティは、これまで観客が目にしたことのない一面を見せる。感情をさらけだし、怖がっているんだ。「僕は本当に未来に戻れるのか？　それともこの時代に留まらなくてはならないのか？」とね。すべてがかかっていると言っても過言じゃない、重要な時だ。マーティは彼女が無事だとわかってはいるが、もう一度会えるかどうかわからないんだ。

217

Deep Diving
【深くもぐる】

　映画で流れた〈Mr. Sandman〉をオリジナル楽曲の〈Cake〉に置き換えたように、映画で使われたインストゥルメンタル曲〈Night Train〉もまた、グレン・バラードとアラン・シルヴェストリの新曲に置き換えられた。この歌は、マーヴィン・ベリー（セドリック・ニール）とスターライターズという劇中のバンドが、高校の〝魅惑の深海〟ダンスパーティで演奏するオープニング・ナンバーである。

　〈Deep Diving〉もまた、音楽スコアの映画における役割と舞台での役割の違いに影響を受けた選択だった。映画では、このダンスパーティのシーンはバンドのクローズアップから始まり、踊っている高校生のなかをドリーショットで通り抜けたあと、マーティに〝言い寄られる〟ロレインを〝助ける〟タイミングを待ちながらぎこちなく踊るジョージ・マクフライが映り、ダンスパーティを見守るストリックランド先生が見える。そのシーンで流れている曲が、1952年にリリースされた〈Night Train〉である。一方、ミュージカルでは、学校の体育館を模したセットに照明がつくやいなや、そのすべての要素が見え、音楽が始まる。

ジョン・ランド

　ダンスパーティを〈Deep Diving〉ではじめた理由はたくさんある。まず、インストゥルメンタル曲ではなく歌にすれば、このシーンで言いたいことが即座にはっきり伝わる。グレン（・バラード）と思いついたアイデアを出し合っているときに、1959年の〈The Madison〉という曲が頭に浮かんだ。この場面に必要なグルーヴ感のあるラインダンス・ナンバーだ。グレンはすぐに私の言いたいことを理解し、この完璧な歌を書いて期待に応えてくれた。高校生の男子生徒たちが恋人を探している、そんな雰囲気をセクシーに表現したロマンチックな歌だ。このシークエンスの導入部にぴったりだった。

アラン・シルヴェストリ

　映画『バック・トゥ・ザ・フューチャー』の〈Night Train〉はインストゥルメンタル曲で、あのシーンの導入部でBGMの役目を果たしていた。あれが歌だったら、〈Earth Angel〉のインパクトがかすんでしまったかもしれない。その点、舞台はまったく異なる環境だからね。ゆっくりとしたカメラの動きとともに、徐々に場面を明らかにしていくわけにはいかない。照明がついたら、すべてが一度に見えてしまう。それに、私たちにはセドリック（・ニール）という頼もしい味方がいた。この歌は楽しいだけでなく、ストーリーを語る助けとなっているのと同時に、舞台全体に活気を与える素晴らしい役目を果たしてくれた。

ボブ・ゲイル

　稽古中、〈Night Train〉を使ったこともあったが、ジョン（・ランド）が「ここはオリジナル曲にしよう」と言った。セドリック（・ニール）がいたし、実際、ゴールディ・ウィルソンとマーヴィン・ベリーの両方を演じてくれれば、もう1曲オリジナルソングを歌ってもらうと約束していたからね。セドリッ

第7場：屋内。学校のダンスパーティ──1955年、夜。

〝魅惑の深海〟と題されたダンスパーティ。マーヴィン・ベリーとスターライターズが、演壇の上で、演奏している。生徒たちは踊っているが、白いタキシード姿のジョージはもぞもぞしながら行ったり来たりして、ちらちら時計を見ては、ストリックランド先生に話しかけている。

マーヴィン
昨日、友だちのグレンに今夜のために特別に曲を書き下ろしてくれと頼んだ。これがその曲だ。みんな、気に入ってくれるといいが。

　　　南の海の島では
　　　真珠をとりにもぐる
　　アメリカでは、女の子を探す
　　　　時間をかけて
　　　　クールにきめれば
　　　誰かが君を待っている
　　　この海のどこかでね

　　飛びこむまえにしっかり確認しろと
　　　　　誰もが言う
　　　だがきみを見たとき
　　　恋をする準備は万端なんだ

クに歌ってもらうチャンスを逃すわけにはいかない！ それに、あれが50年代の歌そのものに聴こえたのは、グレン（・バラード）の素晴らしい才能があってこそだ。

グレン・バラード
〈Johnny B.Goode〉と〈Earth Angel〉がかかる前に、高校生たちがどんな曲をバックに踊るかについてはじっくり話し合った。この50年代風のロマンチックな曲で、愛を求めて〝深くもぐる（Deep Diving）〟という、〝魅惑の深海〟パーティにかけた二重の意味を持たせるのは、この場面にぴったりに思えた。それに、ゴールディとはまったく違うセドリック（・ニール）の一面も見られる。

セドリック・ニール
マーヴィン役を演じるのはとても楽しかった。ウエストエンドのデビュー作《モータウン》では、50年代と60年代のスタイルのドゥーワップをやったんだ。私は、ジャズよりのゴスペル・シンガーで、メリスマ、リフ、リック──呼び方はいろいろあるが──をたっぷり使う。〈Deep Diving〉の稽古をはじめたとき、ニック・フィンロウがやってきて、こう言った。「いろいろできるのはわかっているが、ここでは1950年代のドゥーワップに忠実にやってくれ。フォー・トップスや、プラターズ、スピナーズ、あるいは50年代終盤のザ・ビーチ・ボーイズ風にやってほしい、とね。あのダンスパーティでドゥーワップ・ナンバーを歌っていると、1955年に戻った気がするんだ。毎回、本当にあの〝魅惑の深海〟ダンスパーティで歌っている気がする。私のために特別に書かれた曲であるところがとりわけ気に入っているよ！

マーヴィン
深く
愛を求めて深くもぐる
さあ、頭から
思いきって飛びこむんだ、ベイビー

そして俺たちは
愛を求めてもぐり続ける
この海には、魚がたくさんいる

探検したいところが
たくさんある
宝物が見つかるはず
海の底にね
だから
愛を求めて深くもぐるんだ

アンサンブル
深く
愛を求めて深くもぐる
深くもぐる
深く深くもぐる

続ける
愛を求めてもぐり
運転はやめて
ゆっくり到着する

ドゥーワパー
ドゥーワー
ドゥーワー
海の底にね
だから
愛を求めて深くもぐるんだ

マーヴィン
……〝魅惑の深海〟ダンスパーティで……

みんな、ありがとう、ありがとう。さて、みんなの愛するマーヴィン・ベリーとそのバンド、スターライターズは、休憩に入る。そのあいだレコードを流すが、すぐに戻ってくるから、みんな、どこへも行かないでくれよ。

そして俺たちはずっと
愛を求めてもぐり続けるんだ

ジョージが時計を見て、行く時間だと気づく。

Earth Angel/Johnny B.Goode
【アース・エンジェル／ジョニー・B・グッド】

"魅惑の深海"ダンスパーティは最初から、舞台での再現に尻込みしてしまうような難しいシーンだった。この歌が流れているあいだに、重要なアクション、ターニングポイント、最後の最後に現れる障害、ヤマ場、最終的な決着が起こるばかりか、そのすべてが終わったあとに、さらに大規模でスリリングなクライマックスのフィナーレが待ち受けているのだ。

・ジョージが一発のパンチで、ビフをノックアウトする。
・ジョージがロレインの手をとり、校内に入る。
・マーヴィンとスターライターズが、ゴミ箱から出てくるマーティに手を貸す。その結果、マーヴィンは手にけがをして、ギターを弾けなくなる。

マーティが自分と兄姉の写真を取りだす。スクリーンに投影されたその写真が観客に見える：マーティはまだひとりきりだ！

マーティ
だめだ!!! 写真が変わってない！
（時計をちらっと見て、はっと気づく）
キスだ！9時35分までに、ダンスフロアでふたりがキスをしなきゃいけないんだ！
（スターライターズに向かって）
ねえ、みんな！ステージに戻って演奏を続けてくれないか！

レジナルド
すまんな。マーヴィンが手をけがしたんで無理だ。マーヴィンなしじゃ、俺たちもできないよ。

マーティ
でも、演奏してもらわなきゃ困るよ！音楽がなければ踊れないし、踊れないとキスもできないし、キスしなきゃ、恋に落ちない。つまり、僕は生まれてこれなくなっちゃうんだ！

マーヴィン
悪いが、パーティは終わりだ──だれかほかに、ギターを弾けるやつがいれば別だがな。

マーティ、マーヴィン、スターライターズ全員が観客と正面から向き合い、"そうだ！"という顔をする。場面がダンスパーティに戻り、全員がいっせいにくるりと向きを変え、楽器が置かれたステージへと向かう。

この訳知り顔は、ジョン・ランドから観客に、「私たちがミュージカルで演じていることを、きみたちが知っていることはわかっている。それにきみたちが、これから何が起こるかわかっていることもね」と伝える"ウインク"である。

第9場：屋内。"魅惑の深海"ダンスパーティ──1955年、夜

マーティがスターライターズとステージに上り、マーヴィンのギターを弾きはじめる。イントロが始まると、生徒たちが踊りだす。

ジョージとロレインが舞台上手に立ち、話している。

ロレイン
ジョージ。あなた、いままでどこにいたの？

ジョージ
えっ。そのへん、かな……。

ロレイン
キスしてくれない
の、ジョージ？

ずっと愛してる
僕は愚か者
恋に落ちた愚か者
きみに夢中だ

知ったかぶり男がジョージを押しのける。マーティがとたんにギターコードを間違え、ステージ上でよろめく。

その男が〝踊りながら〟ロレインにべたべた触る。ジョージがすごすごと引きさがる。

ロレイン
ジョージ！　助けて！

危機的状況になり、脈打つようなアンダースコアが〈Earth Angel〉にとって代わる。

　もちろん、このアンダースコアは、映画の同じシーンのためにアラン・シルヴェストリが作曲したスコアである。舞台上では、最初の不協和音が鳴ると、マーヴィンとバンドメンバーは凍りつき、ダンスを踊っているカップルもみな、動きを止める。同時に様々なアクションがあちこちで起こるため、ジョン・ランドは、観客の目をどこに向けるかを決める必要があった。

ジョン・ランド
　〈Earth Angel〉は、このミュージカルでとくに注目のシーンだ。歌うのは、素晴らしい歌唱力を誇るセドリック（・ニール）。彼は舞台上でジョージとロレインの後ろにいるが、これはミュージカルだから、周りで様々なことが起こっている。ふたりをクローズアップで映すカメラも存在しない。それに、ミュージカルにはほとんどの場合バックグラウンド・ミュージックもないんだが、このシーンでもアラン・シルヴェストリの映画用アンダースコアが役立った。何度も繰り返し稽古し、修正を加え、演出をやり直して、懸命に練りあげたシーンだよ。ジョージはどこでロレインと踊りはじめた男を押しやればいいのか？　どの時点でロレインに腕を回す？　いつ彼女にキスをする？　マーティはどこにいる？　彼はどうやって目を覚ます？　そういった様々な点を考えた。

　問題は、マーティの存在がいまにも消えてしまうかもしれないという緊迫感をどう表現するか、だった。何度も話し合いが行われ、複数の案が出た。ボブ・ゲイルはこう語る。「いまいる世界をマーティの後ろに投影しようかとも考えた。ほら、姿が薄れていくように見せようとしたんだ。床から煙を起こして、マーティが徐々に消えていくように見せよう、とね」もうひとつの案では、マーティがギターを宙に浮かせたまま、ばったり地面に倒れるような装置を造ることだった。ゲイルは続ける。「その案は気にくわなかった。あ

の装置がうまくいかなくてよかったよ」その後、シルヴェストリとロバート・ゼメキスからヒジトを得て、ジョン・ランドが解決策を思いついた。

ジョン・ランド

　ここでいちばん伝えたいのは、ジョージがロレインにキスすることだ。何よりも、そこに集中すべきだ！　それに気づいて、マーティが消えていくことにこだわるのはやめようと決めた。マンチェスターでは、よろめいて床に倒れたマーティを煙で覆った。観客には、ジョージとロレインのキスに集中してほしかった。

ジョージが勇気を取り戻し、ロレインからその男を押しのける。

ジョージ

どいてくれ。

ジョージが若者を押しのけ、ロレインが若者の足を引っかける。音楽スコアが盛りあがり、ついにふたりがキスをする。

　ジョージがロレインに腕を回すと、周りの人々が再び動きだす。この歌の最終節のアラン・シルヴェストリの絶妙なアレンジにニック・フィンロウが大合唱を付け足し、音楽がますます情熱的にクレッシェンドをしてジョージとロレインが最後の2行を歌うクライマックスに到達する。というのも、舞台ミュージカルのファンなら声を揃えるにちがいないが、カップルが心から愛し合っている場合は、ふたりは向かい合って歌うからだ。

マーヴィン	アンサンブル
きみの幸せの	
ヴィジョン	
ワオ、ワオ、ワオ	
アース・エンジェル	アース・エンジェル
アース・エンジェル	アース・エンジェル
僕と付き合って	オオ——
大切なきみ	大切なきみ
いつもきみを	
愛している	愛している

ジョージ＆ロレイン
私は恋に落ちた愚か者
愚か者
あなたに夢中。

マーティがぱっと立ちあがり、元気よく曲を終わらせる。

　両親がついにキスをした瞬間、スポットライトがマーティを照らし——彼は一気に元気を取り戻し、勢いよく立ちあがる。メモ：ロンドン公演では、ティム・ラトキンの案により、マーティがよろけはじめるとゆっくりと照明をちらつかせて危機感をあおった。オリー（・ドブソン）がばったり倒れるときは、照明が激しく点滅し——ジョージがロレインにキスすると同時にまばゆいスポットライトが戻り、マーティがすっかり回復したことを示す。

オリー・ドブソン

　ジョージとロレインを中心として演技が展開する、目まぐるしいシーンだ。実際に自分の視線がふたりだけに注がれているよう注意したよ。僕を見た観客には、存在が消えそうな状態でもマーティの視線がふたりに注がれていることがはっきりわかるようにした。あの場面では、ふたりのキスを見せることがいちばん重要だったからね。もちろん、音楽スコアが演技の助けになったのは言うまでもない。

観客は、必ず気に入るとも！

1985年にマーティを送り返すため、ドクが学校の外でタイムマシンとともに待っているのは事実だが、マーヴィン・ベリーがもう1曲……ホットな曲をやろうと提案すると、マーティは、ロックスターのように歌う夢を叶えるためなら、数分遅れても大丈夫だろうと判断する。

時間の関係で少し短縮されたとはいえ、名曲〈Johnny B.Goode〉の演出とパフォーマンスには多大なる労力が注がれた。「ミュージカルの観劇と映画の鑑賞を隔てる要素のひとつは、俳優が生で歌うことだ」ジョン・ランドは語る。「そしてわれわれ　は、〈Earth Angel〉と〈Johnny B.Goode〉を素晴らしい出来で届け、観客を物語に引きこみたかった」

振付師のクリス・ベイリーも、これに同意する。彼は、〝魅惑の深海〟ダンスパーティで演奏されるナンバーすべてに、専門的なダンススタイルを取り入れた。「スウィングダンスは、特殊なスキルなん

だ」彼はそう説明する。「舞台ミュージカルの専門学校では教えない。以前、スーザン・ストローマンが演出と振付をした第2幕全体がウエストコースト・スウィングダンスのミュージカルの仕事をしたことがある。そのときは、スウィングダンス集中〝講習〟をまる4日行い、キャストに社交ダンスの〝基礎〟をすべて教えた。スウィングダンスの要素を取り入れた振付なのに、舞台ミュージカルの経験しかない大勢のダンサーがスウィングダンスっぽく踊るミュージカルはいくつも観たことがある。われわれのミュージカルは、できるだけ本物に近づけたかったから、スウィングダンスの専門家であるジェニー・トーマスに教えに来てほしいと頼んだ。ダレン（・カーナル）とローラ（・マロウニー、ダンス・キャプテン）と私は、すでにこのルーティーンの振付を終えていたが、役者には異質なスタイルと感じないようにこの特訓コースを受けてもらうことにした」

〈Johnny B.Goode〉だけでなく、〈Deep Diving〉と〈Earth Angel〉を含む、ダンスパーティのナンバーすべてでスウィングダンスが使われた。ベイリーいわく、最も重要な要素が〝パートナリング・スキル〟と〝リフト〟だという。「このふたつは、誰もが習得できるスキルではない。リフトは、パートナーにけがをさせずに持ちあげるコツを習得することが大切だ。パートナーをひょいと頭の上に投げあげようとするとき、つい相手が生身の人間であることを忘れてしまいがちだ。〈Johnny B.Goode〉ではクレイジーなリフトがあるんだが、一般的な舞台ミュージカルの訓練しか受けていない役者／ダンサーにはなじみのないスタイルだと思う。だからキャストには実際にパートナーを投げあげる前に、リフトに慣れてもらいたかったんだ。最高に楽しかったよ。それにとても役に立った。これから加わるキャスト全員に、講習を受けてもらうつもりだ！」

行け、行け、オリー！

オリー・ドブソンはこのミュージカルのナンバーすべてが大好きだが、マーティ役を射止めたときにとりわけ楽しみにしていたのは、〈Johnny B. Goode〉を歌うことだった。

「昔バンドをやってたんだ。〈Johnny B.Goode〉はバンドのカバー曲のひとつだったから、15歳のときから歌詞を暗記している。身体で覚えてるよ。それに、なんといってもチャック・ベリーだからね。かつてジョン・レノンが言ったように『これがロックンロールと呼ばれていなければ、"チャック・ベリー"と呼ばれていたはずだ』。」

ドブソンは、チャック・ベリーの歌い方を忠実に真似る必要はないと言われてわくわくしたと語る。「チャック・ベリーの場合、ライヴレコーディングの歌い方は毎回スタジオ・バージョンと違う。だから、少し遊び心を取り入れることにした。許可してもらえたよ。スタジオ・バージョンをやる日もあったし、観客が一、二杯飲んでいる土曜の夜なんかは、別バージョンをやっても面白いかも、と変化をつけた。どっちにしても、毎回、チャック・ベリーと彼の音楽に対して最大の愛と尊敬の念をこめて歌っている！」

ロバート・ゼメキスとボブ・ゲイルはこのダンスパーティの場面に、ロックンロールの名曲をもうひとつ加えることを一瞬だけ考慮したという。「最初の頃、ほんの10分ほどだが、ロバートと私は、マーティが毎晩別のロックナンバーを披露したらどうかと話し合った」とゲイルは明かす。「〈Johnny B.Goode〉だけじゃなく、プレスリーの〈Blue Suede Shoes〉や〈Hound Dog〉、ジェリー・リー・ルイスの〈Great Balls of Fire〉といった曲をローテーションさせようか、と。それから、はたと我に返り、そんなことをしたら音楽の予算が膨れ上がるだけでなく、俳優やキャストたちがさらに多くの楽曲を学ばなければならないことに気づいた。それに、〈Johnny B.Goode〉は、映画の目玉ソングでもあった。この曲がない『バック・トゥ・ザ・フューチャー』など想像できない！　何しろ、ボイジャー探査機が宇宙の旅に伴った"地球のゴールデン・レコード"に含まれている名曲だ。だから、もしもエイリアンがこのミュージカルを観に来たら、あれ、聴いたことがあるぞ、と思うはずだ！」

ファンやミュージカル信奉者にとってもうひとつ関心があったのは、ドブソン演じるマーティが、自分のあとに続くようバンドメンバーに言う場面だった。映画では、マイケル・J・フォックスが、「リズムはブルースで。B（ロ長調）で入って合わせてくれ！」と叫ぶが、オリジナル曲はBフラット・メジャー（変ロ長調）で書かれているのだ。ドブソンがこの間違いを舞台上で正したものの、アラン・シルヴェストリは、チャック・ベリー氏の名曲が侮辱されたと信じている人々に、映画でも正しくBフラットで演奏されたことを請け合った。

The Power of Love
【パワー・オブ・ラブ】

マーティが1985年に戻ると、ドクは生きていて、マクフライ家の家族関係もぐんと改善されていた。マーティとピンヘッドはついに、時空連続体のパラレルワールドで書きはじめた曲を完成させる。

ジョージ・マクフライの日の祝典の特別ゲストとして、マーティはジェニファーのおじでレコード会社の重役であるヒューイに演奏を聴かせるチャンスを得る。

ジョージ
みなさん、私の新しい小説「バック・トゥ・ザ・フューチャー PART4：ケルヴィン・クラインのさらなる冒険」が今日、全国の書店で発売されます。
　　　（拍手が起こる）
ハリウッドはすでに映画権を購入済みですが、おそらくめちゃくちゃにするでしょう。私が成功できたのは、30年前、ある若者からもらったシンプルなアドバイスのおかげです。そのアドバイスとは、何事もなせば成る──懸命に取り組めば、どんなことでも達成できる、です。私がまさにそれを証明しています。ここで、息子のマーティ・マクフライと彼のバンド、ピンヘッドを迎えましょう。

舞台が、バンドのロゴが後ろに掲げられたコンサート会場に変わる。マーティが、曲のイントロを演奏しはじめたバンドに加わり、舞台中央のマイクをつかむ。

マーティ
愛の力ってのは
奇妙なものさ
ある人を泣かせたり
ある人を歌わせたり
鷹（たか）を小さな白い鳩に

たんなる感情じゃない、
それが愛の力

ヒューイおじさんがギターを片手にバンドに加わる。

ダイヤモンドよりも硬く
クリームみたいに濃厚で
悪い娘の夢みたいに
強くて激しい
悪人の心を入れ替え
遊び人を一途にさせる
それが愛の力さ

ジェニファーが現れ、もうひとつのマイクをつかむ。

マーティとジェニファー
お金はいらない、
名声も必要ない
この列車に乗るには、
クレジットーカードも必要ない
強くて突然で
ときには残酷だけど

マーティ
それがきみの命を救って
くれるかもしれない
それが愛の力
愛の力ってものさ

ゴールディがマイクを手に現れる。

ゴールディ
最初に感じるときは、

次に感じるときは、
頭がおかしくなるかもしれない

マーティとゴールディ
でもそれを見つけたら
嬉しく思うはず
それが力

ゴールディ
それが世界を回してる力なんだ

マーティと全員
お金はいらない、
名声も必要ない
この列車に乗るには、
クレジットーカードも必要ない
強くて突然で
ときには残酷だけど
それがきみの命を救って
くれるかもしれない

マーティ	**シンガー**
愛のためなら	愛のためなら
何をしても	何をしても
許されるって言う	
けど	
きみには	
そんなこと	
どうでもいいんだろ？	
でもきみは	オオオー
それの虜（とりこ）になったら	
何をすべきか	何をすべきか
わかってる	

マーティ **シンガー**
そして神様から
少しの助けがあれば ウォオーア──
愛の力を
感じることが
できるんだ
愛の力をね
感じるかい？

ロレイン、ジョージ、リンダ、デイヴが舞台に現れ、歌に加わる。

マクフライ家と一座
お金はいらない、
名声も必要ない
この列車に乗るには、
クレジットカードも必要ない
強くて突然で
ときには残酷だけど
それがきみの命を救って
くれるかもしれない
ダイヤモンドよりも硬く
スチールみたいに強くて
実際に感じるまでは
何も感じない
そう、感じる（ウォオオ──ア──）
愛の力を感じる
それが愛の力──

ボブ・ゲイル
　執筆をはじめたばかりの頃、マーティがツイン・パインズ・モールに戻り、そこでドクが目を開けるという案を話し合った。私は、そのためだけに場面転換の労力をかける価値があるだろうかと疑問を呈した。喜劇の最後のシーンでは、キャスト全員がひとところに集まるべきだというのが、シェイクスピアから学んだ教訓のひとつでね。時計台広場に全員が集まるのは論理的にしっくりくるし、ジョージ・マクフライの日は格好の口実になる。記念日の祝典なら、ゴールディ・ウィルソン、時計台のおばさん、ストリックランド先生たち全員を集められるから。

ジョン・ランド
　素晴らしい曲だし、われわれキャストの才能を存分に見せたいと思った。せっかく優秀なシンガーがたくさんいるんだからね。それに、マーティが恋人と少しのあいだデュエットするところも気に入っている。

ミュージカルは、全員を祝って締めくくるべきだ。

セドリック・ニール
　なぜ市長が登場して〈The Power of Love〉を歌うのかはよくわからなかったが、ジョン（・ランド）には、「セドリック、われわれはとにかく、きみの歌が聴きたいんだ！」と言われたよ。

コートニー・メイ・ブリッグス
　手で持つタイプのマイクで歌ったのは初めてだった。みんなが立ちあがっているし、ネオンサインをバックに歌うのは、ロックスターになったみたいで最高の気分だったわ！

オリー・ドブソン
　なるべく、ヒューイらしさを出そうとした。彼の歌う〈The Power of Love〉はどのバージョンも素晴らしいが、僕が参考にしたのは、いちばん有名なやつだ。

ニック・フィンロウ
　〈The Power of Love〉は〈The Power of Love〉らしくなければだめだった。このナンバーは下手にいじれない。だが、実はイースターエッグが隠されているんだよ。ミュージカル・バージョンには、ヒューイ・ルイスの別の曲〈Hip to Be Square〉から1小節半、つまり6拍分が挿入されているんだ。

ジョン・ランド
　〈The Power of Love〉は大掛かりなダンス・ナンバーにしようと思っていたが、クリス・ベイリーに、「いや、ロック・コンサートにすべきだ」と言われたんだ。

クリス・ベイリー
　時計台広場で歌われる設定だったが、内容に関しては疑問に思うところがあった。時計台広場にいた人々が偶然、マーティと一緒に歌うことになるのか？　それじゃ、少し奇妙に思えた。技術面で説明が必要なところもあった。そこで、はっと気づいたんだ。「このナンバーが、マーティのコンサートになっていくようにしたら面白いんじゃないか？」とね。黒いボックス型ステージのなかで、3人のサックス・プレーヤー、3人のバックアップ・シンガーがいる。その全員に振付があり、マーティはそれとは別の動きをしている。それか

ら、様々な人が加わっていろいろな場所に散っていくように演出し、ティム・ハトリーが巨大なハート形のネオンを用意した。そうやって、突然ヒューイ・ルイスのコンサートに入りこんだみたいな親密感のある、わくわくするようなナンバーを作りあげたんだ。

ボブ・ゲイル
　私だったら絶対に考えつかなかったろうね。なぜなら、コンサートに変わるのはまったく理にかなっていないんだから。でも、感情的な面では最高にうまくいった。ストーリー上の問題はすべて解決していたから、素晴らしい歌を聴いて盛りあがろう、となったんだ。

ヒューイ・ルイス
　ヒューイおじさんの登場も含めて、何から何までめいっぱい楽しめた。素晴らしい演出だったよ。

マクフライ＆一座
それが愛の──

ジョン・ランド
　この歌は、観客が拍手する前に、必ず止めなければならなかった。相応しいエンディングの前に、観客に舞台が終わったと思ってもらっては困る。

目もくらむようなストロボライトが3度、点滅すると同時に爆発が起こり、タイヤがきしむ音が響きわたる。デロリアンがもう一度現れ、おなじみのアンダースコアが流れるなか、ドクがへんてこな未来の服を着て登場する。

ドク
マーティ！

マーティ
ドク！

ドク
私と一緒に来てくれ！

マーティ
どこに？

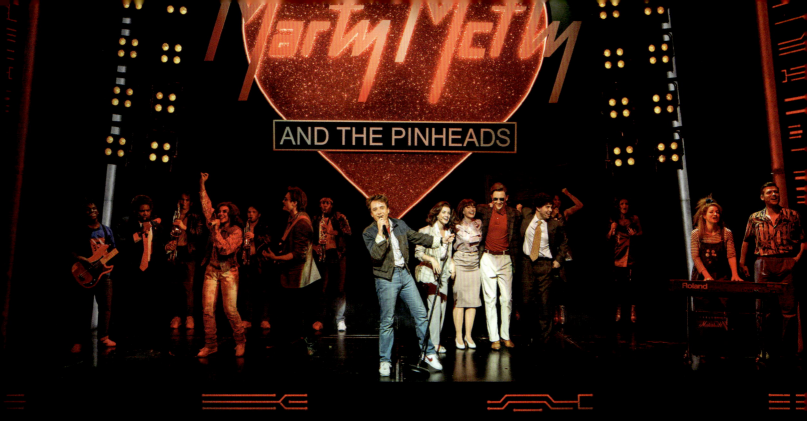

ドク
未来に戻るのさ！ たいへんなことになった！ 実際に見なければ、とても信じられないとも！ さあ、車に乗るんだ！

マーティ
いますぐ？ いま、ちょうど歌が盛りあがってるんだけど！

ドク
1分でこの場に戻すと約束するとも。ほら、これはタイムマシンだからな！

マーティ
仰せのままに、ドク。

デロリアン
タイムサーキット起動。目的地の日付：（公演の日時）。

マーティ一家と町の住民たちが車の周りに集まって、目を輝かせる。

マーティが助手席から、みんなに声をかける。

マーティ
みんな、少しだけ失礼するよ。ちょっとした科学の実験をするんだ。あの、どいて……

ボブ・ゲイル
　デロリアンが常に目的地の日付を口頭で告げる設定にしたあと、リハーサル中に、適切な日付を決めなければならないことに気づいた。映画の2作目と同じ2015年はもう未来ではないから混乱すると思ったとき、ふと稲妻が閃くように気づいた。すぐにジョン・ランドのところに走っていって、血走った眼でこう叫んだ。「ジョン、技術的に可能かどうかわからないが、目的地の日時を毎回、公演と同じ日時にしたらどうかな？」と。ジョンがその案をすっかり気に入ったので、さっそく音響スタッフのアンディ・グリーンに説明すると、お安いご用だと言われた。デロリアンの声は公演時にライブで作りだしているから、公演日時は自動的にプログラムできる、とね。デロリアンが読みあげる日時が自分たちが会場にいる日時だと観客が気づくまでに毎回一瞬かかるところが、すごく気に入ってる！

（ほかの人々が舞台を出ていき、マーティがドクに向き直って）
ドク、ここは時計台広場だ。140キロに加速するには道が足りないよ。

ドク
道だと？ これから行くところに、道などいらん！

跳ね上げ式のドアが閉まり、デロリアンが舞台から浮きあがり、観客の頭の上に飛んでいくと、上下逆さまになってから、舞台へと戻ってくる。

ロバート・ゼメキス
　空飛ぶ車はもう何年も存在しているんだ。実際、われわれが1作目の『バック・トゥ・ザ・フューチャー』を作っていた1985年には、一般の人々にも発売される寸前だったが、その年に米国民間航空委員会が解体されてしまった。その後、ひそかに継続されていた研究にずっと目を光らせていたので、そのひとつを入手することができたというわけさ。

227

Back in Time
【バック・イン・タイム】

制作陣が第１幕のクライマックスから〈Back in Time〉をカットし、〈Something About That Boy〉に置き換えたとき、奇妙なことが起こった。

彼らは、その曲をミュージカルのなかに戻さなかったのである。見落としだったと推測する者もいるが、ミュージカルの全体的な公演時間を削るためだったと考えた者もいた。しかし、コリン・イングラムは、ボブ・ゲイルの初期の草稿のとおり、アンコール／カーテンコール・ナンバーにこの曲を使うことを明言していた。

クリス・ベイリーは、プロデューサーのイングラムが自分の見解を説明したときのことを覚えている。「われわれのところに来て、こう言った。『やあ、みんな。〈Back in Time〉がポスターに掲載されてるのは知ってるね？　このミュージカルを観に来る人々はみんな、それを目にしている。〈The Power of Love〉、〈Johnny B.Goode〉、〈Earth Angel〉、〈Back in Time〉を聴くのを楽しみに、劇場に足を運ぶわけだ！だからなんとしても、この曲をショーに入れなくてはならない！』」

ベイリーは突如、急いで振付を考えだす必要に迫られた。「みんなが僕を頼りにしていたから、〝よし、ダレン（カーナル）とバーに行って、適当に何か考えよう〟と思った。これは、振付のやり方としては最善とは言えない。それはともかく、音楽はあった。よし、ダンスを踊ろう。だが、コンセプトはまったくなし、練り上げる素材もなしだ。それでも、楽しかったよ。歌は素晴らしいし、みんながつい躍りだしたくなるようなナンバーだからね。その翌日の夜、この曲がミュージカルに挿入され、みんなが踊りだした。それからマンチェスターの公演が終わったあと、私はそれを一から作り直した！」

第１幕の最後に入っていたときは、研究室に駆け戻ったマーティが全アンサンブルに囲まれて歌いながら、自分を「未来に戻して〈Back in Time〉」と懇願し、パラレルワールドのマーティとドクが歌うパートと対比されることになっていた。

ベイリーは改定版でも、そのシーンの魂と意図に敬意を表した。「マーティとドクの衣装を着た人々はいないが、ドクの〝仲間〟とマーティの〝仲間〟のあいだのダンス対決を入れた。ドク組にはデロリアン・ガールズを再び登場させ、マーティ組には全員にオレンジのベストと青いジーンズを着せた」

この改良されたルーティーンについて、ダレン・カーナルはこう語る。「祝うような感じになった。ロンドンでは粋な演出でメインキャスト全員をこのナンバーに含められたから、よけいに楽しかった。ストリックランド先生まで、ホバーボードで戻ってくるんだ！　アンサンブルがこれでもかというくらい自由に振る舞うおかげで、観客も大爆笑できる」ボブ・ゲイルは続けた。「〈Back in Time〉は、観客が満面の笑みを浮かべて劇場を出ることを確約してくれる歌だ」

カーテンコール

ドクとマーティがお辞儀をしたあと、ビフがマイクを持って走りでてきて、それをマーティに渡す。バンドが即座に演奏をはじめる：

マーティ
教えてよ、ドクター
今度はどこに行くんだい？
50年代？
それとも1999年？
僕はただギターを弾いて
歌っていたいだけなんだ

さあ、連れて行ってくれ、
どの時代でもいいよ
でも、約束してくれ

ピンヘッドのバックドロップが上がると、裁判所の前に6人のデロリアン・ガールズが現れ、このナンバーに加わる。

マーティ	デロリアン・ガールズ
必ず間に合うように戻るって	
	戻るって
もといた時代に	もといた時代に
戻らなきゃ	戻らなきゃ

ドク
時の運に
未来を賭(か)けちゃいかん

マーティが舞台上手で口笛を吹くと、オレンジのダウンベストを着た7人の男性アンサンブル・メンバーがジェニファーと一緒に出てきて、デロリアン・ガールズと〝ダンス対決〟をする。

ドク＆マーティ
覚えておいたほうがいい
稲妻は、二度は落ちないことを

ドク
88マイル（140キロ）で走行してはいけないぞ

マーティ
また遅れたくないんだ

ドク＆マーティ
さあ、連れて行って
僕は気にしない
だが、約束してくれ
必ず戻って
こられると

ドク、マーティ＆アンサンブル	アンサンブル
戻らなきゃ	戻らなきゃ
戻らなきゃ	
	戻らなきゃ
	きみは
	戻らなきゃ

（いまや出演者全員が舞台上にいる）

ドク、マーティ＆アンサンブル
僕たちはただギターを弾いて
歌っていたいだけ
さあ、連れて行ってくれ、
どの時代でもいいよ
だけど、これだけは約束してくれ
また必ず
戻ってこられると
オー、戻ってこられる
戻って戻って
オー、戻ってこられる
戻って戻って
早く戻らなきゃ

最後のお辞儀のあと、退出の音楽がかかり、アンサンブルが様々なダンスムーヴやブレイクダンスなどを披露する。

コーダ

2015年、『バック・トゥ・ザ・フューチャー』が公開30周年を迎えたこの年、新たな祝日が生まれた。

マーティとドクが『バック・トゥ・ザ・フューチャーPART 2』で〝未来〟にタイムトラベルしたことを祝して、当時のアメリカ合衆国大統領のバラク・オバマとイギリスの首相デイヴィッド・キャメロンが10月21日を〝バック・トゥ・ザ・フューチャーの日〟とすることを宣言したのだ。

最初の〝バック・トゥ・ザ・フューチャーの日〟、アデルフィ劇場の客席には特別ゲストの姿があった。〈The Power of Love〉と〈Back in Time〉というメガヒット曲を作りだした俳優／シンガーソングライターのヒューイ・ルイスである。マンチェスターとロンドンの初演に招待されてはいたものの、どちらにも出席が叶わなかった彼は、ボブ・ゲイルから10月のお祝いにぜひ参加してほしいと誘われ、この機会に飛びついたのだ。

「舞台ミュージカルは最も多くを要求される——だからこそ、おそらく最もやりがいがある芸術形態だと言えるんじゃないかな。それに、ものすごく楽しいしね！」ルイスはそう語る。これは、リバイバルミュージカル《シカゴ》の悪徳弁護士ビリー・フリン役で二度ブロードウェイに出た自身の経験から語られた言葉だ。

左下：ヒューイ・ルイスとジャスティン・トーマス。トーマスは、ジェニファーの〝おじのヒューイ〟を演じた。

右下：アデルフィ劇場の満員の観衆の前でお辞儀をするヒューイ・ルイス。

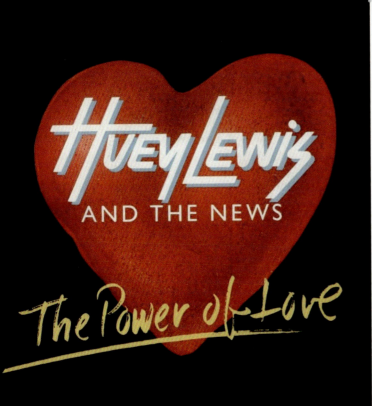

舞台ミュージカルに対するルイスの情熱は、その夜報われた。客席に座っていた彼は、『バック・トゥ・ザ・フューチャー』ともう一度恋に落ちたのだ。台本からキャスト、振付、特殊効果まで、何もかもが最高だった。ひとつの例外を除いては。皮肉にも、彼は卓越したミュージシャンであるにもかかわらず、2017年に内耳疾患のメニエール病と診断され、聴覚を失ったのだ。人工内耳と、音響用コンソールからモニタースピーカーに直接サウンドを流す装置（劇場から提供された）により、台詞を楽しむことはできた。「でも、音楽は聞こえなかった。音の高さがわからないんだ。音楽がどれほど素晴らしいのか体験することはできなかったが、素晴らしかったにちがいない。グレン・バラードの作品は知っているし、もちろん、アラン・シルヴェストリも知っている。とてつもない才能に恵まれたアーティストたちだ」

このハンデにもかかわらず、ルイスはほかの様々な要素はもちろん、自分の曲がどんなふうに使われているかを認識することができた。オリー・ドブソンはその夜の公演に出演できなかったものの、ルイスは彼の〈The Power of Love〉のパフォーマンス・ビデオを観たことがあった。その夜、代役のウィル・ハズウェル演じるマーティ・マクフライによるパフォーマンスで〈The Power of Love〉を聴いたルイスはどちらのパフォーマンスも称賛し、ニック・フィンロウのアレンジも称えた。「彼らは〈The Power of Love〉を、オリジナルに忠実に扱ってくれた。変えようとせず、そのまま使ったということは、私に対する賛辞と捉えていいと思う」彼はウィル・ハズウェルが、マーティ・マクフライとピンヘッドと書かれたハート形の垂れ幕の下でパフォーマンスするのを見た。「ボブに身を寄せ、『せめてセット・デザインのクレジットをくれよ！』と言ったんだ。『あのロゴに、ホーン・セクション。冗談じゃない、ヒューイ・ルイス・アンド・ザ・ニュースそのものじゃないか！』とね」

ボブ・ゲイルは台本に、新たなスターを発掘しようとヒルバレーにマーティの演奏を聴きに来るレコード会社の重役でありジェニファーの〝おじのヒューイ〟を登場させ、メガスターのヒューイ・ルイスに敬意を表した。〝おじのヒューイ〟は、マーティが1955年から帰ってきた直後に開催されたジョージ・マクフライの日の祝典に登場する。マンチェスターでヒューイ役を演じたアンサンブル・メンバーのジャスティン・トーマスがこの日も彼を演じた。出演者たちによる最後のお辞儀が終わったあと、コリン・イングラムは、ボブ・ゲイルに伴われた特別ゲストを舞台に迎えた。キャスト全体が、音楽業界のアイコンであるヒューイ・ルイスに会えたこと、彼の前でパフォーマンスができたことを喜んでいた。「誰もが、ヒューイ・ルイスに会えて感激していたわ」とロザンナ・ハイランドは言う。「この頃には、私は〈The Power of Love〉と〈Back in Time〉をショー・チューンとして聞き慣れていたけれど、その作曲者である彼が初めてこの舞台を観るというので、みんなが興奮に包まれていた。子どもの頃から彼の音楽を聴いているのよ。本人の前で彼の曲を歌うのは、なんとも言えずシュールな体験だった。彼はこのミュージカルに惜しみない賛辞を贈ってくれた」

賞の行方

パンデミック後、ウエストエンドが徐々に公演を再開するなか、英国演劇界で由緒ある授賞式が復活したこともま

上：マーティとピンヘッドが〈The Power of Love〉をコンサートの設定で歌うことが決まったとき、ティム・ハトリーは背景におなじみのロゴを使ってシンガーソングライターのヒューイ・ルイスに敬意を表したいと考えた。

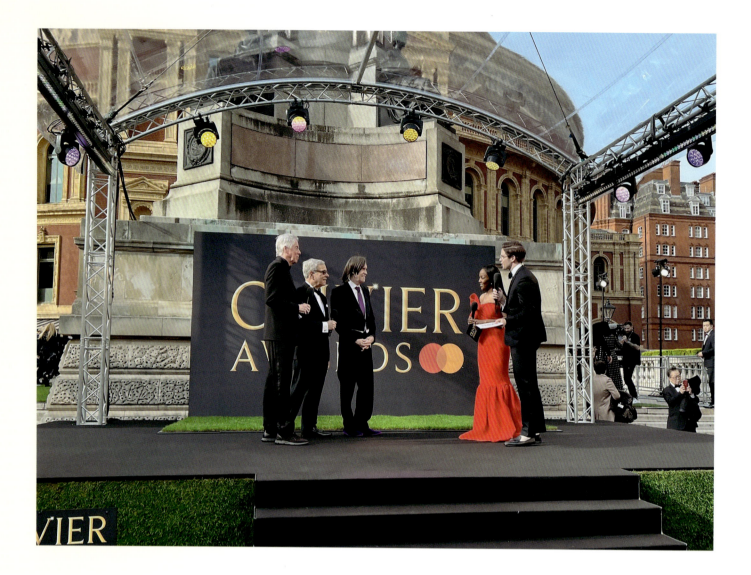

た、通常運転に戻る行程のひとつだった。2021年11月、ワッツ・オン・ステージ賞のノミネーションが始まった。始まってから22年目を迎えるこの賞のノミネートおよび受賞者の決定はすべて一般の演劇ファンが行う。9日間にわたるノミネーション期間を経て、ミュージカル《バック・トゥ・ザ・フューチャー》は、なんと8部門でノミネートされた。まず、ノミネートを受けた俳優は、ロジャー・バート、オリー・ドブソン、ヒュー・コールズ。技術部門では、ティム・ハトリー(最優秀舞台美術賞)、ティム・ラトキン(最優秀照明デザイン賞)、ギャレス・オーウェン(最優秀音響デザイン賞)、フィン・ロス(最優秀映像デザイン賞)、そして最大の名誉である最優秀新作ミュージカル賞にも、ほか6作と並んでノミネートされた。

その投票結果が決まる前に、イギリスのキャスティング・ディレクターズ組合は、舞台ミュージカル部門の最優秀キャスティング賞をデイヴィッド・グリンドロッドに授与した。

2022年2月27日、ウエストエンドのプリンス・オブ・ウェールズ劇場で開かれた年に一度の第22回ワッツ・オン・ステージ授賞式で《バック・トゥ・ザ・フューチャー》が受賞したカテゴリーは次のとおりである。

・ヒュー・コールズ、最優秀助演男優賞(ジョージ・マクフライとしてウエストエンド・デビュー)
・ティム・ラトキン、最優秀照明デザイン賞
・ギャレス・オーウェン、最優秀音響デザイン賞

そして、最優秀新作ミュージカル賞は……《バック・トゥ・ザ・フューチャー》に授与された。

数週間後の2022年3月30日、2021年のブロードウェイワールドUKアワードの勝者が発表された。こちらも、一般人による投票で決定される賞である。《バック・トゥ・ザ・フューチャー》はノミネートを受けたカテゴリーすべてで受賞を果たし、受賞歴に次のタイトルを加えた。

・オリー・ドブソン
　新作ミュージカルにおける最優秀主演男優賞

上:(左から右)アラン・シルヴェストリ、ボブ・ゲイル、グレン・バラードは、ローレンス・オリヴィエ賞授賞式に先立ってインタビューを受けた。

・セドリック・ニール
新作ミュージカルにおける最優秀助演男優賞

待望の最優秀新作ミュージカル賞は……《バック・トゥ・ザ・フューチャー》が獲得した。

ノミネートされるだけでも光栄なこと

これで一般の演劇ファンが二度、《バック・トゥ・ザ・フューチャー》が最優秀作品であると明言したわけだが、次に、英国で1976年に設立され、演劇界で最も権威ある賞と名高いローレンス・オリヴィエ賞で、業界人が意見を述べる時がやってきた。《バック・トゥ・ザ・フューチャー》は、合計7つのノミネーションを受けた。そのなかには、過去の賞と同じもの（オリー・ドブソン、ヒュー・コールズ、ティム・ハトリー、ティム・ラトキン、ギャレス・オーウェン）もあったが、伝説的な作曲家でソングライターであるアラン・シルヴェストリとグレン・バラード、編曲者のブライアン・クルックとイーサン・ポップが新たにノミネーションを受けた。

授賞式では、オリー・ドブソン、セドリック・ニールとアンサンブル全員が、壮麗なロイヤル・アルバート・ホールを埋めつくした熱狂的な観客の前でパフォーマンスを行った。

授賞式が進むなか、《バック・トゥ・ザ・フューチャー》のノミネート候補者は次々に受賞を逃したものの、彼らの一部は別のミュージカルで賞を獲得した！ ティム・ハトリーとティム・ラトキンは、《ライフ・オブ・パイ》の舞台美術部門と照明部門でローレンス・オリヴィエ賞を受賞したのだ！

「授賞式が始まる前、最優秀新作ミュージカル賞を獲得できる可能性は高いと思った」と、コリン・イングラムは回想する。「だが、舞台美術、照明、音響、助演男優、それに音楽スコアでも、受賞チャンスはかなりあるんじゃないかと思っていたのに、次々に賞を逃した。われわれのミュージカルが商業的すぎて受け入れられていないように感じた。授賞式では、商業的な作品はたいてい受賞を逃すからね。ボブ・ゲイル、アラン・シルヴェストリ、グレン・バラードをロンドンに呼びつけたことを後悔し、謝らなければと思った矢先──」

──最優秀新作ミュージカル賞が発表された……

わずか225回の公演のあと、ミュージカル《バック・トゥ・ザ・フューチャー》は英国演劇界の心をつかみ、最優秀新作ミュージカルに選ばれたのである。

「仰天したどころじゃない！」イングラムは続ける。「1994

上段・左：ローレンス・オリヴィエ賞、最優秀新作ミュージカル賞を代表して受けとるコリン・イングラム。

下段：名誉あるオリヴィエ賞の新たな受賞者たち（左から右）：アラン・シルヴェストリ、グレン・バラード、コリン・イングラム、ボブ・ゲイル、ドノヴァン・マナト。

年、まだカジュアルなランチ形式だったころの授賞式に初めて出席して以来ずっと、オリヴィエ賞を獲得することを夢見ていたんだ。舞台に上がったときは、自分の体が自分のものでないような感じがした……突然、タイムトラベルがどんなものかわかったよ。あの賞は私にとって非常に大きな意味を持っていた。このミュージカルを実現するためにつぎ込んだ労力のすべてを、イギリスの演劇界に認められたんだ。それに、この状況であれほど大規模な新作ミュージカルを制作することがいかに難しいかも評価されたことになる。オリヴィエ賞を獲得したわれわれは、一般の演劇ファンと演劇界の両方が選んだ3つの最優秀ミュージカル賞を手にした。その成功を、ボブ、アラン、グレンと一緒に分かち合えたことは、何にも代えがたいことだ。伝説とも言える彼らと、一緒に受賞できたんだ！」

ボブ・ゲイルは数席離れたところで、イングラムと同じ体験を分かち合っていた。「技術部門の賞を次々に逃したとき、私はカリフォルニアで授賞式を観ている妻に、おそらく最大の賞も逃すことになるな、とメッセージを送ったんだ。1986年にアカデミー賞で作品賞を逃した経験があったから、（おそらく）避けられないであろう失望に向けて心のなかで身構えた。制作陣の全員が同じように、悪いニュースに向けて心構えしているのが感じとれた。自分が間違っていることが証明されて、これほど嬉しかったことはない！　マーティが、ドクは死んでしまったのではないかと思ったときのような気持ちだった——それが、生きてぴんぴんしてるどころか、輝かしい未来が待ち受けていることがわかった——われわれのミュージカルと同じように！」

未来へ！

2007年、4人の男がテーブルに座り、実現に13年かかることになるプロジェクトを引き受けることに同意した。その後の13年間で、この4人組は多種多様なアーティスト、職人、技術者、デザイナー、かつてのマジシャンや夢見る者たちを、自分たちの聖なる任務に加えていった。

できあがったミュージカルを観れば、その成果は一目瞭然だ。彼らは、週に8回、ウエストエンドの観客を楽しませ、仰天させ、驚嘆させ、彼らにインスピレーションを与えている。

ミュージカル《バック・トゥ・ザ・フューチャー》は、クリエーターたちの期待をはるかに凌ぐ作品となった。数百万ものファンに彼らが心から愛する映画の新バージョンを届けただけでなく、その映画同様、あらゆる世代に新たなファンを作りだしている。BTTFフランチャイズの共同クリエーターであるボブ・ゲイルとロバート・ゼメキスは、この結末を謙虚な気持ちで感謝とともに受け入れている。

これが実際に結末であれば、だが。

当時の状況を踏まえると、BTTFミュージカルがほかの国に進出する、あるいはツアー公演が開催されると確信を持って言える者はひとりもいなかっただろうが、大勢のファンおよびクリエイティヴ・コミュニティからはそれを求める声が後を絶たなかった。アラン・シルヴェストリは、新型コロナウイルスによって早期に中止が決まったとき、グレン・バラードとともに、すでにウエストエンドですべきことリストを作りはじめていたと回想する。

ロンドン公演が始まってからというもの、世界中のファンが、いつか自分たちの近く、少なくとも自分たちの住む国でBTTFミュージカルを観る機会が持てないだろうかと思いはじめた。新作ミュージカル部門でオリヴィエ賞を獲得した直後に、コリン・イングラムはインタビューで、ブロードウェイにデロリアンを〝駐車したい〟と考えていることを認めた。「最大の試練になるだろう。ブロードウェイは最も競争率が高く、予算がかかる場所であり、大成功するかポシャるかのどちらかだろうから。アメリカの観客も、イギリスの観客と同様にこのミュージカルと恋に落ちてくれると信じている。アメリカの文化に根付いた作品だから、なおさらだ」

これは、イングラムの〝フューチャー

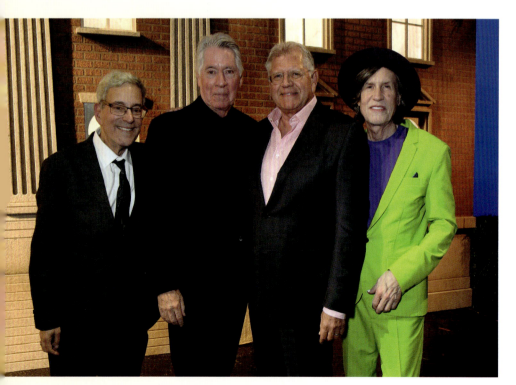

左：すべてをスタートさせた〝ファブ・フォー（4人組）〟：ボブ・ゲイル、アラン・シルヴェストリ、ロバート・ゼメキス、グレン・バラード。2021年9月13日、アデルフィ劇場のプレス・ナイトにて。

（未来）、計画の第一歩にすぎない。

「もしきみが未来にこの本を読んでいて、私の計算が正しいとすれば、世界中でこのミュージカルが上演されているはずだ」イングラムはそう予測する。「ブロードウェイのあとは、ドイツ、日本、韓国、スペイン、メキシコ、ブラジル、スカンジナビア、オーストラリアで上演したいと考えており、イギリスと北米ではツアー形式での公演も企画している。このミュージカルをこれらの国々に届けられたら、私、ゼメキス、ゲイル、それに制作チーム全員にとって、このうえなくスリル満点の旅になるはずだ。〝続く（To be continued...）〟」

グレン・バラードは、オリジナル映画『バック・トゥ・ザ・フューチャー』に関わっていないとはいえ、このミュージカルへの貢献によりヒルバレーの公式な住民となった。彼はさらなる旅の準備が整っていると語る。「このミュージカルは、僕のキャリアにおいてもとりわけ長く、最高に楽しい旅で、いまだに続いている！ ヒルバレーの環境やキャラクターたちには、まるで自分がそこで育ったかのように親近感を覚える。パートナーのロバート・ゼメキス、ボブ・ゲイル、アラン・シルヴェストリは、非の打ちどころのない最高の素材を作った。その彼らに、この作品をミュージカルにする手助けをしてほしいと招かれたことをこのうえない名誉に思っている。デロリアンが待機し、フラックス・キャパシターが起動され、20人の俳優がステージ上に立ち、14人のミュージシャンがオーケストラ・ピットにいて……彼らが、ヒルバレーとその向こうの世界に観客を連れていくんだ！」

この成功を分かち合うジョン・ランドもまた、BTTFミュージカルが決して終わらないという意見に賛成だ。「ロンドンから次の場所に移動する前に、自分たちがどういう状況なのかを正しく見きわめ、将来のミュージカル公演でほかにやりたいことがあるかを決めることができるだろう」

アラン・シルヴェストリは、オリジナルの映画と2作の続編のオリジナルスコア、遊園地のアトラクション、アニメ・シリーズ、そして「『バック・トゥ・ザ・フューチャー』inコンサート」にかかわってきた当時と同じく、強い熱意と愛情を抱いている。彼はこう誓う。「物語は続く。変化し、成長し、適応し、胸弾むものであり続ける。ふたりのボブは、〝わが子〟であるこの作品を解き放ち、将来の可能性に対して常に信じられないくらいオープンな姿勢を保っている。素晴らしいことだよ。私はその旅の一部になれたことを誇りに思っている」シルヴェストリは、ブロードウェイでどうすべきかというリストを頭において、ゴーサインを待っているという。

ボブ・ゲイルにとっては、つまるところドクター・エメット・ブラウンの哲学（ゲイル自身が書いたものだ！）に忠実でいるべし、というシンプルな原則にすべてが集約される。「3作目の最後に、ドクはこう言うんだ。『未来は自分で作るものだ。君もいい未来を作りたまえ』とね。私は、われわれ全員がこのミュージカルの未来を、素晴らしいものにしたと思っている……」

フランチャイズの共同クリエーターであるロバート・ゼメキスは、それよりさらに先に進みたいという野心を抱いている。「《バック・トゥ・ザ・フューチャー》はこれまで作られたミュージカルのなかでも群を抜いて素晴らしいものだと心の底から思っている」彼はそう宣言する。「全世界を巡ってほしいし、高校や中学校などで催される《アニー》や《オズの魔法使い》、《プロデューサーズ》などと並んで上演されてほしい。永遠に生き続けてほしいね」

上：再びわが家へ：キャストとクルーは、〝ホームステージ〟であるアデルフィ劇場でオリヴィエ賞の獲得を祝った。

AFTEREWORD
あとがき
ロバート・ゼメキス

2005年、妻のレスリーから、『バック・トゥ・ザ・フューチャー』をもとにしたミュージカルを作ってはどうかと提案されたあと、ボブ・ゲイルと私が確信を持っていたことがひとつだけあった。

それは、このミュージカルが実現しなくても世界に影響はないということだ。2005年までには、『バック・トゥ・ザ・フューチャー』の映画シリーズは高く評価されていたから、その評価を崩したくないという気持ちもあった。さらに重要なことに、演劇初心者だったわれわれにとってミュージカルはまったく未知の分野であるばかりか、非常に大きなリスクだった。ファンにそっぽを向かれ、われわれのフランチャイズが獲得してきた善意を失う危険がある。たんに失敗するだけでなく、驚くほどの大失敗に終わる可能性があった。

ミュージカル《バック・トゥ・ザ・フューチャー》を作らなかったことで非難されることはない。このアイデアを却下してもマイナス面はひとつもないのだから、そのほうがずっと安全な選択なのは明らかだった。

だが……素晴らしいミュージカルを観る体験は、何物にも代えがたい。ライヴミュージカルには、映画では得られない独特のエネルギーが満ちている。それに、自分が挑戦したことのない分野にトライしてみたいと思う気持ちもあった。成功させることができるか？　何年もあと、トライしようとさえしなかったことで地団太を踏むことになるだろうか？　少なくとも、その可能性を探ってみても害はないのではないか？　われわれは、このアイデアに関して、さんざん迷った。そのとき、秘密兵器が現れた。すべてを停止させる〝レッド・ボタン〟だ。

『バック・トゥ・ザ・フューチャー』はオリジナルの脚本だったから、演劇の著作権を所有していたのはわれわれだった。ユニバーサル・ピクチャーズでもなく、アンブリン・エンターテインメントでもない。すべて私とゲイルが所有していたのだ。したがって、何かをするもしないも、決定する権利はわれわれにある。そこで、われわれはシンプルな決断に達した。ミュージカルが『バック・トゥ・ザ・フューチャー』と呼ぶ価値のないものになった時点で、レッド・ボタンを押す、つまりプロジェクト全体をキャンセルし、二度と後ろを振り返らない、そう決めたのだ。それが、〝驚くほどの大失敗をする可能性〟に対する、われわれの保険だった。

プロジェクトを進めていくローラーコースターのような過程においては、このレッド・ボタンを押そうと思ったことが一度ならずあった。いちばんはっきりと覚えているのは、演出家探しに難航したときのことだ。私は、自分で演出することさえ考えた。それから良識が勝った。非常にまずい状況に陥った場合、自分をクビにしなくてはならないことに気づいたのだ。そんな事態になれば、〝驚くほどの大失敗〟どころではない。この時点で、レッド・ボタンを押したいという気持ちは、どうにも耐えがたいほど高まっていた。

しかし、周知のとおり、われわれがそのボタンを押すことはなかった。われわれの指をボタンから遠ざけておいてくれたクリエイティヴ・チームのおかげである。ボブと私は、もうだめだと落ち込んで頭を抱えることもあったが、そうするとアラン・シルヴェストリとグレン・バラードがとてつもなく素晴らしい曲を書いてきて、このミュージカルがどれほど素晴らしい作品となる可能性を秘めているかを示してくれた。2017年のショーケースで、初めてきちんとそうした楽曲の多くが実際に歌われるのを目にして、われわれははっとした。それ以後は、われわれもプロデューサーのコリン・イングラムの熱意と、演出家ジョン・ランドの情熱を持って、このプロジェクトに臨んだ。このふたりの経験を合わせれば、どんな挫折も大局的な視点から眺めることができた。彼らが素晴らしいキャストとクルーを引き入れてくれたばかりか、ボブ・ゲイルが常にこの企画が脱線しないよう目を光らせてくれたおかげで、レッド・ボタンはまもなく遠い過去のものになった。みんな、本当にありがとう。これ以上素晴らしい制作チームはどこにもいない！

2022年にこの〈あとがき〉を書いているいま、ミュージカル《バック・トゥ・ザ・フューチャー》が存在することで、世界がほんの少し、良くなったのではないかと感じている。私にとっては間違いなくそうだし、このミュージカルを観た人々の大半にとってもそれは同じだと思う。マンチェスターの初演の夜、私の目には涙が浮かんだ。それほど、ミュージカルの出来に満足していた（いまでもしている）のだ。そしていま、映画を一度も観たことがないという珍しい人々に出会い、「どっちのバージョンを観たらいいですか？　映画、それともミュージカル？」と尋ねられると、私は「ミュージカルだ！」と答えてから、こう付け加える。「でも、映画もなかなかいいぞ！」

ロバート・ゼメキス
2022年9月カリフォルニア州サンタバーバラにて

ACKNOWLEDGMENTS
謝辞

本書の執筆中、私はミュージカル《バック・トゥ・ザ・フューチャー》の誕生を目の当たりにし、制作過程を〝特等席〟から見守る幸運に恵まれた。

その席に私を案内してくれたのが、ボブ・ゲイルだった。本書がいまこうして存在しているのは、ひとえに彼のおかげである。1988年から、ボブ・ゲイルは私が手がけた『バック・トゥ・ザ・フューチャー』に関するすべてのプロジェクトを応援し、励ましと信頼だけでなく、寛大にも貴重な時間と助言を与えつづけてくれた。BTTFの世界はこれまで私の人生をどれほど豊かにしてくれたことか。それはこれからも変わらない。BTTFファミリーに私を加えてくれたボブには、感謝してもしきれない。彼を師であり友人と呼べることは、このうえない名誉である。

本書の執筆をきっかけとして、ロバート・ゼメキスとの交流が再開したことも感謝している。『バック・トゥ・ザ・フューチャー』の歴史に、ミュージカルの制作という重要な新章を加えるきっかけを思いついたレスリー・ゼメキスにも、謝意を表したい！

アラン・シルヴェストリと過ごす時間は、いつも本当に楽しい。本書の取材を通して彼と長い時間を過ごすうち、この思いはいっそう強まった。アランには、貴重な時間を割いてくれたことに感謝する。また、長い執筆期間のあいだに、夫人のサンドラと知り合う幸運にも恵まれた。ほかの誰からも入手できない貴重な写真を託してくれた彼女に、心からの感謝を捧げる。『ポーラー・エクスプレス』で初めてグレン・バラードとタッグを組んだとき、アランは新たなパートナーであり親友を見つけた。私もグレンを新たな友人と呼べることを喜びつつ、彼の協力に感謝したい。

コリン・イングラムとジョン・ランドには、ミュージカルに関して啓示とも言えるような教育を施してくれたこと、常に快く連絡に応じ、ミュージカル制作の場に自由に出入りするのを許してくれたことを心より感謝する。イン・シアター・プロダクションズのフィービー・フェアブラザー、マシュー・グリーン、サイモン・デラニー、フェリシティ・キャフィン、ロッティー・バウアー、ありがとう。

一座の役者たちがヒルバレーの住人に新たな命を吹きこんでいく過程は、息をのむような驚きの連続だった。ひとり残らず、類まれなる才能を注ぎこみ、演じている登場人物になりきった。本ミュージカルが、映画ファンだけでなく舞台ミュージカルのファンにもこれほど熱狂的に受け入れられたことが、彼ら全員の貢献がどれほど大きかったかを如実に物語っている。ロジャー・バート、オリー・ドブソン、ヒュー・コールズ、ロザンナ・ハイランド、セドリック・ニール、エイダン・カトラー、コートニー・メイ・ブリッグス、マーク・オックストビー、ウィル・ハズウェル、エマ・ロイド、リアン・アレイン、エイミー・バーカー、マシュー・バーロウ、ジョシュア・クレメットソン、ジャマル・クローフォード、モーガン・グレゴリー、ライアン・ヒーナン、キャメロン・マカリスター、アレシア・マクダーモット、ローラ・マロウニー、ニック・マイヤーズ、シェーン・オリオーダン、キャサリン・ピアソン、メリッサ・ローズ、ジャスティン・トーマス、タヴィオ・ライトの面々に、心からの尊敬とともに感謝を捧げる。

裏方から舞台上、舞台裏、さらには舞台の下まで、あらゆる場所でBTTFミュージカルに携わっていたすべてのスタッフが、非常に親切で、礼儀正しく、温かく私を歓迎してくれたばかりか、たくさんの情報を提供してくれた。彼らの寛大さ、そして労を惜しまぬ働きぶりには本当に頭が下がる。ティム・ハトリー、クリス・ベイリー、ニック・フィンロウ、ヒュー・ヴァンストーン、ティム・ラトキン、フィン・ロス、ギャレス・オーウェン、クリス・フィッシャー、イーサン・ポップ、ブライアン・クルック、ステファニー・ウィッティア、サイモン・マーロウ、ギャズ・ウォール、モーリス・チャン、ジョナサン・バーナード、デヴィッド・グリンドロッド、ジム・ヘンソン、リチャード・フィッチ、クリスタ・ハリス、ジョッシュ・チョーク、ダレン・カーナル、クリス・マーカス、ジョナサン・ホール、リース・カーシュ、ロス・エドワーズ、フェリペ・カヴァリョ、マーク・マーソン、ウェンディ・フィリップス、デイヴィッド・マッセイ氏。本当にありがとう。

『バック・トゥ・ザ・フューチャー』に関する書籍は、マイケル・J・フォックスとクリストファー・ロイドの貢献なしでは完成しない。マイケルとクリストファー、そして音楽界の伝説ヒューイ・ルイスの協力に、心から感謝する。また、リサ・ロイド、ローレン・モガー、ニナ・ボンバルディアにも、心より感謝を捧げる。

以下に挙げる人々の助力と支援が重要だったことは言うまでもない。ピアース・アラーダイス、キャス・ボール＝ウッド、BroadwayWorld.com、ショーン・エブスワース・バーンズ、カミール・ベネット、デイヴ・ベネット、ボニー・ブリテイン、レオ・ブルース、ダレン・チャダートン、スティーヴン・クラーク、オーウェン・チャポンダ、ローラ・コルヴァー、ジョッシュ・ギャッド、サマンサ・ゲイル、ティナ・ゲイル、アダム・グラッドウェル、オリヴァーとテリー・ホラー、アイシャ・ジャワンド、ポール・コルニック、ナサニエル・ランズクローナー、ジャスティン・ルービン、デイヴィッド・マクギファート、ケン・ノーウィック、オリヴァー・オームソン、ベサニー・ローズ・リスゴー、アントニア・パジェット、ローラ・ラドフォード、ジェマ・レヴェル、ジェイミー・リチャードソン、トニー・ラスコー、ピーター・スクリエッタ、ジェイク・スモール、アンジェラ・スミス、フィル・トラーゲン、ジョー・ウォルサー、スティーヴン・ウィッケンデン、ミッチェル・ザンガザ、クロエ・ロビノウィッツ、ありがとう。

コミック・リリーフ（www.comicrelief.com）、デウィンターズ・リミテッド、キース・レモン、サラ・ホワイト、アマンダ・マルパス、アレックス・ブキャナン、ジニー・ブートマン、サラ・ワートンにも感謝する。ユニバーサル・ピクチャーズのロニ・ルブリナー、ピア・エッビゴーゼン、レイチェル・パーラム、そしてジェシカ・ライトとアデルフィ劇場のスタッフのみなさん、ありがとう。

本書の編集を担当したエイブラムス・ブックスのエリック・クロップファーの情熱、専門知識、助言、忍耐力には大いに助けられた。ありがとう！　リアム・フラナガン、ダイアン・ショー、リサ・シルヴァーマン、デニース・ラコンゴにも改めて、感謝する。

うっかり誰かの名前を挙げ忘れたとしたら、たいへん申し訳ない。このミュージカルに携わった全員が、ロックスターだ！

いつものように本書をアーデミス・フリーランドに捧げる。

マイケル・クラストリン
2022年、ロサンゼルスにて

ADELPHI PRODUCTION CREDITS, 2021

PRODUCERS

LEAD PRODUCER Colin Ingram
Donovan Mannato, Ricardo Marques, Hunter Arnold, Nick Archer, CJEM, Bruce Carneigie Brown
FRANKEL/VIERTEL/BARUCH/ROUTH GROUP
GAVIN KALIN PRODUCTIONS
PLAYING FIELD
CRUSH MUSIC
TERESA TSAI
IVY HERMAN/HALEE ADELMAN
ROBERT L HUTT
UNIVERSAL THEATER GROUP

ASSOCIATE PRODUCERS

Kimberly Magarro
Stage Productions
Glass Half Full/Neil Gooding Productions

MUSICAL DIRECTOR Jim Henson
ASSISTANT MUSICAL DIRECTOR Steve Holness
KEYBOARD Rob Eckland
GUITAR 1 Duncan Floyd
GUITAR 2 Ollie Hannifan
BASS GUITAR/DOUBLE BASS Iestyn Jones
DRUMS Mike Porter
PERCUSSION Jess Wood
OBOE/COR ANGLAIS Lauren Weavers
ALTO SAX/TENOR SAX/FLUTE/CLARINET Simon Marsh
FRENCH HORN Richard Ashton
TRUMPET/FLUGEL Pablo Mendelssohn
TRUMPET/FLUGEL Graham Justin
TROMBONE/BASS TROMBONE Simon Minshall
MUSIC TECHNOLOGY Phij Adams
ORCHESTRAL MANAGEMENT Sylvia Addison

COMPANY MANAGER David Massey
STAGE MANAGER Gary Wall
PRODUCTION STAGE MANAGER Graham Hookham
ASSOCIATE DIRECTOR Richard Fitch
DEPUTY STAGE MANAGER Josh Chalk
ASSISTANT STAGE MANAGERS Scarlett Hooper, Robert Allan, Jack Roberts
RESIDENT DIRECTOR Christa Harris
HEAD OF SOUND Reese Kirsh
SOUND DEPUTY Jav Pando
SOUND ASSISTANT Ben Smith
HEAD OF LX Jamie Povey
LX/VIDEO DEPUTY Piers Illing
HEAD OF VIDEO Oliver Hancock
HEAD OF AUTOMATION Jack Wigley
AUTOMATION DEPUTY Stuart Sneade
SWING TECH Erin Thomson
HEAD OF EFFECTS Ben Stevens
HEAD OF WIGS Katy Lewis
WIGS DEPUTY Lilian Komor
WIGS ASSISTANT Ellesia Burton
WIGS ASSISTANT Amelia Ball
HEAD OF WARDROBE Wendy Phillips
WARDROBE DEPUTY Ian Jones
WARDROBE ASSISTANT Hannah Boggiano
DRESSERS Janine Cartmell Hull, Marianne Adams, Jena Berg, Christopher Palmer, Ross Carpenter, Gemma Atkinson
COSTUME ASSOCIATE Jack Galloway
COSTUME SUPERVISOR Holly Henshaw
PROPS SUPERVISORS Chris Marcus, Jonathan Hall
WIGS, HAIR & MAKE-UP Campbell Young Associates
WIGS, HAIR & MAKE-UP ASSOCIATE Mark Marson
ASSOCIATE SET DESIGNER Ross Edwards
ASSOCIATE ILLUSIONS DESIGNER Filipe Carvalho
ASSOCIATE VIDEO DESIGNER Henrique Ghersi
ASSOCIATE LIGHTING DESIGNER & PROGRAMMER Chris Hirst
ASSOCIATE SOUND DESIGNER Andy Green

PRODUCTION CREDITS

SOUND EFFECTS ASSOCIATE Steve Jonas
ASSOCIATE LIGHTING DESIGNER Charlotte Burton
VOICE OF RADIO NEWS BROADCASTER Nicolas Colicos
ASSOCIATE FIGHT DIRECTOR Jonathan Bernard
HEALTH AND SAFETY Chris Luscombe
MERCHANDISING The Araca Group
PRODUCTION CARPENTERS Michael Murray, Phil Large, Jonothan Smith, Oliver Ellerton
WORKSHOP CARPENTERS Mark Sutton, Mo Bower
SENIOR PRODUCTION ELECTRICIAN Fraser Hall
PRODUCTION ELECTRICIANS Scott Carter, Suzi Futers, Richard Mence, Phill Giddings, Chris Hirst
PRODUCTION SOUND ENGINEER Dan McIntosh
SOUND ENGINEERS James Melling, Jon Reynolds, Richard Pomeroy, Jonnie Westell, Ben Giller
ANIMATOR Grace Arnott-Hayes
PRODUCTION VIDEO ENGINEER Sam Jeffs
VIDEO ENGINEERS Neil McDowell Smith, Matt Somerville, Sam Gough
TECHNICAL VIDEO ASSOCIATE Jon Lyle for Ammonite
PRODUCTION RIGGER Mark Davies
RIGGERS Danny Brookes, Dave Curtis, Liam Gough, Nick Hill
RIGGING CONSULTANT Emily Egleton
PRODUCTION AUTOMATION ENGINEER Andy Biles
AUTOMATION ENGINEERS Simon Wait, Andy Biles, Tim Klaassen, Chris Harvard
SET ELECTRICS AND SPECIAL EFFECTS MANAGEMENT BY Ammonite Ltd
SCENERY BY Souvenir Scenic Studios and All Scene All Props
ENGINEERING AND AUTOMATION BY Silicon Theatre Scenery
FLYING DELOREAN BY Twins FX
SET ELECTRICS BY Made by Mouse, Lamp and Pencil, Electric Foundry, Junction and Howard Eaton Lighting Ltd
PYROTECHNICS BY Encore SFX
SCENIC CLOTH PAINTED BY Emma Troubridge
SCENIC PAINTING BY Souvenic Scenic Studios
VIDEO EQUIPMENT BY Blue I Theatre Technology Ltd
LIGHTING EQUIPMENT BY Hawthorn
SOUND EQUIPMENT BY Orbital Sound
RIGGING BY Unusual Rigging Ltd

DOMINION/SADLER'S WELLS WORKSHOP PERFORMERS
Kelly Agbowu, Cameron Blakeley, Natalia Brown, Nicolas Colicos, Georgia Carling, Matt Corner, Nicole Deon, Olivia Hibbert, Ashley Irish, Aisha Jawando, Lemuel Knights, Emily McGougan, Oliver Ormson, Ayesha Quigley, Clancy Ryan, Parisa Shahmir, Tino Sibanda

WORKSHOP MUSICAL DIRECTOR Danny Wirick

THANKS TO

Lounici Abdel, Michael Afemare, Richard Appiah Sarpong, Nicki Barry, Simon Batho, Ashley Birchall, Charlie Burn, Will Burton, Scott Campbell, Laura Caplin, Ed Carlile, Aaron Cawood, Collectif, Lily Collins, Tommaso Creatini, Frances Dee, Lauren Elphick, Joe Evans, Kate Forrester, Robert Fried, Joe Frost, Phil Gleaden, Ruben Gomez Bustamante, Eve Hamlett, Henry Harrod, Jack Heasman, Fionnuala Hills, Ian King, Natasha King, Phil Knights, Petra Luckman, Jade MacIntosh, Rebecca Maxwell, Poti Martin, Steven Mijailovic, Sonja Mohren, Michael Nelson, Georgina Niven, Kirsty Nixon, Nathalie Perthuisot, Justin Quinn, Stuart Ramsay, Sammie Richards, Aaron Rogers, Suzanne Rogers, Pedro Seguro, Jo Serbyn, Sam Schwartz, Kim Sheppard, Laura Singleton, Emma Smith, Jake Smith, Lou Stobbson, Sharon Trickett, Evan Thompson, Stuart Thorns, Spencer Tiney, Angela Vicari, Zoe Weldon, Katie Whatman, Chris Whybrow, Steven Wickenden, Martin Wilkinson, Harriet Williams, Isobel Wood, Bleu Woodward, Adam Young – Notch Artist

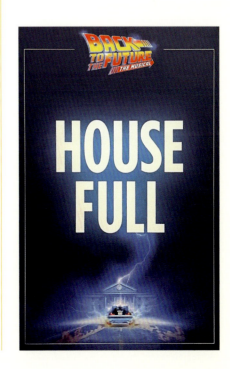

Text © 2023 Michael Klastorin
Compilation copyright © 2023 Colin Ingram Ltd.
The book of *Back to the Future The Musical*
© Robert Zemeckis & Bob Gale

Image Credits
Piers Allardyce: pp. 114 (left), 230; **Chris Bailey:** p. 202; **Kath Ball-Wood:** pp. 58 (bottom), 60; **Glen Ballard:** p. 23 (courtesy of);
Sean Ebsworth Barnes: pp. 4-5, 8, 14, 17 (middle), 18, 25, 30, 32-34, 35 (top; bottom right), 52 (both), 55 (b&w), 74 (top left; bottom), 81-83, 86 (bottom), 87, 89 (top left; right), 93 (bottom), 94 (bottom), 95 (right), 100, 108-109, 111, 112 (bottom), 122, 126 (middle left), 132, 142, 146, 148, 150, 152-53, 155, 157-58, 160, 163-64, 166, 168-70, 172, 175-78, 180-81, 186, 188, 190, 193-94, 196, 199-201, 203, 205-206, 209-10, 213-14, 217-18, 220, 222-24, 227; **Roger Bart:** p. 6; **Dave Benett:** pp. 134-37 (all), 234, 236; **Bob King Creative:** p. 131; **Felicity Caffyn:** p. 235; **Matt Crockett:** p. 11; **Bob Gale:** pp. 2-3, 10 (courtesy of), 72, 73 (middle), 80, 96 (bottom), 103 (top left; right), 112 (top left), 123 (bottom left), 128 (top left; middle), 129 (top row, middle), 130 (middle left; right; bottom right), 176 (inset), 182, 198 (top; bottom), 204 (bottom right), 216; **DuJonna Gift-Simms:** p. 42; **Will Haswell:** p. 113; **Tim Hatley:** pp. 35 (bottom), 64-66, 67 (bottom two), 68 (right), 70-71, 73 (bottom), 84-85, 96 (top left; top right), 97 (right), 124 (top right), 130 (top), 175 (inset), 231; **Leo Bruce Hempell:** p. 22; **Graham Hookham:** p. 97 (top left); **Michael Klastorin:** p. 73 (top right), 74 (top right), 75, 98 (bottom), 104 (bottom), 110 (bottom), 124 (top left), 126 (top; bottom), 127 (all), 128 (top right; bottom, both), 129 (bottom), 130 (bottom left), 133, 161, 185, 188 (inset), 189 (inset), 192, 204 (bottom left), 229; **Paul Kolnick:** p. 92; **Tim Lutkin:** p. 67 (top right); **Chris**

Marcus: pp. 97 (bottom), 101 (all); **Nederlander Theaters:** p. 47 (bottom left); **Gareth Owen:** pp. 68 (left), 69 (both), 102 (top right), 118; **Laura Radford:** p. 117; **John Rando:** pp. 77 (top, middle, right), 187 (inset); **Finn Ross:** p. 98 (top right; middle), 110 (top three), 125 (graphics); **Sandra Silvestri:** p. 17 (bottom), 78, 79 (bottom), 89 (bottom), 90 (top), 104 (top right; middle), 121, 232-23; **Phil Tragen:** pp. 12-13, 16, 63 (both), 90 (bottom), 91, 103 (bottom), 106 (all), 114 (right), 115-16 (press night); **Hugh Vanstone:** p. 67 (top left), 99 (middle right), 102 (bottom right); **Stephanie Whitter:** pp. 28, 29 (bottom), 46 (bottom), 47 (top; left), 48; **Steven Wickenden:** pg. 77 (bottom); **Danny Wirick:** pp. 55 (bottom), 56-57; 58 (top); **contributors:** Matthew Barrow, Will Haswell, Ryan Heenan, Emma Lloyd, Alessia McDermott, Shane O'Riordan, Katherine Pearson, Tavio Wright: p. 140; **contributors:** Sandra Silvestri, Amy Barker, Justin Thomas-Verweij: p. 141.

Photos from *Back to the Future* by **Ralph Nelson:** pp. 17 (top), 88, 93 (top), 94 (top), 95 (left), 139. **Courtesy of Universal Studios Licensing LLC**
Original songs from *Back to the Future The Musical:* Lyrics reprinted by Permission of Alan Silvestri and Glen Ballard
"The Power of Love" and **"Back in Time":** Lyrics reprinted by Permission of Huey Lewis
"Earth Angel": Words and Music by Jesse Belvin.Copyright © 1954 (Renewed) by Embassy Music Corporation (BMI) International Copyright Secured All Rights Reserved. *Reprinted by Permission of Hal Leonard LLC*

Cover © 2023 Abrams

CREATING BACK TO THE FUTURE THE MUSICAL
by
Michael Klastorin

Copyright © 2023 by Michael Klastorin
Japanese translation published by arrangement with Michael Klastorin

【訳者】富永晶子　Akiko Tominaga
翻訳者。英国王立音楽大学修士課程修了。訳書に『ボヘミアン・ラプソディ オフィシャル・ブック』『デヴィッド・ボウイ　CHANGES　写真で綴る生涯 1947-2016』『メイキング・オブ・ハウス・オブ・ザ・ドラゴン』『メイキング・オブ・フラッシュ・ゴードン』（以上竹書房）、『ニューヨーク 1997 ジョン・カーペンター映画術』『ファースト・マン オフィシャル・メイキング・ブック』『ゴジラ vs コング アート・オブ・アルティメット・バトルロワイヤル』（以上 DU BOOKS）、『THE STAR WARS BOOK はるかなる銀河のサーガ 全記録』（共訳・講談社）など。

『ミュージカル　バック・トゥ・ザ・フューチャー』
創作の秘密
CREATING BACK TO THE FUTURE THE MUSICAL

２０２５年４月２日　初版第一刷発行

著　マイケル・クラストリン
訳　富永晶子
日本版デザイン　石橋成哲
組版　IDR
発行所
株式会社 竹書房
〒 102-0075　東京都千代田区三番町８－１
　　　　　　三番町東急ビル６F
email：info@takeshobo.co.jp
https://www.takeshobo.co.jp
印刷所
株式会社シナノ

■本書掲載の写真、イラスト、記事の無断転載を禁じます。
■落丁・乱丁があった場合は、
furyo@takeshobo.co.jp
までメールにてお問い合わせください。
■本書は品質保持のため、予告なく変更や訂正を加える場合があります。

Printed in Japan